中华文化经典通识课

明清名家诗歌选读

邓晓东 编著

国家级一流专业建设教材

南京师范大学出版社

图书在版编目(CIP)数据

明清名家诗歌选读 / 邓晓东编著. — 南京 ：南京师范大学出版社，2023.12
(中华文化经典通识课)
ISBN 978-7-5651-5597-0

Ⅰ. ①明… Ⅱ. ①邓… Ⅲ. ①古典诗歌—诗歌评论—中国—明清时代 Ⅳ. ①I207.22

中国版本图书馆 CIP 数据核字(2022)第 258698 号

丛 书 名	中华文化经典通识课
书　　名	明清名家诗歌选读
编　　著	邓晓东
策划编辑	张　春
责任编辑	张丽琼
出版发行	南京师范大学出版社
地　　址	江苏省南京市玄武区后宰门西村 9 号(邮编:210016)
电　　话	(025)83598919(总编办)　83598319(营销部)　83598332(读者服务部)
网　　址	http://press.njnu.edu.cn
电子信箱	nspzbb@njnu.edu.cn
照　　排	南京凯建文化发展有限公司
印　　刷	南京市百花彩色印刷广告制作有限责任公司
开　　本	710 毫米×1000 毫米　1/16
印　　张	20
字　　数	338 千
版　　次	2023 年 12 月第 1 版
印　　次	2023 年 12 月第 1 次印刷
书　　号	ISBN 978-7-5651-5597-0
定　　价	68.00 元

出 版 人　张　鹏

总　　序

党的十八大以来，党中央高度重视中华优秀传统文化的弘扬与传播，以期与社会主义核心价值观教育有机结合，作为凝聚民族精神、体现文化自信的强大理论和实践基础。高等学校，尤其是中文学科如何通过传承中华优秀传统文化来立德树人，在传统文化创造性转化和创新性发展方面做出突出贡献？这是需要认真思考和谋划的重大任务。

南京师范大学文学院作为东南学术重镇，素有“江南文枢”的美誉，秉承章黄学术的优良传统，具有深厚的学术积淀和广泛的学术影响，在“文化中国”“江苏文脉”等重大文化工程以及南京“世界文学之都”的建设中发挥了重大作用。近年来，我们积极整合和发挥优质学术资源，按照“顶天立地”的建设方针，积极做好中华优秀传统文化的普及、推广工作，着力构建中华优秀传统文化育人体系，真正肩负起高等学校服务社会、传播文明的使命。中国古典文学是中华优秀传统文化的重要载体，在弘扬国学、传承文化和培养人文精神方面具有不可或缺的重要作用。为此，我们组建了以著名学者、教授领衔的强大编撰团队，与南京师范大学出版社共同打造了这套“中华文化经典通识课”丛书。该丛书既立足于中华传统文化经典，紧扣“经典与文化”展开作品导读；又结合特定时代的社会文化解读作家作品，从而优美生动地诠释中华优秀传统文化经典，使其既能有效地契合大学生的认识能力和学习兴趣，又能更好地提高大学生的人文素养和文学鉴赏能力。它是中华优秀传统文化育人体系建设的有机组成部分，既可作为高校人文素质教育的通识课程教材，又可作为高校文学课程的教材，亦可为一般的文学爱好者阅读使用。

当今的中国教育取得了丰硕成就，但是在其多年发展过程中，也存在着诸多积弊。其中之一是从基础教育开始，不少学生往往受填鸭式的应试教育影响，忙于应付各种形式的考试，记诵各类公式、图表和必背课文，阅读课外书籍反而被视为不务正业，长此以往就容易变成只会机械做题而缺乏真情实感、难以深刻领悟的“考试机器”。与此同时，现在的学生很少能够真正沉下心来，逐字逐句地精读文化经典，往往只是满足于死记硬背各种“条条框框”，却对知识背后的深刻内涵茫然无知；能够按照标准答案，将经典书籍的思想内涵、艺术特色回答得头头是道，却可能根本没有翻看过一页书。这与整个社会功利浮躁的风气不无关系，长此以往，将会催生出许多缺乏思想、缺乏深度、人云亦云、随波逐流的泡沫。面对这一严峻的现实，我们深刻认识到必须切实改革现有的教育理念、课程体系和结构，适当增设经典导读类课程，让大学生真正亲近经典、走进经典、精读经典、领悟经典，并使其成为他们必须具有的专业基本素养。

这套丛书有别于现行的《中国古代文学史》《中国古代文学作品选》，其特色在于更加注重文本细读，通过对中华文化经典的宏观描述和代表性作品的细致赏读，由表及里，点面结合，见微知著，帮助学生切实提高人文素养和文学鉴赏能力，有效改变目前学生只注重书本知识的记诵，却不能亲近文学经典的浮而不实的状况。它有别于市场上大量诗词文赏析类书籍，在于它倾注了编选者多年学术研究和教学实践的积淀，既富含学术含量，又做到深入浅出，语言明白晓畅、优美生动，能够激发阅读美感，拉近与学生及一般大众读者的距离，进而为中华优秀传统文化的传承和推广发挥重要作用。

我们坚信，经过各位专家、教授的精心编撰，一定能够奉献出中华文化经典精品的优秀通识教材，提高广大同学和文学爱好者的文学解读和品鉴能力，同时帮助广大读者熏陶文化气息，提升人格境界，培育家国情怀，传承文明之光，使得我们中华优秀文化传统薪火相继、熠熠生辉！

高　峰

2020 年 6 月

前　言

中华诗国源远流长，从先秦一直到晚清民国，诗歌一直是中国文学最重要的表现形式，也是骚人墨客抒情言志的首选文体。然而，由于词、曲等新文体的出现以及文学代胜观念等主、客观因素的影响，存世体量最大的明清诗歌常常成为反衬唐诗宋词这两座抒情文学高峰的平原丘陵。极端的看法认为，唐宋以后的诗歌，几无可观，假如不是小说与戏曲起来接力，“中国文学史可能不必再写”（闻一多《文学的历史动向》）。受这种观念影响，文学史写至明清两代，留给诗歌的空间便十分逼仄了。

20 世纪 80 年代以来，随着研究的深入，明清诗歌越来越受到学界的重视，相关成果从涓涓细流汇成了大江大海。当下，明清诗歌研究已经成为中国古代文学明清方向中的主战场之一，从事明清诗歌研究的学者也是古代文学研究队伍中的一支生力军。但是由于文学史的课程性质和教学惯性，明清诗歌在课堂教学所占比重远远低于小说、戏曲等通俗文学，这使得学界的研究与课堂教学不相协调。其结果之一，是明清诗歌研究的最新成果和动态不能及时传达给学生；结果之二，是不少学生进入硕士研究生阶段后，对明清诗歌所知甚少。这不利于培养明清文学研究的后继者。

明清诗歌的研读，天地广阔，任重道远！

研读明清诗歌，最好是从别集入手。但是明清别集传世极多，据汤志波统计，1912 年至 2020 年间，明人别集影印本总数在六千余种，点校本有一千五百四十二种，他估算的存世明人别集有近一万两千种（汤志波、李嘉颖编《明别集整理总目·前言》）。清人别集则在四万部（据《清人别集总目》）左右。如此庞大的体量，是研究此前任何一个朝代的文学所不可能遇到的。而且明清别集的版本较为复杂，缺少整理。别集中错收、失收的情况时有发生。比如明初吴中四杰之一的张羽，《四部丛刊三编》影印的《静居集》中竟然有一百多首是元代僧人释英的作品（汤志波

《张羽集·前言》)。又如曾经标榜"江南第一风流才子"的唐寅,他的集子中也掺入了不少他人的作品。再如清初遗民的别集,由于禁毁等原因,其后出本往往和初刻本有很大出入。像黄周星的别集,常见的道光刻本《九烟先生遗集》(收入《续修四库全书》)就和康熙刻本《夏为堂别集》(收入《清代诗文集汇编》)有区别。即使那些未经禁毁的别集,也因版本不同在内容上有多寡之别。比如清初名臣魏裔介,其《兼济堂诗集》《兼济堂文集》的常见版本为《四库全书》收录本,是删掉了康熙五十年(1711)魏荔彤辑刻的《兼济堂文集选》的卷二十《魏贞庵先生年谱》,并将卷十九析为二卷后而成的。中华书局曾以魏荔彤辑刻本为底本,出版了点校整理的《兼济堂文集》二十卷。与收在《清代诗文集汇编》中的康熙三十九年(1700)魏勷刻的诗集八卷文集二十四卷相比,这个点校本被删掉了不少作品。明清别集版本的复杂程度,有时是非专门研究者所不能认识到的。因此,初学者虽不要求从版本的角度阅读诗歌,但至少要养成一种对明清别集版本的自觉意识,这对于以深入研究为阅读目的的人来说是至关重要的。

阅读明清诗歌与宋前诗歌不一样,后者经过千百年来的淘洗,已经基本完成了经典化的过程。宋前诗歌的不少作家作品已经深入人心,历代的评点和今人的阐释使得这些作品如玲珑宝塔一般,由内而外都被展示得清清楚楚。今天的读者阅读这些经典,更多的是抱着一种仰望的姿态,接受先贤的洗礼。阅读明清诗歌则不同,一是它们正在经历经典化的过程,同一首作品,前人的评价可能与今人不太一样。同时,对于很多研究者而言,许多作品亦是初入宝山,不少诗人的作品还缺少深入、仔细的研读。比如对于明代最重要的诗人之一李梦阳,我们要读懂他的诗歌,还有诸如写作时间、本事等障碍需要扫清。二是明清诗歌蕴含着大量"珍贵思想和史料、丰富的民情和风俗以及人们真实的悲欢离合的感情"(戴逸《清人诗文集总目提要序言》),是我们了解、认识、深入明清文人内心世界和直击明清社会百态的不可多得的一手文献,其诗史的意义和价值特别突出。清初黄宗羲在以诗证史的基础上提出了"以诗补史之阙"(《万履安先生诗序》)的维度,丰富了诗史的内涵。一首具有诗史价值的诗歌能否符合文艺经典的标准,在不同的评价维度中,答案也不尽相同。三是我们对于明清诗人的了解还有待于进一步深入。只有当像研究唐宋经典作家那样来研究明清著名诗人的成果越来越多的时候,明清诗歌所包孕的情感、运用的技巧、体现的特色等才能够逐步地展现在世人面前。

当然,对于从来没有接触过明清诗歌或者对此知之甚少的读者来说,从选本入手了解明清诗歌是最为可行的办法之一。市面上通行的旨在推广、介绍明清优秀诗歌的诗选不下几十种，包括断代、通代（含宋元明清）、大家诗选等。比较早的有民国二十九年（1940）胡云翼编的《明清诗选》（中华书局），该书为其“高中国文名著选读”系列之一，选取明代刘基、高启等十三家四十三首，清代钱谦益、吴伟业等二十一家一百七十八首。胡云翼在序中说，明诗衰落，清诗中兴，这种认识因袭自四库馆臣。该选基本涵盖了明清两代的重要作家，除选诗之外，还有作家小传、字义、典故等注释。新中国成立后，袁行云、高尚贤选注的《明诗选》（春秋出版社，1988年），羊春秋选注的《明诗三百首》（岳麓书社，1994年），杜贵晨的《明诗选》（人民文学出版社，2003年），钱仲联选、钱学增注的《清诗三百首》（岳麓书社，1985年）、《清诗精华录》（齐鲁书社，1987年），福建师范大学中文系古典文学教研室选注的《清诗选》（人民文学出版社，1984年）等选本都产生了一定的影响，为我们了解并研读明清优秀诗歌提供了方便。2009年，人民文学出版社推出了《明清十大家诗选》丛书，收入明代李梦阳、何景明、谢榛、李攀龙，清代钱谦益、吴伟业、王士禛、袁枚、黄景仁、龚自珍等十位诗人，选其精华，考疑释难，每种书的前言，对诗人生平、创作、艺术成就等的评说则可视为导学。因为注释者都是行家里手，所以这套丛书吸收了很多新的研究成果，是研读明清诗歌和进行专人研究的重要参考书。

本书在吸收、借鉴上述成果的基础上，选择明清时期著名诗人二十家，选录其各体诗之代表作或能够反映诗人心态、思想、见闻的作品两百余首。正文由诗人简介、诗歌及注释、诗歌导读和拓展阅读四部分组成。

（一）诗人简介。这部分主要是诗人生平及诗歌创作、文学思想等的概说。明清诗人的诗作与其生平经历关系密切，且绝大多数清晰可考，有“个人别集为一人之史”（柯愈春《清人诗文集总目提要后记》引徐家麟语）之说。因此，我们在诗人简介中注重对诗人生平经历的重要节点、事件等的罗述，以方便读者理解其诗歌。明清时期的文学创作与理论批评互动性强，文学家往往又是文学批评家，因此概说诗人的文学主张，也有助于读者更好地理解他们的诗歌创作，同时也能从中略窥明清诗学思潮演进之一斑。

（二）诗歌及注释。诗歌正文的底本大多选自该作家文集经今人整理出版的权威版本；有部分文字与底本不一，则系采用他本校勘所改，限于体例，不出校改说明。注释力求精练，疑难字词应尽注并注音。明清诗人特别是清代诗人喜欢用典，故而典故尽量注出，以帮助读者理解诗歌大意。部分元明之际的诗人，为展现其诗歌风貌，酌情收录其元末所作诗歌。

（三）诗歌导读。本部分是对入选诗歌内容、思想、艺术特色上的简单梳理，有感而发，希望能够抛砖引玉，激发读者深入研读的兴趣。

（四）拓展阅读。这部分内容或选录诗人自己的诗学理论，或选录同代、后世的评论，有阐释诗歌理论主张的，也有正面评价创作成就的，还包括一些批评意见。选录这些材料，目的是扩大阅读范围，也是出于程千帆先生提出的“研究中国古代文学应该坚持文学创作与理论批评两条腿走路”的要求，供读者进一步思考。

本书作为明清诗歌研读的入门教材，适用于本科高年级同学和硕士研究生低年级同学。本书在编写过程中，吸收了前辈学者的研究成果，也参考了不少选本的选目和注释，如人民文学出版社《明清十大家诗选》丛书等，由于教材体例限制，不能一一注明。本人才疏学浅，深感诗歌注释之难，本书的注解也可能出现一些错误，恳请读者批评指正。让我们共同推进明清诗歌的研读！

目　录

唐　寅

李梦阳

何景明

钱谦益

吴伟业

宋　濂选七首

宋濂（1310—1381），初名寿，后改名濂，字景濂，浦江（今浙江金华）人。四十一岁迁浦江之青萝山。尝从闻人梦吉学《春秋》，继从吴莱、柳贯、黄溍学古文辞，以文名海内。元至正九年（1349），被荐翰林编修，以亲老固辞。至正二十年（1360），与刘基、叶琛、章溢被朱元璋征至金陵，授江南等处儒学提举，兼授太子经书。至正二十四年（1364），改起居注，与刘基侍朱元璋左右备顾问。至正二十五年（1365），乞归省，寻丁父忧。明洪武二年（1369），服除，诏任《元史》总裁官。洪武三年（1370）除翰林学士，以失朝参，降编修。洪武四年（1371），迁国子司业，坐考祀孔子礼不以时奏，谪安远知县。洪武五年（1372）二月，召为礼部主事。十二月，擢太子赞善。洪武六年（1373）七月，迁侍讲学士，知制诰，同修国史，仍兼赞善大夫。洪武九年（1376）六月，授翰林学士承旨，十一月因年老诏致仕。洪武十三年（1380），长孙宋慎坐胡惟庸党被诛，械宋濂入京，太祖欲杀之，因皇后及太子救免，诏全家安置茂州（今四川汶川一带）。洪武十四年（1381）五月二十日，卒于夔州（今重庆奉节），享年七十二岁。

◎　宋濂像

宋濂生于元末乱世，虽年富力强却选择隐于林下。英杰之气发为文章，则有“横扫千军，与谋臣志士并驱争先”（黄灵庚《宋濂全集序》）的气势。入明朝后，久居词林，凡“郊社宗庙山川百神之典，朝会宴享律历衣冠之制，四裔贡赋赏劳之仪，旁及元勋巨卿碑记刻石之辞，咸以委濂，屡推为开国文臣之首”（《明史》本传）。然为人“唯唯诺诺，仰君颜色；防闲触讳，谨细慎微”（黄灵庚《宋濂全集序》），“凡禁中语

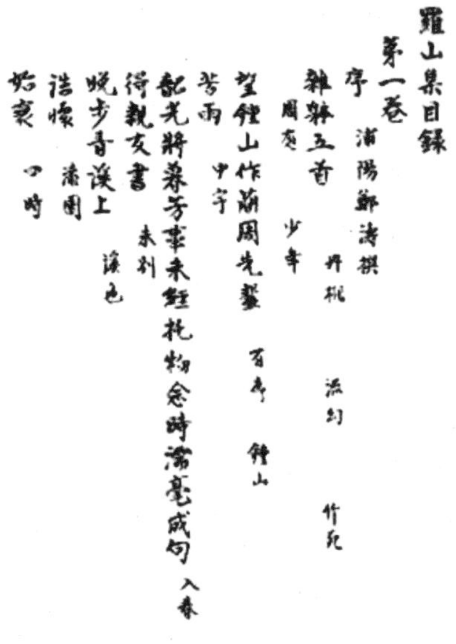
羅山集目錄
第一卷
序 浦陽鄭濤撰
雜體五首
望鍾山作簡周先鑒
苦雨
得親友書
述懷
始衰

◎ 日本国国立公文书馆《萝山集》钞本书影

绝不以语人，署‘温树’二字于所居之壁”（王兆云《词林人物考》），故不复有驰骋纵横之气。

今存宋濂诗歌，大多作于元末，入明后几废吟咏，尝自谓“绝吟事者十余年”（宋濂《送黄伴读东还故里》）。前人曾以“道气、雅情、骚肠、古韵”（王夫之《明诗评选》卷四《清夜》评语）评其诗，亦可视为其诗作的整体风貌。宋濂一生著述甚夥，明嘉靖三十年浦江县令韩叔阳刻《宋学士全集》三十三卷。今人编辑之《宋濂全集》（一为人民文学出版社2014年黄灵庚编辑点校，一为浙江古籍出版社2014年的《浙江文丛》本）收入日本内阁文库所藏《萝山集》，为宋濂文集之最全者。然日本国会图书馆藏另一抄本《萝山集》，其文字似较内阁本为优。（参见慈波《记新见宋濂〈萝山集〉别本》，《古典文学知识》2015年第6期）

莫弹乌

莫弹乌，乌性从来直如矢，有凶辄告令人避。不作纷纭乾鹊儿，日走南檐学狐媚。翩翩世上夸毗子[1]，见乌即嗔闻鹊喜。嗟哉自古亦如此，飞廉承恩比干死[2]。

（《宋濂全集》之《萝山集》卷二）

【注释】

［1］夸毗（pí）子：谄媚阿谀之人。

［2］“飞廉”句：飞廉，又作“蜚廉”，商纣王的宠臣。《史记·秦本纪》：“蜚廉生恶来。恶来有力，蜚廉善走，父子俱以材力事殷纣。”比干，商朝重臣。《荀子·儒效》篇曰：“（纣）刳比干而囚箕子，飞廉恶来知政。”

【导读】

这首乐府诗一反人们的惯常思维，以世人厌恶的乌鸦作为描写对象，将乌鸦的率真与喜鹊的狐媚形成对比。“飞廉承恩比干死”，卒章显志，揭示了咏物比德的真正用意，使诗歌的讽刺意味更具历史厚度和现实意义。

古从军行

阴山墨云黑如铁[1]，一夜北风吹作雪。雪花莽莽袤地来，长城万里不敢开。将军夜走马蹄滑，但见边云黑边月。白剑悬腰冻将折，满手角弓无地发。三军大呼滦河头[2]，河水起立不得流。不念沙场多白骨，只贪功大觅封侯。谁道从军身最乐，说起从军泪双落。

（《宋濂全集》之《萝山集》卷二）

【注释】

［1］阴山：一般指阴山山脉。这里泛指边塞地区。

［2］滦河：古称濡水，发源于河北省丰宁县，流入渤海。

【导读】

《从军行》为乐府旧题，《乐府解题》曰“皆军旅苦辛之辞”，此首也不例外。只是“不念沙场多白骨，只贪功大觅封侯”一句在悲凉中显示诗人对现实的清醒认知，与“一将功成万骨枯”（曹松《己亥岁二首》其一）的感叹有所区别。全诗描写边地寒冬的恶劣环境，善于运用黑白两种颜色，画面感强烈，增强了全诗的抒情效果。

悲春阳六首（其五）

芳草如云绿媚人，马蹄一踏便伤春。多情赖有东流水，直入长江不作尘。

（《宋濂全集》之《萝山集》卷四）

【导读】

此组诗共六首，这是其中第五首。感时伤逝，描写个体与外界的冲突，是古代诗歌的一大题材。宋濂此诗在伤春的基调上，加入了一种峻洁的人格魅力。

赋日东曲十首问海上僧，僧多不能答，时辛丑冬十月也十首（选二）

其三

绝入层云富士岩，蟠根直厌三州间[1]。六月雪花翻素毳[2]，何处深林觅白鹇。富士，国中最高山，六月山上有雪。三州，谓豆、骏、相也。

【注释】

[1] 厌：压。

[2] 毳（cuì）：鸟兽的细毛。

其十

中土国书尽购刊，一时文物故班班。只因读者多颠倒，莫使遗文在不删。其国但购得诸书，悉官刊之。字与此间同，但读者语言终异，又必侏离，顺文读下，复逆读而上始为句。所以文义虽通，而其为文终不能精畅也。

（《宋濂全集》之《萝山集》卷四）

【导读】

中日交流在元末明代日益频繁，“吴中四杰”之一的张羽曾有《题倭扇》数首歌咏日本使者进贡的折扇。宋濂这组《赋日东曲》作于元至正二十一年（1361），表明他对日本的一些情况有所了解。而孙贲的《送翰林宋先生致仕归金华诗》二十五首中亦有“高丽日本朝王使，长向仙班问姓名”，“东夷买得《潜溪集》，已向扶桑石上镌”等语，可见宋濂在中日文化交流史上具有一定的作用和影响。这两首诗，一首描写了富士山，一首则涉及汉籍东传的情形。

画山水图歌

远山刷翠宫眉弯，一江横绕罗带环。沙矶互作犬牙入，水痕初落犹班班。渔舟三两自何处，后先撑出芦花湾。解网得鱼长尺半，沽酒蹈破荒烟酸。西南冥茫见楼阁，朱碧隐现青云端。不知神仙何洞府，但见白道屈折蛟蛇蟠[1]。月明如霜夜将午，定有笙鹤来瑶坛。松间醉坐谁氏子，羊裘棕屩逍遥冠[2]。岂非东蒙山中旧隐士[3]，面目犹带河朔风尘顽。《黄庭》懒读尚衔袖，仰视松叶秋翻翻。我生素有山水癖，向之不觉开心颜。恍如西上黟川滩，卧听滩水流潺湲。又如东对仙华山[4]，青天飞下千巑岏[5]。岩雪藏阴凝太素，窦泉溅沫排空寒。便将此地穷天悭，青鞋布袜恒跻攀。莲花五色犹未吐，昼明夜照如神丹。人言绝顶有风光，高入苍莽天曼曼。天曼曼兮气盘盘，融作玉瀣从空漙[6]。服之龟鹤共长久，一任人寰日月双跳丸。白台为我梳仙鬟[7]，双成为我开琼关[8]。吁嗟乎！吾将终老山之间。吁嗟乎！吾将终老山之间。

（《宋濂全集》之《萝山集》卷五）

【注释】

[1] 白道：原本作“白莲”，据日本国会图书馆藏抄本《萝山集》改。

[2] 棕屩(zōngjuē)：棕鞋。

[3] 东蒙山：俗称乌牛纂，在浙江省温州市永嘉县乌牛镇瓯江之滨。

[4] 仙华山：位于浙江省金华市浦江县。

[5] 巑岏(cuánwán)：山高锐貌。

[6] 玉瀣(xiè)：这里指露水。漙(tuán)：形容露水盛多。

[7] 白台：战国时美女名。《战国策·魏策二》：“(梁王魏婴)左白台而右闾须，南威之美也。”鲍彪注：“白台、闾须，皆美人。”

[8] 双成：董双成。神话中西王母侍女名。见《汉武帝内传》。

【导读】

宋濂未尝以画闻名，然此诗却展现了一幅绝妙山水图，并寄寓了诗人潇洒超然的情怀。诗的前半部分以时间的艺术展现空间的艺术，由远及近，由上至下，由整体观照至局部细节，由自然景观至人文景观。从“我生素有山水癖”转入抒发观画感受，诗人之隐居经验与眼前画意相互生发，思绪在画面与想象之间穿梭，读来有一种置身其间、身临其境的感觉。全篇诗笔腾挪跳跃，情感酣畅，诗风飘逸奔放。

送方生孝孺还天台诗

四海皆兄弟，知己独难遇。伯乐倘弗逢，盐车厄骐骥。

（《宋濂全集》之《宋学士文粹辑补》）

【导读】

此诗共有十四章，此为“十三解”。全诗为方孝孺而作。方孝孺(1357—1402)，字希直，一字希古，台州府宁海人，因拒绝为朱棣起草即位诏书而被灭十族。方孝孺小宋濂四十七岁，而宋濂却引为知己，足见对其之器重已逾越了一般的师生关系。宋濂在《送方生还海宁》诗序中称赞方孝孺说：“凡理学渊源之统，人文绝续之寄，盛衰几微之载，名物度数之变，无不肆言之，离析于一丝而会归于大通。生精敏绝伦，每粗发其端，即能逆推而底于极，本末兼举，细大弗遗。”这分明可与英敏强记兼通《五经》的青年宋濂相比肩。此诗的妙处在于将耳熟能详的语句搭配在一起，却产生了一种人生孤独、知己难遇、识才怜才的复杂感情。

拓展阅读

宋太史诗序（节录）

郑 涛

太史先生诗若干卷，简雅赡丽，各因体成赋，声调辞气，精纯弗杂。涛尝传至京师，翰林诸公莫不爱诵之。而揭文安公为之评曰：“如宝鉴悬秋，随物应象，无毫末不类。至其玄妙自得，即之非无，索之非有，莹彻玲珑，不可凑泊，足以照映古今矣。”而先生闻之，弗自以为是也。初，先生在垂髫时即善吟，乡里老生有所赓咏，辄肆笔继其后，风翻雨驶，见者指为神童。已而问学日衍，志气日英发，颇自意前无古人，后绝来者矣。当是时，浦阳深裛吴公莱以能诗闻，……先生年二十时，橐其所为诗往见之，吴公读已，谓先生："子欲应世用邪，则诸诗诚过人矣；若曰追辙古作，则未能窥其藩翰，况阃奥乎！"先生惊曰："何谓也？"吴公曰："学诗当本于《三百篇》，夙夜优柔厌饫，分别六义，有以识其性情之真。而后沉酣《楚词》，潜泳汉魏诸什，以察其变。参摩六朝隋唐，迄乎宋季，以审其别。所谓察之审之者，非猎袭之谓也，必穷其体裁，按其音节，考其辞句，观其气象，原其奥致，如権重轻，如分清浊，然后识精而见确。更加以深诣之功，日就月将，孜孜弗懈，始可以言诗也已矣。"先生不觉汗流浃背，于是悉焚其所为稿，一依吴公之命而致力焉。及吴公既殁，先生复登柳、黄二公之门。二公之所传授，与吴公不异，先生益务刻深为之。二十年间，随作随焚，常有歉然不足之色。间语涛曰："吾于诗极用功而殊不能精，譬之陟泰山，至中观，自谓已至也，而不知天关犹在云际。以此言之，其难于学文也何翅十倍哉！"复出一编相示曰："子幸一观，吾又将焚之矣。"涛因为携去，即文安公所评者也。自时厥后，涛再游江南，求类先生之诗以传。先生曰："吾已焚去殆尽，子与吾学同师，知予用心独苦，愿为之序，他日所赋或可观，当书之以冠篇首。"涛惟先生七岁而善属文，二十以文名四方，六艺经传无不精究，子史百家、山经海志及方外之书，无不穷览。当世之典故，先生长者之讲说，又无不闻之。学信伟矣。发之声诗，其有不精者哉？纵曰诗有别材，非学所能致，而先生襟韵之高夐，标格之胜雅，又非胶黏于训故家可同日语也。其诗愈精，其言愈谦下者，何哉？惟其积功之久，故能知之愈至；知之愈至，故能识诗为愈难耳。古之人所以横被六合，力敌造化者，无他焉，其用心亦若斯而已也。

（《宋濂全集》之《萝山集》卷首）

刘　基 选十二首

刘基(1311—1375),字伯温。青田(今属浙江)人。少学《春秋》,又习理学,“诸子百氏,过目即洞其旨”(张时彻《诚意伯刘公神道碑铭》)。元至顺四年(1333)进士。至元二年(1336)任高安县丞,因奉命复查命案得罪权贵被免官。至正八年(1348)起用为浙江儒学副提举,又因越职弹劾某监察御史而受排挤,一年后辞职。至正十二年(1352)授浙东元帅府都事,隶浙东宣慰副使石抹宜孙部,于台州、温州等地征讨方国珍。朝廷招安方氏后,遂解职避居绍兴。至正十六年(1356)复授江浙行省都事,与石抹宜孙镇压吴成七起义,因功升任江浙行省郎中。至正十八年(1358),因遭排挤,降为儒学副提举格任处州路总管府判,愤而弃官,隐居青田山中。至正二十年(1360),为朱元璋聘至金陵礼贤馆。刘基“参预帷幄,秘计深谋”(《四库全书总目》卷一六九《诚意伯文集》提要),辅佐朱元璋灭陈友谅、执张士诚、降方国珍、北伐中原,成就帝业。明洪武元年(1368),拜御史中丞兼太史率更令。洪武三年(1370)授弘文馆学士,进封诚意伯。洪武四年(1371)赐归,隐居山中,不预外事。洪武五年(1372)遭胡惟庸构陷,朱元璋移文切责,下旨夺俸,后又入朝引咎自责,滞留京中不敢言归。洪武八年(1375)病笃,朱元璋遣使驰驿送其还乡。居家一月而卒,享年六十五岁。

◎　刘基像

著有《郁离子》五卷、《覆瓿集》并拾遗二十卷、《写情集》四卷、《春秋明经》四卷、《犁眉公集》五卷等,后人合编为《诚意伯刘先生文集》。今有林家骊点校《刘伯温集》(浙江古籍出版社,2011 年)可资参考。另日本有天保十年(1839)带香草阁刻本《诚意伯诗钞》四卷,选古乐府、歌行、五古、七古、五律、七律、五绝、七绝,计诗四百余首(陈广宏、侯荣川编著《日本所编明人诗文选集综录》)。

刘基与宋濂不同，宋濂元末隐居有相时而动、择主而事之机，刘基则将实现自我价值看得高于一切，于乱世仍有挽狂澜于既倒之幻想，其诗歌便成为他理想受挫后的宣泄，所谓“公豪杰之才……遭元末运，沉于下寮，其志郁而弗伸也，其谋浚而孔忤也，其才积而困于无施也，故得肆立于文焉。或时事之感激，而泄忧愤于纡余；或机会之在前，而痛铺张之失策”（林富《重锓诚意伯刘公文集序》）。在对元朝政府彻底失望后，他由“卫元补天”转而“倒元扶明”，投向了朱元璋，成为明朝的开国元勋。然而仕元恰恰成为他入明后背负失节之名而痛苦的根源，在明朝建立初年盛大昌明的氛围中，他的诗歌却常常流露出惆怅、失落、彷徨的凄楚之音。正如钱谦益所说：“遭逢圣祖，佐命帷幄，列爵五等，蔚为宗臣，斯可谓得志大行矣。乃其为诗，悲穷叹老，咨嗟幽忧，昔年飞扬硉矹之气，澌然无有存者。”（《列朝诗集》甲集前）其入明前后诗风之变化，烙下了其人生选择的鲜明印痕。前人论诗，以刘基与高启并举，推为明代之冠。如沈德潜云：“元季诗都尚辞华，文成独标高格，时欲追逐杜、韩，故超然独胜，允为一代之冠。”（沈德潜《明诗别裁集》卷一）又如四库馆臣云：“其诗沉郁顿挫，自成一家，足与高启相抗。”（《四库全书总目》卷一六九《诚意伯文集》提要）潘德舆则以士君子之诗与诗人之诗区分之：“青田之雄浑博大，又非青丘之所能及。盖青丘犹诗人之诗，而青田则士君子言志之诗也。”（《养一斋诗话》卷六）潘氏的见解颇有道理，刘基的“士君子言志之诗”，实际上是传统诗教中的美刺讽诫精神与个人生活体验相结合的结果。这种变风变雅的政治情怀，在明初却因为君主的强势，直接导致了刘基精神的萎缩。有学者认为，这种概括“不仅抓住了高启与刘基二人的最大区别，同时也是元明之际吴中诗派与浙东诗派的根本区别”（左东岭等《中国诗歌通史·明代卷》）。

乌生八九子

树上乌，一生八九子，相呼哑哑聒人耳。何不学衔泥燕，和鸣集桃李？又不学鹰与隼，奋翅高飞碧云里？胡为巢此庭树间，啄腐吞腥饕吻嘴[1]！少年挟弹如流星，祸机潜发不见形。翅翎摧折身首磔[2]，蝼蚁伤残谁女惜！

（《刘伯温集》卷十七）

【注释】

[1] 饕(tāo):贪食。

[2] 磔(zhé):一种分裂肢体的酷刑。

【导读】

沈德潜评刘基诗云:“乐府高于古诗,古诗高于近体,五言近体高于七言。”(《明诗别裁集》卷一)这与今人认为刘基的五言古诗写得最好的意见虽不同,但也揭示了其乐府成就相对较高。《乌生八九子》属“相和歌辞”,原本用来表现生命无常的主题。此诗紧扣题目来写,虽然延续了传统的意思,但通过群生的乌子不能各自奋飞而争食于一处,最终导致身首异处的可悲下场的描写,产生了一种隐喻和讽刺的意味。

放歌行

鸿鹄搏紫霄,鹪鸠守苞桑。岂惟异所志?羽翼有短长。玄阴变白昼,暗虚侵太阳[1]。一鹿走中原,熊虎竞腾骧[2]。植竿成垒壁,举袂为搀枪[3]。叱咤倒江河,蹴蹋摧山冈。犬牙据险要,瓜瓣割土疆。六奇夸曲逆[4],三略称子房[5]。磨牙各有伺,裂嘴遥相望。龙蛇未分明,智力正争强。孔明鱼得水,毛遂锥脱囊。雾晦豹始变[6],海激鹏乃翔。嗟尔独何为,抱己自摧藏!

(《刘伯温集》卷十七)

【注释】

[1] 暗虚:阴影。张衡《灵宪》:“当日之冲,光常不合者,蔽于地也。是谓暗虚。在星星微,月过则食。”

[2] 腾骧:飞腾,奔腾。这里形容元末大乱。

[3] 搀枪:彗星名。古人认为是妖星,主兵祸。

[4] 六奇:西汉陈平曾为高祖刘邦六次出奇谋。后遂以“六奇”等指出奇制胜的谋略。曲逆:夏桀的嬖臣。

[5] 三略:《黄石公三略》,也称《太公兵法》。据《史记·留侯世家》载,该书为汉初黄石公(圯

上老人)传授给张良。

[6] 豹变:君子豹变。《周易·革》:"大人虎变,小人革面,君子豹变。"

【导读】

这首乐府写于元末,反映了刘基建功立业的志向。王纲解纽,豪强割据,各方势力摩拳擦掌,虎视眈眈。所谓乱世出英雄,毛遂、陈平、张良、诸葛亮便是在乱世得以脱颖而出,垂名万世。"雾晦豹始变,海激鹏乃翔",时代的风雨正呼唤着有志者奋起而为,自己怎能独自隐居哀叹而不希冀有所作为呢?

二　鬼

忆昔盘古初开天地时,以土为肉石为骨,水为血脉天为皮。昆仑为头颅,江海为胃肠,嵩岳为背膂,其外四岳为四肢。四肢百体咸定位,乃以日月为两眼,循环照烛三百六十骨节,八万四千毛窍,勿使淫邪发泄生疮痍。两眼相逐走不歇,天帝愍其劳逸不调生病患,申命守以两鬼,名曰结璘与郁仪[1]。郁仪手捉三足老鸦脚[2],脚踏火轮蟠九螭。咀嚼五色若木英,身上五色光陆离。朝发旸谷暮金枢[3],清晨还上扶桑枝[4]。扬鞭驱龙扶海若,蒸霞沸浪煎鱼龟。辉煌焜耀启幽暗,燠煦草木生芳蕤。结璘坐在广寒桂树根,漱咽桂露芬香菲。啖服白兔所捣之灵药,跳上蟾蜍背脊骑。掐光弄影荡云汉,闪奎烁壁葩花摛。手摘桂树子,撒入大海中,散与蚌蛤为珠玑。或落岩谷间,化作珣玗琪[5]。人拾得吃者,胸臆生明翚。内外星官各职职,惟有两鬼两眼昼夜长相追。有物来掩犯,两鬼随即挥刀鈹[6]。禁制虾蟆与老鸦,低头屏气服役使,不敢起意为奸欺。天帝怜两鬼,暂放两鬼人间娭[7]。一鬼乘白狗,走向织女黄姑矶[8]。槌河鼓,褰两旗,跳下皇初平牧羊群,烹羊食肉口吻流膏脂。却入天台山,呼龙唤虎听指麾。东岩凿石取金卯[9],西岩掘土求琼蕤。岩訇洞砉石梁折[10],惊起五百罗汉半夜拔刺冲天飞。一鬼乘白豕,从以青羊青兔赤鼠儿,便从阁道出西清,入少微,浴咸池,身骑青田鹤,去采青田芝。仙都赤城三十六洞主,骑鸾翳凤来陪随。神魋清唱毛女和[11],长烟袅袅飘熊旂[12]。蜚廉吹笙虎击筑[13],罔象出舞奔冯夷[14]。两鬼自从天上别,别后道路阻隔不得相闻知。忽闻韩山子,往来说因依。两鬼各借问,始知相去近不远,何得不一相见叙情词?情词不得叙,焉得不相思。相思人间五十年，未抵天上五十炊。忽然宇宙变差异，六月落雪冰天逵。鼋鼍上山作窟穴，蛇头生角角有歧。鳄鱼掉尾斫折巨鳌脚，蓬莱宫倒水没楣。搀抢枉矢争出逞妖怪[15]，或大如瓮盎，或长如蝼蛇。光烁烁，形䕨䕨[16]，叫鹿豕，呼熊罴，煽吴回[17]，翔魌魑。天帝左右无扶持，蚊虻蚤虱蝇蚋蜞嚼肤咂血图饱肥[18]。扰扰不可挥，筋节解折两眼瞌，不辨妍与媸。两鬼大惕伤，身如受榜笞，便欲相约讨药与天帝医。先去两眼翳，使识青黄红白黑，便下天潢天一水，洗涤盘古肠胃心肾肝肺脾。却取女娲所抟黄土块，改换耳目口鼻牙舌眉。然后请轩辕，邀伏羲、风后[19]、力牧[20]、老龙告泰山稽，命鲁般，诏工倕，使丰隆[21]，役黔羸[22]，砺斧凿，具炉锤，取金蓐收[23]，伐材尾箕[24]，修理南极北极枢，斡运太阴太阳机。檄召皇地示，部署岳渎神，受约天皇墀。生鸟必凤凰，勿生枭与鸱。生兽必麒麟，勿生豺与狸。生鳞必龙鲤，勿生蛇与螭[25]。生甲必龟贝，勿生蝓与蜞。生木必松楠，生草必荠葵，勿生钩吻含毒断人肠，勿生枳棘覃利伤人肌。螟蝗害禾稼，必绝其蝝蚳[26]。虎狼妨畜牧，必遏其孕孳。启迪天下蠢蠢氓，悉蹈礼义尊父师。奉事周文公、鲁仲尼、曾子舆、孔子思，敬习《书》《易》《礼》《乐》《春秋》《诗》。履正直，屏邪攲，引顽嚚[27]，入规矩。雍雍熙熙，不冻不饥，避刑远罪趋祥祺。谋之不能行，不意天帝错怪恚，谓此是我所当为，眇眇末两鬼，何敢越分生思惟，呶呶向瘖盲，泄漏造化微？急诏飞天神王与我捉此两鬼拘囚之，勿使在人寰做出妖怪奇。飞天神王得天帝诏，立召五百夜叉，带金绳，将铁网，寻踪逐迹，莫放两鬼走逸入崄巇[28]。五百夜叉个个口吐火，搜天刮地走不疲。吹风放火烈山谷，不问杉柏樗栎兰艾蒿芷蘅茅茨，燔焱熨灼无余遗。搜到九万九千九百九十九仞幽谷底，捉住两鬼，眼睛光活如琉璃。养在银丝铁栅内，衣以文采食以麋。莫教突出笼络外，踏折地轴倾天维。两鬼亦自相顾笑，但得不寒不馁长乐无忧悲，自可等待天帝息怒解猜惑，依旧天上作伴同游戏。

（《刘伯温集》卷十八）

【注释】

[1] 结璘、郁仪：《黄庭内景经·高奔章》：“郁仪、结璘善相保。”梁丘子注：“郁仪，奔日之仙；结璘，奔月之仙。”这里将郁仪比作太阳，结璘比作月亮。

[2] 三足老鸦：三足乌。神话传说太阳中有三足乌。

[3] 旸谷：传说中日出的地方。金枢：传说中月落的地方。

[4] 扶桑：木名。《山海经·海外东经》：“汤（旸）谷上有扶桑，十日所浴。”

[5] 珣玗琪：美玉名。《尔雅》：“东方之美者，有医无闾之珣玗琪焉。”

[6] 刀铍(pī):刀剑。

[7] 娭(xī):同“嬉”。

[8] 黄姑:牵牛星。《玉台新咏·歌辞之一》:“东飞伯劳西飞燕,黄姑织女时相见。”

[9] 金卯:“刘”姓的隐语。这里用字面意,即金刀。

[10] 訇(hōng):形容声音大。砉(huā):形容迅速动作的声音。

[11] 毛女:传说中得道于华山的仙女。刘向《列仙传·毛女》:“毛女者,字玉姜,在华阴山中,猎师世世见之,形体生毛,自言秦始皇宫人也,秦坏,流亡入山避难,遇道士谷春,教食松叶,遂不饥寒,身轻如飞,百七十余年,所止岩中有鼓琴声云。”

[12] 熊旂:熊旗,以熊虎为徽识的旗。

[13] 蜚廉:传说中的神兽名。《淮南子·俶真训》:“骑蜚廉而从敦圄,驰于方外,休乎宇内。”高诱注:“蜚廉,兽名,长毛有翼。”

[14] 罔象:又称罔像、魍象。古代中国传说中的一种水怪。或谓木石之怪。《国语·鲁语下》:“水之怪曰龙、罔象。”韦昭注:“或曰罔象,食人,一名沐肿。”《夏鼎志》曰:“‘罔象’如三岁儿,赤目,黑色,大耳,长臂,赤爪。索缚,则可得食。”

[15] 枉矢:彗星名。古人认为是妖星,主兵祸。

[16] 躨(kuí)躨:盘曲貌。

[17] 吴回:神话传说中的火神。

[18] 蚊虻蚤虱蝇蚋(ruì)蜞:蚊子、跳蚤、虱子、苍蝇、蟛蜞。噆(zǎn):叮咬。

[19] 风后:传说中黄帝的宰相,三公之一。

[20] 力牧:传说中黄帝之臣,三公之一。

[21] 丰隆:传说中的雷神。

[22] 黔羸:传说中的水神。

[23] 蓐收:传说中西方的秋神。

[24] 尾箕:尾宿和箕宿的并称。

[25] 螱(wèi):一种蛇。《玉篇·虫部》:“螱,肥螱。蛇名。一首两身,六足四翼,见则天下大旱。”

[26] 蝝(yuán):蝗蝻。未生翅的蝗虫若虫。蚳(chí):蚁卵。

[27] 嚚(yín):奸诈。

[28] 崄巇(xiǎnxī):险峻崎岖的山地。

【导读】

这首作于元末的歌行是刘基险怪诗风的代表。诗歌借盘古开天辟地的神话为叙述背景,写郁仪和结璘(二鬼)由在天上监察万物再到人间整顿秩序的故事。盘古开天辟地，以郁仪和结璘掌管日月，烛照世界。天帝爱怜他们辛苦，二鬼被暂放人间，五十年不得相见，后来宇宙发生变乱，他们才得以再次相会，并相约再造天地秩序，修理南北极。经过二鬼的整顿，宇宙又走上“履正直，屏邪欹，引顽嚚，入规矩。雍雍熙熙，不冻不饥，避刑远罪趋祥祺”的轨道。不料天帝却以僭越和泄露天机的罪名，派飞天神王捉住他们，“养在银丝铁栅内，衣以文采食以麋”。二鬼无可奈何，只得渴望天帝息怒释疑后能够让他们重回上天。

诗歌凭借丰富的想象，塑造了二鬼的奇特形象，寄托了刘基在乱世中的忧患意识和责任担当，又有被限制的苦闷与悲愤。全诗虽光怪陆离，充满神异色彩，却并没有因此而晦涩难懂，这与诗中大量使用口语、俗语不无关系。潘德舆《养一斋诗话》卷六云：“刘青田《二鬼》诗，或云拟昌黎《二鸟》而作，或云在卢仝马异间，或云破刘叉之胆。然吾不责其好作奇语为不经，而恨其多参俚语为不雅也。……语意太俚率任情，卢仝马异刘叉尚不肯出此，况昌黎哉。一概褒许，诗不儿戏，即成恶道。”全诗以散文化的方式结撰，易于题旨的表达。钱谦益云“所谓二鬼，公盖自谓及金华太史公也”（《列朝诗集》甲集前），历来论者均采其说。

感怀三十一首（其二十）

结发事远游，逍遥观四方。天地一何阔，山川杳茫茫。众鸟各自飞，乔木空苍凉。登高见万里，怀古使心伤。伫立望浮云，安得凌风翔！

（《刘伯温集》卷二十）

【导读】

这首写于元末的五言古诗表达了刘基的远大志向。与《二鬼》不同的是，前者意象、典故的指向性十分明确，使读者很容易与元末群雄割据的局面及诗人跃跃欲试的志向产生联想。此首则是骋怀游目式的，诗人将情志寄托在景物描写和登临怀古的历史遐想之中，故看上去较为空灵，实则具有一种深沉博大之气。王夫之评曰：“大景语极不易构，‘天地一何阔’四句，用何等心光拾取？”（《明诗评选》卷四）

北上感怀

倦鸟思一枝，枥马志千里[1]。营营劳生心，出入靡定止。伊余朽钝材[2]，懒拙更无比。才疏乏世用，嗜僻惟书史。虽非济时具，颇识素餐耻。既怀黎民忧，妄意古人企。宁知乖圆方，举足辄伤趾。尘埃百病侵，贫窭万感累。艰难幸息肩，迟莫窃所喜。明时登骥騄[3]，驽马但垂耳。自非冀北姿[4]，莫羡追风驶。便欲解衣冠，躬耕向桑梓。终怀葵藿恋，不慕沮溺诡[5]。潜阳动原隰[6]，白日暖兰芷。埘鸡戒晨鸣，客子驾行李。萦纡越巉崿[7]，浩荡涉风水。淹留具区北，信宿沧江汜。维时连年歉，道路多流徙。官司职抚字，黔首皆赤子。陈红太仓米，丰年所储偫[8]。为民备乏困，朝廷岂私此？推余补不足，兹实王政始。臣子宜奉承，天威不违咫。奈何簿书曹，暴慢蔑至理。苟云出纳吝，当闵觳觫死[9]。呜呼草莽露，惨恻沟渎委。闻之犹鼻酸，见者宜颡泚[10]。逾淮入大河，凄凉更难视。黄沙渺茫茫，白骨积荒藟[11]。哀哉耕食场，尽作狐兔垒。太平戢干戈，景物未应尔。意者斯人徒，纵欲扰天纪。鬼神赫震怒，咎戾良有以。去年人食人，不识弟与姊。至今盗贼辈，啸聚如蜂蚁。长戈耀白雪，健马突封豕。岂惟横山泽，已敢剽城市。途行绝稀少，空车但墙倚。身行须结集，一寐四五起。牧民岂无人？司寇亦有氏。阵车不驱驰，大田无耒耜。邦家禄食恩，岂为臣奉己！山东古要地，燕赵犹唇齿。况兹南北冲，津梁通远迩。属当全盛时，四海同一轨。庙堂多稷契，振举无遗弛。勿云疥癣微，不足成疮痏[12]。滔天起滥觞，炎冈发星炬。虞朝有分北[13]，汉庭烦直指[14]。农夫植嘉谷，所务诛稂秕。耕耘苟失时，雨露空沾洒。威怀岂异任[15]，守令职非痹。端能慎黜陟，此辈何足弭？故乡隔山川，前途塞荆枳。青徐气萧索[16]，河济俱泥滓[17]。痛哭贾生狂，长叹漆室悝[18]。何当天门开，清问逮下俚！

（《刘伯温集》卷二十）

【注释】

[1] 枥马：拴在马槽上的马。

[2] 伊余：我。

[3] 骥騄：良马，喻贤能。

[4] 冀北：良马产地。《左传·昭公四年》：“冀之北土，马之所生。”这里指代良马。

[5] 沮溺：长沮、桀溺两位隐士的合称。这里泛指隐士。

[6] 原隰(xí)：平原和低下的地方。

[7] 巘崿(yǎn'è)：山崖、峰峦。

[8] 储偫(zhì)：储备，特指存储物资以备需用。

[9] 觳觫(húsù)：因恐惧而发抖。

[10] 颡泚(sǎngcǐ)：心中惭愧、惶恐。

[11] 藟(lěi)：葛藤。

[12] 疮痏(chuāngwěi)：这里指祸害。

[13] 虞朝：舜执政时期。分北：分离。北，同“背”。《尚书·舜典》：“分北三苗。”

[14] 直指：直指使者。汉武帝时朝廷设置的专管巡视、处理各地政事的官员。

[15] 威怀：威服和怀柔。异任：功用或职任不同。

[16] 青徐：青州和徐州的并称。

[17] 河济：黄河与济水的并称。

[18] 悝(lǐ)：忧，悲。原作“里”，据《列朝诗集》改。

【导读】

刘基的诗歌大多作于丢官隐居期间。这首诗写于元至正六年(1346)，他从江西罢官居家已近七年，本年北上京城，目的是谋求新的官职。刘基曾说“甚欲赋诗追杜子”(《题陆放翁湖上诗后》)，此诗便是学杜的典型，模拟的是《自京赴奉先县咏怀五百字》。全诗以倦鸟、枥马兴起，将儒家忧国忧民的情怀并入北上见闻的感慨中，有鲜明的时代底色，独具审美价值和认识价值。正是因为抱着“终怀葵藿恋”“黎民忧”的初心，所以他才不顾自己既“拙”且“乖”(“朽钝才”“乖方圆”)而上京求官。在北上的过程中，他遇到流民饿殍，看到白骨山积，哀叹广袤之田无人耕种，分析盗贼蜂起的原因；在对全盛时“庙堂多稷契”的憧憬中，对当下“暴慢”“奉己”的官员及黜陟不慎的铨选制度提出了批评；他提醒统治者要注意防微杜渐，“勿云疥癣微，不足成疮痏。滔天起滥觞，炎冈发星烜”，尽管他对朝廷的现状十分不满，但仍然企盼“何当天门开，清问逮下悝”的重现。此诗铺陈元末乱象，贯穿以儒家悲天悯人的情怀，呈现出一种沉郁顿挫的风格。

感时述事十首(选二)

八政首食货[1],钱币通有无。国朝币用楮[2],流行比金珠。至今垂百年,转布弥寰区。此物岂足贵,实由威令敷。庙堂喜新政,躁议违老夫。悠悠祖宗训,变之在朝晡。瞿然骇群目,疑怪仍揶揄。至宝惟艰得,韫椟斯藏诸。假令多若土,贱弃复谁沽?钱币相比较,好丑天然殊。譬彼绨与绤,长短价相如。互市从所取,孰肯要其粗?此理实易解,无用论智愚。矧兹四海内,五载横戈殳。赤子投枳棘,不知所归途。一口当万喙,唇缩舌亦瘏。导水必寻源,源达流乃疏。艺木必培根,根固叶不枯。慎勿庸迩言[3],扬火自焚躯。尚克诘戎兵[4],丕显厥祖谟[5]。

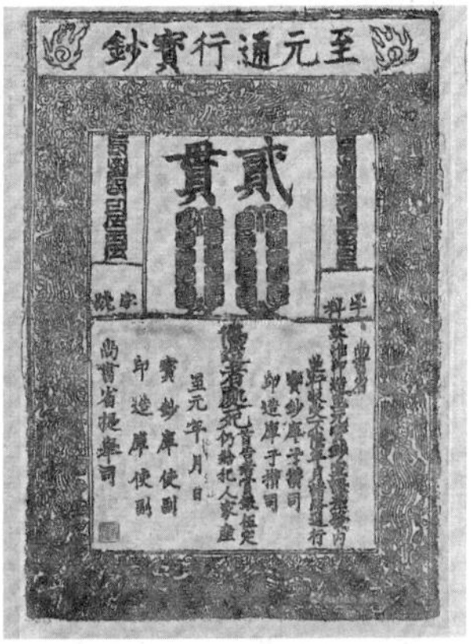

◎ 元代纸币

【注释】

[1] 八政:古代国家施政的八个方面。《尚书·洪范》:“八政:一曰食,二曰货,三曰祀,四曰司空,五曰司徒,六曰司寇,七曰宾,八曰师。”

[2] 楮(chǔ):纸的代称。

[3] 迩言:浅近的话。

[4] 诘戎兵:诘戎治兵,意为整治军事。《尚书·立政》:“其克诘尔戎兵。”

[5] 丕显:英明。

惟民食为命,王政之所先。海鹾实天物[1],厥利何可专?贪臣务聚财,张罗密于毡。厉禁及鱼虾,卤水不得煎。出门即陷阱,举足遭缠牵。急然用鞭棰[2],冤痛声相连。高牙开怨府,积货重奸权。分摊算户口,渗漉尽微涓[3]。官征势既迫,私贩理则然。遂令无赖儿,睚眦操戈铤。出没山谷里,陆梁江海边。横行荷篡笼[4],方驾列船舷。拒捕斥后懦,争强夸直前。盗贼由此起,狼籍成蔓延。先王务广德,如川出深渊。外本而内末,民俗随之迁。自从甲兵兴,奄忽五六年。借筹讨得丧,耗费倍万千。回忆至元初,禁网疏且平。家家有衣食,畏刑思保全。后来法转细,百体皆拘挛。厚利入私家,官府任其愆。大哉乃祖训,典章尚流传。有举斯可复,庶用康迍邅[5]。

(《刘伯温集》卷二十)

【注释】

[1] 海鹾(cuó):海盐。

[2] 炰烋(páoxiāo):猛兽怒吼,此处形容官兵嚣张。

[3] 渗漉:比喻恩泽下施。

[4] 簣笼:盛土笼。

[5] 迍邅(zhūnzhān):困顿。

【导读】

《感时述事》十首作于元至正十六年(1356),从朝廷、官府、官军、民兵、策略、苗军、招安、铸钱、盐政、赋税十个方面叙述了元末的局势,揭开了天下大乱的原因,极富历史洞察力,这里选录第八、九两首。元朝是中国历史上第一个完全以纸币作为流通货币的朝代,纸币的购买力完全取决于元朝政府的准备金,即刘基所说的"此物岂足贵,实由威令敷"。至正十年(1350),为了解决国库空虚的问题,元顺帝任用脱脱变更钞法,滥发纸币,导致通货膨胀,物价上涨,从而成为元末大乱的一大诱因。元末盐政腐败日益加剧,致使私盐贩卖兴盛,在政府的严厉打击下,一部分人啸聚山林,成为元末大乱的第二个诱因。这两首诗,以诗史的笔法呈现了元末弊政所带来的严重后果,但诗人怀有挽狂澜于既倒的信念,故而在诗的结尾,都提出了挽救的办法。如果说《北上感怀》是在儒家情怀驱动下以个人视角反映元末的历史现状的话,那么《感时述事》则是站在时代的高度思索元朝的历史走向。

旅兴五十首(选一)

寒灯耿幽幕,虫鸣清夜阑。起行望清天,明月在云端。美人隔千里,山河杳漫漫。玄云翳崇冈,白露凋芳兰。愿以绿绮琴,写作《行路难》。忧来无和声,弦绝空长叹。

(《刘伯温集》卷二十)

【导读】

以五古组诗抒发个人情感始于阮籍《咏怀》八十二首,刘基亦长于此道,他的

《感怀》三十一首、《杂诗》四十一首都属这类作品。《旅兴》五十首乃刘基入明后所作，诗中流露出一种伤感、彷徨、凄凉、惆怅、迷离、失落的情感，与其元末诗风有较大的差异。此为第四十一首。开篇以寒灯幽幕和夜阑虫鸣渲染了整首诗歌凄清、萧瑟的底色，随后用香草美人的手法，抒写理想与现实的差距。最后慨叹心事难言、知音稀少，将凄清之情感推向高潮。这是一种情怀郁结却又无处申诉的苦闷，似乎只有青天明月可以鉴之，刘基入明后的心态于此可豹窥一斑。

古　戍

古戍连山火[1]，新城殷地笳[2]。九州犹虎豹，四海未桑麻。天迥云垂草，江空雪覆沙。野梅烧不尽，时见两三花。

（《刘伯温集》卷二十二）

【注释】

[1] 连山火：相连的烽火。

[2] 殷地笳：号角震地。殷，震响。

【导读】

这是写战争导致的混乱与凋敝。从戍所到城市，无处没有战火和笳声，那些横行在九州大地上的“虎豹”，使得四海黔黎无计桑麻。放眼望去，天高江阔，但这绝非澄明幽静般的惬意，而是战争所致之萧条与凄清。正当哀伤之际，诗人却从劫后余生的野梅中看到了生命的顽强，这也给诗人绝望的心情带来一丝希望。诗思由低回转向昂扬，风格遒劲，格调雄浑。

忧　怀

群盗纵横半九州，干戈满目几时休？官曹各有营身计，将帅何曾为国谋！猛虎封狼安荐食[1]，农夫田父困诛求。抑强扶弱须天讨，可怪无人借箸筹[2]。

（《刘伯温集》卷二十三）

【注释】

[1] 荐食：不断吞食，不断吞并。

[2] 箸筹：出谋划策。语出《史记・留侯世家》："张良对曰：'臣请藉前箸为大王筹之。'"

【导读】

此诗感叹元末大乱，朝廷官、将谋国无能。一边是起义军队的攻城略地，一边是朝廷对农民的强制征收，诗人却空有"抑强扶弱"的抱负。据《诚意伯刘公行状》记载，大约在元至正十年（1350），刘基"尝游西湖，有异云起西北，光映湖水中。时鲁道原、宇文公谅诸同游者，皆以为庆云，将分韵赋诗，公独纵饮不顾，乃大言曰：'此天子气也，应在金陵，十年后，有王者起其下，我当辅之。'时杭城犹全盛，诸老大骇，以为狂，且曰：'欲累我族灭乎？'悉去之。公独呼门人沈与京置酒亭上，放歌极醉而罢。时无能知者，惟西蜀赵天泽知公才器，以为诸葛孔明之流"。这个故事有助于我们理解此诗之尾联。

和石末公见示肓字韵[1]

长想天涯皆内地，忍看阃外即他乡[2]。扶生可惜医无缓，救死宁堪鬼在肓？郡县诛求应到骨，乾坤战伐遍成疮。辽东华表云间鹤[3]，相见相思总断肠。

（《刘伯温集》卷二十三）

【注释】

[1] 石末公：石抹宜孙，字申之。《元史》本传云："宜孙性警敏，嗜学问，于书务博览，而长于诗歌。""至正十一年，方国珍起海上，江浙行省檄宜孙守温州，宜孙即起任其事。其年闽寇犯处州，复檄宜孙以兵平之。以功升浙东宣慰副使，分府于台州。顷之，处之属县山寇并起，宜孙复奉省檄往讨之。至则筑处州城，为御敌计。十七年，江浙行省左丞相达识铁睦迩承制升宜孙行枢密院判官，总制处州，分院治于处。又以江浙儒学副提举刘基为其院经历，萧山县尹苏友龙为照磨，而

宜孙又辟郡人胡深、叶琛、章溢参谋其军事。"至正十九年(1359),明军入处州,为乱兵所害。"事闻,朝廷赠推诚宣力效节功臣、集贤大学士、荣禄大夫、上柱国,追封越国公,谥忠愍。"

[2] 阃外:指京城或朝廷以外的地方。

[3] "辽东"句:传说汉辽东人丁令威,学道成仙,后化鹤归来,落在城门的华表上,有少年欲射之,鹤乃飞鸣作人语曰:"有鸟有鸟丁令威,去家千里今始归。城郭如故人民非,何不学仙冢累累。"(见《搜神后记》)

【导读】

元至正十六年(1356)二月,刘基被启用为江浙行省都事,三月赴处州,与石抹宜孙平定处州境内的民变。至正十七年(1357),石抹宜孙升任行枢密院判官,刘基改任行枢密院经历。因与石抹宜孙相处融洽,此番出仕成为刘基任职元朝最为顺意的时期。宜孙能诗,刘基得与其"为诗相往来,凡有所感,辄形诸篇"(刘基《唱和集序》),今刘基集中与其唱和之诗多达70余首,多数为七律,其主旨则大致围绕"相期各努力,共济艰难时"(刘基《次韵和石末公春日感怀》)展开。钱谦益评价这些诗云:"其在幕府,与石抹艰危共事,遇知己,效驰驱,作为歌诗,魁垒顿挫,使读者偾张兴起,如欲奋臂出其间者。"(《列朝诗集》甲集前)此诗以理想与现实的悖反起,颔联则表达了虽欲救死扶伤却无力为之的苦闷。颈联"郡县诛求应到骨,乾坤战伐遍成疮",对元末历史做了高度概括,也是前两联所述之事、所抒之情的原因。尾联表达了"城郭如故人民非"的哀叹。

漫　成

老去知心更有谁?愁将短发对花枝。花残更发新春叶,发白空垂满面丝。纵酒放歌怜往日,倚阑听雁立多时。若为化得抟风翮[1],汗漫东西信所之[2]。

(《刘伯温集》卷二十三)

【注释】

[1] 抟风翮(hé):能乘风捷上的翅膀。

[2] 汗漫:广泛,不着边际。

【导读】

这首七律为刘基入明后所作，诗中不再有早年那种“使读者偾张兴起，如欲奋臂出其间者”的“飞扬硉矹之气”（钱谦益《列朝诗集》甲集前），代之而起的是一种孤独、颓败、忆旧的情绪。在百废待兴的新朝建立之初，他却像失去了目标的大鹏一样，任凭大风吹向东西南北。这对于胸怀大志的刘基来说，是最大的悲哀。

拓展阅读

苏平仲文集序

刘 基

文以理为主，而气以摅之。理不明，为虚文；气不足，则理无所驾。文之盛衰，实关时之泰否。是故先王以诗观民风，而知其国之兴废，岂苟然哉！文与诗同生于人心，体制虽殊，而其造意出辞规矩绳墨固无异也。

唐虞三代之文，诚于中而形为言，不矫揉以为工，不虚声而强聒也，故理明而气昌。玩其辞，想其人，盖莫非圣贤之徒，知德而闻道者也，而况又经孔子之删定乎！

汉兴，一扫衰周之文敝而返诸朴。丰沛之歌，雄伟不饰，移风易尚之机，实肇于此。而高祖、文帝制诏天下，咸用简直。于是仪、秦、鞅、斯县河之口，至此几杜。是故，贾疏、董策、韦传之诗，皆妥帖不诡，语不惊人，而意自至。由其理明而气足以摅之也。周之下，享国延祚，汉为最久，盖可识矣。武帝英雄之才，气盖宇宙，而司马相如又以夸逞之文侈之，以启其夜郎筰笮、通天桂馆、泰山梁甫之役，与秦始皇帝无异，致勤持斧之使，封富民之侯，下轮台之诏，然后仅克有终。文不主理之害一至于斯，不亦甚哉！相如既没，人犹尚之，故扬子云用是见知成帝。然而汉家朴厚之尚已成，其根未尝拔也。故赵充国将也，有屯田之奏；刘更生宗室子也，有封事之言。往复开陈，周旋辨析，诚意恳至，理明辞达，气畅而舒，非汲汲以鸿生硕儒争名当代者所能及也。岂非习尚有源而得之于自然乎？呜呼！此西汉之文所以为盛，国祚绝而复续，如元气之不坏而乾坤不死也。后之人论不及此，而以相如、子云为称首，不亦悲哉！东汉班孟坚之外，虽无超世之文，要亦不改故尚，故亦不失西京旧物。下逮魏晋，降及于隋，驳杂不一，而其大概惟日趋于绮靡而已。是故非惟国祚不长，而声教所被，亦不能薄四海。观国风者，盍于是乎求之哉！

继汉而有九有，享国延祚最久者，唐也。故其诗文有陈子昂，而继以李、杜；有韩退之，而和以柳。于是唐不让汉，则此数公之力也。继唐者宋，而有欧、苏、曾、王出焉，其文与诗追汉、唐矣，而周、程、张氏之徒，又大阐明道理，于是高者上窥三代，而汉、唐若有歉焉。故以宋之威武，较之汉、唐弗侔也，而七帝相承，治化不减汉、唐者，抑亦天运之使然与？是故气昌而国昌，由文以见之也。元承宋统，子孙相传，仅逾百载，而有刘、许、姚、吴、虞、黄、范、揭之俦，有诗有文，皆可垂后者，由其土宇之最广也。

今我国家之兴，土宇之大，上轶汉、唐与宋，而尽有元之幅员，夫何高文宏辞未之多见？良由混一之未远也。

金华苏平仲起国子学录，迁翰林编修，以其所为诗文示予，予得以谛观之。见其辞达而义粹，识不凡而意不诡，盖明于理而昌于气者也。与之游，知其勤而敏，不自足其所已能。且年方将而未艾也，知其他日必以文名于盛代，耀于前而光于后也。故为之叙，而举昔人之大以期之。

（《刘伯温集》卷二）

照玄上人诗集序（节录）

刘 基

夫诗何为而作哉？情发于中而形于言，《国风》、二《雅》列于《六经》，美刺风戒，莫不有裨于世教。是故先王以之验风俗、察治忽，以达穷而在下者之情，词章云乎哉。后世太师职废，于是夸毗戚施之徒，悉以诗将其谀，故溢美多而风刺少。流而至于宋，于是诽谤之狱兴焉。然后风雅之道扫地而无遗矣。今天下不闻有禁言之律，而目见耳闻之习未变，故为诗者，莫不以哦风月、弄花鸟为能事，取则于达官贵人而不师古，定轻重于众人而不辨其为玉为石。惛惛怓怓，此倡彼和，更相朋附，转相诋訾，而诗之道无有能知者矣。

（《刘伯温集》卷二）

高　启 选十三首

高启（1336—1374），字季迪，号槎轩，又号青丘子、孟潴豪士，别号吹台，洪武三年（1370）辞官后又自署青丘退史。长洲（今江苏苏州）人。其人“气貌充硕，衣冠伟然，言论诵读，音韵如钟”（周立《缶鸣集序》）。元末居苏城之北郭，后移家吴淞青丘依外祖。张士诚据吴，以饶介为淮南行省参知政事，介以启为上客。然高启“不苟升斗之禄”“率其俦类，倡和乎山之厓水之滋”（胡翰《缶鸣集序》）。洪武二年（1369）春，应召修《元史》，八月史成，入内府授东宫及开平王（常遇春）二子经，洪武三年（1370）二月授翰林院国史编修，七月擢户部右侍郎，“以年少未谙理财之任”（吕勉《槎轩集》本传），自请致仕，赐金放还。归居青丘，后移居虎丘西麓训蒙。洪武五年（1372）春，迁城南；三月，蒲圻（今湖北赤壁市）魏观任苏州知府，因与启为旧友，遂延之城中夏侯桥（时在洪武六年春），接见甚密。洪武七年（1374），魏观改修府治，高启为作《上梁文》，坐罪论诛，腰斩于市，年三十九岁。钱谦益《列朝诗集》据吴中野史谓高启曾作《宫女图》诗，语涉宫闱秽事，故“触高帝之怒，假手于魏守之狱”杀之。

◎　高启像

高启生前，已有诗名，其友谢徽有言：“季迪之为诗，不务同流俗，直欲趋汉、魏以还及唐诸家作者之林。每一篇出，见者传诵，名隐隐起诸公间。及游四方，不懈益勤，刮磨漱涤，日新月异，荐绅诸老，咸自以为不及。”（谢徽《缶鸣集序》）其侄周立亦曰：“与嘉陵杨基孟载、浔阳张羽来仪、郯郡徐贲幼文，名重当世，人称为高、杨、张、徐，比唐之四杰。”（周立《缶鸣集序》）明代中叶，论及吴中诗人已推尊高启，如李东阳曰:“国初称高、杨、张、徐,高季迪才力声调,过三人远甚,百余年来,亦未见卓然有过之者。”(李东阳《怀麓堂诗话》)及至清代,则渐誉为明诗冠冕,如四库馆臣尝论:“启天才高逸,实据明一代诗人之上。”(《四库全书总目》卷一六九《大全集》提要)。其诗有《吹台集》《缶鸣集》《江馆集》《凤台集》《娄江吟稿》《槎轩集》《姑苏杂咏》诸集,明景泰初(约1450)吴人徐庸以类分汇成《高太史大全集》十八卷。又有《凫藻集》五卷、《扣舷词》一卷,周忱序刻于明正统九年(1444)。清雍正间金檀搜集诸本,网罗放佚,详加注释,成《青丘高季迪先生诗集》十八卷、《扣舷集》一卷、《凫藻集》五卷、《遗诗》一卷、《年谱》一卷,计收诗二千余首、词三十二首、各体文一百二十余篇。今上海古籍出版社之《高青丘集》即以金檀本为底本并校以他本而成。另,日本亦多次刊行高启诗歌,现存有:《高太史诗钞》二卷,仁科幹编,天保六年(1835)醉古堂刊本;《高青邱诗集》律诗五卷、绝句三卷,金檀辑注,鳴规景宽、梁孟纬星巖校刻,安政三年(1856)刊本;《高青邱诗醇》七卷,斋藤谦编,嘉永三年(1850)刊本;《辑注增补高青邱全集》二十一卷,金檀辑注、近藤元粹评订,青木嵩山堂明治二十八年(1895)至三十年(1897)铅印本等。

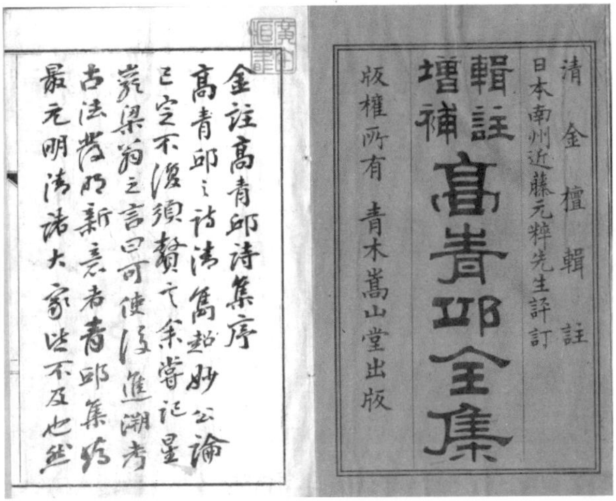

◎ 和刻本《辑注增补青邱全集》书影

高启的诗歌创作,可分为三期,即元末,明初为官金陵时期及退归林下。他天资秀敏,志行卓越,“少喜功名”(高启《赠薛相士》),“负气好辩”(高启《送倪雅序》),然生当元季,天地草昧,“尤好权略”(吕勉《槎轩集》本传)的他不愿将满腹才华献于张氏割据政权,故而“登高望远,抚时怀古,其言多激烈慷慨,若将于世无足为者”(刘昌《高太史大全集序》)。入明后,被征入朝,与修《元史》,得与台阁诸公酬唱往还,作诗赞颂王道,匡济世务,耸张德业,裨益治化,言多雄伟奇古。(参刘昌《高太史大全集序》)然追忆往昔,友人星散,加之位卑言微,思乡念亲,故其诗亦每多怨音。自请放归后,“屏居松江之渚,书籍散落,宾客不至”,依郡志“所载山川、台榭、园池、祠墓”等,“采其著者,各赋诗咏之”,“合古今诸体凡一百二十三篇”(山东大学图书馆藏明万历四十六年刻本《姑苏杂咏合编》四卷凡一百三十六篇），名为《姑苏杂咏》。诸诗“喜慕哀悼，俯仰千载，有或足以存劝戒而考得失”（高启《姑苏杂咏序》）。高启之诗，诸体皆擅，风格多样。四库馆臣谓其：“拟汉魏似汉魏，拟六朝似六朝，拟唐似唐，拟宋似宋，凡古人之所长，无不兼之。……特其模仿古调之中，自有精神意象存乎其间。”（《四库全书总目》卷一六九《大全集》提要）

感旧酬宋军咨见寄[1]

我酒且缓倾，听君放歌行。君歌意何苦？慷慨陈平生。少为斗鸡儿，鲜裘夺春明。走马出飞弹，撇捩夸身轻[2]。气服诸侠徒，不倚父与兄。落花锦坊南，美人理妆迎。绿云晚不度，楼上鸣瑶筝。酒酣迸五木[3]，脱帽呼输赢。及壮家已破，狂游耻无成。太白犯紫微[4]，三辰晦光精。金镜偶沦照[5]，干戈起纷争。中原未失鹿，东海方横鲸。遂寻鬼谷师，从之学言兵。石室得《阴符》，龙虎随权衡。业成事燕将，远戍三关营。岩谷雨雪霏，哀兽常夜鸣。抚剑起流涕，军中未知名。奇勋竟难图，回临石头城。石头何壮哉！山盘大江横。黄旗歇王气，玉树沉歌声。晚登临沧观[6]，恻怆怀古情。览时识祸机，不因忆莼羹。飘然别戎府，溧水还东征[7]。裸衣佐刺船[8]，临危释猜萌。归来访乡闾，乱余掩蓬荆。旧宅人已改，荒池泉尚清。瘦妻倚寒机，正叹伊威盈[9]。相迎不相笑，伏雌为重烹。从兹谢行役，闲园事躬耕。昔同徒步人，十年拥麾旌。鸿毛独未顺，蹭蹬违霄程。知音竟为谁？四海嗟惸惸[10]！齐竽不解奏[11]，楚璞何由呈[12]？懒求荐辟书，傲然揖公卿。衰蕙吊蟋蟀，柔桑唤鹂鹒。闭门节屡变，壮魄空潜惊。顾余虽腐儒，当年亦峥嵘。小将说诸侯，捧槃定从盟[13]。大欲干万乘，献策登蓬瀛。洪澜阻川途，浮云蔽天京。终焉困泽畔，日暮吟蘅蘅。贱贫此时居，复与丧乱并。何殊九月中，严霜折枯茎。颇闻君子心，道穷贵益贞。己志不获施，安用轩裳荣？所以不苟出，出则时当平。今晨喜逢君，有壶对前楹。风日初澹淹[14]，樱桃作繁英。适意不一醉，屑屑徒悲萦！达人若相遇，大笑绝冠缨。

（《高青丘集》卷四）

【注释】

［1］宋军咨：宋克。宋克（1327—1387），字仲温，一字克温，自号南宫生，长洲（今江苏苏

州)人。与高启等称"十友"。钱谦益《列朝诗集》:"(克)伟躯干,博涉书传。少任侠,击剑走马,弹下飞鸟。见天下乱,学握奇阵法,将北走中原,从豪杰计事。道梗,周流无所合。张氏据吴,度其无成,藩府欲致之,不能得。阖门却扫,工草隶,时赋诗见志。"高启曾作《南宫生传》。

[2] 撇捩:亦作"撇烈"。迅疾貌。

[3] 五木:博戏用具,以木制成。

[4] 太白犯紫微:《天官星占》:"太白者,金之精,白帝之子,大将之象也。"《晋书·天文志》:"紫微,大帝之座也,天子之常居也。"

[5] 沦照:失去光辉。

[6] 临沧观:指劳劳亭,在应天府治西南,三国吴时建。

[7] 溧水:伍子胥出昭关,至于溧水,无以糊其口。

[8] "裸衣"句:汉陈平逃亡渡河,船家想劫其财,陈平解衣裸而佐刺船,船家知其无财可劫,乃止。刺,撑。

[9] 伊威:虫名。《诗·豳风·东山》:"伊威在室,蟏蛸在户。"

[10] 惸(qióng)惸:孤独无依貌。

[11] "齐竽"句:见韩愈《答陈商书》:"齐王好竽,有求仕于齐者操瑟而往,立王之门三年不得人。叱曰:'吾瑟鼓之能使鬼神上下,吾鼓瑟合轩辕氏之律吕。'客骂之曰:'王好竽而子鼓瑟,瑟虽工,如王不好何?'"

[12] 楚璞:楚人卞和献给楚王的玉璞。这里比喻英才。

[13] 捧槃:用毛遂自荐合纵于楚的典故。

[14] 澹沲(duò):荡漾貌。

【导读】

此诗叙宋克生平,勾勒宋克任侠、计事、归隐的经历,结尾部分述及高启早年理想和困顿贫贱的状态,颇有认识价值。

赠杨荥阳[1]

嘉陵美山水,亦复富文彦。杨君产其邦,材拔性高狷。布衣走名都,早入艺林选。客屈稷下谈[2],王邀邺中宴[3]。出门得名声,不假亲旧援。匣剑未久埋,囊锥已先见[4]。吐词实瑰奇,读者心欲颤。刀鸣斗夫勇,花妥笑女倩[5]。如观广场中,百戏张曼衍[6]。平生眼无人，遇我独相善。陌头每并出，两骑无后先。喜从兔园游[7]，惭受狗监荐[8]。君歌我固服，我赋君亦羡。堕筵吟帽乌[9]，踏席舞裙茜。醉中共笑语，往往杂谐谚。有时出城西，山水恣攀践。岩眠曙猿惊，涧饮夏莺哢。吴宫妓去榭[10]，萧寺僧开殿[11]。龙门剥阴苔，高什记题遍。欢游正相酣，世事忽惊变。朋俦半生死，一往如激电。我棹返江浔，君车赴淮甸。旋闻逐流人，居濠又移汴。一身去何赍[12]，空橐唯破砚。危途晚行疲，欲进足如罥[13]。狼来树杪避，蝎走灯下见。渡河自撑篙，水急船断牵。及至秋已深，旧褐风裂片。难寻高阳饮[14]，空吊鄗陵战[15]。圣恩忽加怜，收拔佐山县。卑曹敢云辞，执版谒府掾。官庖尽炊藜，民赋半输绢[16]。低飞蓬蒿间，不异雉带箭[17]！有亲寓京师，年老阙供馔。欲奉朝夕欢，去职胡敢擅？晨上宰相书，得归遂微愿。上堂具珍鲑，呼妇卖钗钏。我时别君久，问讯愧无便。空题忆君诗，细字书满卷。今春被诏起，前史预编撰。始来长干门，杨柳正飞燕。逢君风尘余，不改旧颜面。握手话苦辛，悲喜杂庆唁。客中虽无钱，自写赊酒券。邀来卧东阁，月出初锁院[18]。君言涉艰难，壮志今已倦。回头悟前非，更名慕蘧瑗君近改名去非[19]。我闻棠溪金[20]，不畏经百炼。胡为暂失路，遽欲老贫贱。吾皇奋神武，四海始安奠。栈通谕夷文，驿走征士传[21]。时巡抗霓旌，肆觐冠星弁。功成万瑞集，礼欲议封禅。君才适时需，正若当暑扇。手持照国珠[22]，胸出补衮线[23]。便应上金銮，立对被天眷。嗟余忝载笔[24]，鼠璞难自衒[25]。幸兹际昌辰，魏阙宁不恋？但忧误蒙恩，不称终冒谴。秋风楚潮满，归舸帆欲转。君若念故交，殷勤一相饯。

（《高青丘集》卷七）

【注释】

[1] 杨荥阳：指杨基。原籍嘉州（今四川乐山），生于吴中。

[2] 稷下：战国时田齐的学宫。

[3] 邺中：指邺城。建安年间，曹操建都邺城（今河北临漳县邺北城），聚集了大量名流学士，形成了以曹氏父子为中心的“邺下文人集团”。

[4] 囊锥：比喻有才华待施展之人。语出《史记·平原君虞卿列传》。

[5] 花妥：花堕。杜甫《重过何氏五首》其一：“花妥莺捎蝶。”胡仔《苕溪渔隐丛话》前集卷十：“西北方言，以堕为妥。”

[6] 曼衍：百戏的一种。《汉书·西域传赞》：“作巴渝、都卢、海中、砀极、漫衍、鱼龙、角抵之戏。”

[7] 兔园：梁园。西汉梁孝王所建，以招天下人才。见《史记·梁孝王世家》。

[8] 狗监：汉代内官名，主管皇帝的猎犬。司马相如因狗监杨得意的荐引而名显。见《史记·司马相如列传》。

[9] "堕簪"句：用孟嘉堕帽之典。《晋书·孟嘉传》："(孟嘉)后为征西桓温参军，温甚重之。九月九日，温燕龙山，僚佐毕集。时佐吏并著戎服，有风至，吹嘉帽堕落，嘉不之觉。温使左右勿言，欲观其举止。嘉良久如厕，温令取还之，命孙盛作文嘲嘉，著嘉坐处。嘉还见，即答之，其文甚美，四坐嗟叹。"

[10] 吴宫：春秋时代吴王夫差所建馆娃宫，旧址在苏州城西灵岩山。

[11] 萧寺：佛寺。苏鹗《杜阳杂编》："梁武帝好佛，造浮屠，命萧子云飞白大书曰'萧寺'。"

[12] 赍(jī)：持，携带。

[13] 罥(juàn)：缠绕。

[14] 高阳饮：《史记·郦生陆贾列传》："沛公引兵过陈留，郦生踵军门上谒……郦生瞋目按剑叱使者曰：'走！复入言沛公，吾高阳酒徒，非儒人也。'"

[15] 鄢陵战：《国语·晋语》："栾武子不听，遂与荆人战于鄢陵，大胜之。"

[16] 输绢：《新唐书·食货志》："凡授田者丁岁输粟二斛、稻三斛，谓之租。丁随乡所出，岁输绢二匹、绫、絁二丈，布加五之一，绵三两，麻三斤，非蚕乡则输银十四两，谓之调。用人之力，岁二十日，闰加二日，不役者日为绢三尺，谓之庸。"

[17] 雉带箭：韩愈有《雉带箭》诗，写将军射猎的场面，中有"雉惊弓满劲箭加"句。陆游《九月十日如汉州小猎于新都弥牟之间投宿民家》有："壮哉带箭雉，耿介死不顾。"

[18] 锁院：宋代翰林院处理如起草诏书等重大事机时，锁闭院门，断绝往来，以防泄密。后世遂以锁院指代翰林院。

[19] 蘧瑗(qúyuàn)：姬姓，蘧氏，名瑗，字伯玉。春秋时期卫国大臣。《淮南子·原道训》："蘧伯玉年五十而有四十九年非。"

[20] 棠溪金：棠溪出产的宝剑。《史记·苏秦列传》载，"韩卒之剑戟，皆出于冥山、棠溪"。

[21] "驿走"句：《明通纪》："洪武元年九月，下诏求贤。二年诏修《元史》。"

[22] 照国珠：《史记·田敬仲完世家》："二十四年，与魏王会田于郊，魏王问曰：'王亦有宝乎？'威王曰：'无有。'梁王曰：'若寡人国小也，尚有径寸之珠照车前后各十二乘者十枚。奈何以万乘之国而无宝乎？'威王曰：'寡人之所以为宝与王异。吾臣有檀子者……将以照千里，岂特十二乘哉！'"

[23] 补衮：补救规谏帝王的过失。

[24] 载笔：指史官。《礼记》卷一："史载笔，士载言。"

[25] 鼠璞：未腊制的鼠。后用以指低劣的有名无实的人或物。自衒：自炫。

【导读】

张士诚据吴，曾辟杨基为丞相府记室。未几，辞去，客饶介所。明师下平江，因其为饶氏客且曾仕张，例徙南京，与谢肃等考礼，不久又流放临濠，复徙河南，再起为荥阳主簿，时在洪武元年(1368)。洪武二年(1369)春杨基回京。高启此诗即作于是年秋。

全诗分为六个部分，开头至“百戏张曼衍”为第一部分，叙杨基早年得名，文采斐然，为张士诚、饶介所征用。“平生眼无人”至“高什记题遍”为第二部分，写高、杨两人相交甚欢，惺惺相惜之情。“欢游正相酣”至“空吊鄢陵战”为第三部分，写朱元璋灭张士诚后，杨基被遣流放的经历。“圣恩忽加怜”至“呼妇卖钗钏”为第四部分，写杨基被起用为荥阳主簿的经历。“我时别君久”至“更名慕蘧瑗”为第五部分，写两人于南京再度相逢，然已斗转星移、物是人非，早年壮志满怀的杨基经过流放等遭遇已经对前途缺乏自信。“我闻棠溪金”至结尾为第六部分，是勉励杨基在明朝定鼎百废待兴之际，当奋发有为。全诗通过叙写杨氏生平及两人相交、相知、相离、相聚的经过，把易代之际的道路选择和政治变迁结合起来，“长篇强韵，层出不穷，无一懈笔”(赵翼《瓯北诗话》卷八)。

效乐天

谁言我久贱，明时已叨禄。谁言我苦贫，空仓尚余粟。辞阙是引退，还乡岂迁逐。旧宅一架书，荒园数丛菊。俗缘任妻子，家事烦童仆。性懒宜早闲，何须暮年促。犹着朝士冠，新裁野人服。杯深午醉重，被暖朝眠熟。旁人笑寂寞，寂寞吾所欲。终老亦何求？但惧无此福。功名如美味，染指已云足[1]。何待厌饱余，肠胃生疢毒[2]。请看留侯退[3]，远胜主父族[4]。我师《老子》言，知足故不辱。

(《高青丘集》卷七)

【注释】

[1] 染指：分取利益。语出《左传・宣公四年》：“楚人献鼋于郑灵公……子公之食指动，以示子家曰：‘他日我如此，必尝异味。’……及食大夫鼋，召子公而弗与也，子公怒，染指于鼎，尝之而出。”

[2] 疢(chèn)毒：疾疢之毒害。疢，热病。

[3] 留侯：张良(？—前186)，字子房，颍川城父人。曾助汉王刘邦赢得楚汉战争，建立汉

朝，帮助吕后之子刘盈成为皇太子，被封为留侯。晚年，自请告退，摒弃人间万事，专心修道。

[4] 主父：主父偃（? —前 126），临淄人。曾为汉武帝宠臣，后因齐王自杀事而被捕入狱，终至举族被诛。

【导读】

洪武三年（1370）八月，高启离京返乡，此诗当作于他归居青丘之后。这是高启为自己退归林下所作的辩护和申明。诗中塑造了一个性懒闲散、自由自在、知足不辱的抒情主人公形象。

忆昨行寄吴中诸故人

忆昨结交豪侠客，意气相倾无促戚[1]。十年离乱如不知，日费黄金出游剧。狐裘蒙茸欺北风，霹雳应手鸣雕弓[2]。桓王墓下沙草白[3]，仿佛地似辽城东。马行雪中四蹄热，流影欲追飞隼灭。归来笑学曹景宗[4]，生击黄獐饮其血。皋桥泰娘双翠蛾[5]，唤来尊前为我歌，白日欲没奈愁何！回潭水绿春始波，此中夜游乐更多。月出东山白云里，照见船中笛声起。惊鸥飞过片片轻，有似梅花落江水。天峰最高明日登[6]，手接飞鸟攀危藤。龙门路黑不可上[7]，松风吹灭岩中灯。众客欲归我不能，更度前岭缘崚嶒。远携茗器下相候，喜有白首楞伽僧。馆娃离宫已为寺，香径无人欲愁思[8]。醉题高壁墨如鸦，一半欹斜不成字。夫差城南天下稀，狂游累日忘却归。座中争起劝我酒，但道饮此无相违。自从飘零各江海，故旧如今几人在。荒烟落日野乌啼，寂寞青山颜亦改。须知少年乐事偏，当饮岂得言无钱。我今自算虽未老，豪健已觉难如前。去日已去不可止，来日方来犹可喜。古来达士有名言，只说人生行乐耳！

（《高青丘集》卷八）

【注释】

[1] 促戚：戚促，指窘迫，迫促。

[2] “霹雳”句：《隋书・长孙晟列传》载，长孙晟，高祖时为秦川行军总管，出讨达头破之。有突厥达官来降，言突厥之内，大畏长孙总管，闻其弓声，谓为“霹雳”，见其走马，称为“闪电”。

[3] 桓王墓：高启《吴桓王墓》诗原注："在盘门外三里，政和间，村民发之，得金玉甚多。相传吴长沙桓王孙策所葬也。"

[4] 曹景宗：《梁书·曹景宗列传》："景宗幼善骑射，好畋猎，常与少年数十人泽中逐獐鹿，每众骑赴鹿，鹿马相乱，景宗于众中射之，人皆惧中马足，鹿应弦辄毙，以此为乐。"

[5] 皋桥：在苏州阊门内，因东汉朝议郎皋伯通居其侧，故名。泰娘：刘禹锡《泰娘歌并引》："泰娘，本韦尚书家主讴者。元和初，尚书薨于东京，泰娘出居民间。久之，为蕲州刺史张愻所得。其后愻坐事谪居武陵郡。愻卒，泰娘无所归，日抱乐器而哭。"

[6] 天峰：指南峰寺。《姑苏志》："旧名天峰院，在支硎之南峰，即古支硎寺也。"

[7] 龙门：在木渎天平山。

[8] 香径：《姑苏志》："采香径，在香山旁，吴王种香于香山，使美人泛舟于溪采之。"

【导读】

此乃高启回忆与吴中诸友相聚往事而作。高启《春日怀十友诗》之"十友"为余尧臣、张羽、杨基、王行、吕敏、宋克、徐贲、陈则、姚广孝（道衍）、王彝，后世每以"十才子"或"北郭十友"称之，然包括高启在内，实为十一人。"十才子"或"北郭十友"之称，为后人用以概举元末吴中诗人群体的一种约定俗成的说法，并非严格意义上的诗歌流派，亦与明末清初文人结社的情况不同。全诗以追忆的笔触，历数"日费黄金出游剧"的内容，表达了与友相游的痛快与欢愉之情。此类诗的结尾最易写成今昔对比不胜悲凉的套路，高启却转而超迈，显示了其乐观的精神。宋徵舆谓"太白佳处，在回荡转折，如不经意而景物俱在天际，使人百思。此作具得三昧"。李雯评此诗为"本朝七言古之前茅"（陈子龙等《皇明诗选》卷五）。

洞庭山

原注：在太湖中，即包山。旧无蛇、虎、雉三物。有穴，乃林屋洞天。阖闾使灵威丈人入探，得禹所藏治水符并不死方，其中有银房、石室并白芝、紫泉，又有两圆石，扣之则鸣，谓神钲云。《吴地记》："一名林屋山，一名西洞庭山。"

朝登西岩望太湖，青天在水飞云孤。洞庭缥缈两峰出[1]，正似碧海浮方壶[2]。尝闻此山古灵壤，蛇虎绝迹欢樵夫。涛声半夜恐魂梦，石气五月寒肌肤。居人仿佛武陵客，户种橘柚收为租。高风欲起沙鸟避，明月未出霜猿呼。中有林屋仙所都[3]，银房石室开金铺。罗浮峨嵋互通达[4]，别有路往非人途。天后每降龙垂胡[5]，神钲忽响惊栖鼯。自悬日月照洞内，古木阴蔽空朝晡[6]。风吹白芝晚易老，云带紫泉秋不枯。灵威丈人亦仙徒[7]，深入探得函中符。玄衣使者不暇惜[8]，欲使出拯苍生苏。后来好事多继往，石壁篆刻犹堪摹。千年玉鼠化蝙蝠[9]，下扑炬火如飞乌。玄关拒闭谁复到？似怪衣上腥尘污。勿言神仙事恍惚，灵迹具在良非诬。我生扰扰胡为乎？坐见白发生头颅。久欲寻真未能去，局束世故缘妻孥。何当临湖借渔艇，拍浪径渡先双凫。独攀幽险不用扶，身佩《五岳真形图》[10]。夜登天坛扫落叶，自取薪水供丹炉。此身愿作仙家奴，不知仙人肯许无？狂语醉发应卢胡[11]。

（《高青丘集》卷九）

◎ 洞庭风光

【注释】

[1] 缥缈：缥缈峰，为西洞庭山主峰。

[2] 方壶：传说中神山名。《列子·汤问》："渤海之东，不知几亿万里，有大壑焉……其中有五山焉：一曰岱舆，二曰员峤，三曰方壶，四曰瀛洲，五曰蓬莱。"

[3] 林屋：林屋洞，为洞庭西山的主要景点之一。

[4] "罗浮"句：《郡国志》："洞庭山有宫五门，东通王屋，西达峨眉，南接罗浮，北通岱岳。"

[5] "天后"句：《玄中记》："天后者，林屋洞中之真君，住在太湖包山下。"龙垂胡，《汉书·郊祀志》有"有龙垂胡须下迎黄帝"。

[6] 朝晡（bū）：朝时（辰时）至晡时（申时），即上午至傍晚这一段时间。

[7] 灵威丈人：陆广微《吴地记》："包山中有洞庭，深远。吴王使灵威丈人入洞穴，十七日得玉叶，上列《灵宝经》二卷，使示孔子，曰《禹书》也。"

[8] 玄衣使者：《玄中记》："包山洞庭穴中，多有道人马迹。禹治水过会稽，梦人衣玄纁，告治水法，在此山北铟函中，并不死方。禹得，藏于包山石室。"

[9] "千年玉鼠"句：《玄中记》："吴大帝使人行三十余里而返，云上闻浪声，有大蝙蝠如鸟，拂杀人。"

[10] "身佩"句：《汉武帝内传》："帝见王母巾笈中有一卷书，盛以紫锦之囊。帝问：'此书是仙灵方邪？不审其目可得瞻盼否？'王母出以示之，曰：'此《五岳真形图》也'。"

[11] 卢胡：谓笑声发于喉间。

【导读】

此为《姑苏杂咏》之一，作于洪武四年(1371)，是高启结合郡志记载和游览经历而作。首四句总写，是鸟瞰，给洞庭西山以全景展示。"尝闻此山"至"明月未出"，用粗线条勾勒西山的自然环境和人文环境。"中有林屋"至"灵迹俱在"为工笔细描，具体铺叙林屋洞的别有洞天和关于它的各类传说。"我生扰扰"至结尾，则抒发了诗人欲寻真游仙而为俗情所累的感慨。全诗想象丰富，意象奇特，一韵到底，颇有韩愈之风。

京师苦寒

北风怒发浮云昏，积阴惨惨愁乾坤。龙蛇蛰泥兽入穴，怪石冻裂生皴痕。临沧观下飞雪满，横江渡口惊涛奔。空山万木尽立死，未觉阳气回深根。茅檐老父坐无褐，举首但望开朝暾[1]。苦寒如此岂宜客，嗟我岁晚飘羁魂。寻常在舍信可乐，床头每有松醪存[2]。山中炭贱地炉暖，儿女环坐忘卑尊。鸟飞亦断况来友，十日不敢开衡门。趋来京师每晨出，强逐车马朝天阍[3]。归时颜色黯如土，破屋暝作饥鸢蹲。陌头酒价虽苦贵，一斗三百谁能论[4]？急呼取醉径高卧，布被絮薄终难温。却思健儿戍西北，千里积雪连昆仑。河冰踏碎马蹄热，夜斫坚垒收羌浑。书生只解弄口颊[5]，无力可报朝廷恩。不如早上乞身疏，一蓑归钓江南村。

(《高青丘集》卷十)

【注释】

[1] 朝暾(zhāotūn):初升的太阳。

[2] 松醪(láo):酒名,用松肪或松花酿制的酒。

[3] 朝天阊:天阊,帝王宫殿的门。朝天阊意即上朝。

[4] “一斗”句:杜甫《逼侧行赠毕曜》:“速宜相就饮一斗,恰有三百青铜钱。”

[5] 弄口颊:《金史·王庭筠传》:“上谓宰执曰:‘闻文士多妒庭筠者,不论其文,顾以行止为訾。大抵读书人多口颊,或相党。……’遂迁庭筠为翰林修撰。”

【导读】

此诗作于洪武二年(1369)冬。时《元史》初修已成,但高启并未被授官,仍为一介布衣的他自然颇为失落。故以“苦寒”为题,发泄胸中苦闷,倾诉理想和现实的矛盾。全诗笼罩在“积阴惨惨愁乾坤”的氛围中,用夸张的手法极写天寒地冻,诗人自比“饥鸢”,倾吐“羁魂”之惨与往日“在舍”之乐,结句表达了归隐林下的思想动向。

青丘子歌有序

江上有青丘,予徙家其南,因自号青丘子。闲居无事,终日苦吟,间作《青丘子歌》言其意,以解诗淫之嘲。

青丘子,臞而清,本是五云阁下之仙卿。何年降谪在世间,向人不道姓与名。蹑屩厌远游[1],荷锄懒躬耕。有剑任锈涩,有书任纵横。不肯折腰为五斗米,不肯掉舌下七十城[2]。但好觅诗句,自吟自酬赓。田间曳杖复带索,旁人不识笑且轻,谓是鲁迂儒、楚狂生[3]。青丘子,闻之不介意,吟声出吻不绝咿咿鸣。朝吟忘其饥,暮吟散不平。当其苦吟时,兀兀如被酲。头发不暇栉,家事不及营。儿啼不知怜,客至不果迎。不忧回也空[4],不慕猗氏盈[5]。不惭被宽褐,不羡垂华缨。不问龙虎苦战斗,不管乌兔忙奔倾。向水际独坐,林中独行。斫元气,搜元精,造化万物难隐情。冥茫八极游心兵[6],坐令无象作有声。微如破悬虱[7],壮若屠长鲸。清同吸沆瀣[8],险比排峥嵘。霭霭晴云披,轧轧冻草萌[9]。高攀天根探月窟[10],犀照牛渚万怪呈[11]。妙意俄同鬼神会，佳景每与江山争。星虹助光气，烟露滋华英。听音谐《韶》乐，咀味得大羹。世间无物为我娱，自出金石相轰铿。江边茅屋风雨晴，闭门睡足诗初成。叩壶自高歌[12]，不顾俗耳惊。欲呼君山老父携诸仙所弄之长笛，和我此歌吹月明。但愁欻忽波浪起，鸟兽骇叫山摇崩[13]。天帝闻之怒，下遣白鹤迎。不容在世作狡狯，复结飞佩还瑶京[14]。

（《高青丘集》卷十一）

【注释】

[1] 蹑屩(nièjuē)：穿草鞋行走。

[2] 掉舌下七十城：《史记・淮阴侯列传》载蒯通曰，郦食其“伏轼掉三寸之舌，下齐七十余城”。

[3] 鲁迂儒：指鲁两生，即不通时务的迂腐儒生。《史记・刘敬叔孙通列传》载，叔孙通为刘邦制订朝仪，征召鲁诸生三十余人共襄盛举，有二人不肯行。叔孙通笑曰：“若真鄙儒也，不知时变。”楚狂生：《论语・微子》：“楚狂接舆歌而过孔子曰：‘凤兮凤兮！何德之衰？往者不可谏，来者犹可追。已而，已而！今之从政者殆而！’孔子下，欲与之言。趋而辟之，不得与之言。”

[4] 回也空：回，指颜回。《论语・先进》：“子曰：‘回也其庶乎，屡空。’”《论语・雍也》：“子曰：‘贤哉，回也！一箪食，一瓢饮，在陋巷，人不堪其忧，回也不改其乐。’”

[5] 猗氏盈：猗氏，指猗顿，春秋时人。《孔丛子》曰：“猗顿，鲁之穷士也。耕则常饥，桑则常寒。闻陶朱公富，往而问术焉。朱公告之曰：‘子欲速富，当畜五牸。’于是乃适西河，大畜牛羊于猗氏之南，十年之间，其滋息不可计。赀拟王公，驰名天下，以兴富于猗氏，故曰猗顿。”

[6] “冥茫”句：冥茫，渺茫无际。八极，极远之处。陆机《文赋》：“精骛八极，心游万仞。”心兵，内心的冲动。韩愈《秋怀》之十：“诘屈避语穽，冥茫触心兵。”

[7] 破悬虱：据《列子・汤问》载，纪昌学射，为了锻炼目力，用牛毛悬虱于窗间，看了三年，便觉虱子大如车轮，引弓射之，贯虱之心而悬不绝。

[8] 沆瀣(hàngxiè)：指夜间的水汽，露水。

[9] 轧轧：难出之状。喻诗思艰涩。语出陆机《文赋》：“理翳翳而愈伏，思轧轧其若抽。”

[10] 天根：星宿名，氐宿的别称。

[11] “犀照”句：《晋书・温峤传》：“（温峤）至牛渚矶，水深不可测，世云其下多怪物。峤遂毁犀角而照之。须臾，见水族覆火，奇形异状。”牛渚，即采石矶，在今安徽当涂县。

[12] “叩壶”句：《晋书・王敦传》：“（王敦）每酒后辄咏魏武帝乐府歌曰：‘老骥伏枥，志在千里。烈士暮年，壮心不已。’以如意打唾壶为节，壶边尽缺。”

[13] “欲呼”四句：旧题唐谷神子《博异记》载，有一名叫吕卿筠的商人善吹笛，月夜泊舟君山，把酒吹笛，忽有一老父拏舟而来，拿出笛子来吹了三声，只见波涛汹涌，鱼鳖跳跃，吹至五六声，只

见山上鸟兽叫吼，月色无光。老父饮满数杯，棹舟自去。

[14] 瑶京：传说中天帝的都城。

【导读】

此诗约作于元至正十八年(1358)。高启居吴淞江边之青丘，自号青丘子，作诗以见志。诗中塑造了一个“五云阁下之仙卿”的诗迷，沉浸于诗歌创作的种种美妙情状和心理愉悦中，刻画了文学作品的各种曼妙境界。诗歌反映了高启在元末群雄割据、征伐四起的年代，远离现实、韬光避祸的心态。全诗洋溢着强烈的个性化色彩，想象奇特，随物赋形，音节铿锵，笔墨酣畅，有李白之风。

登金陵雨花台望大江

大江来从万山中，山势尽与江流东。钟山如龙独西上[1]，欲破巨浪乘长风[2]。江山相雄不相让，形胜争夸天下壮。秦皇空此瘗黄金[3]，佳气葱葱至今王。我怀郁塞何由开，酒酣走上城南台[4]。坐觉苍茫万古意，远自荒烟落日之中来。石头城下涛声怒[5]，武骑千群谁敢渡[6]？黄旗入洛竟何祥[7]，铁锁横江未为固[8]。前三国，后六朝，草生宫阙何萧萧！英雄乘时务割据，几度战血流寒潮。我生幸逢圣人起南国，祸乱初平事休息。从今四海永为家，不用长江限南北。

（《高青丘集》卷十一）

【注释】

[1] 钟山：南京紫金山。《金陵图经》：“钟山龙蟠，石城虎踞。”

[2] “欲破”句：语出《宋书·宗悫传》：“悫年少时，(叔父)炳问其志，悫曰：‘愿乘长风破万里浪。’”这里借以形容钟山雄伟的气势。

[3] “秦皇”句：据《丹阳记》，“秦始皇埋金玉杂宝以压天子气，故曰金陵”。瘗(yì)，埋葬。此句意为：秦始皇埋金于此镇压王气，实数空费心机。

[4] 城南台：雨花台，位于南京城南。相传南朝梁武帝时，高僧云光法师常在此地高座寺后的山顶设坛讲《法华经》，说到精彩处，感动上天，落花如雨，化作遍地绚丽的石子，雨花台由此得名。

[5] 石头城：战国时楚所筑，三国时孙权重筑，遗址在今南京清凉山。

[6] “武骑”句：《南史·孔范传》：“隋师将济江，群官请为备防……后主未决。范奏曰：‘长江

天堑，古来限隔，虏军岂能飞度？边将欲作功劳，妄言事急。臣自恨位卑，虏若能来，定作太尉公矣。'或妄言北军马死，范曰：'此是我马，何因死去。'后主笑以为然，故不深备。寻而隋将贺若弼陷南徐州，执城主庄元始，韩擒虎陷南豫州，败水军都督高文泰。"

[7]"黄旗"句：《三国志·吴书·孙皓传》裴松之注引《江表传》：三国吴主孙皓听信刁玄的鬼话："黄旗紫盖见于东南，终有天下者，荆扬之君乎？"于是带领母、妻、子女及后宫千余人北上洛阳，以顺应天命。中途遇雪，兵士嗟怨，乃狼狈而还。后降于晋，举家西迁。

[8]"铁锁"句：《晋书·王濬传》载，晋太康元年(280)，晋武帝遣王濬率水师伐吴，"吴人于江险碛要害之处，并以铁锁横截之，又作铁锥长丈余，暗置江中，以逆拒船"。王濬乃命善水者以大竹筏先行，筏遇铁锥，锥即着筏去。又以麻油为火炬，烧毁铁链，顺流而东，灭吴。

【导读】

洪武二年(1369)，高启应召赴金陵(今南京)修史，面对百废待兴的明王朝，想到自己终于可以结束隐居生活开启全新的人生道路，于是挥笔写下了这首深怀忧患意识的赞歌。诗歌以金陵形胜之雄壮开篇，在追思建都金陵的政权为何都匆匆易逝的感慨中，发出了对明太祖平定祸乱、统一南北的由衷赞美。诗人既兴奋，又忧虑，在审视历史的理性探索中，饱含对大明政权的期望。全诗紧扣"望"字，从江、山的自然景象之望，引申出对历史的回望；在历史的回溯中，表达了对未来的展望。全诗四句一转韵，意随韵转，既气势豪迈，又沉郁顿挫，形成了一种慷慨苍凉、奔放沉雄的风格。

兵后出郭

俯仰兴亡异，青山落照中。民归邻树在，兵去垒烟空[1]。城角犹悲奏[2]，江帆始远通。昔年荆棘露，又满阖闾宫[3]。

(《高青丘集》卷十二)

【注释】

[1] 垒：防护军营的墙壁或建筑物。

[2] 城角：古代日暮于城上吹笳报时，称城角。

[3] 阖闾宫：春秋末吴王阖闾的宫殿，后来越灭吴，遂废。这里指张士诚的王宫。

【导读】

元至正二十七年(1367)九月,朱元璋麾下徐达、常遇春攻打苏州,张士诚被俘。此诗即兵罢后所作。诗人俯仰兴亡,人事代谢,唯青山、邻树犹在,不胜今昔之感。全诗感情深沉,对仗工整,有老杜遗风。

送沈左司从汪参政分省陕西汪由御史中丞出[1]

重臣分陕去台端[2],宾从威仪尽汉官[3]。四塞河山归版籍[4],百年父老见衣冠。函关月落听鸡度[5],华岳云开立马看。知尔西行定回首,如今江左是长安。

(《高青丘集》卷十四)

【注释】

[1] 左司:官名。元中书省置左右司,明初沿旧制。沈左司不详其名。参政:官名,即参知政事,为中书省副长官。汪参政:汪广洋,为太祖重臣。分省:中书省高官到地方处理政务。御史中丞:为御史台之副长官,主监察、执法。

[2] 分陕:中央官员去地方任职。台端:都御史台。

[3] 威仪尽汉官:语出《后汉书·光武帝纪》,汉光武帝收复长安,父老高兴地说:“不图今日复见汉官威仪。”

[4] 四塞:指陕西。陕为秦地,《史记·苏秦列传》载,苏秦说秦惠王曰:“秦,四塞之国。被山带渭,东有关河,西有汉中,南有巴蜀,北有代马,此天府也。”

[5] “函关”句:《史记·孟尝君列传》载,齐孟尝君从秦国逃归,夜半至函谷关,“关法鸡鸣而出客”,客有善鸡鸣者,而鸡齐鸣,遂出关。这里戏用其事,谓一路无阻,从容入陕。

【导读】

此诗作于洪武二年(1369)。汪广洋以御史中丞的实职分省陕西,高启的朋友沈左司作为其属官陪同前行,此诗即为高启送别沈氏而作。高启在南京修史期间,结识了不少官员,也写出了一些台阁体诗歌,此诗即为一例。然而,他的诗作并非仅具褒衣博带的大架子,而是“将颂圣与自我真实情感的抒发紧密地结合起来,从而构成既豪迈雄壮又深沉真挚的典雅体貌”(左东岭等《中国诗歌通史·明代卷》)。

沈德潜评曰:“音节气味,格律词华,无不入妙。《青丘集》中为金和玉节。”(《明诗别裁集》卷一)

清明呈馆中诸公

新烟著柳禁垣斜[1],杏酪分香俗共夸[2]。白下有山皆绕郭,清明无客不思家。卞侯墓上迷芳草[3],卢女门前映落花[4]。喜得故人同待诏,拟沽春酒醉京华。

(《高青丘集》卷十四)

【注释】

[1] 新烟:清明前一日为寒食,禁火,次日重新生火,故曰新烟。

[2] 杏酪:杏仁粥,为寒食节食品。《邺中记·附录》:“寒食三日,作醴酪,又煮粳米及麦为酪,捣杏仁煮作粥。”

[3] 卞侯墓:卞侯即晋朝的卞壶(281—328),他曾任尚书令,忠恪勤事,后来在讨伐苏峻的叛乱中战死,被埋葬于冶城。

[4] 卢女:指金陵歌姬莫愁。

【导读】

此诗作于洪武二年(1369)三月。“馆中诸公”即与高启同修《元史》的宋濂、王祎、汪克宽、胡翰、谢徽等人。此诗在节令、风俗、景物的描写中,点出寓居者“思家”的情思。又承以卞壶和莫愁女这两位白下名人的事迹,暗含富贵不久长,美好终究短暂之意,在思念的感情基调上徒增无限悲凉之意,尾联则转得高昂,于悲伤之中透出一股豁达之气。此时的高启,初入史馆,尚未生出失意和厌恶官场的思想情感。赵翼尤喜“白下”一联,认为“气调才力,不减于唐,而典丽细切更过之”(《瓯北诗话》卷八)。

寻胡隐君

渡水复渡水,看花还看花。春风江上路,不觉到君家。

(《高青丘集》卷十六)

【导读】

胡隐君，名不详。此诗虽语肤意浅，却饶有机趣。既道出了人们的普遍经历，又留给读者丰富的想象空间。

西山幻住期看梅花雨雪不果三首（其三）

翠羽休啼怨不来[1]，满林风雪满身苔。此花不是繁华种，只合空山独自开。

（《高青丘集》卷十八）

【注释】

[1]“翠羽”句：据旧题柳宗元《龙城录》：“隋赵师雄迁罗浮，日暮，憩车松林间，酒肆傍舍，见一女人，淡妆素服，出迓；时已昏黑，残雪对月，色微明，师雄喜之，与之语，芳香袭人，因与扣酒家门，相与饮。少顷，有一绿衣童来，笑歌戏舞，亦自可观。师雄醉寝，久之，东方已白，起视，乃在大梅花树下，上有翠羽啾嘈相须，月落参横，但惆怅而已。”

【导读】

高启一生写过多首梅诗，最为人们称道的是“雪满山中高士卧，月明林下美人来”（《梅花》九首其一）一联，但也有人嫌其“俗格”（王士禛《渔洋诗话》）。此首虽同样用赵师雄遇罗浮仙子的典故，但却比“月明林下”雅得多。雅就雅在因遇雪看梅不果，与“美人”未遇，故而生出许多感慨来。最后一句，突出了梅花之孤傲。这份傲骨，或许是高启辞官归隐的原因之一。

拓展阅读

独庵集序

高　启

诗之要，有曰格，曰意，曰趣而已。格以辩其体，意以达其情，趣以臻其妙也。体不辩则入于邪陋，而师古之义乖；情不达则堕于浮虚，而感人之实浅；妙不臻则流于凡近，而超俗之风微。三者既得，而后典雅、冲淡、豪俊、秾缛、幽婉、奇险之辞变化不一，随所宜而赋焉。如万物之生，洪纤各具乎天，四序之行，荣惨各适其职。又能声不违节，言必止义，如是而诗之道备矣。

夫自汉、魏、晋、唐而降，杜甫氏之外，诸作者各以所长名家，而不能相兼也。学者誉此诋彼，各师所嗜，譬犹行者埋轮一乡，而欲观九州之大，必无至矣。盖尝论之，渊明之善旷而不可以颂朝廷之光，长吉之工奇而不足以咏丘园之致，皆未得为全也。故必兼师众长，随事摹拟，待其时至心融，浑然自成，始可以名大方而免夫偏执之弊矣。

余少喜攻诗，患于多门，莫知所入，久而窃有见于是焉，将力学以求至。然犹未敢自信其说之不缪也，欲求征于识者而未暇焉。同里衍斯道上人，别累年矣，一日自钱塘至京师，访余钟山之寓舍，出其诗所谓《独庵集》者示余。其词或闳放驰骋以发其才，或优柔曲折以泄其志，险易并陈，浓淡迭显，盖能兼采众家，不事拘狭。观其意，亦将期于自成而为一大方者也。间与之论说，各相晤赏，余为之拭目加异。夫上人之所造如是，其尝冥契默会而自得乎？抑参游四方有得于识者之所讲乎？何其说之与余同也？吾今可以少恃而自信矣。因甚爱其诗，每退直还舍，辄卧读之不厌。未几，上人告旋，乞为序其帙首，辞而不获，乃识以区区之说而反之。然昔人有以禅喻诗，其要又在于悟，圆转透彻，不涉有无，言说所不能宣，意匠所不可构。上人学佛者也，必有以知此矣。毋遄其归，尚留与共讲焉。

（《高青丘集·凫藻集》卷二）

赵翼论高启诗

李青莲诗，从未有能学之者，惟青邱与之相上下，不惟形似，而且神似。青莲乐府及五古，多主叙事，不著议论，盖用古人意在言外之法。此古诗正体也。青邱乐府及《拟古》十二首，《寓感》二十首、《秋怀》十首、《咏隐逸》十六首，亦只叙题面，不复于题面内推究意义，发挥议论。如《咏向长》，则但说长之毕婚嫁、游名山；《咏周党》，则但说党之辞征聘、乐田里。而一种迈往高逸之致，自见于楮墨之外。此正是学青莲处。七古内如《将进酒》《将军行》《赠金华隐者》《题天池石壁图》《登阳山绝顶》《春初来》《忆昨行》等作，置之青莲集中，虽明眼者亦难别择。昔司马子微谓青莲有仙风道骨，而青邱《赠陶篷先生》亦云："谓子有仙契，泥滓非久沦。"盖二人实皆有出尘之才，故相契在神识间耳。然青邱非专学青莲者。如《游龙门》及《答衍师见赠》等作，骨坚力劲，则竟学杜。《太湖》及《天平山》《游城西》《赠杨荥阳》《寄王孝廉》《乞猫》等作，长篇强韵，层出不穷，无一懈笔，则又学韩。《送徐七往蜀山书舍》，古体带律，奇峭生硬，更与昌黎之《答张彻》如出一手。集中本有《效乐天体》一首，又《听教坊旧妓弟子陈氏歌》一首，亦神似长庆。《中秋玩月张校理宅》，又似李义山。《玉波冷双莲》及《凤台曲》《神弦曲》《秦筝曲》《待月词》《春夜词》《黑河秋雨引》，又似温飞卿。《蔡经宅》及《书梦赠徐高士》《送李外史》等作，又皆似《黄庭经》。可见其挫笼万有，学无常师也。即如身当元季，沉沦江村，身未历殿陛，目未睹典章，一旦召修《元史》，列于朝班，其诗即典切瑰丽，虽贾至、岑参等《早朝大明宫》之作，不能远过。此非其天才卓绝、过目即吻契，而能若是乎？惜乎年仅三十九，遽遭摧殒，遂未能纵横变化，自成一大家。然有明一代诗人，终莫有能及之者。

《青丘子歌》一首，自言其作诗之憔悴专一，有云："朝吟忘其饥，暮吟散不平。……头发不暇栉，家事不及营。儿啼不知怜，客至不果迎。……向水际独坐，林间独行。斫元气，搜元精，……冥茫八极游心兵。……微如破悬虱，壮若屠长鲸。……高攀天根探月窟，犀照牛渚万怪呈。"是其功力之精至，可谓极矣。然集中惟《登西城门》云："并吞何时休，百骨易寸土。"《题画鹰》云："秋筋束老骨，天寒势逾矫。"《太湖》云："声吹地将浮，势击山欲坏。"此数句最为警策，其他亦少有惊心动魄者。盖其用力全在使事典切，琢句浑成，而神韵又极高朗，此正是细腻风光，看是平易，实则洗炼功深。观唐以来诗家，有力厚而太过者，有气弱而不及者，惟青邱适得诗境中恰好地步，固不必石破天惊、以奇杰取胜也。

（《瓯北诗话》卷八）

汪端论高启诗

青丘诗，众长咸备，学无常师。才气豪健而不剑拔弩张，辞采秀逸而不字雕句绘。俊亮之节，醇雅之音，施于山林、江湖、台阁、边塞，无所不宜。有明一代学古而化、不泥其迹者，惟此一人。

（汪端《明三十家诗选》高启诗评）

乐府，高青丘清华朗润，秀骨天成，唐人之胜境也。五言古得柴桑之真朴，辋川之雅淡。七言古沉郁宕远，兼太白、杜、韩之长。五言律，上法右丞，下参大历十才子。七言律超妙清华。五言绝得王、韦之髓。七言绝有唐人风度。

（汪端《明三十家诗选》凡例）

李东阳 选六首

李东阳(1447—1516),字宾之,号西涯。其先茶陵(今属湖南株洲)人,洪武初以戎籍隶燕山左护卫,改金吾左卫,家于京师,遂为顺天府(今北京)人。父李淳,布衣善书。李东阳幼颖悟,三四岁即能作大字,顺天府举其为神童,景泰帝召书,"书奏,帝抱置膝前,赐珍果宝镪。六岁、八岁两召讲《尚书》,称善,命肄业京庠。天顺中,年十六,自乡试连举进士高第,选庶吉士。成化元年授编修"(《名山藏》卷七十)。历侍讲、侍讲学士、充东宫讲官。弘治初,兼左庶子、太常少卿,进太常寺卿,弘治七年(1494)擢礼部右侍郎,弘治八年(1495)以礼部左侍郎兼文渊阁大学士,预机务,弘治十一年(1498)进太子少保、礼部尚书。弘治十六年(1503)以太子太保户部尚书兼谨身殿大学士,弘治十八年(1505)加少傅、柱国,与刘健、谢迁同受宪宗顾命。正德元年(1506)晋少师兼太子太师、吏部尚书、华盖殿大学士。时刘瑾用事,排挤重臣。正德二年(1507),与刘健、谢迁同日辞职,诏下独留之。正德五年(1510)刘瑾伏诛,乞罢,又慰留之。正德七年(1512)托老病辞官。家居四年。正德十一年(1516)七月二十日卒,享年七十岁。赠太师,谥文正。著有《怀麓堂集》一百卷、《怀麓堂诗话》等。今有周寅宾校点《李东阳集》(岳麓书社,2008年)可资参研。

◎ 李东阳像

李东阳历五帝仕三朝,为官五十载,在翰林二十九年,入阁十八年。其政治生涯颇可议者,在于正德初年逆瑾干政之际。毁之者以"侍郎罗玘上书劝其早退,至请削门生籍"(王鸿绪《明史稿》本传)及刘健"何泣为,当日力言,与吾辈同去"(沈德潜《李东阳论》)为口实，谓其依违隐忍，随事弥缝，至民间有“伴食宰相”(吕毖《明朝小史》卷十一)之讥，四库馆臣则以“依阿刘瑾，人品事业，均无足深论”(《四库全书总目》卷一七〇《怀麓堂集》提要)论定之；誉之者则以其顾命大臣之身份“不忍超然去国以自洁其身”(沈德潜《李东阳论》)，“外与和而内与辨”(蒋永修《怀麓堂稿旧序》)，谓其功在“保全善类，奖进后学”(彭维新《文正公论》)，至有“延明祚百有余年”“非东阳一人之力不可”(法式善《李东阳论》)之誉。

李东阳一生大多居于京师，闻见所限，其诗无外乎酬赠、送别、题画、感怀之类，所抒情感无非台阁政教及山林逸趣，其风格大多“深厚浑雄”“法度森严”“不逾典则”，且“不为倔奇可骇之辞”，而“古意独存”(杨一清《怀麓堂稿序》)。但李东阳三次远游，于其诗境之开拓，实有助益。第一次是成化八年(1472)随父回湖南省墓。东阳自述其经历和创作曰：“出东鲁，观旧都，上武昌，溯洞庭，经长沙”“连山大江，境象开豁，廓然若小宇宙而游混茫者”；“既而下吉安，历南昌，涉浙江，经吴会之墟，则溪壑深窈，峰峦奇秀，千变百折，间见层出”；“其间流峙之殊行，飞跃开落之异情，耳目所接，兴况所寄，左触右激，发乎言而成声，虽欲止之，亦有不可得而止矣”(《南行稿序》)。第二次则在成化十六年(1480)赴应天府主乡试。此行“尽得两京之形胜，神爽飞越，心胸开荡。烟云风雨之聚散，禽鱼草木之下上开落，衣冠人物风土俗尚之殊异，前朝旧迹之兴废不常者”，及“瞻望都邑，顾怀庭闱，慨王事之在躬，而思奉养之靡及”(《北上录序》)均形诸歌咏。第三次是弘治十七年(1504)奉命祭孔。王事完毕后，“谒孔林，登尼山，经曲阜，挹洙泗之余波，访邹鲁之遗风，观汉魏以来遗文断刻，山川灵秀之秘，礼乐声容之美，衣冠文物之会”，均得形诸诗文。此外，“闾阎之愁叹，道途之艰苦”、故友凋零之感伤，“凡悲欢喜愕郁抑宣泄之间，一出于正”(《东祀录序》)。李东阳尚有《拟古乐府》二卷，“取史册所载，忠臣义士，幽人贞妇，奇踪异事，触之目而感之乎心，喜愕忧惧，愤懑无聊不平之气，或因人命题，或缘事立义，托诸韵语，各为篇什。长短丰约，惟其所止；徐疾高下，随所会而为之。内取达意，外求合律”(《拟古乐府引》)，今存一百零一首。

李东阳是茶陵派的领袖，“自明兴以来，宰臣以文章领袖缙绅者，杨士奇后，东阳而已”(《明史》本传)。他于诗坛之贡献有二：一是救台阁体“冗沓肤廓，万喙一音，形模徒具，兴象不存”(《四库全书总目》卷一九〇《明诗综》提要)之弊。诚如清人沈德潜所云：“永乐以还，尚台阁体，诸大老倡之，众人靡然和之，相习成风，而真诗渐亡矣。”“永乐以后诗，茶陵起而振之，如老鹤一鸣，喧啾俱废。”(沈德潜《明诗别裁集》卷三解缙、李东阳)二是为明代复古派先声，即如王世贞所云：“长沙之于何、李也，其陈涉之启汉高乎。”(《艺苑卮言》卷六)其诗取法唐宋，陶写性情，感发意志，讲求声调，追求浑雅正大及脱俗淡远的审美效果。钱谦益谓：“西涯之诗，原本少陵、随州、香山，以追宋之眉山、元之道园，兼综而互出之。其诗有少陵，有随州、香山，有眉山、道园，而其为西涯者自在。”(钱谦益《列朝诗集》丙集)

春　至

儿女喜春至，竞为桃李颜。主人坐中堂，对食不能餐。寡妻问何为，良久方出言。东邻不衣褐，西舍无炊烟。农家望春麦，麦种不在田。流离遍郊野，骨肉不成怜。嘉辰忽不见，城市转萧然。高楼杂弦管，此事十年前。

(《李东阳集》之《怀麓堂集》诗稿卷四)

【导读】

李东阳《怀麓堂诗话》云：“杜子美《秋兴》《诸将》《咏怀古迹》《新婚别》《兵车行》，终日诵之不厌也。”这首《春至》以绝好之题目，写绝哀之事，抒沉郁之情，深得老杜情怀之精髓。

马船行

南京马船大如屋[1]，一舸能容三百斛。高帆得势疾若风，咫尺波涛万牛足。官家货少私货多，南来载谷北载鹾。凭官附势如火热，逻人津吏不敢诘[2]。争狃斗捷防转欺[3]，倏去忽来谁复知。乘时射利习成俗[4]，背面却笑他人痴。他人虽痴病亦乐，明朝犯令尔辈缚。官家号令时复传[5]，津吏如今更索钱。

◎　明代马船

(《李东阳集·南行稿》)

【注释】

[1] 马船:明初专运军马的船只。迁都北京后,改为运送官物。《大明会典》卷一百四十九《马快船》:"洪武初,置江淮、济川二卫马快船,南京锦衣等卫风快船,以备水军征进之用。既建北京,遂专以运送郊庙香帛、上供品物、军需器仗及听候差遣,俱属南京兵部掌管,轮流差拨。"

[2] 逻人:巡逻的人员。津吏:管理渡口、桥梁的官吏。

[3] 争狃斗捷:以豪夺与巧取相争竞。

[4] 射利:谋取财利。左思《吴都赋》:"乘时射利,货丰巨万。"

[5] "官家"句:据《大明会典》卷一百四十九《马快船》:"成化四年奏准,马快船不许附带私盐、客货,若于关文外多索一夫一军,及分关前驱逼取钱物者,巡河御史按察司官,将随从人役,并附船各商拏问,民解口外,军发边卫,盐货入官。六年奏准,马快船附载私货者,本船小甲,并附船之人,俱发口外充军。其空身附搭者,以违制论。"

【导读】

此诗作于成化八年(1472)。这首诗对明代中期官商勾结贩运盐谷,牟取私利的情况做了揭露。首四句描写了马船之大,可载货物之多。然而本该运送官物的大船居然装载的大部分是商人私货,更令人愤怒的是,面对官船走私的情况,逻人津吏居然不敢过问。在诗人看来,这些"乘时射利"的商人迟早要受到法律的制裁。据《大明会典》记载:"天顺元年,令马快船装运官物,其私载及求索之物,尽数入官。四年令兵部出榜禁约管官船索要船夫银两等项,不遵者,重罪不饶。"显然这些规定不足以应对当时的弊端,故而朝廷于成化四年(1468)和成化六年(1470)出台了更为严厉的打击官船私用的政策。但是,所谓上有政策,下有对策,朝廷的政令在索钱津吏的眼中,似乎也仅仅是一纸空文而已。

长江行

大江西来是何年,奔流直下岷山巅。长风一万里,吹破鸿濛天。天开地辟万物茁,五岳四渎皆森然[1]。帝遣长江作南渎,直与天地相周旋。是时共工怒触天柱折,遂使后土东南偏。女娲补天不补地,山崩谷罅漏百川。有崇之叟狂而颠[2],坐看万国赤子沦深渊。帝赫怒,罚乃罪。神禹来,乘四载。驱大章[3],走竖亥[4]。黄龙夹舟稳不惊[5]，直送驰波到东海。朝离巴峡暮洞庭，九派却转浔阳城[6]。萦纡南徐万余里[7]，更万余里通蓬瀛。君不见黄河之水天上下，其大如股空纵横。长淮清济出中境[8]，曷敢南向争权衡。千流万派琐琐不足数，虽有吐纳无亏盈。下亘厚地，上摩高空，日月出没，蛟龙所宫。奇形异态不可以物象，但见变化无终穷：或如重胎抱混沌，或如灏气开穹窿；或如织女抱素练，或如天马驰风鬃；空山怒哮饱后虎，巨壑下饮渴死虹；或如轩辕铸九鼎，大冶鼓动洪炉风；或如夸父逐三足，曳杖狂走无西东；或如甲兵宵驰聚啸满山谷，或如神鬼昼露万象出入虚无中。吁嗟乎！长江胡为若兹雄，人不识无乃造化之奇功。天开九州，十有二山。南北并峙，江流其间。尧舜都冀方[9]，三苗尚为顽。魏帝倚天叹，征吴但空还[10]。吁嗟乎！长江其险不可攀。古来英雄必南骛，我祖开基自江渡；古来建国惟中原，我宗坐制东南藩。始知天险不足恃，惟有圣德可以通乾坤。长江来，自西极，包人寰，环帝宅，我来何为为观国。泛吴涛，航楚泽，笑张骞，悲祖逖，壮神功，歌圣德。圣德浩荡如江波，千秋万岁同山河。而我无才竟若何，聊为击节长江歌。

（《李东阳集·南行稿》）

【注释】

[1] 五岳：东岳泰山、西岳华山、南岳衡山、北岳恒山和中岳嵩山。四渎：长江、黄河、淮河、济水。

[2] 有崇之叟：鲧。传说他是有崇氏部落首领。

[3] 大章：太章。相传为禹臣，善走。

[4] 竖亥：传说人物。步子极大，善走。

[5] 黄龙夹舟：黄龙负舟。《淮南子·精神训》："禹南省，方济于江，黄龙负舟，舟中之人五色无主，禹乃熙笑而称曰：'我受命于天，竭力而劳万民。生，寄也；死，归也。何足以滑和！'视龙犹蝘蜓，颜色不变，龙乃弭耳掉尾而逃。禹之视物亦细矣。"

[6] 九派：长江到湖北、江西、九江一带有九条支流，因以"九派"称这一带的长江。后也泛指长江。

[7] 南徐：南徐州。东晋侨置徐州于京口城，南朝宋改称南徐，即今江苏省镇江市。

[8] 长淮清济：指淮河和济水。济水清澈，故称清济。

[9] 冀方：泛指中原地区。

[10] "魏帝"二句：指曹操与东吴的赤壁之战。

【导读】

此诗作于成化八年(1472)。诗人随父亲回家省墓，从京城出发，一路南行，由南京溯江而上，又经江西九江至新安江到杭州，再沿运河北上返京，历时约七个月。据《南行稿》编排的顺序，此诗当作于由南京溯江西行至安徽安庆段长江之间。这一段长江，江面开阔，两岸虽不时有青山点缀，但已无险要瑰奇之景，故而此诗主要是以想象写成。诗人以神话传说来展开想象，描写长江的变化无穷；还通过对比和一连串比拟的手法，从不同角度描绘了长江的奇形异态。全诗语言错落，音节变化，情感跌宕，境界开阔。不过，写作此诗的全部热情，似乎在于"歌圣德"，即颂扬明太祖一统江山的丰功伟绩。这种写法与高启《登金陵雨花台望大江》相似而又不同。高启之诗由雨花台望去，上下千年，思绪驰骋，始终围绕金陵来写，且在歌颂中有隐忧、有期待。李东阳此诗则奇奇怪怪，有元末杨维桢"铁崖体"之风貌，但其内涵已不再具有高启之诗那种穿透历史的深邃感。

寄彭民望[1]

斫地哀歌兴未阑[2]，归来长铗尚须弹。秋风布褐衣犹短，夜雨江湖梦亦寒。木叶下时惊岁晚[3]，人情阅尽见交难。长安旅食淹留地，惭愧先生苜蓿盘[4]。

（《李东阳集》之《怀麓堂集》诗稿卷十二）

【注释】

[1] 彭民望：名泽，湖南攸县人。景泰七年（1456）举人，曾任应天通判，能诗，有《老葵集》。

[2] 斫地：砍地，舞剑的一种动作。语出杜甫《短歌行赠王郎司直》："王郎酒酣拔剑斫地歌莫哀。"

[3] 木叶下时：语出屈原《九歌·湘夫人》："袅袅兮秋风，洞庭波兮木叶下。"

[4] "惭愧"句：言彭民望生活十分清贫。苜蓿盘，谓盘中的菜肴只有苜蓿。据五代王定保《唐摭言·闽中进士》载，薛令之为东宫侍读，清贫，乃作诗自嘲："朝日上团团，照见先生盘。盘中何所有，苜蓿长阑干。"

【导读】

李东阳《怀麓堂诗话》云："彭民望……及失志归湘，得予所寄诗曰……乃潸然泪下，为之悲歌数十遍不休。谓其子曰：'西涯所造，一至此乎！恨不得尊酒重论文耳。'盖自是不阅岁而卒。"可见，这是一首令当事人感动不已的诗歌。"剑"在古代诗歌中往往是诗人志向和抱负的比喻。首联以“舞剑”和“弹铗”这一对激烈和冷静的动作对比，展现了满腹才华的彭民望英雄失路的处境和无人赏识的悲哀。彭民望长于诗歌，“少为诸生，偏好独解，得唐人家法”（《怀麓堂诗话》）。李东阳形容其诗才云：“君诗惊满座，气与沧溟开。酒酣疾伸纸，下笔无嫌猜。”（李东阳《赠彭民望三首》其一）又谓“君诗十年前，散落满湖海”（李东阳《再赠三首，用前韵》其三），并自愧不如。这样的一位才人，却潦倒不遇，怎能不令人心生怜悯？颔联从诗人的角度出发，以秋风、秋雨的自然气象写好友生计艰难的凄凉境地，甚至做梦都感受不到温暖。颈联则从友人的角度出发，感慨年华流逝，知音无几，进一步突出了怀才不遇的主题。尾联写自己虽然在京城为官，但并未给彭民望带来实质性的帮助。李东阳作于成化十八年（1482）的《除夕书怀》诗有：“贫堪苜蓿堆盘少，病觉屠苏到手迟。”生活的拮据令李东阳无力帮助友人，为此而满怀内疚。

幽怀四首（其四）

懒携竹杖踏莓苔，寂寂残樽对雨开。开口只应心独语，闭门休问客谁来。幽居有道堪藏拙，巧宦逢时亦自才。试问白头冠盖地，几人相见绝嫌猜[1]。

（《李东阳集》之《怀麓堂集》诗稿卷十三）

【注释】

[1]“试问”二句：语出杜甫《梦李白》：“冠盖满京华，斯人独憔悴。”

【导读】

此诗当作于成化年间。前两联写自己闭门独居，懒于应酬。后两联则交代了独居的缘由，原来是官场生态恶劣，只能以“幽居藏拙”求得全身远害。这种为官之道，决定了李东阳在正德初年刘瑾干政时“依违隐忍”的做派。

柯敬仲墨竹[1]

莫将画竹论难易，刚道繁难简更难。君看萧萧只数叶，满堂风雨不胜寒。

（《怀麓堂诗话》）

【注释】

［1］柯敬仲：柯九思（1290—1343），字敬仲，号丹丘、丹丘生、五云阁吏，台州仙居（今浙江仙居县）人。能诗文，善画，山水、人物、花卉，无不入妙，尤长于竹。著有《竹谱》。

【导读】

这首论画诗，将观画的感官印象，以听觉和触觉的方式表现出来，使二维平面具有三维空间的动态感，语短意长。诗人在意的并不是画法技巧的难易，而是最终效果的传神写照。《怀麓堂诗话》举此诗后论曰："画法与诗法通者，盖此类也。"

拓展阅读

镜川先生诗集序（节录）

李东阳

《诗》与诸经同名而体异。盖兼比兴，协音律，言志厉俗，乃其所尚。后之文皆出诸经。而所谓诗者，其名固未改也，但限以声韵，例以格式，名虽同而体尚亦各异。汉、唐及宋，代与格殊。逮乎元季，则愈杂矣。今之为诗者，能轶宋窥唐，已为极致。两汉之体，已不复讲。而或者又曰："必为唐，必为宋。"规规焉，俯首缩步，至不敢易一辞、出一语。纵使似之，亦不足贵矣，况未必似乎！说者谓：诗有别才，非关乎书；诗有别趣，非关乎理。然非读书之多，识理之至，则不能作。必博学以聚乎理，取物以广夫才，而比之以声韵，和之以节奏，则其为辞，高可讽，长可咏，近可以述，而远则可以传矣。岂必模某家，效某代，然后谓之诗哉？顾惟其异于文也，故虽以文章名者，或有憾焉。兼之者盖间世而始一见。韩昌黎之诗，或讥其为文；苏东坡之诗，或亦有不逮古人之叹。今观其宏才远趣，拔时代而超人群也，恶可不与知者道哉！

（《李东阳集》之《怀麓堂集》文稿卷八）

李东阳论诗四则

古诗歌之声调节奏，不传久矣。比尝听人歌《关雎》《鹿鸣》诸诗，不过以四字平引为长声，无甚高下缓急之节。意古之人，不徒尔也。今之诗，惟吴、越有歌。吴歌清而婉，越歌长而激，然士大夫亦不皆能。予所闻者，吴则张亨父，越则王古直仁辅，可称名家。亨父不为人歌，每自歌所为诗，真有手舞足蹈意。仁辅性亦僻，不时得其歌。予值有得意诗，或令歌之。因以验予所作，虽不必能自为歌，往往合律，不待强致，而亦有不容强者也。

文章固关气运，亦系于习尚。周、召二《南》，《王》《豳》《曹》《卫》诸风，《商》《周》《鲁》三颂，皆北方之诗。汉魏、西晋亦然。唐之盛时，称作家在选列者，大抵多秦、晋之人也。盖周以诗教民，而唐以诗取士，畿甸之地，王化所先，文轨车书所聚，虽欲其不能，不可得也。荆楚之音，圣人不录，实以要荒之故。六朝所制，则出于偏安僭据之域，君子固有讥焉。然则东南之以文著者，亦鲜矣。本朝定都北方，乃为一统之盛，历百有余年之久。然文章多出东南，能诗之士，莫吴越若者，而西北顾鲜其人，何哉？无亦科目不以取、郡县不以荐之故欤？

诗有别材，非关书也；诗有别趣，非关理也。然非读书之多、明理之至者，则不能作。论诗者无以易此矣。彼小夫贱隶，妇人女子，真情实意，暗合而偶中，固不待于教。而所谓骚人墨客、学士大夫者，疲神思，弊精力，穷壮至老而不能得其妙，正坐是哉！

汉、魏、六朝、唐、宋、元诗，各自为体。譬之方言，秦、晋、吴、越、闽、楚之类，分疆画地，音殊调别，彼此不相入。此可见天地间气机所动，发为音声，随时与地，无俟区别，而不相侵夺。然则人囿于气化之中，而欲超乎时代土壤之外，不亦难乎！

（《怀麓堂诗话》）

唐　寅 选七首

唐寅(1470—1524),字伯虎,更字子畏,号六如,吴县(今江苏苏州)人。家居市廛,父为商贾。性颖利,读书不识门外街陌,父广德欲用其起家,致举业师。弘治初,与都穆、祝允明、文徵明、张灵等人倡为古文辞,诗酒倡酬,不间时日。二十五岁前后,父母妻妹,接踵而殁。遂立志博取功名,闭户读书期年,弘治戊午(1498)中乡试第一,得梁储、程敏政赏识。曾作《广志赋》《连珠赋》数十首,为倪岳所称。弘治十二年(1499)二月,礼部会试,与徐经因涉嫌科场舞弊,下狱。六月,以夤缘求进罪名结案,判赎徒,黜充吏役,耻不就。归家后,与继妻反目,哀伤难排。转好佛氏,取《金刚经》四句偈自号"六如"。筑桃花庵,诗酒书画度日,放浪形骸。正德九年(1514),宁王朱宸濠遣使来聘,唐寅与谢时臣、章文俱往南昌。未几,见宁王多为不法之事,乃佯狂以归。嘉靖二年十二月二日(1524年1月7日),书《绝命诗》一首,卒,得年五十四岁。葬横塘王家村。

◎ 唐寅像

唐寅于所著文字不甚在意,著述散佚。嘉靖十三年(1534),好友袁袠首刻《唐伯虎集》两卷。后经晚明何大成、曹元亮、清中期唐仲冕等人陆续重刻、增补为《六如居士全集》。日本亦有翻刻,一为享和元年(1801)大坂山口又一郎、京屋吉右卫门刊《唐伯虎集》,乃马严敬夫以晚明沈思、曹元亮刊本选编而来;一为嘉永六年(1853)椿氏存诚阁刊《六如居士全集》,系翻刻唐仲冕本前三卷而来。今有周道振等辑校《唐寅集》(上海古籍出版社,2013年)可资参研。

唐寅生性狂放不羁，崇侠尚气，轶事琐闻，流传甚广。平生多次出游，足迹至赣、闽、浙诸省。其早年诗歌，从学古入手，今集中乐府诸题，颇有模拟痕迹。科场案后，因有感于“后世知不在是”（祝允明《唐子畏墓志并铭》），遂不复镂心钵肝，转以信笔直抒，不计工拙。除酬赠外，题画诗、感怀诗和劝世诗是其诗歌创作的主要内容。祝允明评其诗曰：“初喜秾丽。既又放白氏，务达情性。而语终璀璨，佳者多与古合。”（《唐子畏墓志并铭》）与沈周、文徵明、徐祯卿称“吴中四才子”。尤工画，下笔辄追唐宋名匠，与沈周、文徵明、仇英称“明四家”。

吴中诗坛自明初高启等四杰之后，“学者不能造诣，故多流于肤近生涩，殊失为诗之性情言句”（沈周《题周寅之诗稿》）。弘治中，“海内无盗贼干戈之警”，“国家承平百三十余年矣，治体宽裕，生养繁殖，斧斤穷于深谷，马牛遍满阡陌。即闾阎而贱视绮罗，粱肉糜烂之，可谓极治然”（李梦阳《熊士选诗序》）。在此种背景下，吴地以诗名者渐起，“有以事功名而诗文清警者，姚少师、徐武功是也。铸辞命意，随所欲言，宁弱无缚者，吴文定、王文恪是也。气高才逸，不就羁绁，诗旷而文者，洞庭蔡羽是也。有为王、李所摈斥，而识见议论，卓有可观，一时文人望之不见其崖际者，武进唐荆川是也。文词虽不甚奥古，然自辟户牖，亦能言所欲言者，昆山归震川是也。半趋时，半学古，立意造词，时出己见者，黄五岳、皇甫百泉是也。画苑书法，精绝一时，诗文之长因之而掩者，沈石田、唐伯虎、祝希哲、文徵仲是也。其他不知名，诗文可观者甚多”（袁宏道《叙姜陆二公同适稿》）。唐寅作为诗文被书画成就所掩盖的代表，其诗“有佳句，亦有累句。妙在不沾沾以此为事”（袁宏道评语），是明代性灵派逻辑演进中的重要一环。

桃花庵歌

桃花坞里桃花庵[1]，桃花庵里桃花仙。桃花仙人种桃树，又摘桃花换酒钱。酒醒只来花下坐，酒醉还来花下眠。半醒半醉日复日，花落花开年复年。但愿老死花酒间，不愿鞠躬车马前。车尘马足富者趣，酒盏花枝贫者缘。若将富贵比贫贱，一在平地一在天。若将花酒比车马，他得驱驰我得闲。别人笑我忒风骚，我笑他人看不穿。不见五陵豪杰墓[2]，无酒无花锄做田。

（《唐寅集》卷一）

【注释】

［1］桃花坞：位于苏州阊门外。北宋章楶曾在此建别墅，后渐废为蔬圃。故址在今廖家巷双荷花池。科场案后，唐寅于此筑室，故名桃花庵。

［2］五陵：原指汉朝的长陵、安陵、阳陵、茂陵、平陵五座皇陵。后用来指豪门贵族。

【导读】

此诗有多个版本，文字亦略有出入。拓本款署“弘治乙丑三月”，则诗或作于弘治十八年（1505）。桃花庵当建成于正德二年（1507）春，以拓本署年则诗在庵前。此诗可以看作唐寅人生理想之宣言。唐寅既罹科场案，从此与功名富贵无缘，因此诗中便以富贵、贫贱两种人生乐趣进行对比。追求名利，鞠躬车马，迎来送往，这是富贵者的“乐趣”；享受闲适，饮酒赏花，自由自在，这是贫贱者的“机缘”。唐寅赞美的，显然是后者。他在《把酒对月歌》中说：“我也不登天子船，我也不上长安眠。姑苏城外一茅屋，万树桃花月满天。”其实，与其说唐寅甘于贫贱，还不如说这是他在上升道路被阻断后心态畸变而生发的安身之法。当然，还包括“不为五斗米向乡里小儿折腰”的潜台词，这是贫贱者的“精神胜利法”。全诗语意通俗，一韵到底，一气呵成，朗朗上口，但也有“漫不经思，失之熟俗”（郎瑛《七修类稿》卷四十）的缺点。

席上答王履吉[1]

我观古昔之英雄，慷慨然诺杯酒中。义重生轻死知己，所以与人成大功。我观今日之才彦，交不以心惟以面。面前斟酒酒未寒，面未变时心已变。区区已作老村庄，英雄才彦不敢当。但恨今人不如古，高歌《伐木》天沧浪[2]。感君称我为奇士，又言天下无相似。庸庸碌碌我何奇，有酒与君斟酌之。

（《唐寅集》卷一）

【注释】

［1］王履吉：王宠（1494—1533），字履仁，更字履吉，号雅宜山人。吴县人。八赴乡试不售，后以年资贡入太学。工书画篆刻。有《雅宜山人集》。

[2]《伐木》:《诗经·小雅·伐木》,为歌颂友谊之作。天:一作“矢”,即誓。沧浪:《孺子之歌》,“沧浪之水清兮,可以濯我缨。沧浪之水浊兮,可以濯我足”。

【导读】

王宠和唐寅相差二十五岁,是名副其实的忘年交。这是答诗,王宠的赠诗《九日过唐伯虎饮赠歌》云:“唐君磊落天下无,高才自与常人殊。腾骧万里真龙驹,黄金如山不敢沽。秋风日落嘶长途,我亦垂眉下帝都。终军错弃咸阳缟,鲸鲵失水鳞甲枯,仰天击剑歌乌乌。男儿落魄日月徂,相与把臂挥金壶。满堂宾客照珊瑚,江东落落伟丈夫。千年嵇阮不可呼,后来豪饮非吾徒。气酣争博叫枭庐,四座飞觞倾五湖。人生长若今日娱,何用钱刀衣紫朱?坐茵未暖行已晡,得不取乐穷须臾。君不见,少陵不保千金躯,醉后仔细看茱萸。”王宠在诗中对唐寅的才气、学识、人格、胸襟、气魄等表示由衷钦佩,所以唐寅的答诗有“感君称我为奇士,又言天下无相似”云云。此诗固然表达了对知己的感激之情,同时也借机抨击了世道人心。“面前斟酒酒未寒,面未变时心已变”,对人心险恶的揭露,当源自其科场案前后的亲身体验。唐寅以女许嫁王宠之子,当源自这种知己之感。

阊门即事

世间乐土是吴中,中有阊门更擅雄。翠袖三千楼上下,黄金百万水西东。五更市买何曾绝?四远方言总不同。若使画师描作画,画师应道画难工。

(《唐寅集》卷二)

【导读】

阊门,是苏州最为古老的城门之一,始建于春秋末期吴王阖闾命伍子胥造城之时。据《吴越春秋》记载:“立阊门者,以象天门,通阊阖风也。”阖闾率大军由此门出城远征楚国,称其为“破楚门”,以示必胜。从此,阊门便成为苏州的地标。西晋陆机《吴趋行》说:“吴趋自有始,请从阊门起。阊门何峨峨,飞阁跨通波。”唐白居易《登阊门闲望》说:“阊门四望郁苍苍,始觉州雄土俗强。十万夫家供课税,五千子弟守封疆。……处处楼前飘管吹,家家门外泊舟航。”至明代中叶,阊门周围“商货孔道，五民薄城而居，列肆栉比”（文徵明《明故黄君仲广墓志铭》），一派繁荣。唐寅出生在离阊门不远的皋桥，阊门外即是运河，南来北往的货物和五湖四海的客商汇集于此，他就是在这种市井商业环境下成长起来的。所以这首诗只以中间四句便将阊门四周浓厚的市井气息和繁荣的商业面貌表现出来，可谓以简驭繁。用“翠袖”“黄金”“五更市买”“四远方言”来形容这“红尘中一二等富贵风流之地”（《红楼梦》第一回），俗中带雅。唐寅还有《姑苏杂咏》四首，其一咏阊门，诗云：“门称阊阖与天通，台号姑苏旧帝宫。银烛金钗楼上下，燕樯蜀柁水西东。万方珍货街充集，四牡皇华日会同。独怅要离一抔土，年年青草没城墉。”此诗中间两联与本诗极为相似，首联和尾联则不同，起以阊门的历史，结以对历史人物的咏叹。

和沈石田落花诗三十首（选二）

其十三

天涯晻溘碧云横[1]，春社园林紫燕轻。桃叶参差谁问渡？杏花零落忆题名。日高蘚杂蜗黏壁，雨过莺啼叶满城。邀得大堤诸女伴，踏歌何处和盈盈。

【注释】

[1] 晻溘（ǎnkè）：昏暗不明之意。

其十六

春来赫赫去匆匆，刺眼繁华转眼空。杏子单衫初脱暖[1]，梨花深院自多风[2]。烧灯坐惜千金夜，对酒空思一点红。倘是东君问鱼雁，心情说在雨声中。

（《唐寅集》卷二）

【注释】

[1] 杏子单衫：语出乐府诗《西洲曲》：“单衫杏子红，双鬓鸦雏色。”

[2] 梨花深院：语出晏殊《寓意》：“梨花院落溶溶月，柳絮池塘淡淡风。”

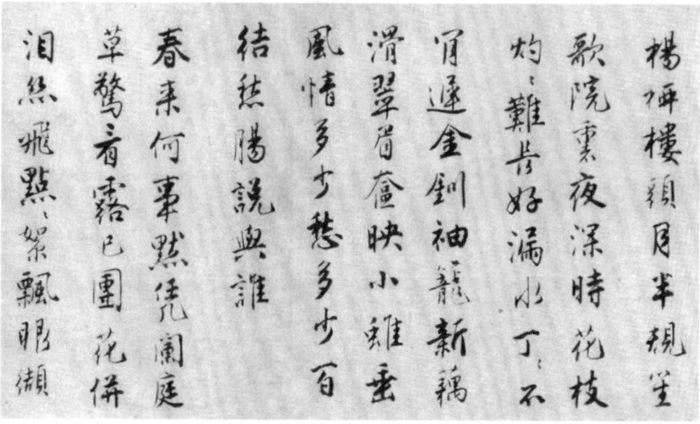

◎ 唐寅书《落花诗》局部

【导读】

《落花诗》本系沈周因丧子伤逝而作。文徵明说："弘治甲子之春，石田先生赋落花之诗十篇，首以示壁。壁与友人徐昌谷甫相与叹艳，属而和之。先生喜，从而反和之。是岁，壁随计南京谒太常卿嘉禾吕公，相与叹艳，又属而和之。先生益喜，又从而反和之。自是和者日盛，其篇皆十，总其篇若干，而先生之篇累三十而未已。"唐寅的和诗虽题三十首，但因前后数次修改、书写，故今存《落花诗》计有四十七首。与原唱和他人和作不同，唐寅借咏落花抒写自己的身世之感，故而能从众作中脱颖而出。这里所选二首，第一首结合其科场经历来写，"桃叶参差谁问渡？杏花零落忆题名"一句写乡试，一句写会试。正是乡试高中解元、会试沦为牢犯的强烈反差，才催生出其《落花诗》"刺眼繁华转眼空"的人生幻灭主题。第二首不像第一首写得那么落实，只是写光阴迅速、美好难驻，这反而更能触发人们的共鸣，也是王夫之在《明诗评选》中最为推崇此首的原因之一。

严　滩

汉皇故人钓鱼矶[1]，渔矶犹昔世人非。青松满山响樵斧，白舸落日晒客衣。眠牛立马谁家牧，鸂鶒鸬鹚无数飞[2]。嗟余漂泊随饘粥[3]，渺渺江湖何所归？

（《唐寅集》卷二）

【注释】

[1] 汉皇故人:严光,他是东汉光武帝刘秀的同学。

[2] 鸂鶒(xīchì):水鸟名。形大于鸳鸯,而多紫色,好并游,俗称紫鸳鸯。

[3] 饘(zhān)粥:稀饭。

【导读】

正德九年(1514)秋,唐寅往江西南昌应宁王朱宸濠聘。这是他在科场案后所做的重大人生抉择。原本想借机施展抱负、实现少时建功立业理想的他,在宁王府不过半年,即正德十年(1515)三月,便以佯狂卖傻的方式"逃离"南昌返回苏州,这首诗便是他返苏途中路过严滩所作。严滩以东汉隐士严子陵得名,他与刘秀为同学,刘秀称帝后,他选择归隐富春江,且屡次拒绝光武帝的征召,其高风亮节屡受后人赞扬。严光的归隐与唐寅的赴聘形成了鲜明对比,而且唐寅还是在察觉了宁王的异志后的"逃归",这成了他此后的心理阴影。所以,诗中尽管描写了严滩附近居民安逸闲适的生活场景,但却以不知归宿在哪里作结,其情绪之低落、内心之苦闷是可想而知的。

秋风纨扇图

秋来纨扇合收藏,何事佳人重感伤?请把世情详细看,大都谁不逐炎凉?

(《唐寅集》卷三)

【导读】

汉成帝尝宠幸班婕妤,后因赵飞燕进谗,班婕妤自求供养太后于长信宫,并作《怨歌行》(又名《团扇诗》)以抒发哀怨之情,诗云:"新制齐纨素,皎洁如霜雪。裁作合欢扇,团团似明月。出入君怀袖,动摇微风发。常恐秋节至,凉飚夺炎热。弃捐箧笥中,恩情中道绝。"此后,秋风见弃便成为文士抒发不遇的常见题材。唐寅此诗题于图上。图中女子站立中央,双手执扇过肩,穿着整齐,仪态端庄,双眉平舒,两眸远望,眼神透出一种孤傲之气。晚明的袁宏道曾批评那些以秋风见弃来寄托感伤的人说："自甘藏箧笥，不敢触寒威。"(《秋扇》)此画中之女子则似乎执扇迎风，毫无畏惧之情，这分明是"不甘藏箧笥，乃敢触寒威"。女子身后山石植物组成的斜坡与其衣带裙摆形成一种向上的视觉感，造成了秋风拂地的效果。诗题于画面的左侧，表达了与秋风见弃相反的主题，即世态炎凉本是人间常情，就像四季更替一样，到了秋天，自然要收起扇子，又何必为此徒增烦恼呢？这幅画创作于科场案后，反映的是唐寅在人生巨变痛定思痛后的一种觉悟，正如他在画中所钤印章"龙虎榜中第一名，烟花队里醉千场"传达出的傲岸之气那样，有谁会同情自怨自艾者呢？只有以自信和自若才能不被世态炎凉的社会所左右。

◎ 唐寅《秋风纨扇图》

拓展阅读

唐伯虎集序

袁 袠

《唐伯虎集》二卷，乐府、诗总三十二首，赋二首，杂文一十五首，内《金粉福地赋》阙不传。伯虎他诗文甚多，体不类此。此多初年所作，颇宗六朝。惟游金焦、匡庐、严陵、观鳌山诸诗及《啸旨后序》，乃中年所作，亦可入选，故附入选。唐伯虎者，名寅，初字伯虎，后乃更字子畏，吴县人也。少有隽才，性豪宕不羁。家贫，不问产业。好古文辞，与故京兆祝公允明、博士徐公祯卿、今内翰文公徵明相友善。而尤工四六，藻思丽逸，翩翩有奇气。然行实放旷，人未之奇也。独故太守文公林奇之，尝上书吴文定公宽，览书曰："吴安得有此人邪？"颇为延誉公卿间。而提学御史方志，恶其跅弛，将黜之。比试，故大学士梁公储读其文，惊叹以为异材，遂荐第一，由是声称籍甚。会试礼部，众拟伯虎复当首选，伯虎亦自负。江阴徐经者，通贿考官故尚书程公敏政家人，得其节目，以示伯虎，且倩代草文字。事露，逮锦衣卫狱，掠问无状。先是，梁公奉使外夷，伯虎乞程公文送之，竟以此论发为吏。耻不就，免归。友人文徵明以书切责之，伯虎答书自明，文多载集中。乃益自放废，纵酒落魄。所著述多不经思，语殊俚浅。人或规之，伯虎曰："夫太上立德，其次立功，其次立言。寅遭青蝇之口，而蒙白璧之玷，为世所弃，虽有颜、冉之行，终无以取信于人。而夔龙之业，亦何以自致？徒欲垂空言，传不朽，吾恐子云剧秦，蔡邕附卓，李白永王之累，子厚叔文之讥，徒增诟辱而已。且人生贵适志，何用刿心镂骨，以空言自苦乎！”宸濠之谋逆，欲招致四方材名之士，乃遣人以厚币招伯虎，坚辞不可。至则阴知将有淮南之谋，遂佯狂以酒自污。宸濠曰：“唐生妄庸人耳。”乃放归，得免于难。过富春渚，想子陵之风，慷慨悲歌，徘徊者久之。筑室桃花坞中，读书灌园。家无担石，而客尝满座，风流文采，照映江左，外若奢汰，而中慕沉玄。勤究内典，旁精绘事。衮童时，尝获侍高论，接杯酒之欢。哲人已远，九京不作，抚诵遗文，慨仰遐烈。爰加搜摭，庶存梗概云尔。

（《唐伯虎集》卷首）

袁宏道评唐寅诗

吴人有唐子畏者，才子也。以文名，亦不专以文名。余为吴令，虽不同时，是亦当写治生帖子者矣。余昔未治其人，而今治其文。大都子畏诗文，不足以尽子畏，而可以见子畏。故余之评骘，亦不为子畏掩其短，政以子畏不专以诗文重也。子畏有知，其不以我为俗吏乎！

子畏之文，以六朝为宗，故不甚慊作者之意。

子畏之诗，有佳句，亦有累句。妙在不沾沾以此为事，遂加人数等。

子畏小辞，直入画境。人谓子畏诗词中有几十轴也，特少徐吴辈鉴赏之耳。

（《唐伯虎先生外编》卷四）

李梦阳 选十一首

李梦阳(1472—1530),初名萃,字天赐,更名梦阳,字献吉,原名孟阳,号空同,庆阳(今甘肃庆阳)人。曾祖入赘河南开封扶沟王聚,随其从戎徙庆阳,后遂冒王姓,至梦阳父李正始复姓。十岁随父徙开封。弘治五年(1492)乡试第一,明年中二甲十七名进士,观礼通政司。同年八月,丁母忧归。弘治八年(1495),父亡。居家守制,以教授生徒为业。弘治十一年(1498)服阕,授户部山东司主事。弘治十二年(1499)奉命监收通州国储。弘治十三年(1500)犒榆林军。弘治十四年(1501)奉命监"三关"招商,因执法严峻请托不行,被诬下狱,寻得释,复原职。弘治十六年(1503)奉命饷宁夏军。弘治十八年(1505),孝宗下诏求谏,四月作《上孝宗皇帝书》,陈言"二病""三害""六渐",末及建昌侯张延龄及弟寿宁侯鹤龄"怙宠殃民,为外戚骄恣之渐。寿宁摘疏中张氏字,为讪母后,上不得已,系锦衣狱,旋释之,夺俸三月。出狱,遇鹤龄大市街,乘醉唾骂,挥鞭击之,堕二齿,鹤龄隐忍而止"(钱谦益《列朝诗集》丙集本传)。五月,孝宗卒,武宗即位,进贵州司员外郎。正德改元(1506)迁广东司郎中。九月,代户部尚书韩文草疏劾刘瑾,事败,韩文及大学士刘健、谢迁皆落职,李梦阳"矫旨谪山西布政司经历,勒致仕"(《明史》本传)。正德二年(1507),解职回开封。正德三年(1508)春,刘瑾知弹劾奏疏出自李梦阳之手,即矫诏逮系诏狱,受刑几死,后经康海求情得免死放归。正德五年(1510)八月,刘瑾伏诛,起故官。正德六年(1511)四月迁江西提学副使。正德八年(1513)秋,上疏弹劾江西巡按御史江万实、总督陈金、布政使郑岳。江万实亦以"陵轹同列,挟制上官"(《明史》本传)弹劾李梦阳。正德八年(1513)冬,奉命待罪南康,正德九年(1514)正月下广信狱,杨一清、何景明力救之,三月事完出狱,以居官无状谴归,带职闲住。寓开封,"治园池,招宾客,日纵侠少射猎繁台、晋丘间,自号空同子,名震海内"(《明史》本传)。正德十四年(1519),宁王谋反被诛,七月坐为宸濠撰《阳春书院记》入狱,得刑部尚书林俊等力救,八月削籍归。嘉靖八年十二月卒。门人私谥文毅。天启元年(1621),追谥景文。著有《空同集》六十六卷。今有郝润华校笺《李梦阳集校笺》(中华书局,2022 年)可资参研。

李梦阳为杨一清所取解元,故其诗始受李东阳、杨一清等茶陵派影响,他说:"我师崛起杨与李,力挽一发回千钧"(《徐子将适湖湘,余实恋恋难别,走笔长句,述一代文人之盛兼寓祝望焉耳》)。然他在武宗即位不久后,便因李东阳依违于正德帝与刘瑾之间而批判其以"雕浮靡丽之词,取媚时眼"(《凌溪先生墓志铭》)。加之对时下流行陈献章、庄昶等人所作性气诗有所不满,遂提倡学古,追本溯源,指出"向上一路"的学诗路径。其诗歌创作多以杜甫、李白为宗,"以豪雄不可下之气,而为闳肆不可遏之文"(李开先《李崆峒传》),风格"雄浑悲壮,鼓荡飞扬"(沈德潜《说诗晬语》卷下)。与何景明、徐祯卿、边贡、康海、王九思、王廷相号"七才子"。"迨嘉靖朝,李攀龙,王世贞出,复奉以为宗。天下推李、何、王、李为四大家,无不争效其体",然"后有讥梦阳诗文者,则谓其模拟剽窃,得史迁、少陵之似,而失其真云"(《明史》本传)。

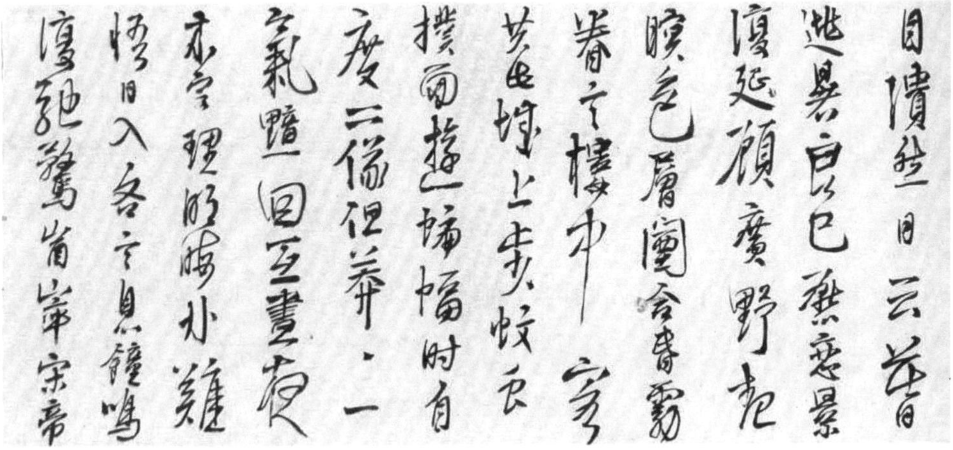

◎ 李梦阳《行书自书诗卷》局部

李梦阳与何景明都倡言学古,但约至正德十年(1515)之后两人发生分歧,争论焦点则是学古的方法。李梦阳倡导学古有法,认为作诗要"以我之情,述今之事,尺寸古法,罔袭其辞"(李梦阳《驳何氏论文书》)。其所谓"法",概括来说即"前疏者后必密,半阔者半必细,一实者必一虚,叠景者意必二"(李梦阳《再与何氏书》)。何景明也认为学古有法,但他认为李梦阳的"刻意古范,铸形宿镆,而独守尺寸"(何景明《与李空同论诗书》)是死法。这就像"小儿倚物能行,独趋颠仆"一样,无益于"道化”(何景明《与李空同论诗书》)。他认为的“法”,是“辞断而意属,联类而比物”(何景明《与李空同论诗书》),是一种“富于材积,领会神情,临景结构,不妨形迹”之活法,相较于李梦阳的“规矩”而言,更像是一种原则,是在体察古人作品之精神意脉并涵养自得后的自出手眼,是一种“通古今”“摄众妙”“出万有”的“推类极变,开其未发,泯其拟议之迹”的“不可易之法”(何景明《与李空同论诗书》)。李梦阳的诗法更像是为初学者指示门径,而何景明的诗法则好比学成后的融会贯通、“达岸舍筏”。

酬秦子以曩与杭子《并舟》别诗见示,余览词悲离,怆然婴心,匪惟人事乖迕,信手二十二韵,无论工拙,并寄杭子[1]

忆年二十余,走马向燕甸[2]。缙绅不识忧,朝野会清宴。嗜酒见天真[3],愤事独扼腕。出追杭、秦徒,婉娩弄柔翰[4]。探讨常夜分,得意忘昏旦。雪雨亦扣门,仆马颇咨惋[5]。葳蕤香山阁,嶵崪蓬莱殿[6]。登顿穷目力[7],延揽倅壮观。孔翠不易驯,人生本无绊。萧萧田中蓬,随风各分散。杭生比适越,秦子游瀍涧[8]。南北两文星,光芒亘霄汉。余衰更乖谬,挂一每漏万。夙遭青门斥[9],差胜黄州窜[10]。偃息于沙泽,遨游傍河岸。秦也虽共区,累月不一见。秦实困劳冗,余亦怕梳盥。何况阻疆域,杭也江之畔。怦怦睽隔积[11],郁郁岁年换。无计脱烦促,转坐迫滋蔓。再读《并舟篇》,愈切山阳叹。诵言各钦德,悲离古所患。

(《李梦阳集校笺》卷十五)

【注释】

[1] 秦子:秦金(1467—1544),字国声,号凤山,无锡人。弘治六年(1493)进士。时任河南提学副使。杭子:杭淮(1462—1538),字东卿,号复溪,宜兴(今江苏无锡)人。弘治十二年(1499)进士。

[2] 燕甸:燕地,这里指北京。

[3] “嗜酒”句:袭用杜甫《寄李十二白二十韵》:“剧谈怜野逸,嗜酒见天真。”

[4] 婉娩(wǎnmiǎn):柔顺。

［5］咨惋：叹惜。

［6］嶕崪（qiúzú）：高峻貌。

［7］登顿：上下，行止。

［8］瀍涧：瀍水。源出河南洛阳市西北，东南流经洛阳市东入洛水。这里借指河南。

［9］青门：汉长安城东南门。本名霸城门，因其门色青，故俗呼为“青门”或“青城门”。这里代指权贵之门。

［10］“差胜”句：以苏轼“乌台诗案”被贬黄州代指自己弹劾刘瑾被逮入狱事。

［11］睽隔：分离，乖隔。

【导读】

此诗写于李梦阳出诏狱之后。虽为友谊而作，但诗人借此回忆了自己青年时期“嗜酒见天真，愤事独扼腕”的激情岁月，感叹中年因“乖谬”而屡遭打击的经历，一个狂傲、婞直的李梦阳呈现在读者面前，是了解李梦阳生平及个性的重要作品之一。

汉京篇

汉京临帝极[1]，复道众星罗。烟花开甸服[2]，锦绣列山河。山河自古称佳丽，城中半是王侯第。峻阁重楼夹道悬，云房雾殿森亏蔽。牧豚卖珠登要津[3]，樊侯亦是鼓刀人[4]。时来叱咤生风雨，奄见吹嘘走鬼神。平津结兄盖侯弟[5]，杯酒相看何意气。执鞭尽是虎贲郎[6]，守门不说长安尉。长安烽火入边城，挺剑辞君万里行。去日千官遮马饯，归来天子降阶迎。朱弓尚抱流沙月，宝铁常飞翰海星。不分燕然先勒石[7]，直教麟阁后标名。岂知盛满多仇忌，可惜荣华如梦寐！地宅田园夺与人，丹书铁券成何事？霍氏门墙狐夜号[8]，魏其池馆长蓬蒿[9]。三千剑客今谁在？十二珠楼空复高。后车不戒前车覆，又破黄金买金谷[10]。洛阳亭榭与山齐，北邙车马如云逐。阴郭豪华真可怜[11]，云台将相珥貂连[12]。当时却怪桐江叟[13]，独着羊裘伴帝眠。

（《李梦阳集校笺》卷十八）

【注释】

［1］帝极：北极星。

[2] 甸服：距离王畿千里的地区。《周礼·夏官·职方氏》："方千里曰王畿，其外方五百里曰侯服，又其外方五百里曰甸服。"

[3] 牧豚卖珠：泛指出身微贱的人。牧豚，《史记·平津侯传》曰："（公孙弘）家贫，牧豕海上。"卖珠，《汉书·东方朔传》记载馆陶公主刘嫖迷恋少年董偃，董偃的母亲原以卖珠为生。

[4] 樊侯：樊哙，曾"屠狗为事"，后以功封舞阳侯。

[5] 平津：平津侯公孙弘。盖侯：汉景帝王皇后之兄王信。《史记·魏其武安侯列传》："（武安侯田蚡）尝召客饮，坐其兄盖侯南乡，自坐东乡。以为汉相尊，不可以兄故私桡。武安由此滋骄。"

[6] 虎贲郎：皇家之警卫。

[7] "不分"句：不分，不甘心，不服气。燕然勒石，后汉和帝永元元年(89)，窦宪大破北单于，勒石燕然而还。

[8] 霍氏：指霍去病、霍光。霍去病曾六次出击匈奴，封狼居胥山，封冠军侯，为骠骑将军。霍光出入宫廷二十余年，以大司马大将军受遗诏辅佐昭帝，权倾内外。

[9] 魏其：魏其侯窦婴，汉文帝皇后侄，拜大将军。

[10] 金谷：金谷园。晋太康中，石崇在河南洛阳西北筑金谷园，备极奢华。

[11] 阴郭：阴，指汉光武帝第二任皇后阴丽华。郭，指光武帝第一任皇后郭圣通。

[12] 云台将相：东汉明帝命画光武帝时邓禹等二十八将于南宫云台。

[13] 桐江叟：东汉严光，因耕钓于桐江（富春江），故名。

【导读】

所谓"日极则仄，月满则亏"（《管子·白心》），此诗表达的正是这样一种盛衰之变，今昔之感。全诗雄浑开合，抑扬顿挫，香色流动。似卢照邻《长安古意》而意深之，"与李颀'汉朝功臣杨德祖'篇归到'鲁连蹈海'同一作法"（沈德潜《明诗别裁集》卷四）而韵胜之。该诗"气力雄于四杰"（吴骐《吴日千先生评选空同诗》卷二），是李梦阳七古代表作之一。马星翼《东泉诗话》卷二云："北地七言歌行最为擅场。如《汉京篇》《去妇词》，皆有杜陵之风，起调尤工。"

戏作放歌寄别吴子 吴名廷举，字献臣，苍梧人。

惟昔少年时，弹剑轻远游。出门览四海，狂顾无九州。献策天子赐颜色，锡宴出入黄金楼[1]。扬鞭过市万马辟，半醉唾骂文成侯[2]。结交尽是扶风豪[3]，片言便脱千金裘。弯弓西射白龙堆[4]，归来洗刀青海头。昆仑河碛不入眼，拂袂乃作东南游。江海汹涌浸日月，岛屿㚇沓混吴越。匡庐小琐拳可碎，鄱阳触怒踢欲裂。泽中龙怪能人言，喷涛吹浪昏涨天。大鹏举翼四海窄，笑尔弋人何慕焉[5]。东湖子，君非洟涊晤穆取位之丈夫，余亦岂卑卑与世而浮沉[6]？恂复共斗非庸劣[7]，廉蔺终投万古钦。攀鳞扫氛代不乏，我岂复恋头上簪！鹿门黄犊稳足驾，商岩紫芝山固深[8]，有飞倘附秋空音[9]。

（《李梦阳集校笺》卷十八）

【注释】

[1] 锡：通“赐”。

[2] “半醉”句：写自己鞭打寿宁侯事。文成侯，即张良，这里指代寿宁侯。

[3] 扶风豪：扶风，即陕西扶风县。李白《扶风豪士歌》曰“扶风豪士天下奇，意气相倾山可移”。

[4] 白龙堆：沙漠名，在新疆以东，天山南路。

[5] 弋人何慕焉：语出扬雄《法言·问明》“鸿飞冥冥，弋人何篡焉”。弋人，射猎者。

[6] “东湖子”三句：东湖子，即吴廷举。此三句是说吴廷举不是那种钻营之辈，诗人自己也非随波逐流的小人。

[7] “恂复”句：恂、复分别指寇恂和贾复，皆为东汉初名将。《后汉书·寇恂列传》载，贾复驻军汝南，其部将在颍川杀了人，寇恂将那人逮捕并处死。贾复以此为耻。后贾复经过颍川，想要报复寇恂，寇恂却以礼相待。光武帝得知此事后，召两人入朝，为之调停。两人同车同出，结友而去。

[8] 商岩紫芝：汉初四皓隐居商山作《紫芝歌》。

[9] “有飞”句：盼望不时有信来。飞，飞鸿，大雁。

【导读】

吴廷举（1461—1526），字献臣，号东湖，苍梧（今广西梧州）人。成化二十三年（1487）进士。正德六年（1511）二月，任江西右参政。李梦阳亦于是年六月到任江西提学副使。正德八年（1513）李梦阳上疏弹劾江万实等人，众人亦弹劾李梦阳，“参政吴廷举亦与梦阳有隙，上疏论其侵官”（《明史·李梦阳传》）。正德九年（1514）正月，两人同入广信狱，在狱中冰释前嫌。出狱后吴廷举作《壮志一首寄别晞阳子》，李梦阳作此诗并《报吴献臣书》。书云：“雄章珍饵，孤使远驰，仰知公有至意焉。奉诵什袭，与心俱藏也。北来尚无消息，仆今手缆以待，消息来便开也。别后沿途采询谣议，士人颇不以仆辈为非，而不知者犹谓仆矜已凌侪，而谓公附炎忌才，此甚可笑也。仆与公虽幸并生明盛之世，共有海内之名，而往昔邂逅湖东，交袛接席，谈不逾日，奇情未谅，各负气不下，致生异同，此亦古今豪杰之常，而仆之过执靡逊，自遂往顾，厥咎孔焉，然于心无他也。患难相值，风萍偶聚，头攒耳摩，卧起相闻，酒食延呼，数月之间，两襟遽豁，转为绸缪，前何以戾，今何以欢！隐衷怍怀，彼此独知矣。来诗云：'夫既遘颜面，岂不惬素心。如何异同论，三两相差参。君诚子渊俦，而我非孔壬。'辞旨婉实，所谓言不违心者也。第子渊拟仆，则似过耳。长徂有日，怅念风义，爰为放歌一章，辄烦来使，毋曰反之而后和也。"（《空同集》卷六十三）

在诗的前半部分，诗人回顾了自己年轻气盛、意气风发的过往，以"昆仑河碛不入眼，拂袂乃作东南游"虚写开罪刘瑾以及瑾诛后得官江西之经历，后半部分则以夸张想象之辞指涉其在江西官场遭人弹劾之事。至"东湖子"则将吴廷举与前举"泽中龙怪"区别对待，以他为君子，并以寇恂和贾复、廉颇和蔺相如相争失和又言好之事（即"恂复共斗非庸劣，廉蔺终投万古钦"），表示两人和好如初。李梦阳之所以认为吴廷举是君子，应该是基于他在正德初年不屈刘瑾的事迹以及在江西剿匪中的出色表现。诗歌刻画了一个曾经意气风发、刚直孤傲的自我形象，表达了英雄惜英雄的阔达情怀，以及归隐的决心。全诗纵横开阖，想象奇特，颇有李白歌行之风。陈田说："空同志壮才雄，目短一世，好揺击人，而受人揺击亦甚。"读此诗，便有此感觉。

送李中丞赴镇[1]

黄云横天海气恶，前飞鹙鸧后叫鹤[2]。阴风夜撼医巫闾[3]，晓来雪片如手落。中丞按辔东视师，躬历崄隘挥熊貔[4]。已严号令偃鼓角，更扫日月开旌旗。椎牛李牧将士跃[5]，射虎李广匈奴知。屯田金城古不谬[6]，卖剑渤海今其时[7]。塞门萧萧风马鸣，长城雪残春草生。低飞鸿雁胡沙静，远遁鲸鲵瀚海清[8]。不观小范擒戎日[9]，谁言胸中十万兵。

（《李梦阳集校笺》卷二十一）

【注释】

[1] 李中丞：李承勋(1473—1531)，字立卿，嘉鱼(今湖北嘉鱼县)人。弘治六年(1493)进士。正德十五年(1520)以右副都御史职巡抚辽东。中丞，官名。汉代御史大夫下设御史中丞，明代改御史台为都察院，都察院的副职都御史即相当于前代的御史中丞。明清时常以副都御史或佥都御史出任巡抚。镇：辽东镇，为明代九边重镇之一，治所在北镇(今属辽宁锦州市)。

[2] 鹙(qiū)：秃鹙，水鸟名。鸧(cāng)：鸧鸹，即灰鹤。

[3] 医巫闾：一作医无虑山，俗呼广宁山。地处今辽宁省北镇满族自治县和义县之间。相传舜封十二山之一。《周礼・职方氏》："东北曰幽州，其山镇曰医无闾。"

[4] 挥熊貔：指挥勇猛的军队。

[5] 李牧：战国赵人。守赵北边，习骑射，谨烽火，匈奴不敢犯边。李牧备时，曾每天杀牛犒劳士兵。事见《史记・廉颇蔺相如列传》。

[6] 屯田金城：写赵充国屯田事。金城，汉昭帝始元六年置郡，故城在今甘肃皋兰县西北黄河北岸。赵充国于汉宣帝时曾罢兵屯田。

[7] 卖剑渤海：《汉书・龚遂传》载，龚遂在汉宣帝时任渤海太守，"见齐俗奢侈，好末技，不田作，乃躬率以俭约，劝民务农桑。……民有带持刀剑者，使卖剑买牛，卖刀买犊"。

[8] 鲸鲵：鲸鱼。这里代指北方少数民族。

[9] 小范：孔平仲《孔氏谈苑》载，范仲淹守延安有威名，边境相安无事，西夏人说："今小范老子腹中有数万甲兵，不比大范老子可欺也。"西夏人称知州为"老子"，小范指范仲淹，大范指范雍。

【导读】

此诗当作于正德十五年(1520)左右。该年十一月十五日，李承勋由河南左布政使迁右副都御史巡抚辽东，李梦阳作诗送行。此诗前四句描写边塞环境恶劣，从"中丞按辔"至"卖剑渤海"写李承勋到达辽东镇后的所作所为，最后六句则想象经过其治理后的辽东镇鸿雁低飞、飞沙平静、异族远遁，以范仲淹守延安来期许李承勋，也表达对其美好祝愿。据《明史・李承勋传》："边备久驰，开原尤甚。士马才十二，墙堡墩台圮殆尽。将士依城堑自守，城外数百里悉为诸部射猎地，承勋疏请修筑。会世宗立，发帑银四十余万两。承勋命步将四人各守一军守要害，身负畚锸先士卒。凡为城堑各九万一千四百余丈，墩堡百八十有一。招逋逃三千二百人，开屯田千五百顷。又城中固、铁岭，断阴山、辽河之交，城蒲河、抚顺，扼要冲，边防甚固。录功，进秩一等。又数陈军民利病，咸报可。"他在辽东的作为和建树与李梦阳“谁言胸中十万兵”的期许是吻合的。此诗开篇气势宏大，意境苍凉，沈德潜曰：“北地最工起手，苍凉沉郁，神乎老杜。”（《明诗别裁集》卷四）然李梦阳还有一首七古《送李帅之云中》，其结构安排与诗意几乎与本首相同，起句“黄风北来云气恶”似乎就是本首的翻版。马星翼《东泉诗话》卷二说：“二首起调相同，亦有辙迹可寻。”

林良画两角鹰歌[1]

百余年来画禽鸟，后有吕纪前边昭[2]。二子工似不工意，吮笔决眦分毫毛。林良写鸟只用墨，开缣半扫风云黑。水禽陆禽各臻妙，挂出满堂皆动色。空山古林江怒涛，两鹰突出霜崖高。整骨刷羽意势动，四壁六月生秋飕[3]。一鹰下视睛不转，已知两眼无秋毫。一鹰掉颈复欲下，渐觉飒飒开风毛。匹绡虽惨淡，杀气不可灭。戴角森森爪拳铁，迥如愁胡眦欲裂。朔云吹沙秋草黄，安得臂尔骑四骥[4]？草间妖鸟尽击死，万里晴空洒毛血。我闻宋徽宗，亦善貌此鹰。后来失天子，饿死五国城[5]。乃知图写小人艺，工意工似皆虚名。校猎驰骋亦末事，外作禽荒古有经[6]。今皇恭默罢游燕，讲经日御文华殿。南海西湖驰道荒[7]，猎师虞长俱贫贱[8]。吕纪白首金炉边，日暮还家无酒钱。从来上智不贵物，淫巧岂敢陈王前？良乎，良乎！宁使尔画不直钱，无令后世好画兼好畋。

◎ 林良《双鹰图》

（《李梦阳集校笺》卷二十二）

【注释】

[1] 林良：字以善，广东南海（今广州）人。英宗时，供奉内廷，官工部营缮所丞，直仁智殿，改锦衣卫指挥。擅长花鸟，为明代院体画代表作家。

[2] 吕纪：字廷振，号东愚，鄞县（今浙江宁波）人。弘治中，供奉内廷，官锦衣卫指挥。以擅花鸟出名，是明代院体花鸟代表画家之一。边昭：边景昭，字文进，沙县（福建沙县）人。博学能诗，善画花鸟，永乐间任武英殿待诏，为明代院体花鸟画名家。

[3] 飕（táo）：大风。

[4] 四驖（tiě）：驷驖，一车四马皆赤黑色。

[5] "后来"二句：靖康之难，宋徽宗和他的儿子钦宗赵桓一起被金兵所俘，后囚死于五国城。

[6] "外作"句：据《尚书·五子之歌》："训有之，内作色荒，外作禽荒，甘酒嗜音，峻宇雕墙，有一于此，未或不亡。"禽荒，纵情沉迷于畋猎。经，即《尚书》。

[7] 南海：南海子，即南苑，在北京永定门外。西湖：指北京的三海，即北海、中海、南海，明代御苑，在紫禁城西，故称。驰道：专供帝王行驶车马的大道。

[8] 猎师：专侍皇帝打猎的官。虞长：掌管山林水泽苑囿的官。

【导读】

清代才女汪端（1793—1839）誉此篇为"空同七古压卷"（《明三十家诗选》）之作。全诗分为三个部分，开篇八句欲扬先抑，以吕纪、边昭的工笔细描突出林良水墨写意的高超画艺；从"空山古林"至"万里晴空"写林良所画之两角鹰图，进而由画面之"杀气"想象鹰猎的场面和雄姿。从"我闻宋徽宗"开始，则由题画转而议论，进而讽谏，并以宁肯林良之画不值钱也不能玩物丧志，既照应题目，又重申题旨。此诗结构严谨，章法高妙，笔力雄健，想象丰富，寄慨遥深，沈德潜评曰："从画说到猎，从猎开出议论，后画猎双收，何等章法！笔力亦如神龙蜿蜒，捕捉不住。"（《明诗别裁集》卷四）其模拟、化用杜诗的痕迹亦十分明显，如"二子工似不工意"即从"幹惟画肉不画骨"（杜甫《丹青引赠曹将军霸》）脱胎而来，"愁胡"句则化用"侧目似愁胡"（杜甫《画鹰》），"草间"两句亦从"何当击凡鸟，毛血洒平芜"（杜甫《画鹰》）而来。

石将军战场歌[1]

清风店南逢父老[2]，告我己巳年间事。店北犹存古战场，遗镞尚带勤王字[3]。忆昔蒙尘实惨怛，反覆势如风雨至。紫荆关头昼吹角[4]，杀气军声满幽朔。胡儿饮马彰义门[5]，烽火夜照燕山云。内有于尚书[6]，外有石将军。石家官军若雷电，天清野旷来酣战。朝廷既失紫荆关，吾民岂保清风店。牵爷负子无处逃，哭声震天风怒号。儿女床头伏鼓角，野人屋上看旌旄。将军此时挺戈出，杀胡不异草与蒿。追北归来血洗刀，白日不动苍天高。万里风尘一剑扫，父子英雄古来少。天生李晟为社稷，周之方叔今元老[7]。单于痛哭倒马关[8]，羯奴半死飞狐道[9]。处处欢声噪鼓旗，家家牛酒犒王师。休夸汉室嫖姚将，岂说唐朝郭子仪[10]。沉吟此事六十春，此地经过泪满巾。黄云落日古骨白，沙砾惨淡愁行人。行人来折战场柳，下马坐望居庸口。却忆千官迎驾初，千乘万骑下皇都[11]。乾坤得见中兴主，日月重开再造图。枭雄不数云台士，杨石齐名天下无[12]。鸣呼！杨石今已无，安得再生此辈西备胡！

（《李梦阳集校笺》卷二十二）

【注释】

[1] 石将军：石亨（？—1460），陕西渭南人。明朝将领，官至太子太师，封忠国公。早年抗击瓦剌，颇有战功。景泰八年（1457）发动夺门之变，拥立朱祁镇复辟，得以权倾朝野。

[2] 清风店：今河北定州市下辖县。英宗正统十四年（己巳，1449）瓦剌进犯大同，英宗因王振的怂恿而御驾亲征，八月十五日被俘于土木堡。十月，也先挟持英宗，攻陷紫荆关，直逼京师。石亨等九将于京城九门屯兵抗敌，相持五日，敌兵退去。石亨率兵追击，在清风店北大败伯颜帖木儿。

[3] 遗镞：残剩的箭镞。

[4] 紫荆关：在今河北省易县西北约四十公里的紫荆岭上。

[5] 彰义门：北京城门之一。

[6] 于尚书：于谦，字廷益，钱塘人。时为兵部左侍郎。也先入寇，英宗被俘，谦力排南迁之议，迁兵部尚书。也先逼京师，于谦身自督战，击退之，论功加少保。后为徐有贞、石亨谗死。

[7]“天生”二句：以李晟、方叔的功业比石亨父子。李晟，字良器，洮州临潭（今甘肃临潭）人，

唐代著名将领。善骑射，十八岁从军，初在西北边镇为裨将，屡立战功，后调任右神策军都将。德宗时为神策先锋都知兵马使，率军与河东马燧、昭义李抱真等共讨藩镇田悦，又救赵州，进击朱滔、王武俊。会朱泚叛据长安。曾任凤翔、陇右节度等使，兼四镇、北庭行营元帅，封西平郡王。方叔，周宣王时大臣，曾率兵车三千辆进攻楚国得胜，又曾进攻玁狁。钱谦益《列朝诗集》评此句曰："叙事殊乏警策。以李晟、方叔比石亨父子，拟人非其伦矣。"沈德潜《明诗别裁集》卷四删去此句。

[8] 倒马关：在今河北省唐县西北约五十公里处。明代与居庸、紫荆合称三关。石亨追破伯颜帖木儿于此。

[9] 羯奴：少数民族的代称。语本《新唐书·忠义传》，颜杲卿骂安禄山"汝营州牧羊羯奴耳"。飞狐道：飞狐口，在今河北省涞源县北、蔚县南。

[10] "休夸"二句：钱谦益《列朝诗集》评："既云方叔、李晟，又举嫖姚、子仪，何其赘也？"沈德潜《明诗别裁集》卷四改此二句为："应追汉室嫖姚将，还忆唐家郭子仪。"并评云："中云'还忆唐家郭子仪'，以不失臣节愧之也。此作者微意。"此为沈德潜妄加穿凿。

[11] "却忆"二句：英宗被俘后，皇太后命郕王祁钰监国。九月即皇帝位，尊英宗为太上皇。也先既败，仍挟英宗以诱和，同时寇略边境。于谦力排众议，令边将坚守要塞，寇来即击，不许议和。也先计穷，景泰元年(1450)八月，送英宗还北京。

[12] "枭雄"二句："杨"指杨洪，以总兵镇宣府，也先逼京师，诏洪将兵二万入卫，及至，寇已退。敕洪与孙镗、范广等追击余寇，至霸州，破之。以功进封侯爵。钱谦益评："初云内于外石，至此忽举杨石，何其突兀，不相照应！"沈德潜《明诗别裁集》改为："姓名应勒云台上，如此战功天下无。"似胜原作。

【导读】

此诗作于明正德初年，歌颂英宗正统十四年(1499)土木堡之变后在清风店北大败伯颜帖木儿(也先弟)、击溃瓦剌的大将石亨。首四句由今溯古，以战场遗物勾起诗人对六十年前那场惊心动魄的战争的回忆。从"忆昔蒙尘"至"岂说唐朝"则描写土木堡之变瓦剌进逼京师及石家官军大败瓦剌的过程，是全诗的主体，正面歌颂了石亨再造社稷之功。"沉吟此事"以下，则将视角转到当下，在"坐望居庸口"的同时，引出当年英宗还朝的情景。诗歌以呼唤英雄的方式作结，表达了诗人对国家前途的深沉忧虑。全诗声调激昂、风格豪迈、笔力劲健，是李梦阳七古的代表作之一。石亨击退瓦剌有功，后又助英宗复辟，然其居功自傲，骄横跋扈，最终入诏狱以谋叛律论斩，死于狱中。因此诗中以李晟、方叔、霍去病、郭子仪等类比石亨，则失于不伦。且篇末拈出杨洪，亦显得突兀。钱谦益选该诗入《列朝诗集》就已指出上述问题，且在篇目评曰："此章音节激昂，久为海内传诵。其摹仿少陵，皆字句之间耳。

叙致错互，比拟失伦，但矜才魄，绝无脉理。以此学杜，真何氏所谓‘古人影子’也。程孟阳云：‘全倚句字挣揣，安有机神开阖，浪得大名，蔓传讹种。’可谓切中空同之病。”（《列朝诗集》丙集）

玄明宫行

今冬有人自京至，向我道说玄明宫[1]。木土侈丽谁办此？乃今遗臭京城东。割夺面势创巀嶪[2]，出入日月开帡幪[3]。矫托敢与天子竞，立观忍将双阙同。前砼石柱双蟠龙，飞梁逶迤三彩虹。宝构合沓殿其后，俨如山岳翔天中。金银为堂玉布地，千门万户森相通。光景闪烁倏忽异，云烟鬼怪芃杳濛[4]。以东金榜祠更侈，树之松樻双梧桐。淏池岛屿鳗鲤跃[5]，孔雀翡翠兼黑熊。那知势极有消歇，前日虎豹今沙虫[6]。窗扉自开卫不守，人时游玩摇玲珑[7]。陛隅龙兽折其角，近有盗换香炉铜。青苔生泥獍面锁[8]，野鸽哺子雕花栊。忆昔此阉握乾柄，帝推赤心阉罔忠。威刑霹雳缙绅毒，自尊奴仆侯与公。变更累朝意叵测[9]，掊克四海真困穷。长安夺第塞巷陌，心复艳此阉何蒙[10]。构结拟绝天下巧，搜剔遂尽输倕工[11]。神厂择木内苑竭[12]，官坑选石西山空。夷坟伐屋白日黑，挥汗如雨斤成风。转身唾骂阉得知，退朝督劳何匆匆。人心嗟怨入骨髓，鬼也孰复安高崇。峨碑照耀颂何事？或有送男充道童。闻言怆恻黯无答，私痛圣祖开疆功[13]。渠干威福开者谁？法典虽严奈怙终。锦衣玉食已叨窃，琳宫宝宇将安雄。何宫不镌护敕碑，来者但看玄明宫。

（《李梦阳集校笺》卷二十二）

【注释】

[1] 玄明宫：何乔远《名山藏》卷二十：“（正德四年二月）赐刘瑾地作玄明宫，益徙民坟，斥之。”同书卷九十五《宦者杂记》云：“司礼监刘瑾请地数百顷，费数十巨万，作玄明宫朝阳门外，以祝上厘。复请猫竹厂地五十余顷，毁民居千九百余家，掘人二千五百余坟，筑室僦民，听其宿娼卖酒，日供赡玄明宫香火。”

[2] 面势：方面；形势。巀嶪（jiéyè）：高峻貌。

[3] 帡幪（píngméng）：帷帐。

[4] 芃：形容草木茂盛。杳濛：迷茫，模糊不清。这里指玄明宫中的景物变化多端。

[5] 鰋（yǎn）：鲇鱼。

[6] 沙虫：李白《古风》二八："君子变猿鹤，小人为沙虫。"《抱朴子》："周穆王南征，一军尽化，君子为猿为鹤，小人为沙为虫。"后喻因劫变而死者化为异物。

[7] 摇玲珑：摇动而发出金玉之声。

[8] 獍（jìng）：一种像虎豹的兽，生而食父。

[9] "变更"句：刘瑾于弘治时进宫，得侍东宫，正德即位，以旧恩得宠。

[10] "心复"句：意谓别人也有羡慕此阉为何如此蒙受恩宠。

[11] 输：公输班，又称鲁班。倕：人名，古代巧匠。

[12] 神厂：明代皇帝设立的宦官特务机关东厂、西厂。

[13] "私痛"句：《明史·宦官传》载，"明太祖既定江左，鉴前代之失，置宦者不及百人……尝镌铁牌置宫门曰：'内臣不得干预政事，预者斩。'敕诸司不得与文移往来"。

【导读】

正德五年（1510）八月，刘瑾伏诛，此诗当作于此后。李梦阳因代韩文疏劾刘瑾，遭其迫害，先罢归后入狱，他对刘瑾的痛恨较常人更深一层，故而此诗开篇即倾注了强烈的感情色彩，用"遗臭东京城"奠定了全诗的情感基调。全诗分为两个部分，"闻言怆恻"之前为叙事，之后为议论。叙事则以第三人称的视角，将玄明宫的今昔盛衰和盘托出，避免了第一人称叙事的局限，并将刘瑾的狼子野心、荼毒缙绅、掊克百姓、夷坟伐屋的斑斑劣迹镶嵌于对玄明宫的铺述中。议论部分则转换到"我"的视角，忆起太祖建国时，曾定下禁止宦官干政的铁牌，但因成祖登基得到宦官帮助，这一禁令渐沦为空文。此后阉竖势力日益强大，终于酿成国祸。虽然刘瑾倒台，然而朝政却并没有好转，"何宫不镌护敕碑"的现状，令诗人对国家的前途隐忧重重。结句"来者但看玄明宫"即希望统治者能以玄明宫为鉴，不要再重蹈覆辙。议论虽然不多，但切中要害，沈德潜评曰："痛惜祖训，垂戒后人，是大章法，大文字。"（《明诗别裁集》卷四）

咏庭中菊

亦随群草出，能后百花荣。气为凌秋健，香缘饮露清。细开疑避世，独立每含情。可道蓬蒿地，东篱万代名。

（《李梦阳集校笺》卷二十八）

【导读】

此诗当作于嘉靖元年(1522)至三年(1524)间。这首咏物诗，借咏菊花赞美了不慕虚名、傲世独立、品行高洁的隐士形象。全诗从节候、香味、花姿、生长环境及菊花整体的精气神等角度突出菊花生在尘世却有遗世之姿，“细开”一联想象奇特，韵味悠长，造语新奇。

秋　怀（其六）

大同宣府羽书同[1]，莫道居庸设险功[2]。安得昔时白马将[3]，横行早破黑山戎[4]。书生误国空谈里，禄食惊心旅病中。女直外连忧不细[5]，急将兵马备辽东。

（《李梦阳集校笺》卷二十九）

【注释】

[1] 大同宣府：明代九边重镇之大同镇、宣府镇。

[2] 居庸：居庸关，为北京西北的重要屏障，历代兵家必争之地。明初，朱元璋为防备蒙古势力卷土重来，拨巨款，派大将军徐达、副将军常遇春规划创建，其后屡经缮治。

[3] 白马将：东汉末年的公孙瓒，书佐出身，靠自己的才干逐步做到中郎将，以强硬的态度对抗北方游牧民族，作战勇猛，威震边疆。《后汉书》本传载：“瓒常与善射之士数十人，皆乘白马，以为左右翼，自号‘白马义从’。乌桓更相告语，避白马长史。”

[4] 黑山戎：原指北方契丹族。这里是对西北少数民族的泛称。

[5] 女直：女真。

【导读】

《秋怀》共八首，是模仿杜甫《秋兴》八首而创作的抒情组诗，大约作于弘治末年或正德初年诗人任职户部时。这里所选为第六首。明代边塞北有鞑靼、西有瓦剌、东北有女真，他们不时发兵进犯抢掠财物，对明朝的统一与稳定构成了威胁。这首诗表达了对国家安定的忧虑与关注。

秋　望

黄河水绕汉宫墙[1]，河上秋风雁几行[2]。客子过壕追野马[3]，将军韬箭射天狼[4]。黄尘古渡迷飞挽[5]，白月横空冷战场[6]。闻道朔方多勇略[7]，只今谁是郭汾阳？[8]

（《李梦阳集校笺》卷三十二）

【注释】

[1] 汉宫墙：一作“汉边墙”。秦汉间所筑的长城。明大同府西北有长城，为明王朝与鞑靼部族的界限。吴乔《围炉诗话》卷六云：“水而绕墙，近之至也，是汉何宫？瓠子宫与下文不合。谓以古比今，则明无离宫。‘墙’字本趁韵，而违碍实甚。”下文所引吴乔之语多出此书，不一一注明。

[2] “河上”句：吴乔云：“在兰州及娘娘滩犹可，余处则为瞎话，篇中无处可据也。”

[3] 客子：旅居异乡之人。这里当指戍边将士。

[4] 天狼：星名，主侵略。这里指鞑靼。此两句吴乔云：“刺避敌也。在大同则‘濠’字不落空，其城沿边有濠有地网，余处则‘濠’字落空凑数矣。”

[5] 飞挽：张四维《处士东山范公暨配孺人王氏柴氏墓志铭》：“凡商人占淮浙盐者，悉令输粟甘肃、宁夏等边，给通关领引，而守支于淮浙，谓之飞挽。”（《条麓堂集》卷二十八）“夫防边莫要于足兵，而足兵又莫先于足食。先年商人中盐，例于各边上纳本色，谓之飞挽，其利甚大。”（《明穆宗实录》卷一四，隆庆元年十一月辛酉条）此句吴乔云：“渡须有水，是说何处？”

[6] “白月”句：吴乔云：“释典谓朔为黑月，望为白月，言时非言月也。彼见‘白月’二字新僻，于明月即尔用之，不知出处意义也。月体如杯，何可言横？月光遍地，横又不可。选者谓此诗惊心动魄，当是以文理全无，故如是耳。”

[7] 朔方：唐方镇名，治所在灵州（今宁夏灵武西南）。

[8] 郭汾阳：郭子仪(697—781)，唐代华州郑县(今陕西华县)人。安史之乱时，他任朔方节度使，以功封汾阳郡王。此两句吴乔云："如次联意，结当用唐休璟、张仁愿有边功者，而曰：'闻道朔方多勇略，只今谁是郭汾阳？'汾阳有破贼功，无边功，其便桥之事，乃和戎，非战功也。若指郭登，上文又无土木事意。"

【导读】

此诗又名《出使云中作》。李梦阳《封宜人亡妻左氏墓志铭》云："壬戌，李子榷舟河西务，左氏从河西务。明年，李子饷军西夏，挈左氏还。"据此则该诗当作于弘治十六年(1503)诗人饷军西夏期间。此诗是李梦阳七律名篇，用直观的形象表现诗人的怀抱，深得唐人三昧。晚明潘之恒评价此篇云："气调高古，足与王摩诘《出塞作》争雄。"(《空同子集》卷三二)清人彭端淑《雪夜诗谈》卷下曰："此诗极似右丞，不但崆峒集中所难，亦足雄视一代也。"然亦有人认为此诗"文理全无""凑字凑句，见韵即趁，一经注释，百杂碎耳"(吴乔《围炉诗话》卷六)。这种截然相反的意见足以反映李梦阳学唐而流于粗疏之弊端，就此诗而言则有"叙景过于远大，即与情不关"(吴乔《围炉诗话》卷六)的毛病。据王世贞《艺苑卮言》卷五云："《空同集》是献吉自选，然亦多驳杂可删者。余见李嵩宪长称其'黄河水绕汉宫墙……'一首，李开先少卿诵其逸诗凡十余首，极有雄浑流丽，胜其集中存者。尔时不见选，何也？"李梦阳《空同集》不收此诗，是颇值得读者玩味的。

夏口夜泊别友人[1]

黄鹤楼前日欲低，汉阳城树乱乌啼。孤舟夜泊东游客，恨杀长江不向西。

(《李梦阳集校笺》卷三十五)

【注释】

[1] 夏口：古镇名。因为在夏水(汉水)注入长江处，所以称夏口。在今武昌。

【导读】

正德九年(1514)六月，李梦阳离开九江，乘船溯江而上，前往武昌，此诗当作于其时。前两句写夏口之夜景夜色，第三句则点出泊舟和东游之友人，尾句“恨杀长江不向西”，表达了与友人离别的不舍之情。钟惺评此诗云：“直极唐人之盛。”（《明诗归》卷三）

拓展阅读

诗集自序（节录）

李梦阳

李子曰：曹县盖有王叔武云，其言曰：“夫诗者，天地自然之音也。今途咢而巷讴，劳呻而康吟，一唱而群和者，其真也，斯之谓风也。孔子曰：‘礼失而求之野。’今真诗乃在民间。而文人学子，顾往往为韵言，谓之诗。夫孟子谓‘《诗》亡，然后《春秋》作’者，雅也。而风者亦遂弃而不采，不列之乐官。悲夫！”李子曰：“嗟！异哉！有是乎？予尝聆民间音矣，其曲胡，其思淫，其声哀，其调靡靡，是金、元之乐也，奚其真？”王子曰：“真者，音之发而情之原也。古者国异风，即其俗成声。今之俗既历胡，乃其曲乌得而不胡也？故真者，音之发而情之原也，非雅俗之辩也。且子之聆之也，亦其谱而声者也，不有率然而谣、勃然而讹者乎？莫知所从来，而长短疾徐无弗谐焉，斯谁使之也？”李子闻之，矍然而兴曰：“大哉！汉以来不复闻此矣。”

王子曰：“《诗》有六义，比兴要焉。夫文人学子，比兴寡而直率多，何也？出于情寡而工于词多也。夫途巷蠢蠢之夫，固无文也。乃其讴也，咢也，呻也，吟也，行咕而坐歌，食咄而寤嗟，此唱而彼和，无不有比焉兴焉，无非其情焉，斯足以观义矣。故曰：‘诗者，天地自然之音也。’”李子曰：“虽然，子之论者，《风》耳。夫《雅》《颂》不出文人学子手乎？”王子曰：“是音也，不见于世久矣，虽有作者，微矣。”

李子于是怃然失已，洒然醒也。于是废唐近体诸篇，而为李、杜歌行。王子曰：“斯驰骋之技也。”李子于是为六朝诗。王子曰：“斯绮丽之余也。”于是诗为晋、魏。曰：“比辞而属义，斯谓有意。”于是为赋、骚。曰：“异其意而袭其言，斯谓有蹊。”于是为琴操、古歌诗。曰：“似矣，然糟粕也。”于是为四言，入《风》出《雅》。曰：“近之矣，然无所用之矣，子其休矣。”李子闻之，暗然无以难也。自录其诗，藏箧笥中，今二十年矣，乃有刻而布者。李子闻之惧且惭。曰：“予之诗，非真也，王子所谓文人学子韵言耳，出之情寡而工之词多者也。”然又弘治、正德间诗耳，故自题曰《弘德集》。每自欲改之以求其真，然今老矣！曾子曰：“时有所弗及。”学之谓哉！

（《李梦阳集校笺·李梦阳诗文补遗》）

答周子书(节录)

李梦阳

仆少壮时，振翮云路，尝周旋鹓鸾之末，谓学不的古，苦心无益。又谓文必有法式，然后中谐音度，如方圆之于规矩，古人用之，非自作之，实天生之也。今人法式古人，非法式古人也，实物之自则也。当是时，笃行之士翕然臻向，弘治之间，古学遂兴。而一二轻俊，恃其才辩，假舍筏登岸之说，扇破前美，稍稍闻见，便横肆讥评，高下今古，谓文章家必自开一户牖，自筑一堂室，谓法古者为蹈袭，式往者为影子，信口落笔者为泯其比拟之迹。而后进之士，悦其易从，惮其难趋，乃即附唱答响，风成俗变，莫可止遏，而古之学废矣。今其流传之辞，如抟沙弄螭，涣无纪律。古之所云开阖照应，倒插顿挫者，一切废之矣。仆窃忧之，然莫之敢告也。又每窃叹独立之鲜、勇往之寡，又每伤世之人，何易之悦而难之惮也？而易之悦者，乃又不自谓其易之悦也，曰："文主理已矣，何必法也？"吁！"言之弗文，行而弗远"，兹非孔子言邪？且《六经》何者非理？乃其文，何者非法也？斯言也，仆怀之稔矣，然莫之敢告也。今足下既有同应之声，又相求也，仆安敢终默也！且人情未有不忽近而务远者，何也？知其实者少，而徇乎名者多也。世远则论定，持定采名，则旷世相慕，故汉文帝拊髀思颇、牧，而不知李广、魏尚者，以其近也。近则疑，疑则实昧，实昧则忽之矣。斯时俗之重悲也。

(《李梦阳集校笺》卷六十二)

缶音序(节录)

李梦阳

诗至唐，古调亡矣，然自有唐调可歌咏，高者犹足被管弦。宋人主理不主调，于是唐调亦亡。黄、陈师法杜甫，号大家，今其词艰涩，不香色流动，如入神庙，坐土木骸，即冠服与人等，谓之人可乎？夫诗比兴错杂，假物以神变者也，难言不测之妙。感触突发，流动情思，故其气柔厚，其声悠扬，其言切而不迫。故歌之心畅，而闻之者动也。宋人主理作理语，于是薄风云月露，一切铲去不为，又作诗话教人，人不复知诗矣。诗何尝无理，若专作理语，何不作文而诗为邪？今人有作性气诗，辄自贤于"穿花蛱蝶""点水蜻蜓"等句，此何异痴人前说梦也。即以理言，则所谓"深深""款款"者，何物邪？《诗》云："鸢飞戾天，鱼跃于渊。"又何说也？孔子曰："礼失而求之野。"予观江海山泽之民，顾往往知诗，不作秀才语，如《缶音》是已。

(《李梦阳集校笺》卷五十二)

钱谦益论李梦阳

献吉生休明之代，负雄鸷之才，僩然谓汉后无文，唐后无诗，以复古为已任。信阳何仲默起而应之。自时厥后，齐吴代兴，江楚特起，北地之坛坫不改，近世耳食者至谓唐有李、杜，明有李、何，自大历以迄成化，上下千载，无余子焉。呜呼，何其悖也！何其陋也！夷考其实，平心而论之，由本朝之诗，溯而上之，格律差殊，风调各别，标举兴会，舒写性情，其源流则一而已矣。献吉以复古自命，曰古诗必汉魏，必三谢；今体必初盛唐，必杜；舍是无诗焉。牵率模拟，剽贼于声句字之间，如婴儿之学语，如桐子之洛诵，字则字，句则句，篇则篇，毫不能吐其心之所有，古之人固如是乎？天地之运会，人世之景物，新新不停，生生相续，而必曰汉后无文，唐后无诗，此数百年之宇宙日月尽皆缺陷晦蒙，直待献吉而洪荒再辟乎？献吉曰："不读唐以后书。"献吉之诗文，引据唐以前书，纰缪挂漏，不一而足，又何说也？国家当日中月满，盛极孽衰，粗材笨伯，乘运而起，雄霸词盟，流传讹种，二百年以来，正始沦亡，榛芜塞路，先辈读书种子，从此断绝，岂细故哉！后有能别裁伪体，如少陵者，殆必以斯言为然。其以是获罪于世之君子，则非吾所惜也。

（《列朝诗集》丙集卷十一）

何景明 选十首

何景明(1483—1521),字仲默,号大复山人。其高祖因避元末红巾之乱,由罗田(今属湖北黄冈)移家河南信阳,遂为信阳人。何景明"貌癯而秀,性敏而灵","六岁,即能属警对,吐奇语。八岁,文思如泉出山下,涓涓不竭。"(李开先《何大复传》)"十二以父仕临洮府驿丞,乃随侍。临洮守李纪者,闻其奇,召置门下,甚爱幸,贤之,为延师授《春秋》。居顷之,即善说《春秋》。归又受《尚书》长兄景韶所,甫数月即以《尚书》魁河南省试,当是时年才十五也"(乔世宁《何景明传》)。弘治十五年(1502)举进士,"例改庶吉士",景明"独以不喜私谒,弗与进士例。请归娶"(孟洋《中顺大夫陕西按察司提学副使何君墓志铭》),至弘治十七年(1504)授中书舍人。"是时北地李献吉、武功康德涵、鄠杜王敬夫、历下边廷实,皆好古文辞",景明"与论文语合,乃一意诵法古文。而与献吉又骏发齐名,忧愤时事,尚节义而鄙荣利,并有国士之风"(乔世宁《何景明传》)。弘治十八年(1505)五月,奉孝宗帝哀诏出使云南,经年而返。"正德改元,刘瑾窃柄。上书吏部尚书许进,劝其秉政毋扰,语极激烈。"(《明史》本传)正德二年(1507),"恐祸及,谢病归。郊居著述一年"(孟洋《中顺大夫陕西按察司提学副使何君墓志铭》)。正德三年(1508),"瑾尽免诸在告者官,景明坐罢。瑾诛,用李东阳荐,起故秩,直内阁制敕房"(《明史》本传),时在正德六年(1511)冬。"(正德)九年,乾清宫灾,疏言义子不当畜,边军不当留,番僧不当宠,宦官不当任。"(《明史》本传)正德十二年(1517)升吏部验封司员外郎,仍直内阁。正德十三年(1518)迁陕西提学副使。"政尚严,务在崇本起弊",正德十六年(1521)二月,"以形劳虑深,卒然呕血"(孟洋《中顺大夫陕西按察司提学副使何君墓志铭》),七月十五日因病致仕,"至家六日而殁,年止三十九。囊余三十金,而书有数千卷"(李开先《何大复传》)。景明"生平耻干谒,轻仕进"(李开先《何大复传》),"志在经术世务,终不言功名事。其督教关中,士亦以经术世务如其所自志,关中士习文艺,盖自是一大变"(乔世宁《何景明传》),著有《大复集》三十八卷。

景明于诗，志在学古。他说："诗不传，其源有二：称学为理者，比之曲艺小道而不屑为，遂亡其辞；其为之者，率牵于时好而莫知上达，遂亡其意。辞意并亡，而斯道废矣。故学之者苟非好古而笃信，弗有成也。""盖诗虽盛称于唐，其好古者，自陈子昂后，莫若李、杜二家，然二家歌行、近体诚有可法，而古作尚有离去者，犹未尽可法之也。故景明学歌行、近体，有取于二家，旁及唐初、盛唐诸人，而古作必从汉魏求之。"（何景明《海叟集序》）其诗歌创作基本如其所论，而风格秀朗，语言婉丽，与李梦阳之悲愤豪硬有明显不同。历来论者每以何李二人合而论之，胡应麟《诗薮》云："李以气骨胜，何以丰神胜。"赵彦复《梁园风雅》曰："大复诗以清远为趣，俊逸为宗，务在舍筏，而自见神情。与献吉分镳异畛，各臻其极。一以为霆惊电煜，骇目振心；一以为落日明霞，余晖映远。"李雯说："仲默才为风始，学擅雅宗。如长江春泛，草木鱼龙，咸怀凫藻。古诗上睨子建，下拂士衡，清美合度，与李竞爽。近体则初盛诸家无所常师，意之所寓，工丽即臻。惟七言律与献吉同源而异流，婉佚胜之，高深不及，似稍有伯仲之分。"（陈子龙等《皇明诗选》卷一）四库馆臣则曰："平心而论，摹拟蹊径，二人之所短略同。至梦阳雄迈之气，与景明谐雅之音，亦各有所长。正不妨离之双美，不必更分左右袒也。"（《四库全书总目·大复集》）

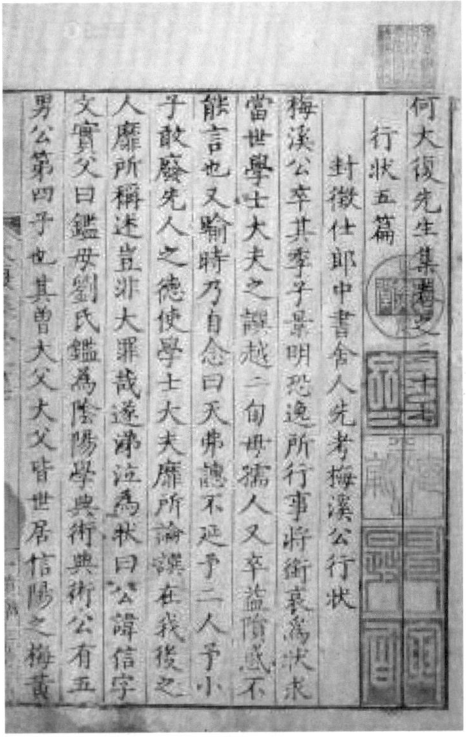
何大復先生集卷之
行狀五篇
封徵仕郎中書舍人先考梅溪公行狀
梅溪公卒其季子景明恐逸所行事將衛襄為狀求
當世學士大夫之譔越二旬毋孺人又卒益隕感不
能言也又踰時乃自念曰天弗聽不延予二人予小
子敢廢先人之德使學士大夫靡所論譔在我後之
人靡所稱述豈非大罪哉遂涕泣為狀曰公諱信字
文實父曰鑑母劉氏鑑為陰陽學典術典術公有五
男公第四子也其曾大父大父皆世居信陽之梅黃

◎ 《大复集》书影

秋江词

烟渺渺，碧波远；白露晞，翠莎晚[1]。泛绿漪，蒹葭浅，浦风吹帽寒发短[2]。美人立，江中流。暮雨帆樯江上舟，夕阳帘栊江上楼。舟中采莲红藕香，楼前踏翠芳草愁。芳草愁，西风起；芙蓉花，落秋水。鱼初肥，酒正美。江白如练月如洗，醉下烟波千万里。

（《大复集》卷六）

【注释】

[1] 莎(suō)：莎草，多年生草本植物。

[2] 吹帽：《晋书·孟嘉传》载，“(孟嘉)为征西桓温参军，温甚重之。九月九日，温燕龙山，僚佐毕集。时佐吏并著戎服，有风至，吹嘉帽堕落，嘉不之觉。温使左右勿言，欲观其举止。嘉良久如厕，温令取还之，命孙盛作文嘲嘉，著嘉坐处。嘉还见，即答之，其文甚美，四坐嗟叹”。

【导读】

此诗当作于弘治末、正德初诗人初任京职时期。全诗以秋江为中心，紧扣题意写秋江白天、傍晚和夜间的景色。秋烟渺渺，碧波荡漾，草上露晞，翠莎成熟，风吹蒹葭，绿浪涟漪。江畔君子，含情伫立，阵阵江风，吹帽堕地。最是那凝神之际，清婉伊人仿佛在江中召唤。日暮时分，秋雨爬上了江舟帆樯，夕阳斜洒在江楼帘栊。采莲少女归来，满载红藕香残，游人踏翠寻芳，楼前芳草萋萋。浓浓的秋意，徒增感伤。在江白如练月如洗的夜晚，鱼肥酒美，一醉之后，便可令思绪飘漾。全诗以秋为背景，以江为中心，通过时间和空间的变化，在表现自然之美的同时，寄托芳思。“句圆字响，鲜丽绝伦，在参差的句度中，愈见整齐之美。”(羊春秋《明诗三百首》)

饮　酒

平生多意气，四海盛交游。列筵亘长夜，谈辩雄名流。杯酒一言合，遽将肝胆投。入门顾儿女，忸怩但怀羞[1]。齿年逮今兹，世故多所由。兴言念亲戚，骨肉婴我忧[2]。寒宵寡欢悰[3]，浊酤聊自谋。明灯耀室内，盘蔬代庖羞。岂必朋与宾，妻子前劝酬。语笑率真性，无嫌亦何尤。人生贵止足，吾志卑公侯。数觞已复醉，颓然万情休。寄言驰骛子，从今任去留。

（《大复集》卷十）

【注释】

[1] 忸怩(niǔní):羞愧。

[2] 婴我忧:使我遭受忧虑。婴,缠绕。

[3] 欢悰(cóng):欢快的心情。

【导读】

此诗当作于正德六年(1511)诗人复任京职期间。何景明的诗歌中每多感伤之词,但这首诗却写得率直放达。何景明十五岁中解元后,“诸王公大人争迎致一见,候车常数十乘,所过人观者如堵。既入京师,游太学,祭酒林公又甚爱幸贤之”(乔世宁《何景明传》)。出仕之后,“四方学士咸知何君,车马填门巷,即元老巨卿,亡不欲出门下”(孟洋《中顺大夫陕西按察司提学副使何君墓志铭》)。此诗开篇六句所写正是这种“四海盛交游”的情形。但他尚气节,鄙荣利,耻干谒,轻仕进,拒绝结交奸佞权贵,“钱宁欲交欢何君,间持古画谒何君题,君谢曰:‘此名画不可点毁。’弗许”(孟洋《中顺大夫陕西按察司提学副使何君墓志铭》)。这股正气和傲气,使其仕途偃蹇,“守中书十年不调官”(乔世宁《何景明传》)。从“入门顾儿女”开始至“妻子前劝酬”是他对家人的愧疚。不过,妻子的通达成为他最好的精神抚慰,所以尽管他不得意,但也不烧心,“虽无挥金事,浊酒聊可恃”(陶渊明《饮酒》),在“颓然”之际,体道悟真。

忆昔行并序

予上京师之二年,汝正有湖南之行[1]。新政弛废,故人几何?晤语未谐,离告又即。怆然悲歌,不能自已。感念往昔,要之将来耳。

忆昔长安相会日,君方壮年我年小。只今容颜有更变,何况世事无纷扰。先帝衣冠半零落,十年宾友全稀少。君今始作紫薇臣,笑我金门落魄人[2]。冯唐上书亦叹老,子云识字空愁贫。艳阳三月桃李耀,君非壮年我非少。花开酒熟君远行,可惜春风阻欢笑。明星迢迢车关关,遥向楚水辞燕山。但看朱绂在腰下[3],莫使白发生顾间。武昌城边江色淀,襄阳汉水尤堪美。东行何日访鲈鱼,南飞不得随鸿雁。少癖山水耽云松,两年楚上多行踪。浮湘直下三千里,望岳遥瞻七十峰。知君跌宕轻驷马，顾予岂是功名者？安得浮沉帝座傍，会须览眺苍梧野。苍梧风烟秋色开，武昌高楼吹笛哀。帝乘白云去不返，仙人黄鹤何时来？君行访古兼化俗，长揖輶轩指南极。岸上游穿黑虎林，潭中坐傍鼋鼍国。他时倘觅桃花源，北风为尔传消息。

（《大复集》卷十三）

【注释】

［1］汝正：谢忠，字汝正，上虞（今浙江绍兴）人。弘治十二年（1499）进士。授工部屯田司主事，榷荆州税，进员外郎。正德初，刘瑾干政，坐诬逮。瑾诛，得白，迁都水郎，奉勅督视漕河。改屯田郎。会湖广缺督粮参议，铨部即拟忠名上。时资格郎官十年以上有声称者，外迁卒予秩三品，忠在工部前后几十二年，仅秩四品以去。忠亦不色愠也，怡然就道，恪勤乃职，如在部时。未几，竟报罢归。

［2］“君今”二句：谢忠官居从四品，而何景明只有从七品，故有此二句。

［3］朱绂：系官印的丝带。这里代指官印。

【导读】

据“予上京师之二年”可知，此诗当作于正德七年（1512）。这是一首送别诗，为送僚友谢忠赴湖广任督粮参议而作。谢忠是弘治十二年（1499）的进士，何景明是弘治十五年（1502）的进士，故诗歌开篇即言“忆昔长安相会日，君方壮年我年小”。谢忠“多材能，旷达自负，论议屹屹不下人。吏事尤警敏，投机应猝，亡不立具”（《两浙名贤录·湖广布政司纠议谢汝正忠》），他与何景明一样都因为刘瑾用事而遭难。两人同为弘治朝的端士旧人，相聚不到两年却又要分别，多情而感伤的何景明“不能自已”“怆然而歌”。诗题《忆昔行》，虽然也以忆往开始，但大多数篇幅在感慨当下和想象未来。在遥想谢忠到达湖广后，又回忆自己于弘治末正德初出使云贵时曾两度经过湘鄂，写法多变。在劝勉谢忠行政化俗的同时，又感慨新朝政事废弛，自己同谢忠一样，都是不屑为功名而钻营者，故而在结尾露出归隐之意。全诗情辞沉郁，语态抑扬，颇有气骨，兼含风力。

明月篇并序

仆读杜子七言诗歌，爱其陈事切实，布辞沉着。鄙心窃效之，以为长篇圣于子美矣。既而读汉魏以来歌诗及唐初四子者之所为，而反复之，则知汉、魏固承《三百篇》之后，流风犹可征焉。而四子者，虽工富丽，去古远甚，至其音节往往可歌。乃知子美辞固沉着，而调失流转，虽成一家语，实则诗歌之变体也。夫诗，本性情之发者也，其切而易见者，莫如夫妇之间。是以《三百篇》首乎"雎鸠"，六义首乎"风"。而汉魏作者，义关君臣朋友，辞必托诸夫妇，以宣郁而达情焉。其旨远矣！由是观之，子美之诗，博涉世故，出于夫妇者常少；致兼雅颂，而风人之义或缺，此其调反在四子之下与？暇日为此篇，意调若髣髴四子，而才质猥弱，思致庸陋，故摛词芜紊。无复统饬，姑录之，以俟审声者裁割焉。

长安月，离离出海峤。遥见层城隐半轮，渐看阿阁衔初照[1]。滟滟黄金波，团圆白玉盘。青天流景披红蕊，白露含辉泛紫兰。紫兰红蕊西风起，九衢夹道秋如水。锦幌高褰香雾浓[2]，琐闱斜映轻霞举[3]。雾沉霞落天宇开，万户千门月明里。月明皎皎陌东西，柏寝岧峣望不迷[4]。侯家台榭光先满，戚里笙歌影乍低[5]。濯濯芙蓉生玉沼，娟娟杨柳覆金堤。凤凰楼上吹箫女，蟋蟀堂中织锦妻。别有深宫闭深院，年年岁岁愁相见。金屋萤流长信阶[6]，绮栊燕入昭阳殿[7]。赵女通宵侍御床[8]，班姬此夕悲团扇[9]。秋来明月照金徽[10]，榆黄沙白露逶迤。征夫塞上怜行影，少妇窗前想画眉。上林鸿雁书中恨，北地关山笛里悲。书中笛里空相忆，几见盈亏泪沾臆。红闺貌减落春华，玉门肠断逢秋色。春华秋色递如流，东家怨女上妆楼[11]。流苏帐卷初安镜，翡翠帘开自上钩。河边织女期七夕，天上嫦娥奈九秋。七夕风涛还可渡，九秋霜露迥生愁。九秋七夕须臾易，盛年一去真堪惜。可怜扬彩入罗帏，可怜流素凝瑶席。未作当垆卖酒人，难邀隔座援琴客[12]。客心对此叹蹉跎，乌鹊南飞可奈何？江头商妇移船待，湖上佳人挟瑟歌。此时凭阑垂玉箸，此时灭烛敛青蛾。玉箸青蛾苦缄怨，缄怨含情不能吐。丽色春妍桃李蹊，迟辉晚媚菖蒲浦。与君相思在二八，与君相期在三五。空持夜被贴鸳鸯，空持暖玉擘鹦鹉。青衫泣掩琵琶弦，银屏忍对箜篌语。箜篌再弹月已微，穿廊入闼霭斜辉。归心日远大刀折[13]，极目天涯破镜飞[14]。

（《大复集》卷十四）

【注释】

[1] 阿(ē)阁：四面都有檐溜的楼阁。

[2] 褰(qiān)：挂起。

[3] 琐闱：镌刻连环团的宫中旁门，常代指宫廷。

[4] 柏寝：柏寝台，春秋齐国台名。此处泛指楼台。

[5] 戚里：帝王外戚聚居的地方。

[6] 长信阶:长信宫的台阶。这里泛指宫娥所居之地。

[7] 绮栊:雕绘华美的窗户。昭阳殿:汉代宫殿名,这里泛指后妃所居的宫殿。

[8] 赵女:汉成帝皇后赵飞燕。

[9] 班姬:汉成帝妃班婕妤。因赵飞燕而失宠,幽居长信宫,作《团扇诗》以秋风见弃自喻。

[10] 金徽:用金属镶制的琴面音位标志。此借指琴。

[11] 东家怨女:指年届婚配而尚未出家的女子。宋玉《登徒子好色赋》序云:"臣里之美者,莫若臣东家之子。……然此女登墙窥臣三年,至今未许也。"

[12] "未作"二句:用司马相如琴挑卓文君,卓文君随司马相如私奔,当垆卖酒的典故。

[13] 大刀折:大刀折断,比喻无归还之期。大刀头上有环,"环"与"还"谐音。

[14] 破镜飞:残缺的月亮在飞行。月缺当还圆,喻夫妇将团圆。《古乐府》:"何当大刀头,破镜飞上天。"

【导读】

这是一首在理论指导下的学古模拟之作。诗前之序,即理论,诗作便是在这一思想主导下的产物,是一首"托诸夫妇""宣郁达情"而又富丽流转,音节可歌之作。在内容上可分为五个部分。第一部分从开篇至"万户千门明月里",写长安秋月及在它辉映下的美景。第二部分从"月明皎皎陌东西"至"班姬此夕悲团扇",由月光下的物转到人。第一部分结尾写到万户千门,第二部分则顺此写来,既有公侯贵戚的笙歌燕舞,亦有平常人家的思妇悲吟,还有深宫别院的爱恨情仇。民歌有"月子弯弯照九州,几家欢乐几家愁",与此段意思相似。"秋来明月照金徽"至"玉门肠断逢秋色"为第三部分,由第二部分的三类对象缩小至征夫思妇,写他们的离别相思。进而第四部分再聚焦于"东家怨女",抒写她对岁华流逝的惆怅。这部分共十四句。自"客心对此叹蹉跎"始至最后为第五部分,抒情主人公出场了。虽然借用第三人称的"客",然而客心所叹不正是诗人"义关君臣朋友"的"风人之义"吗?"乌鹊南飞"是彷徨无依,"江头商妇"是老大被弃,"青衫泣掩"是沦落不遇。伴随着斜月沉沉,诗人的人生感慨又回归到当初美好的理想,以"大刀折"喻理想之破灭,以"破镜飞"留下了新的希望。全诗七十二句,换韵十二次,采取卢、骆歌行蝉联复沓的写法,又融入张若虚《春江花月夜》的情思与意境,代表了何景明典型的朗秀风格。但也因模拟痕迹较重受到批评,如清代王士禛说:"接迹风人《明月篇》,何郎妙语本从天。王杨卢骆当时体,莫逐刀圭误后贤。"(《戏仿元遗山论诗绝句》)

春　望

茌苒青春望，栖迟白日歌。柳随愁共结，花与泪同多。异域犹戎马，吾生只薜萝。萋萋春草色，依旧满山河。

（《大复集》卷十七）

【导读】

这首诗当作于正德二年(1507)诗人罢归家居时期。此诗与杜甫的千古名篇《春望》同题，在立意上亦与杜诗有相同之处，都以“望春”来写对国家的担忧之情。首联从杜甫《闻官军收河南河北》“白日放歌须纵酒，青春作伴好还乡”化出。颔联以花柳喻愁苦，以乐景写哀情。颈联以国家边事不宁与自己罢归闲散进行对比，感叹自己不能为国效力。尾联归到诗题，呼应开头，以不变的自然反衬人事的代谢，寄托了凄凉失意之情。全诗所表达的情感，虽不似杜甫国破那般沉痛，但对国家边疆不宁的担忧和自己无法为国效力的感慨，亦足以感发人心。

登塔二首

古塔层城畔，秋毫万里看。登高携赋客，落日眺长安。天地悬相抱，江山郁自盘。谁能绝顶上，不避北风寒？

塔廊徐暗转，不觉此身高。月牖通天汉，风檐散海涛。望余秋色远，登罢客心豪。去雁休回首，冥冥一羽毛。

（《大复集》卷二十）

【导读】

这两首诗当作于正德六年(1511)后诗人复职期间。刘侗《帝京景物略》以其所登为北京法藏寺塔(今已不存，遗址在今北京东城区)。这两首诗写得气势雄壮，

“天地悬相抱，江山郁自盘”“月牖通天汉，风檐散海涛”等句写景绝妙。“谁能绝顶上，不避北风寒”议论精警，“去雁休回首，冥冥一羽毛”想象奇特。

武昌闻边报

传闻虏骑近长安，北伐朝廷已遣官。路绕居庸烽火暗，城高山海戍楼寒。一时边将当关少，六月王师出塞难。先帝恩深能养士，请缨谁为系楼兰[1]？

（《大复集》卷二十四）

【注释】

[1] 请缨：主动请求担当重任。《汉书・终军传》：“南越与汉和亲，乃遣军使南越。……军自请：‘愿受长缨，必羁南越王而致之阙下。’”楼兰：楼兰国王。楼兰国是西域古国名，国都楼兰城（遗址在今中国新疆罗布泊西北岸）。《汉书・傅介子传》载汉昭帝元凤四年（公元前77），遣傅介子斩楼兰王，另立新主，更国名为鄯善。

【导读】

弘治十八年（1505）五月七日弘治帝崩，诗人奉哀诏出使云南，六月行至武昌，闻边警，故有此作。此年五月二十四日，鞑靼首领小王子达延汗趁国丧期间，“大举寇宣府，由新开口至虞台岭，屯牛心山黑柳林，列营二十里。巡抚李进、总兵张俊令分兵军新河柴沟，凡万五千人。已，虏毁垣入，左参将李稽迎战，副总兵白玉、黄镇，万全右卫游击张雄，大同游击将军穆荣，各拒于虞台岭，虏纵数千骑尝我军，玉置营高阜，虏笑曰：‘彼自处乾地，可立败也。’乃合营围我，绝汲道，止留隘地一偶，张俊不知其计，以三千人至万全右卫城左，坠马伤足，援兵都指挥曹泰至应州鹿角山，玉等被围，绝饮食，掘井十余丈，不得泉，饮马溲而咀其矢。会大雨雹，以救解入后营，稽、玉亦溃围而出，独雄、荣阻山间遇害，丧卒二千一百六十五人，失马六千五百余匹，他物称是。俊等退，虏蹑其后，仅得入万全右卫城，告急，命都指挥陈雄、张澄俱为右参将，各率京营二千人往。又告急，复命都督李俊、神英充参将，各二千人往。人赐二金，布二。时虏至宣府城下，出怀中饼及麻布冠示人曰：‘此何物也？’盖虏谍入京得之。关禁不严如此”。五月二十六日“太监苗逵监军，保国公朱晖为征虏大将军总兵官，右都御史史琳提督军务，太监张林理神枪炮铳，都督同知李俊、都督佥事神英为左参将，都指挥陈雄、都指挥佥事张澄为右参将，御虏宣府。户部右侍郎王俨兼右佥都御史，治饷”。六月初一“募宣府土兵御虏”，六月二日“都督李杲、都指挥刘祥为游击将军，各率兵五千赴宣府”，六月四日“发延绥兵援宣府”，同日“虏入蔚州广昌，趣保定兵赴紫荆等关”。（以上均据谈迁《国榷》卷四十五）后大掠退去。此次鞑靼侵犯宣府，为“己巳年兵祸（指土木之变）以后所未有也”（《武宗实录》卷一）。国丧未除，鞑靼入侵，王师溃败，远在武昌的何景明闻此消息，忧心忡忡。以“传闻”开篇，不忍直言之故。“烽火暗”“戍楼寒”，则是忧虑情感的投射。颈联则正面道出诗人忧虑所在。尾联追念先帝的养士之恩，也流露出对朝中无将的担忧。

杨　花

三月杨花袅袅白，忧人泪点暗中抛。漫天扑地有何意？惹草粘沙多似毛。忽趁狂风翻自远，更遮落日强相高。红尘满眼青楼暮，搅乱春愁为尔劳。

（《大复集》卷二十五）

【导读】

古典诗歌中的杨花，或为薄命之意象，或为飘零之代言，或被比作离人泪，或被视作轻薄儿。诗人在这首诗中，糅合了泪点、轻薄、伤春等前人已使用之意象，又赋予其惹草粘沙、遮日逞强的新内涵，这些看似毫无关联的比喻和形容，实则是诗人纷乱烦闷心情的一种表现。这首诗作于诗人因刘瑾干政被迫家居时期。本是年少青春大有作为的时候，诗人却因皇帝年幼无知、阉竖横行而落职赋闲，遂生出烦乱纷扰的情绪。

鲥　鱼

五月鲥鱼已至燕[1]，荔枝卢橘未应先。赐鲜遍及中珰第，荐熟谁开寝庙筵[2]？白日风尘驰驿骑，炎天冰雪护江船。银鳞细骨堪怜汝，玉箸金盘敢望传？

（《大复集》卷二十六）

【注释】

[1] 鲥鱼：一种海鱼，春夏之交进入南方的江河中产卵，初入江时体内脂肪肥厚，最为鲜美。

[2] 寝庙：古代宗庙中寝和庙的合称，一般前曰庙，后曰寝。

【导读】

正德皇帝宠幸宦官，刘瑾等"八虎"用事。这首诗即通过时鲜，讽刺了皇帝倚重宦官而轻视朝臣，以小见大，发人深思，得杜诗三昧。沈德潜评曰："赐及中珰而寝庙未荐，则波及臣家益无望矣。中含讽谕，不同寻常赋物。少陵'西蜀樱桃'一种作法。"

拓展阅读

与李空同论诗书

何景明

敬奉华牍，省诵连日，初怃然若遗，既涣涣然若有释也。发迷彻蔽，爰助激成，空同子功德我者厚矣！仆自念离析以来，单处寡类，格人逖德，程缺元龟，去道符爽，是故述作靡式，而进退失步也。空同子曰："子必有谔谔之评。"夫空同子何有于仆谔谔也？然仆所自志者，何可弗一质之。

追昔为诗，空同子刻意古范，铸形宿镆，而独守尺寸。仆则欲富于材积，领会神情，临景构结，不仿形迹。诗曰："惟其有之，是以似之。"以有求似，仆之愚也。近诗以盛唐为尚，宋人似苍老而实疏卤，元人似秀峻而实浅俗。今仆诗不免元习，而空同近作，间入于宋。仆固蹇拙薄劣，何敢自列于古人？空同方雄视数代，立振古之作，乃亦至此，何也？凡物有则，弗及者，及而退者与过焉者，均谓之不至。譬之为诗，仆则可谓弗及者，若空同求之则过矣。

夫意象应曰合，意象乖曰离，是故《乾》《坤》之卦，体天地之撰，意象尽矣。空同丙寅间诗为合，江西以后诗为离。譬之乐，众响赴会，条理乃贯；一音独奏，成章则难。故丝竹之音要眇，木革之音杀直。若独取杀直，而并弃要眇之声，何以穷极至妙，感情饰听也？试取丙寅间作，叩其音，尚中金石；而江西以后之作，辞艰者意反近，意苦者辞反常，色澹黯而中理披慢，读之若摇鞞铎耳。空同贬清俊响亮，而明柔澹、沉着、含蓄、典厚之义，此诗家要旨大体也。然究之作者命意敷辞，兼于诸义，不设自具。若闲缓寂寞以为柔澹，重浊剜切以为沉着，艰诘晦塞以为含蓄，野俚辏积以为典厚，岂惟缪于诸义，亦并其俊语亮节，悉失之矣！

鸿荒邈矣！书契以来，人文渐朗，孔子斯为折中之圣，自余诸子，悉成一家之言。体物杂撰，言辞各殊，君子不例而同之也，取其善焉已尔。故曹、刘、阮、陆，下及李、杜，异曲同工，各擅其时，并称能言。何也？词有高下，皆能拟议以成其变化也。若必例其同曲，夫然后取，则既主曹、刘、阮、陆矣，李、杜即不得更登诗坛，何以为千载独步也？

仆尝谓诗文有不可易之法者，辞断而意属，联类而比物也。上考古圣立言，中征秦、汉绪论，下采魏、晋声诗，莫之有易也。夫文靡于隋，韩力振之，然古文之法亡于韩；诗弱于陶，谢力振之，然古诗之法亦亡于谢。比空同尝称陆、谢，仆参详其作，陆诗语俳，体不俳也；谢则体语俱俳矣，未可以其语似，遂得并例也。故法同则语不必同矣。仆观尧、舜、周、孔、子思、孟氏之书，皆不相沿袭，而相发明，是故德日新而道广，此实圣圣传授之心也。后世俗儒，专守训诂，执其一说，终身弗解，相传之意背矣。今为诗不推类极变，开其未发，泯其拟议之迹，以成神圣之功，徒叙其已陈，修饰成文，稍离旧本，便自杌陧。如小儿倚物能行，独趋颠仆。虽由此即曹、刘，即阮、陆，即李、杜，且何以益于道化也？佛有筏喻，言舍筏则达岸矣，达岸则舍筏矣。

今空同之才足以命世，其志金石可断，又有超代轶俗之见。自仆游从，获睹作述，今且十余年来矣。其高者不能外前人也，下焉者已践近代矣。自创一堂室，开一户牖，成一家之言，以传不朽者，非空同撰焉，谁也？《易大传》曰“神而明之”“存乎德行”“成性存存，道义之门”。是故可以通古今，可以摄众妙，可以出万有；是故殊途百虑，而一致同归。夫声以窍生，色以质丽，虚其窍，不假声矣，实其质，不假色矣。苟实其窍，虚其质，而求之声色之末，则终于无有矣。北风便冀，反复鄙说，幸甚！

（《大复集》卷三十二）

钱谦益论何景明

仲默初与献吉创复古学，名成之后，互相诋諆，两家坚垒，屹不相下。于时，低头下拜，王渼陂倒前徒之戈；俊逸粗浮，薛西原分北军之袒。则一时之轩轾已明，身后之玄黄少息矣。余独怪仲默之论曰："诗溺于陶，谢力振之，古诗之法亡于谢；文靡于隋，韩力振之，古文之法亡于韩。"呜呼！诗至于陶、谢，文至于韩，亦可以已矣。仲默不难以一言抹摋者，何也？渊明之诗，钟嵘以为"古今隐逸之宗"，梁昭明以为"跌宕昭彰，抑扬爽朗，横素波而傍流，干青云而直上"，评之曰"溺"，于义何居？运世迁流，风雅代变，西京不得不变为建安，太康不得不变为元嘉，康乐之兴会标举，寓目即书，内无乏思，外无遗物，正所以畅汉、魏之飙流，革孙、许之风尚。今必欲希风枚、马，方驾曹、刘，割时代为鸿沟，画晋、宋为鬼国，徒抱刻舟之愚，自违舍筏之论。昌黎佐佑六经，振起八代，"文亡于韩"，有何援据？吾不知仲默所谓"文"者何文，所谓"法"者何法也。昔贤论仲默之刺韩，以为大言无当，矫诬轻毁，箴彼膏肓，允为笃论矣。献吉两书驳何，矛盾互陷，独于斯言，了无诤论。弘、正以后，讹缪之学，流为种智，后生面目，偭背不知向方，皆仲默谬论为之质的也。

（《列朝诗集》丙集卷十二）

谢　榛 选六首

谢榛(1495—1575),字茂秦,号四溟、脱屣老人。临清(今属山东)人。因自小右目失明,遂绝意仕进,布衣而终。“年十六,作乐府商调,少年争歌之。已,折节读书,刻意为诗歌”(《明史》本传)。嘉靖十三年(1534),谢榛举家移居彰德(今属河南安阳),依赵康王朱厚煜,直至嘉靖三十九年(1560)赵康王去世。在“二十余年寄邺城”(谢榛《还家》)期间,谢榛数度漫游,曾于嘉靖二十一年(1542)、嘉靖二十六年(1547)至三十一年(1552,为救卢柟)、嘉靖三十三年(1554),三赴京师;于嘉靖二十二年(1543)冬至次年暮春客游大梁、杞县、仪封;又于嘉靖三十七年(1558)游历嵩山、洛阳等地。朱厚煜去世后,谢榛于嘉靖四十年(1561)秋,返回临清,游灵岩寺,登泰山,会友济南。嘉靖四十二年(1563)至隆庆元年(1567)、隆庆六年(1572)两次漫游山西。“万历元年冬,复游彰德,王曾孙穆王亦宾礼之”;后又“游燕、赵间,至大名,客请赋寿诗百章,成八十余首,投笔而逝”(《明史》本传)。时诗人卢柟狂放傲物,忤县令入狱,谢榛因“力拯卢柟之难”(《诗家直说》)而知名公卿士子间,成为文坛佳话。著有《四溟山人全集》二十四卷。今有李庆立校笺《谢榛全集校笺》(江苏古籍出版社,2003 年)可资参研。另日本有宝历十二年(1762)年龙公美序刻本《谢茂秦山人诗集》五卷首一卷,系据万历二十

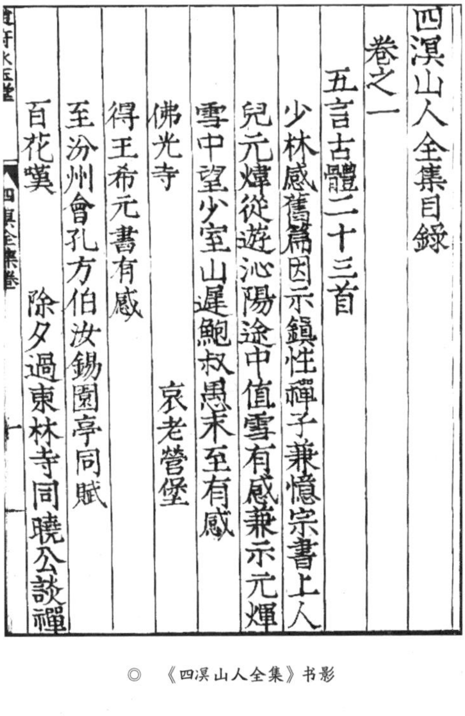
四溟山人全集目錄
卷之一
五言古體二十三首
少林感舊篇因示鎮性禪子兼憶宗書上人
兒元煒從遊沁陽途中值雪有感兼示元煇
雪中望少室山遲鮑叔愚未至有感
佛光寺　哀老營堡
得王希元書有感
至汾州會孔方伯汝錫園亭同賦
百花巖　除夕過東林寺同曉公談禪

◎　《四溟山人全集》书影

年(1596)赵王府冰玉堂刊《四溟山人全集》选择而来(陈广宏、侯荣川《日本所编明人诗文选集综录》)。

谢榛一生,流落江湖,旅食四方,伺谒宦门,行迹在山东、河南、河北、京津和山西等地,出入赵藩(河南)、沈藩(山西)、晋藩(山西)、周藩(河南)、郑藩(河南)等王府。与这种生活相关,其诗歌除却应酬交际之外,每以行旅别离、思亲念友、求仙归隐、贫病相侵为主题。又因其所处时代,正值北虏南倭交相为虐,故亦多感叹边塞靡宁江南倭患、担忧朝廷不敌外患谋划失策、反映百姓荼毒流离失所之作。且作为一名颇具侠气之诗人,其尚有部分作品讽刺当朝,锋芒甚至不避帝王。所谓“阮籍感时心独苦,杜陵忧国意难平”(谢榛《暮雨》),这便是其典型的创作心态。谢榛诗作颇丰,尽管其晚年声称“诗草经年秪半存”(《晓起》),但据李庆立统计,目前传世诗作有两千五百五十三首,其中又以五、七言律诗最为擅长。今存五言律诗八百余首,七言律诗近六百首。许学夷从题材和体裁的角度评价谢榛诗歌云:“严沧浪云:‘唐人好诗,多是征戍、迁谪、行旅、离别之作,往往能感动激发人意。’愚按:茂秦五七言律、绝,其妙处正在于此。”(《诗源辨体》后集纂要卷二)就其诗风而言,则如钱谦益所言:“茂秦诗有两种:其声律圆稳持择矜慎者,弘、正之遗响也;其应酬牵率排比支缀者,嘉、隆之前茅也。”(钱谦益《列朝诗集》丁集)

谢榛论诗倡言复古,以盛唐为法,认为“学诗当如临字之法”(《诗家直说》卷二),“苦心须求格调工”(《江南李秀才过敝庐因言及诗法赋此长歌用答来意》)。但他主张由复古而通变,反对食古不化的模拟蹈袭。他说:“取李、杜十四家最胜者,熟读之以夺神气,歌咏之以求声调,玩味之以裒精华,得此三要,则浩乎浑沦,不必塑谪仙而画少陵也。”(钱谦益《列朝诗集》丁集)这是要求食古能化,并最终能够“浩乎浑沦”自出手眼。在谢榛看来,要达到这种境界,需要学古能悟。他说,“顿悟能为诗”(《忆金山寺兼示阇黎诸上人》),“悟不可恃,勤不可间。悟以见心,勤以尽力”,“学诗之梯航,当循其所由而极其所至也”。(《诗家直说》卷三)当然,谢榛强调的悟,不仅仅是灵光乍现,还有一层“超悟中坚持理、事、情的统一”(陈书录《明代诗文的演变》)的内涵,其中最重要的贡献,便是对“情景交融”这一诗学命题的阐发。他说:“景乃诗之媒,情乃诗之胚,合而为诗,以数言而统万形,元气浑成,其浩无涯。”(《诗家直说》卷三)这里的“景”是诗歌创作的外在条件“媒”,而“情”则是诗歌创作的内在因素“胚”,“情景适会”(《诗家直说》卷二)即合,合则“内外如一”(《诗家直说》卷三),“与造物同其妙”(《诗家直说》卷二)。综上而言,这种强调学古和顿悟并重的诗论,是谢榛区别于李攀龙等人的独到之处。

小姑谣

阿婆使妾舂稻粱，小姑又唤缝衣裳。一时不应小姑怒，可堪颜色来风霜。小姑打时只袖手，小姑骂时只闭口。眼看小姑也嫁人，姑嫂不得长相守。闻道比妾小姑多，小姑他日当如何？

（《谢榛全集校笺》卷二）

【导读】

这是一首学习民歌之作，通过婆婆、小姑、妾三个人物，表现了媳妇在婆家的艰难处境。但妙在笔锋一转，写到小姑也要出嫁为媳，顿时引人浮想联翩、感慨万千！

秋日怀弟

生涯怜汝自樵苏，时序惊心尚道途。别后几年儿女大，望中千里弟兄孤。秋天落木愁多少，夜雨残灯梦有无。遥想故园挥涕泪，况闻寒雁下江湖！

（《谢榛全集校笺》卷十二）

【导读】

这首诗在思念弟弟的同时，倾吐了诗人作为游子的乡愁。信手挥写，似不经意，但感情真挚。汪端评此诗曰："茂秦所以胜于沧溟，只是诗中有怀抱耳。"（《明三十家诗选》初集卷五）叶矫然《龙性堂诗话续集》亦云："谢茂秦诗多矜重而出，独有《秋日怀弟》一律，情真笔老，若不经意为工。"论者尚有"几乎句句有出处，却又浑然无迹，灿然如新，七子诗中不多见"（杜贵晨《明诗选》）之评。如谓首句本唐曹松《己亥岁二首》之一"生民何计乐樵苏"，次句本唐杜甫《春日江村》五首之一"乾坤万里眼，时序百年心"，颔联用唐窦叔向《夏夜宿表兄话旧》"去日儿童皆长大，昔年亲友半凋零"，"秋天"句用宋玉《九辨》"悲哉秋之为气也，萧瑟兮草木摇落而变衰"，"夜雨”句本李商隐《夜雨寄北》“何当共剪西窗烛，却话巴山夜雨时”，“遥想”句本杜甫《野望》“海内风尘诸弟隔，天涯涕泪一身遥”，最后一句则语本《礼记·王制》“父之齿相随，兄之齿雁行，朋友不相逾”。

久客志感

寄迹天涯久未归，孤城霜日惨无辉。苦吟易老计何拙，浊酒驱愁功亦微。兵气横关催走檄，仙云绕阙护垂衣[1]。自从河套停边议，将相于今远是非[2]。

（《谢榛全集校笺》卷十三）

【注释】

[1]“仙云”句：谓嘉靖帝迷信道教，深居宫中，专意斋醮，疏于朝政。

[2]“自从”二句：指夏言、曾铣因谋划收复河套被杀后，文武大臣回避言及此事。

【导读】

此诗作于嘉靖四十三年（1564）冬，诗人寓居山西代县（今忻州市下辖县）时。前四句抒写久客不归之愁，但全诗要表达的并非仅仅是乡愁，诗人真正要袒露的是由后四句指向的边患频仍、皇帝荒唐、国无定策、将相失职的忧患之愁。冯惟讷评曰：“畎亩之忠，一唱三叹。”孔天胤也评曰：“微言深计。”

夜话李孺长书屋，因忆乃翁左纳言[1]

忘年尔我重交情，论事相同见老成。月到广除寒有色[2]，鸦归疏柳夜无声。三农更苦江南税，百战方休海上兵[3]。岁暮银台应感叹[4]，几人封事为苍生[5]？

（《谢榛全集校笺》卷十四）

【注释】

[1]左纳言：李秦，字仲西，河北临漳人。嘉靖十四年（1535）进士。“授庶吉士，改刑科给事

中，寻转吏科左，条陈时政六事，上嘉纳之，著为令，升礼科都给事中。是时分宜当国……宜子世蕃引用刘伯跃、何迁、万寀、方祥等为腹心，招权纳赂，流毒缙绅，道路侧目，莫敢撄其锋者，遇辄中伤，置以大法，谏官以得谪为幸。秦抗疏，力劾分宜父子济恶为宗社忧，列款几千言，中外传诵，皆为发竖。分宜具疏诉辨，虽疏留中不报，而秦直声大著。”后遭严氏排挤而任大名府推官、户部郎中、武选郎中等。“自严氏专横二十年，潦倒外任，量移曹署，不以得失易志，随分自安。……分宜事败，始迁纳言。未几为其党所排，归来结庐洹上，名曰‘知止’。临流赋诗，以乐余年。”(李继白《望古斋集·李黄门传》)纳言，明代通政使之别称。

[2] 广除：宽阔的台阶。

[3]“百战”句：自嘉靖三十一年(1552)起，倭寇屡次从海上大举侵扰，至嘉靖四十一年(1562)，戚继光、俞大猷等领兵大破倭寇，才使侵扰稍止。

[4] 银台：宋时有银台司，掌管天下奏状案牍，因司署设在银台门内，故名。明清的通政司职位和银台司相当，所以也称通政司为银台。

[5] 封事：指臣下上书奏事。汉代将奏事的奏疏放在密封的黑口袋中，故名。

【导读】

此诗当作于嘉靖四十一年(1562)后。李孺长是李秦之子，为谢榛晚辈，故开篇有“忘年”云云。李秦以直言敢谏著称于时，特别是他弹劾权臣严嵩的举动，受到舆论推许。诗人与故人之子夜话，“月到”两句，点明夜，且将台阶上的月色比喻成寒色，想象奇特；“三农”两句则是夜话的具体内容，感时忧民；结尾感叹目下官场不恤百姓的现状。

兵后

胡骑驰燕甸，人家避凤城。桑田归计后，儿女乱中情。道路逢亲友，悲凉话死生。加餐心稍定，伏枕梦犹惊。侠士横孤剑，元戎集五兵[1]。谁能沙漠外，跃马一纵横？

(《谢榛全集校笺》卷十六)

【注释】

[1] 五兵：中兵、外兵、骑兵、别兵、都兵，这里泛指军队。

【导读】

这首五言排律作于嘉靖二十九年(1550)秋后。谢榛为营救卢柟而滞留京城，经历了俺答掳掠京畿地区的“庚戌之变”。嘉靖二十九年(1550)六月二十五日，“俺答以数万骑寇大同”。闰六月三日，兵部荐举久居家中的仇鸾，嘉靖帝“诏复太子太保总兵，镇大同”。八月十二日，仇鸾贿赂俺答，俺答“舍大同二东驻大兴州，去古北口百七十里。仇鸾率所部至居庸关，佯奏虏或侵蓟”。八月十七日，俺答至通州，京师告急。八月二十一日，俺答薄都城大掠。“尚书丁汝夔素长厚，受严嵩旨，谓都门咫尺地，胜负难掩，饱虏欲，当自去耳。下令勿轻战，诸将皆观望不前，侦骑率望风而返。”“俺答纵内官杨增持嫚书，系汉文，求款，否即岁一髡而郭。上召辅臣于西苑。徐阶曰：‘贼深矣，不可激怒。许则操左券以责我，臣请计缓之。’上曰：‘何谓缓？’曰：‘遣辨士风谕以无攻，且征其情实，实则令听命于欧脱，为外臣，通贡市。往返少日，我备完而兵益集，虏且退，不退从而拒之，其势必得所欲。’上称善。”此日又任仇鸾为平虏大将军，节制诸路，听军法从事。(以上均据谈迁《国榷》卷五十九)俺答兵在京城外自由焚掠，饱掠之后，又得到明朝通贡的允诺，于八月二十三日向白羊口退去。

作为此次俺答进犯的亲历者，谢榛写了多首诗歌，既有抒写个人在这场灾难中的遭遇之作如《哀哉行四首庚戌岁八月十六日虏犯京师》《哀少妇》《少女词》等，又有反映俺答掳掠杀戮后之凄凉景象之作如《王主簿乐三归自昌平赋此志感》《元夕，同李员外于鳞登西北城楼望郭外人家，时经虏后，慨然有赋》，还有感慨朝廷御边无术表达不满情绪之作如《橘树》《日暮》等。本诗则集上述诸种内容于一体，抒写人民的苦难和期盼良将驱虏安邦的愿望，也隐含对朝廷用帅不当的失望。

登辉县城见卫水思归[1]

城外河流白练长，城中万户共秋光。秋来偏作还家梦，河水东流到故乡。

(《谢榛全集校笺》卷十九)

【注释】

[1] 辉县：今辉县市，隶属于河南省新乡市。卫水：卫河，发源于山西太行山脉，流经河南新乡，合淇水漳水，东北经谢榛故乡临清至天津海河入海。

【导读】

此诗写乡愁，把情感寄托在流经故乡的卫水上，构思奇妙，情感真挚。前人对这首诗多有评论，江盈科曰："求真诗于七子中，则谢茂秦者。所谓人弃我取者也。"蒋仲舒云"二'城'、二'河'，二'秋'得趣，笔思亦远。"（李攀龙、陈子龙《明诗选》卷十二）朱琰评曰："结一句，含吐极妙，风调亦绝佳。"（《明人诗钞》正集卷十）

拓展阅读

周子才见过谈诗

谢　榛

诗家超悟方入禅，画蛇添足何争先？半夜冰霜苦自取，三春花鸟愁相牵。神游浩渺下无地，气转混茫中有天。杜陵老子昨梦见，笑来更拍狂夫肩。

（《谢榛全集校笺》卷十一）

同裕轩、节轩昆季论诗

谢　榛

诗在杳冥处，从来不易寻。极天才是远，入海更求深。字字排山力，篇篇造物心。光涵青玉案，声寄紫琼琴。阮籍怀能写，陶潜醉复吟。野云随短杖，萝月照幽襟。自守清时拙，相看发白侵。与君话风雅，剪烛夜沉沉。

（《谢榛全集校笺》卷二十一）

谢榛论诗

诗乃模写情景之具，情融乎内而深且长，景耀乎外而远且大。当知神龙变化之妙：小则入乎微罅，大则腾乎太宇。此惟李、杜二老知之。古人论诗，举其大要，未尝喋喋以泄真机，但恐人小其道尔。诗固有定体，人各有悟性。夫有一字之悟，一篇之悟，或由小以扩乎大，因著以入乎微，虽小大不同，至于浑化则一也。或学力未全，而骤欲大之，若登高台而摘星，则廓然无着手处。若能用小而大之之法，当如行深洞中，扪壁尽处，豁然见天，则心有所主，而夺盛唐律髓，追建安古调，殊不难矣。予著《诗说》，犹孙武子作《兵法》，虽不自用神奇以平列国，能使习之者戡乱策勋，不无补于世也。

（《诗家直说》卷四）

李攀龙 选九首

李攀龙(1514—1570),字于鳞,号沧溟,历城(今山东济南)人。“九岁而孤,家贫,自奋于学。稍长为诸生,与友人许邦才、殷士儋学为诗歌。已,益厌训诂学,日读古书,里人共目为狂生。”(《明史》本传)“又九岁为诸生,廪于郡庠。庚子(1540),乡荐第二人。甲辰(1544),赐同进士出身,试政吏部文选司。乙巳(1545),以疾告归。益发愤励志,陈百家言,俯而读之。务钩其微,抉其精,取恒人所置不解者,拾之以绩学。盖文自西汉以下,诗自天宝以下,若为其毫素污者,辄不忍为也。”(殷士儋《明故嘉议大夫河南按察司按察使李公墓志铭》,以下简称《李公墓志铭》)嘉靖二十五年(1546)还朝,充顺天乡试同考官。嘉靖二十六年(1547),授刑部广东司主事,嘉靖二十八年(1549)迁刑部员外郎,嘉靖二十九年(1550)迁刑部山西司郎中。“曹务闲寂,遂大肆力于文词。”(《李公墓志铭》)“与濮州李先芳、临清谢榛、孝丰吴维岳辈倡诗社。王世贞初释褐,先芳引入社,遂与攀龙定交。明年,先芳出为外吏。又二年,宗臣、梁有誉入,是为五子。未几,徐中行、吴国伦亦至,乃改称七子。诸人多少年,才高气锐,互相标榜,视当世无人,七才子之名播天下。”(《明史》本传)嘉靖三十一年(1552),侍母归济南。嘉靖三十二年(1553),出守顺德,“务为休息爱利之政”(《李公墓志铭》,“上官交荐,擢陕西提学副使”(《明史》本传),时在嘉靖三十五年(1556)。在陕西因不满督抚殷学颐指气使并念母老,又逢华州地震,遂上《乞归公移》,不答,拂衣东归。“既归,搆白雪楼,名日益高。宾客造门,率谢不见,大吏至,亦然,以是得简傲声。独故交殷、许辈过从靡间。时徐

◎ 白雪楼

中行亦家居，坐客恒满，二人闻之，交相得也。归田将十年，隆庆改元，荐起浙江副使。”（《明史》本传）隆庆三年（1569）迁浙江布政司左参政，寻升河南按察使。未几奔母丧归，哀毁得疾，暴病而卒，时在隆庆四年（1570）八月十九日。著有《沧溟集》三十卷。今有包敬第标校《沧溟先生集》（上海古籍出版社，2014 年）可资参研。

李攀龙为后七子之首，其复古论调承袭李梦阳而更甚之，且自视甚高，寄诗王世贞，中有“微吾竟长夜”（《寄元美》）之句。尝言：“以为记述之文，厄于东京，班氏姑其狡狡者耳。不以规矩，不能方圆；拟议成变，日新富有。今夫《尚书》《庄》《左氏》《檀弓》《考工》、司马，其成言班如也，法则森如也。吾摭其华而裁其衷，琢字成辞，属辞成篇，以求当于故之作者而已。”“诗歌自西京逮于唐大历，代有降而体不沿，格有变而才各至，故于法不必有所增损，而能纵其夙授，神解于法之表，句得而为篇，篇得而为句。”（王世贞《李于鳞先生传》）在学古的观点上，他将“第一义”推向极端，即过分地强调原汁原味而忽略了个人的情感意趣。他说：“胡宽营新丰，士女老幼相携路首，各知其室，放犬羊鸡鹜于通途，亦竞识其家，此善用其拟者也。”（《古乐府序》）“唐无五言古诗，而有其古诗。陈子昂以其古诗为古诗，弗取也。”（《选唐诗序》）在这种思想的指导下，他的古乐府“无一字一句不精美，然不堪与古乐府并看，看则似临摹帖耳”（王世贞《艺苑卮言》）；七言律“冠冕雄壮，俊亮高华，直欲逼唐人而上之”“然二十篇外，句意多同”（许学夷《诗源辨体》）。四库馆臣评价其诗歌“亮节较多，微情差少”（《四库全书总目》卷一七二《沧溟集》提要），可谓切中要害。

送谢茂秦

孝宗以来多大雅，布衣往往称作者。谢家玉树操郢音[1]，其曲弥高和弥寡。寓梁曾曳王门裾[2]，游燕欲荐中涓马[3]。岂无冠盖映当时？满眼悠悠世上儿。文章千载一知己，交结何须钟子期。此物有神兼有分，富贵浮云不与之。卢柟坐衔越石恩[4]，醉后感激肝胆言。苍鹰睚眦《鹦鹉赋》[5]，身挂罗网何由翻？殷忧楚奏秦庭哭，遂雪黎阳国士冤[6]。归去东将钓沧海，安能贫贱常丘樊！早借江鸿报消息，或卧春云且故园。

（《沧溟先生集》卷五）

【注释】

[1] 谢家玉树：原指谢玄，说他是谢家的人才栋梁，可以光耀门楣。这里比作谢榛。

[2]"寓梁"句：谢榛游彰德(今河北临彰)，为赵康王朱厚煜所宾礼。可参见本书谢榛小传。

[3] 中涓马：用涓人买马的典故。这里指代人才。《战国策·燕一》郭隗曰："古之君王，有以千金求千里马者，三年不能得。涓人言于君曰：'请求之。'君遣之，三月得千里马。马已死，买其首五百金，反以报君。君大怒曰：'所求者生马，安事死马而捐五百金！'涓人对曰：'死马且市之五百金，况生马乎？天下必以王为能市马。马今至矣！'于是，不能期年，千里之马至者三。"

[4]"卢柟"句：据《明史》本传，卢柟因得罪县令而被诬入狱，判死刑，谢榛赴京奔走公卿为之鸣冤，得免罪。越石，春秋齐国贤人越石父。他曾系狱，齐相晏婴解其左骖将其赎出，并荐为上客。

[5]"苍鹰"句：苍鹰，喻酷吏。《汉书·酷吏传》：中尉郅都"独先严酷，致行法不避贵戚，列侯宗室见都侧目而视，号曰'苍鹰'"。《鹦鹉赋》，祢衡的代表作。祢衡因傲慢而被黄祖所杀。这里将卢柟比作祢衡。

[6]"殷忧"二句：殷忧，深忧。楚奏，弹奏楚国乐曲。王粲《登楼赋》："钟仪幽而楚奏兮，庄舄显而越吟。"秦庭哭，春秋时吴国攻破楚都郢，申包胥为求秦兵出师救楚，哭于秦庭七日，秦师乃出。黎阳，浚县为古黎阳县治。卢柟是浚县人。

【导读】

此诗作于嘉靖三十一年(1552)春。嘉靖二十八年(1549)，谢榛为救卢柟而入京师，李攀龙、王世贞等人与之结交，诗酒唱和甚欢。嘉靖三十一年(1552)春，谢榛离京返彰德，这首诗当为送行之作。此诗称赞谢榛诗才和品格，感情激扬，为李攀龙七古佳作。

岁杪放歌

终年著书一字无，中岁学道仍狂夫。劝君高枕且自爱，劝君浊醪且自沽。何人不说宦游乐？如君弃官复不恶。何处不说有炎凉？如君杜门复不妨。纵然疏拙非时调，便是悠悠亦所长。

(《沧溟先生集》卷五)

【导读】

此诗作于嘉靖三十七年(1558)末，时李攀龙从陕西提学副使任上辞职回家。

诗中塑造了一个弃官不做、杜门不出、高枕自爱、浊醪自沽，满肚子不合时宜却自得其乐的疏拙豪放的狂夫形象。李攀龙为诸生时即被里人目为狂生，这种与生俱来的狂傲伴随其一生。他刚到顺德任职时，便赋《郡斋》一首，中有句曰："折腰差自强人意，白眼那堪无宦情。世路悠悠几知己，风尘落落一狂生。"而自陕西归家后，"杜门，自两台监司以下请见不得，去亦无所报谢，以是得简倨声。又尝为诗有云：'意气还从我辈生，功名且付儿曹立。'"(王世贞《艺苑卮言》)该诗造语直白，却颇有感染力，李雯评价云："入道之言，愈淡愈老愈壮。"(《皇明诗选》卷六)钱锺书《谈艺录·补订》举唐张渭(一作刘眘虚)《赠乔琳》诗："去年上策不见收，今年寄食仍淹留。羡君有酒便能醉，羡君无钱能不忧。如今五侯不爱客，羡君不慕五侯宅。如今七贵方自尊，羡君不过七贵门。丈夫会应有知己，世上悠悠何足论。"以为"两诗章法、句样以至风调，无不如月之印潭、印之印泥。李戴张冠，而宽窄适首；亦步亦趋，而自由自在。虽归摹拟，了不捍擀。……禅家所谓'死蛇活弄'者欤"。

杪秋登太华山绝顶四首(其二)

缥缈真探白帝宫[1]，三峰此日为谁雄[2]？苍龙半挂秦川雨[3]，石马长嘶汉苑风[4]。地敞中原秋色尽，天开万里夕阳空。平生突兀看人意，容尔深知造化功。

(《沧溟先生集》卷八)

【注释】

[1] 白帝：神话中的五天帝之一，守护西方。

[2] 三峰：华山莲花峰、朝阳峰、落雁峰三大主峰。李攀龙《太华山记》："一山出其末，若镞矢，顷即失之矣，是为南峰(落雁峰)。南峰前出南壁上，东峰(朝阳峰)出东南隅壁上，西峰(莲花峰)出西北隅。从下望之，五千仞一壁矣。"

[3] 苍龙：苍龙岭，在华山北冈转折处。李攀龙《太华山记》："岭广尺有咫，长五百丈，崖东西深数千仞，人莫敢睨视。"秦川：指泾渭平原，即所谓八百里秦川。

[4] 石马：据李攀龙《太华山记》，明星玉女祠前洞穴中有石如马。

【导读】

此诗作于嘉靖三十六年(1557)，即李攀龙入陕的第二年秋末。太华山，即华山。李攀龙《太华山记》详细描述了他登山的具体过程，他在登顶后感叹道："余既达削成四方中，不复知天不可升矣。余夫善载腐肉朽骨者乎？及俯三峰，望中原，见黄河从塞外来，下窥大壑，精气之所出入，又未尝不爽然自失也。"这种"爽然自失"的慨叹，便化为四首文笔飞动、气势奔放的七律，这是其中之二。前人每以"高华"评价其七律，此诗正是这样一种"冠冕雄壮，俊亮高华"（许学夷《诗源辨体》）的风格。然四首诗，"竭尽气力，声格俱壮。细看四首景象，无甚差别，前后亦少层次，总似一首可尽"（施闰章《蠖斋诗话》）。

大阅兵海上四首（选二）

其　一

使者乘轺大阅兵[1]，千艘并集甬句城[2]。腾装杀气三江合[3]，吹角长风万里生。帐拥楼台天上坐，阵回鱼鸟镜中行。不知谁校昆池战[4]，横海空传汉将名[5]。

◎　仇英《倭寇图卷》局部

【注释】

[1] 轺(yáo):一马驾驶的轻便车。后专指使者所乘之车。

[2] 甬句(gōu):此处泛指浙江东北部沿海地区。甬,宁波的简称。句,指句无,在今浙江诸暨南。

[3] 腾装:整理行装。枚乘《七发》:"其波涌而云乱,扰扰焉如三军之腾装。"三江:指甬江、奉化江、慈溪三江。甬江发源于四明山,至鄞县与奉化、慈溪二江汇合,东流至镇海东入海。

[4] 昆池:昆明池。汉武帝为兴兵讨伐昆明,在上林苑之南引丰水筑昆明池,用来训练水兵。

[5] 横海:汉将军名号,谓能横行海上。《史记·卫将军骠骑列传》:"将军韩说……元鼎六年,以待诏为横海将军,击东越有功,为按道侯。"

其　二

戈船诸校锦征袍[1],水战当场命客豪。万橹军声开岛屿,千樯阵影压波涛。赤城深泛旌旗动,射的遥衔竹箭高[2]。东海便应铜柱起,何妨马援是吾曹[3]。

(《沧溟先生集》卷十)

【注释】

[1] 戈船:置干戈以御敌的战船。诸校:各路将帅。

[2] 射的:射的山。郦道元《水经注·浙江水》:"又有射的山,远望山的,状若射侯,故谓射的。"

[3] "东海"二句:借用东汉伏波将军马援的典故。《后汉书·马援传》载,东汉初,马援奉命南征,拜伏波将军,以功封新息侯。在平定交趾之后,立铜柱以为汉之边界,称伏波标柱。

【导读】

此诗作于隆庆元年(1567),时诗人任浙江按察副使兼摄海道。李攀龙《报刘都督》记载阅兵事云:"登场大阅,复睹纪律森严,士气距跃,技艺精真,可蹈水火。艨艟便捷,投枚记里,桨舵之利,折旋如活。炮石四兴,波涛响应,削柹树檄,示疑设伏。所征叙、泸弁旄之步,闽、粤善游之徒,三河挽强之骑,辈相扼捥,唯敌是求。乃日椎牛行犒,而帷幄自爱也。"可与诗歌参看。这里所选为第一、第二首。前一首写明军演练前的情景,后一首则是演练中的场景。与《杪秋登太华山绝顶四首》一样,这也是李攀龙七律的典型风格,其缺点亦如前。

得殿卿书，兼寄张简秀才[1]

久客疏归计，吾徒足醉眠。风尘犹逆旅，服食岂神仙？老母须微禄，郎官亦冗员。时名非我意，诗句众人传。鸡肋堪谁弃？蛾眉幸自全。羁情惊岁晚，法署向秋悬[2]。窃笑吹竽滥，深惭抱瓮贤[3]。青云浮世外，白眼贵游前。流俗终违性，佯狂始入玄。所甘才太拙，敢望病相怜。寄字存加饭，兴言问着鞭。支离如昨日，飞动异当年。直觊亡胡虏，殷忧切御筵。逐臣收佩玦，大将与兵权[4]。报主谋安出？和戎议已偏。乘舆空汗血，锦绣被腥膻。帷幄今何事？京师未晏然。乾坤多垒后，仕宦畏途边。海岱生瑶草，朋从拾紫烟。伊余方物役，回首蓟门天。

（《沧溟先生集》卷十一）

【注释】

[1] 殿卿：许邦才，字殿卿，又字克之，号空石。历城（今山东济南）人。嘉靖二十二年（1543）解元，四上春官不第。嘉靖三十二年（1553）谒选直隶赵州令，以不任事谪永宁令，改德王府右长史，嘉靖三十八年（1559）母丧守制，服阕，改周藩左长史。李攀龙好友，又结为儿女姻亲。张简：未详何人。

[2] 法署：衙署。这里指刑部。

[3] 抱瓮：指隐居者。《庄子·天地》："子贡南游于楚，反于晋，过汉阴，见一丈人方将为圃畦，凿隧而入井，抱瓮而出灌，搰搰然用力甚多而见功寡。"

[4] "逐臣"二句：《明史·世宗纪》载，嘉靖二十七年（1548）释放在押的大将仇鸾，嘉靖二十九年（1550）八月，任命仇鸾为平虏大将军，节制诸路兵马，巡抚保定。

【导读】

此诗作于嘉靖二十九年（1550）"庚戌之变"时。从"殷忧切御筵""京师未晏然"等句来看，该诗似作于俺答围困北京之时。诗歌感于时事，前半部分抒写自己才拙混世，以诗歌名动京师但在政治上却无所作为。从"直觊亡胡虏"开始则转换到时事。对于防范俺答，他有自己的意见，故而认为徐阶的提议是"和戎议已偏"。但从"仕宦畏途边"来看，他又因畏惧朝中势力（严嵩等人）而不敢抗言，所以全诗在一种既羡慕许邦才等人游历海岱间观赏美景似神仙的生活，又对京师的满怀担忧中结束。全诗情感复杂，既有诗人一贯的狂傲，又缺乏为国担当、将生死置之度外的勇气，有苦闷亦有彷徨。

塞上曲四首送元美（其四）

白羽如霜出塞寒，胡烽不断接长安。城头一片西山月，多少征人马上看。

（《沧溟先生集》卷十二）

【导读】

王世贞于嘉靖三十五年(1556)八月察狱顺德，与李攀龙盘桓数日后，又到广平、大名等处巡察，此诗即两人分别时作。《塞上曲》是古乐府，李攀龙的乐府多刻意范古，割剥字句。这首诗却笔调凝练，意境雄阔，风格劲健。沈德潜谓此诗“可使乐人歌之”(《明诗别裁集》卷八)。自“庚戌之变”后，俺答连年南下掳掠，前后达二十年，长城沿线百姓深受其害。此诗借送别友人表达了对俺答连年入侵的担忧和对戍边之士的无限同情。

春日闻明卿之京为寄[1]

十载浮云傍逐臣，归来不改汉宫春。摩挲金马宫门外[2]，谁识当时谏猎人[3]？

（《沧溟先生集》卷十二）

【注释】

[1] 明卿：吴国伦，字明卿，兴国(今湖北阳新)人。嘉靖二十九年(1550)进士。由中书舍人擢兵科给事中，累官河南左参政，大计罢归。

[2] 金马：金马门。汉武帝得大宛马，命东门京以铜铸像，立马于鲁班门外，因称金马门。为学士待诏之处。

[3] 谏猎人：《史记·司马相如传》载，司马相如曾从汉武帝至长杨游猎，看到汉武帝喜好游猎而荒废政事，上《谏猎书》。

【导读】

此诗作于嘉靖四十四年(1565)前后。嘉靖三十四年(1555)九月,兵部员外郎杨继盛因弹劾严嵩论死,十月处斩。吴国伦、王世贞、宗臣等出宣武门酹酒祭奠,并倡议赙送而忤严嵩。嘉靖三十五年(1556)三月,吴国伦由兵科给事中贬江西按察司知事。次年再谪南康推官,嘉靖三十七年(1558)返家。嘉靖三十九年(1560)初回京待调,三月改河南归德府推官,以三年不调,嘉靖四十一年(1562)由归德自免归。秋,起建宁同知,一年后迁邵武知府,嘉靖四十五年(1566)考满离去。诗云"十载逐臣",从嘉靖三十五年至嘉靖四十四年首尾正好十年。吴国伦此次赴京师,当为述职考绩。诗人既期许好友此番考绩能获重用,亦担忧朝中无人荐举他。

和聂仪部《明妃曲》四首(其三)[1]

天山雪后北风寒,抱得琵琶马上弹。曲罢不知青海月,徘徊犹作汉宫看。

(《沧溟先生集》卷十四)

【注释】

[1] 聂仪部:聂静,字子安,号白泉,江西永丰人。嘉靖十四年(1535)进士,授丹徒知县,擢刑科给事中,降曲周县丞,历国子监助教,官仪制郎中,因忤旨廷杖为民。李攀龙《报聂仪部》:"向伏西曹,爰窃夙裁,意独伟焉。垂及宫墙,而公拂衣出矣。不佞拘除郡省,不任贻肆,自弃明时,杜门七载,僻疾已锢,久无闻问于长者。……《明妃》六曲,可以怨矣!辄取附和,见同调之雅,并代居云。"李攀龙于嘉靖三十七年(1558)归隐,归隐后的第七年,即嘉靖四十三年。

【导读】

此诗作于嘉靖四十三年(1564)。此诗仅仅通过环境、动作的描写,就把昭君远嫁后的依恋故国之情传神地表现出来。沈德潜评曰:"不著议论,而一切著议论者皆在其下。"(《明诗别裁集》卷八)

拓展阅读

送王元美序

李攀龙

以余观于文章，国朝作者，无虑数十家称于世。即北地李献吉辈，其人也，视古修辞，宁失诸理。今之文章，如晋江、毘陵二三君子，岂不亦家传户诵？而持论太过，动伤气格，惮于修辞，理胜相掩。彼岂以左丘明所载为皆侏离之语，而司马迁叙事不近人情乎？故同一意一事，而结撰迥殊者，才有所至不至也。后生学士，乃唯众耳是寄，至不能自发一识，浮沉艺苑，真为相含，遂令古之作者谓千载无知己。此何异涂之群瞽，取道一夫，则相与拍肩随之，累累载路，称培塿则皆挢足不下，称污邪则皆曳踵不进，而虽有步趋终不自施者乎？语曰："何知仁义？已向其利者为有德。"世之儒者，苟治牍成一说，不惮侪俗，比之俚言，而布在方策者耳。复以易晓忘其鄙倍，取合流俗，相沿窃誉，不自知其非。及见能为左氏、司马文者，则又猥以不便于时制，徒敝精神，何乃有此不可读之语，且安所用之？又二三君子，家传户诵，则一人又何难焉？诚使元美与二三君子者，比名量誉，诚不能以一人一旦遽夺其终身之见，而辄胜天下风靡之士。文章之道，童习白纷，乃欲一朝使舍所学而从我，日暮途远，且彼奚肯苦其心志于不可必致者乎？夜虫传火，不疑于日，非虚语也。

先是濮阳李先芳亟为元美道余，及元美见余时，则稠人广坐之中而已心知其为余。稍益近之，即曰："文章经国大业，不朽盛事。今之作者，论不与李献吉辈者，知其无能为已。且余结发而属辞比事，今乃得一当生。仆愿居前先揭旗鼓，必得所欲，与左氏、司马千载而比肩。生岂有意哉？"盖五年于此。少年多时时言余，元美不问也，曰："世贞奈何乃从诸贤大夫知李生乎？"自是之后，少年乃顾愈益知余。齐、鲁之间，其于文学虽天性，然秦、汉以来，素业散失，即关、洛诸世家，亦皆渐由培植，俟诸王者，故五百年一名世出，犹为多也。吴、越鲜兵火，诗书藏于阛阓，即后生学士，无不操染。然竽滥不可区别，超乘而上是为难尔！故能为献吉辈者，乃能不为献吉辈者乎？

（《沧溟先生集》卷十六）

钱谦益论李攀龙

于鳞举进士，候选里居，发愤读书，刺探钩摘，务取人所置不解者，摭拾之以为资，而其矫悍劲鸷之材，足以济之。高自夸许："诗自天宝以下，文自西京以下，誓不污吾毫素也。”宦郎署五六年，倡五子、七子之社，吴郡王元美以名家胜流羽翼而鼓吹之，其声益大噪。及其自秦中挂冠，构白雪楼于鲍山、华不注之间，杜门高枕，闻望茂著，自时厥后，操海内文章之柄垂二十年。其徒之推服者，以谓上追虞姒，下薄汉、唐，有识者心非之，叛者四起，而循声赞诵者，迄今百年，尚未衰止。要其撰著，可得而评骘也。其拟古乐府也，谓当如胡宽之营新丰，鸡犬皆识其家。宽所营者，新丰也，其阡陌衢路未改，故宽得而貌之也。今改而营商之亳、周之镐，我知宽之必束手也。《易》云“拟议以成其变化”，不云“拟议以成其臭腐也”。易五字而为《翁离》，易数句而为《东门行》《战城南》，盗《思悲翁》之句而云“乌子五”“乌母六”，《陌上桑》窃《孔雀东南飞》之诗而云“西邻焦仲卿，兰芝对道隅”，影响剽贼，文义违反，拟议乎？变化乎？……论五言古诗曰“唐无五言古诗，而有其古诗”，彼以昭明所撰为古诗，而唐无古诗也，则胡不曰：“魏有其古诗，而无汉古诗，晋有其古诗，而无汉、魏之古诗乎？”《十九首》继《国风》而有作，钟嵘以为“惊心动魄，一字千金”。今也句摭字捃，行数墨寻，兴会索然，神明不属，被断菑以衣绣，刻凡铜为追蠡，目曰《后十九》，欲上掩平原之十四，不亦愚乎？僻学为师，封己自是，限隔人代，揣摩声调，论古则判唐、选为鸿沟，言今则别中、盛如河汉，谬种流传，俗学沉锢，昧者视舟壑之密移，愚人求津剑于已逝，此可为叹息者也。七言今体，承学师传，三百年来推为冠冕。举其字，则三十余字尽之矣，举其句，则数十句尽之矣。“百年”“万里”，已憎叠出，“周礼”“汉官”，何烦洛诵？刻画雄词，规摹秀句，沿李颀之余波，指少陵为颓放，昔人所以笑模帖为从门，指偷句为钝贼也。专城出守，动曰“东方千骑”；方舟共载，辄云“二子乘舟”。辽海中丞，袭骠骑之号；庐江别驾，蒙小吏之呼。投杼曾母，讶许自天；傅粉何郎，冠以帝谓。经义寡稽，援据失当，瑕疵晓然，无庸抉摘。何来天地，我辈中原。矢口嚣腾，殊乏风人之致；易词夸诩，初无赠处之言。于是狂易成风，叫呶日甚，微吾长夜，于鳞既跋扈于前；才胜相如，伯玉亦簸扬于后。斯又风雅之下流，声偶之极弊也。今人尊奉于鳞，服习拟议变化之论，自谓溯古选沿初盛，区别淄渑，穷极要眇，自通人视之，正严羽卿所谓下劣诗魔入其肺腑者也。斯文未丧，来者难诬。当葵丘震惊之日，仲蔚已有违言；追稷下销歇之时，元美亦持异议。而王元驭序《弇山续稿》，诋诃历下，谓不及三十年，水落石出，索然不见其所有，斯固弇州之绪言，抑亦艺苑之公论也。不然，余亦岂有私憾于于鳞，与世之祖述于鳞者，而党枯仇朽，哓哓然不置若此哉！

余既录于鳞诗，偶得王承甫《与屠青浦书》云：“读足下与王元美诗，所弹射李于鳞处，爽焉快之。然论文耳，犹未及诗。仆谓其七言歌行，莽不合调；五言古选乐府，元美谓之临摩帖；《后十九首》，何异东家捧心益丑；《陌上桑》改自有为他人，非点金成铁耶？绝句间入妙境，五言律亦平平，七言律最称。高华杰起，拔其选，即数篇可当千古；收其凡，则格调辞意不胜重复矣。海陵生尝借其语为《漫兴》戏之曰：‘万里江湖迥，浮云处处新。论诗悲落日，把酒叹风尘。秋色眼前满，中原望里频。乾坤吾辈在，白雪误斯人。’云云，大堪绝倒。仆尝以为雅宜之行草，新安之古文，历下之七言近体，在彼非不精工，习而宗之者愈似愈乖，不可有二，何则？徇所美而乏通才，局于格而寡新法，守而弗化，极而弗变，其神者不全耳。”承甫之论历下，与余所评驳，若合符节。元美虽为于鳞护法，亦不能坚守金汤矣。前辈又拈历下《送楚使》诗“江汉日高天子气，楼台秋敞大王风”云：“此贺陈友谅登极诗也。”与承甫引淮海生之语相类，附及以资一笑。

（《列朝诗集》丁集卷五）

李攀龙

罗惇衍

七子才华四海倾，社中时望独峥嵘。眼高只许谈天宝，力薄何能学汉京。白雪楼高长寄傲，青山座对未忘名。茂秦谢榛摈后心应悔，晚节犹思戒气盈。

（《集义轩咏史诗钞》卷五十七）

徐　渭 选七首

徐渭(1521—1593),初字文清,改字文长,号天池,晚号青藤,别署海笠、天池生、天池山人、青藤道士、白鹇山人、漱老人、山阴布衣、田水月等。山阴(今浙江绍兴)人。夔州府同知徐鏓庶子,母为陪嫁丫鬟。生百日而父殁。十岁,母改嫁,十四岁嫡母苗氏卒,依长兄徐淮。二十岁成诸生,赘于同郡阳江主簿潘家,随之客岭南两年。二十五岁时,长兄病逝,因出赘而未得遗产,次年僦居妻家,妻潘氏又于当年去世(徐渭《自为墓志铭》)。徐渭屡应乡试不售,以教授生徒为计。嘉靖三十七年(1558)入浙江总督胡宗宪幕,"会得白鹿,属文长代作表,表上,永陵喜甚,公(胡宗宪)是益重之,一切疏记皆出其手。文长自负才略,好奇计,谭兵多中,凡公所以饵汪(直)、徐(海)诸虏者,皆密相议然后行"(袁宏道《徐文长传》)。嘉靖四十一年(1562),胡宗宪因严嵩案牵连,逮系回京。徐渭"虑祸及,遂发狂,引巨锥剚耳,刺深数寸,流血几殆。又以椎击肾囊碎之,不死"(陶望龄《徐文长传》)。四十六岁时,因杀继妻张氏,革生员籍,下狱,在狱近七年。隆庆六年(1572)除夕,因张元忭力救得解。出狱后,游于各地,居京师数年,曾入宣大巡抚吴兑幕。晚年贫甚,有书数千卷,斥卖殆尽,帱管破敝,藉稿以寝,而狂疾时复发作,卒于万历二十一年(1593),享年七十三。徐渭著述,多有散佚,后经陶望龄合《文长集》《阙编》及未刊稿《樱桃馆集》等为《徐文长三集》三十卷,万历二十八年(1600)由商维濬刊行。万历四十二年(1614)钟人杰刻《徐文长文集》三十卷对前者有所删略。天启三年(1623)张岱辑刻《徐文长逸

◎ 徐渭像

稿》二十四卷《畸谱》一卷。又有天一阁清初息耕堂抄本《徐文长佚草》十卷。今有中华书局《徐渭集》(1983年)可资参研。

徐渭生当王、李等后七子主盟文坛之际,却不随声附和,强调"师心纵横,不傍门户"(《书田生诗文后》)、"天机自动,触物发声"(《奉师季先生书》),走出了一条用诗歌抒写"己之所自得"(《叶子肃诗序》)本色派道路。其生前"名不出于越"(袁宏道《徐文长传》),死后"王、李之焰益炽,无过而问焉者。后三十余年,楚人袁中郎游东中,得其残帙,示陶祭酒周望,相与激赏,谓嘉靖以来一人。自是盛传于世"(钱谦益《列朝诗集》丁集)。袁宏道记录他和陶望龄读徐渭诗歌之感受云:"当诗道荒秽之时,获此奇秘,如魇得醒。两人跃起,灯影下读复叫,叫复读,僮仆睡者皆惊起。"评其诗则曰:"其胸中又有一段不可磨灭之气,英雄失路托足无门之悲,故其为诗,如嗔如笑,如水鸣峡,如种出土,如寡妇之夜哭,羁人之寒起。当其放意,平畴千里,偶尔幽峭,鬼语秋坟。"(袁宏道《徐文长传》)徐渭是明代性灵诗派逻辑演进中的关键人物之一。

入燕三首(其二)

荆卿本豪士[1],渐离亦高流[2]。舞阳虽少小[3],杀人如芟苗。眇然三匹夫,挟燕与秦仇。悲歌酒后发,涕下不能收。猛气惊俗胆,奇节招世尤。见者徒骇顾,那能谅其由?我生千载后,缅兹如有投。时违动自妄,忽作燕京游。短褐入沽肆,酒至思若抽。念彼屠与贩,零落归山丘。皇皇盛明世,六辔控九州[4]。匕首蚀野土,广道鸣华辀[5]。寸规不可越,安用轲之俦?我思远及之,旷若林与鹜。凤鸟不可得,苍鹰以为求。

(《徐文长三集》卷四)

【注释】

[1] 荆卿:荆轲,战国末期卫国朝歌(今河南鹤壁)人。喜读书击剑,为人慷慨任侠。后至燕国,由田光推荐给太子丹。公元前227年,荆轲带燕督亢图和樊於期首级,前往秦国刺杀秦王。

[2] 渐离:高渐离,战国末燕人。荆轲刺秦王临行时,高渐离与太子丹送之于易水河畔,高渐离击筑,荆轲唱《易水歌》。秦灭六国后,嬴政命高渐离击筑,渐离乃以铅置筑中,举筑扑秦皇帝,不中,被杀。

［3］舞阳：秦舞阳，战国末期燕国武士，燕国贤将秦开之孙。年少时曾杀人，后被燕太子丹所用，随荆轲一同刺杀秦王。

［4］六辔：辔，缰绳。古一车四马，马各二辔，其两边骖马之内辔系于轼前，谓之軜，御者只执六辔。《诗·秦风·小戎》："四牡孔阜，六辔在手。"

［5］华辀：刻画华彩的车辕。这里用作车之代称。

【导读】

燕赵自古多悲歌，徐渭走到燕地，自然想起了战国末期荆轲、高渐离、秦舞阳三人刺杀秦王之事，并借此抒发自己郁积的块垒之情。荆轲等人刺秦，是多么伟大的壮举，是需要怎样的勇气和决绝才能付诸实施，这注定了他们绝非常人！然而徐渭在想象三人饮酒击筑悲歌的场景后，却用"涕下不能收"这一再普通不过的人之常情来刻画离别情形，是在提醒人们，他们也是平常人啊！"猛气"四句是说他们的节义和行为不被世人所理解，甚至招来批评。这就是英雄的悲哀了！同时，将三人与庸众对比，进一步突出了三位豪杰。以上是写历史人物。"我生千载后"以下抒发自己的块垒不平。自己仰慕荆轲等人的壮举，但是承平日久的"盛明世"，仿佛一潭死水一样，"寸规不可越"，环境和制度束缚了诗人施展抱负的手脚。同时，与荆轲有狗屠和高渐离为伴、能高歌燕市相比，徐渭却感到无比孤独。然而，诗人并未妥协，他的内心始终渴望要像苍鹰那样搏击长空。

写竹赠李长公歌[1]

山人写竹略形似，只取叶底潇潇意。譬如影里看丛梢，那得分明成个字？公子远从辽东来，宝刀向人拔不开。昨朝大战平虏堡[2]，血冷辘轳连鞘埋。平虏之战非常敌，御史几为胡马及。有如大酋之首不落公子刀，带胄诸君便是去秋阮游击。不死虏手死汉法，败者合死胜合优，公子何事常忧愁？一言未了一叹息，双袖那禁双泪流。却言阿翁经百战，箭镞刀锋密如霰。幸余兄弟两三人，眼见家丁百无半。往往弯弓上马鞍，但有生去无生还。只今金玉光腰带[3]，终是铜瓶坠井干。兼之阿翁不敢说，曾经千里空胡穴。武人谁是百足虫，世事全凭三寸笔。山人听罢公子言，一虱攻腰手漫扪。欲答一言无可答，只写寒梢卷赠君。

（《徐文长三集》卷五）

【注释】

[1] 李长公：李如松（1549—1598），字子茂，号仰城，辽东铁岭卫人。辽东总兵李成梁长子，明朝名将。

[2] "昨朝"句：万历三年（1575）十二月，"虏入平虏堡，副总兵曹簠驰援，斩十一级。李成梁邀其归路，斩百九十六级"（谈迁《国榷》卷六十九）。平虏堡，明置，属沈阳中卫，即今辽宁沈阳市西北平罗镇。

[3] "只今"句：谓李成梁因战功"加太子太保，世荫锦衣千户"。

【导读】

万历四年（1576）四月，徐渭应宣镇巡抚吴兑邀请北上，途经北京时，结识辽东名将李成梁之子李如松，两人很快便成好友，此诗当写于其时。诗题名曰"写竹"，可涉及竹的只有开头四句和结尾二句，中间所写均与竹无关。这种写法，一反常规套路，所以王夫之评价云："四句后不复及写竹，末虽叙明，亦不缴上意。此是要离焚妻子手段。仙才侠骨，驰骋风云。自有醋（措）大以来，能不醋（措）者，渭一人而已。"（《明诗评选》卷二）当然，竹子之高风亮节与李如松父子公忠坚毅之品格有某种潜在的联系，这是此诗上下文之间的内在联系。诗歌从"公子远从辽东来"至"一虱攻腰手漫扪"记录了徐渭和李如松的交谈内容和感受。李如松的忧愁和无奈实则是在哀叹军法之严苛。据《神宗实录》卷四十六记载，李成梁虽在平虏堡获大胜，斩敌人首级百九十六，但自己也折损不少兵力，故年幼的万历帝与张居正曾就此一问题有所讨论："时辽东大破虏百余骑，然我兵死伤亦略相当。上顾辅臣张居正等。虏今一大创，或可数年无事，第战死者多，朕深念之。居正对言：'往时损军之法太严，故将领观望不敢当虏，苟幸军完无损而已。今辽东军杀伤至四五百人，斯乃血战。臣以为宜宽论损折，以作战败之心，而厚加恤录，以酬死事之苦。'上嘉纳之。"这一记载所涉伤亡情况，恰好印证了李如松"眼见家丁百无半""但有生去无生还"的倾诉。所以尽管李成梁打了胜仗，但按旧例也要追究其损兵的责任，这就是诗中所说的"不死虏手死汉法"。张居正看出了军法的不合理，所以才与万历讨论此事，并免于追究李成梁的责任，还加封其为太子太保，世荫锦衣千户。武将浴血沙场、舍身卫国的功勋，居然还要倚靠文臣说项才能得以承认，真令人心寒，这就是诗中所谓"武人谁是百足虫，世事全凭三寸笔"的意思。当然，由于明代文臣地位高于武将，因此，很难说下一次战争会同样幸运地有人替他们说话，故而"只今金玉光腰带，终是铜瓶坠井干”，这是对不合理军政制度的控诉，也是令李如松绝望的宿命，可谓是一字一泪。听了李如松的倾诉，作为局外人的徐渭“欲答无可答”，只能以“寒梢”这种“百折千磨还坚劲”的品质来安慰和激励友人了。

白　鹇少保公所遗

片雪簇寒衣，玄丝绣一围。都缘惜文采，长得侍光辉。提赐朱笼窄，羁栖碧汉违。短檐侧目处，天际看鸿飞。

（《徐文长三集》卷六）

【导读】

这首诗作于徐渭任胡宗宪幕僚时。少保即胡宗宪，他送给徐渭一只白鹇，触发了徐渭的诗思，写下了这首咏物诗，借以托物言志。按照陶望龄和袁宏道等人笔下的徐渭来看，胡宗宪对他极为器重，奉为座上客，对其种种出格之举也多有宽容：“渭性通脱，多与群少年昵饮市肆。幕中有急需，召渭不得，夜深，开戟门以待之。侦者得状，报曰：‘徐秀才方大醉嚎嚣，不可致也。’公闻，反称甚善。时督府势严重，文武将吏庭见，惧诛责，无敢仰者，而渭戴敝乌巾，衣白布澣衣，直闯门入，示无忌讳。公常优容之，而渭亦矫节自好，无所顾请。”（陶望龄《徐文长传》）“尝饮一酒楼，有数健儿亦饮其下，不肯留钱。文长密以数字驰公，公立命缚健儿至麾下，皆斩之，一军股慄。有沙门负赀而秽，酒间偶言于公，公后以他事杖杀之，其信任多此类。”（袁宏道《徐文长传》）而徐渭自己说起当时入幕的情形时，则显得颇为矜持：“一旦为少保胡公罗致幕府，典文章，数赴而数辞，投笔出门。使折简以招，卧不起”“后公愈折节，等布衣，留者盖两期，赠金以数百计，食鱼而居庐。”（徐渭《自为墓志铭》）不管是他人的近乎小说家的描写，还是徐渭自己颇为得意的夸饰，都从某种程度上说明了幕主对他的倚重。不过，这首咏物诗透露了与上述情况相反的一面。首联描写了白鹇的外貌特征，白色的羽毛像雪花织成的寒衣，上面又绣了一圈圈黑丝线，极写白鹇之美，又以“寒衣”二字暗示自己的身份。颔联表面上是写白鹇的毛色为人所喜爱，但徐渭不也正是因“文采”而被胡宗宪收入麾下的吗？颈联说，胡宗宪把白鹇装在一只红色竹笼内送给他，这只被羁留的白鹇不能够亲近广阔的天地了。

这不正是徐渭寄人篱下心态的典型写照吗？所以，尾联自然而然流露出了对自由的仰望和羡慕。这首诗既是写白鹇，也是写自己，处处贴合所咏之物，又无处不在写自我。

将别，复偕游碧云，流觞枯柳树下

征舆解道明朝发，别酒遥从此地酣。尽日回肠依曲水，昔年种柳似江潭[1]。霜高睡短鸡偏促，雪滑泥长马不堪。差有梅花知客意，一程开逼一程南。

（《徐文长三集》卷七）

【注释】

［1］“昔年”句：语出庾信《枯树赋》：“桓大司马闻而叹曰：‘昔年种柳，依依汉南。今看摇落，凄怆江潭。树犹如此，人何以堪！’”

【导读】

这是一首送别诗。其前一首为《子遂以尊人墓碣故抵燕，至腊始去，送之》，则此诗亦当为送别李子遂所作。李子遂，名有秋，福建建阳人，被徐渭列入“纪知”的名单中。碧云寺在北京西郊，今香山公园北侧。据徐渭自撰《畸谱》，其一生有三次在京的经历：一次是四十三岁冬入京，至四十四岁仲春离京返乡；一次是五十七岁时，从宣府至北京，同年秋天归越；最后一次是在六十岁，不久返乡。此诗或作于第一次寓京期间。他在碧云寺设酒送别好友李有秋南下。首联交代了好友明日即将启程南下，两人在碧云寺痛饮惜别。颔联点题，又以回肠与曲水比喻两人交情之深和离别的依依不舍，而再次相见不知何时，不免发出桓温对树之叹。颈联则写友人路途之艰，天寒鸡鸣催人行，冰雪封路道途滑，对友人的不舍和担忧之情溢于言表。中间两联情感低沉，尾联则如异峰突起，情感上扬，结得高昂，是全诗的点睛之笔。

红　叶

才见芳华照眼新，又看红叶点衣频。只言春色能娇物，不道秋霜解媚人。宫水正寒愁字字[1]，吴江初冷锦鳞鳞[2]。更余一种闲风景，醉杂黄花野老巾。

（《徐文长三集》卷七）

【注释】

[1]“宫水”句：用顾况《红叶题诗》典故。

[2]“吴江”句：用崔信明《佚题》残句“枫落吴江冷”及张翰“莼鲈之思”的典故。

【导读】

文士悲秋是中国诗歌中最为流行的一种主题。此诗却一反格套，赞美了秋天的美景，颇有现代人的审美趣味。徐渭诗中既有写自己与“环境”冲突的篇章，亦有这种写自我与环境融合的内容，读来别有一番意趣。

读某愍妇吊集二首 吊集云，愍妇之死非一端，最甚者，以姑章绐其子不认其母，云少时乳母也。[1]（选一）

才怜劲草嗔风恶，但表贞松把雪嗔。尔辈借将扶世教，妾心元不愿忠臣。伯劳啼啸端非鸟，孔雀东南亦是人[2]。并付枝头姑恶舌[3]，年年为尔数顽嚚[4]。

（《徐文长三集》卷七）

【注释】

[1] 姑章：又作“姑嫜”，即公婆。绐（dài）：同“诒”，欺骗。

[2]“伯劳”二句：用乐府《东飞伯劳歌》（萧衍）、《孔雀东南飞》诗意，表达了作者认同女子对合理情爱的追求。

［3］姑恶：范成大《姑恶》诗序云："姑恶，水禽，以其声得名。世传姑虐其妇，妇死所化。东坡诗云：'姑恶，姑恶！姑不恶，妾命薄！'"

［4］顽嚚（yín）：亦作"顽嚚"。愚妄奸诈。

【导读】

民间有许多关于徐文长的故事流传，在这些故事中，机智聪明的徐渭总是显得促掐多怪，这或许是和他思想中的反传统意识有关。从这首哀悼节妇的诗中，我们便能窥见其异动的思想。传统观念中，寡妇守节便是烈妇，能立牌坊，进祠堂。明清的地方志里，专辟《列女传》来记载这些人生暗淡的女性。在徐渭看来，那些烈女贞妇何尝愿意牺牲自己的幸福？正是世俗的表彰和赞美，扼杀了她们鲜活的生命，使她们沦为活死人。所以在这首诗中，他翻转了"疾风知劲草"（李世民《赋萧瑀》），"盖霜雪交下，始见贞松之操"（刘知几《史通·曲笔》）的意思，认为高悬于上的道德压制了人性、戕害了生命，他在诗中抒发了要尊重个体生命合理欲求的主张。此诗之外，他还写过一首《节妇篇》，表达了类似的见解，诗云："缟衣綦履誉乡邻，六十年来老此身。庭畔霜枝徒有夜，镜中云鬓久无春。每因顾影啼成雨，翻为旌门切作颦。百岁双飞元所志，不求国难表忠臣。"（《徐文长逸稿》卷四）这首诗的题注值得注意，这位愍妇的公婆十分恶劣，竟然不让儿子认母亲，这应该是触动徐渭的主要原因。徐渭的生母为其父续弦之丫鬟，徐渭十岁的时候，其生母又被嫡母逼迫改嫁，这对他的心灵造成了极大的伤害。

葡　萄（选一）

半生落魄已成翁，独立书斋啸晚风。笔底明珠无处卖，闲抛闲掷野藤中。

（《徐文长三集》卷十一）

【导读】

这是题在诗人晚年所画《墨葡萄图》上的一首七言绝句。诗与画及书法相互映发，画的粗犷恣肆和诗的孤傲猖狂再加以书法的笔墨狼藉，相得益彰。徐渭的人生，经历了分家、丧妻、出妻、发狂、杀妻、入狱等种种痛苦和磨难，然而半世的折磨并没有摧折他高傲的脖项，晚年的他，即使贫病潦倒，依然“独立书斋”迎风长啸，表现了孤高自傲的姿态。诗人将笔下的葡萄喻为“明珠”，其实就是在说自己的才华。人已老去，又怀才不遇，于是便任由它抛掷凋零，决不做摇尾乞怜的样子。这就是徐渭的硬气！

◎ 徐渭《墨葡萄图》

拓展阅读

叶子肃诗序

徐　渭

人有学为鸟言者，其音则鸟也，而性则人也；鸟有学为人言者，其音则人也，而性则鸟也。此可以定人与鸟之衡哉？今之为诗者，何以异于是？不出于己之所自得，而徒窃于人之所尝言，曰某篇是某体，某篇则否，某句似某人，某句则否，此虽极工逼肖，而已不免于鸟之为人言矣。若吾友子肃之诗则不然。其情坦以直，故语无晦；其情散以博，故语无拘；其情多喜而少忧，故语虽苦而能遣其情；好高而耻下，故语虽俭而实丰。盖所谓出于己之所自得，而不窃于人之所尝言者也。就其所自得，以论其所自鸣，规其微疵而约于至纯，此则渭之所献于子肃者也。若曰某篇不似某体，某句不似某人，是乌知子肃者哉？

（《徐文长三集》卷十九）

肖甫诗序（节录）

徐　渭

古人之诗本乎情，非设以为之者也，是以有诗而无诗人。迨于后世，则有诗人矣，乞诗之目多至不可胜应，而诗之格亦多至不可胜品，然其于诗，类皆本无是情，而设情以为之。夫设情以为之者，其趋在于干诗之名；干诗之名，其势必至于袭诗之格而剿其华词。审如是，则诗之实亡矣，是之谓有诗人而无诗。有穷理者起而捄之，以为词有限而理无穷，格之华词有限而理之生议无穷也，于是其所为诗，悉出乎理而主乎议。而性畅者其词亮，性郁者其词沉，理深而议高者人难知，理通而议平者人易知。夫是两诗家者均之为俳，然谓彼之有限而此之无穷，则无穷者信乎在此而不在彼也。

(《徐文长三集》卷十九)

四库馆臣论徐渭

陶望龄作渭小传，载渭尝自言书第一，诗二，文三，画四。今其书画流传者，逸气纵横，片楮尺缣，人以为宝。其诗欲出入李白、李贺之间，而才高识僻，流为魔趣，选言失雅，纤佻居多。譬之急管幺弦，凄清幽渺，足以感荡心灵，而揆以中声，终为别调。观袁宏道之激赏，知其臭味所近矣。其文则源出苏轼，颇胜其诗。故唐顺之、茅坤诸人皆相推挹。中多代胡宗宪之作，进白鹿前后二表，尤世所艳称。其代宗宪谢严嵩启云："凡人有疾痛疴痒，必求免于天地父母。然天地能覆载之，而不能起于颠挤；父母能保全之，而未必如斯委曲。伏惟兼德，无可并名。名且不能，报何为计"云云。虽身居幕府，指纵惟人。然使申谢朝廷，更作何语。录之于集，岂止白圭之玷乎！盖渭本俊才，又受业于季本，传姚江纵恣之派，不幸而学问未充，声名太早，一为权贵所知，遂侈然不复检束。及乎时移事易，侘傺穷愁，自知决不见用于时，益愤激无聊，放言高论，不复问古人法度为何物。故其诗遂为公安一派之先鞭，而其文亦为金人瑞等滥觞之始。苏轼曰："非才之难，处才之难。"谅矣！……宏道以为一扫近代芜秽之习，其言太过。望龄以为文长负才性，惟不能谨防节目，迹其初终，盖有处士之气，其诗与文亦然，虽未免瑕类，咸成其为文长而已。是则平心之论也。

(《四库全书总目》卷一七八·集部·别集类存目五)

袁宏道 选七首

袁宏道(1568—1610),字中郎,别字孺修,号石公,又号六休。湖广荆州府公安(今湖北公安)人。万历十六年(1588)中举,翌年会试不第,与兄宗道商榷性命之学。万历十九年(1591)春,往麻城龙湖,问学于李贽,留三月余。“既见龙湖,始知一向掇拾陈言,株守俗见,死于古人语下,一段精光不得披露”,至是“能为心师,不师于心;能转古人,不为古转。发为语言,一一从胸襟流出”(袁中道《吏部验封司郎中中郎先生行状》,下简称《行状》)。万历二十年(1592),举进士,与兄宗道请假还乡,偕外祖龚大器、舅龚惟学、惟长等终日以论学为乐。万历二十一年(1593)四月,与兄宗道、弟中道同往麻城再访李贽,聚谈十余日。万历二十二年(1594)冬,赴京谒选,得吴县令。“县繁难治,能以廉静致理。”(钱谦益《列朝诗集》丁集)暇则与长洲令江盈科及吴中张凤翼、张献翼、王稺登等人谈诗论文,以风雅自命。万历二十五年(1597),因吏道烦人,且遇事与当路意见相左,遂告病离任。寄家无锡,“而走吴越,访故人陶周望诸公,同览西湖、天目之胜,观五泄瀑布,登黄山、齐云”(《行状》)。是冬,兄宗道催其入京,复就选,得补顺天府教授。万历二十六年(1598),与袁宗道、陶望龄、潘士藻、李腾芳诸人结蒲桃社于京西崇国寺。万历二十七年(1599),迁国子监助教。万历二十八年(1600),升礼部仪制司主事。七月,往河南周藩瑞王府掌行丧礼,告假便道返乡。未几,兄宗道下世,“绝荤血者累年,无复宦情”(《行状》)。营柳浪,居六年,至万历三十四年(1606)秋,遵父命携弟中道入京,补吏部主事。万历三十七年(1609),迁吏部考功司员外郎,奉命主陕西乡试。万历三十八年(1610),请假归乡,因公安大水,移居沙市,九月初六病逝,年四十三岁。“所著诗文:始有《敝箧集》,乃作诸生、孝廉及初登第时作也;继有《锦帆集》,令吴门作也;继有《解脱集》,吴门解官,与陶石篑诸公游吴、越诸山作也;继有《广陵集》,弃吴令就教,暂携妻子寓仪真作也;继有《瓶花斋集》,则为京兆授为太学助教,及补仪曹时作也;继有《潇碧堂集》,则六年高卧柳浪湖作也；继有《破砚斋集》，则再补仪曹作也；继有《华嵩游草》，则官吏部、典试秦中往返作也。”（《行状》）今有钱伯城笺校《袁宏道集笺校》（上海古籍出版社，2008 年）可资参研。

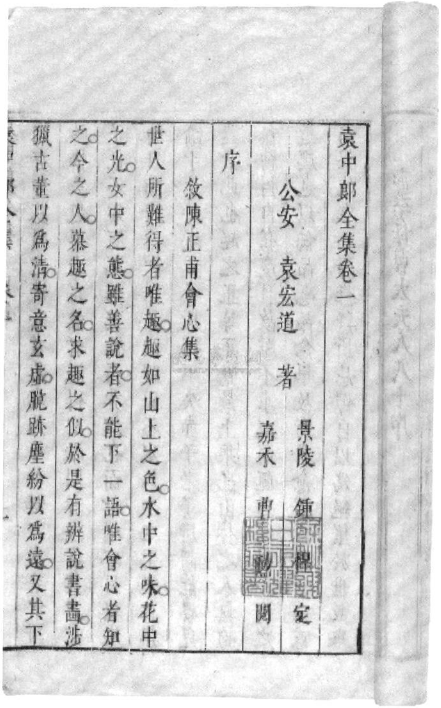

袁中郎全集卷一

公安 袁宏道 著　景陵 鍾惺 定

嘉禾 曹□ 閱

序

敘陳正甫會心集

世人所難得者唯趣趣如山上之色水中之味花中之光女中之態雖善說者不能下一語唯會心者知之今之人慕趣之名求趣之似於是有辨說書畫涉獵古董以爲淸寄意玄虛脫跡塵紛以爲遠又其下

◎ 《袁中郎全集卷一》书影

袁宏道之创作与其思想变化关系密切。总角时，“工为时艺，塾师大奇之。入乡校，年方十五六，即结文社于城南，自为社长”，“于举业外，为声歌古文词”（《行状》），“上自汉魏，下及三唐，随体模拟，无不立肖”（袁中道《解脱集序》）。自万历十九年（1591）拜谒李贽起，“始知一向掇拾陈言，株守俗见，死于古人语下，一段精光不得披露”，是后“发为语言，一一从胸襟流出”（《行状》），“情真而境实，揭肺肝示人”“机锋迅疾，议论朗彻”（江盈科《解脱集序》）。其时，因不满复古派及其末流剽窃雷同，徒取形似，无关神骨之弊，故倡为“性灵说”，力主“独抒性灵，不拘格套”（袁宏道《叙小修诗》），“以意役法，不以法役意”（袁中道《中郎先生全集序》），旨在“破人之执缚主，故时有游戏语”（袁中道《中郎先生全集序》）。万历二十六年（1598）后，渐觉李贽等人之思想“尚欠稳实”，“以为悟、修犹两毂也，向者所见，偏重悟理，而尽废修持，遗弃伦物，偭背绳墨，纵放习气，亦是膏肓之病”，“遂一矫而主修，自律甚严，自检甚密，以淡守之，以静凝之”（《行状》）。“自嵩、华归来，始云近日稍知作诗”（袁中道《蔡不瑕诗序》），觉以往诗文“太披露，少蕴藉”（袁中道《告中郎兄文》）。其诗作自“《破砚》以后，无一字无来历，无一语不生动，无一篇不警策。健若没石之羽，秀若出水之花，其中有摩诘，有杜陵，有昌黎，有长吉，有元白，而又自有中郎”（袁中道《中郎先生全集序》）。

初度戏题

碌碌复碌碌，浮生如转毂。帝宏匝地罗，人窖弥天狱。堕地三十载，强半是颦蹙。算喜无十星，量愁有千斛。十五岁以前，师傅苦拘束。朝愁日上春，暮愁书难读。十五岁以后，龟手事场屋。儒巾才去头，宦网又缠足。千眄得一官，万眄得微禄。谁知微五斗，妻子转枵腹。颜色低上官，肝肠枯案牍。举止动得过，憎恚苦相触。月不十回圆，酒无三朝熟。来者不可知，去者不可赎。欲留色枯槁，欲归心彳亍。一病觉昨非，万仞遂黄鹄。勿以径寸荣，易兹寻丈辱。

(《袁宏道集笺校》卷三《锦帆集》之一)

【导读】

此诗作于万历二十四年(1596)十二月初六日。其时，诗人任吴县令已近两年。吴县是袁宏道初入仕途的第一站，他在吴县取得了较好的口碑，其弟小修曾历数其政绩并曰："先生为令清次骨，才敏捷甚，一县大治。宰相申公闻而叹曰：'二百年来，无此令矣！'"乃至吴地百姓得知他因庶祖母詹氏病而向朝廷辞职时，"骇叫狂走，凡有神佛处，皆悬幡点灯建醮，乞减吴民百万人之算，为詹姑延十年寿，以留仁明父母"(袁中道《吏部验封司郎中中郎先生行状》)。不过，从当事人自己的口中，我们却看到了这位"仁明父母"的另外一面："弟作令备极丑态，不可名状。大约遇上官则奴，候过客则妓，治钱谷则仓老人，谕百姓则保山婆。一日之间，百暖百寒，乍阴乍阳，人间恶趣，令一身尝尽矣。"(袁宏道《丘长孺》)除了向好友丘坦吐露心声，他还向汤显祖、沈存肃、龚仲庆(惟长)、梅国桢等人都说过令吴之苦、之无聊，"殊不如田舍翁饮酒下棋之乐也"(袁宏道《毛太初》)。这首生日诗便是这种心态下的产物。全诗押入声韵，亦增强了戏作的效果。这首诗是诗人提倡的"性灵诗"的代表，所谓"信心而出，信口而谈"(袁宏道《张幼于》)、"太披露，少蕴藉"(袁中道《告中郎兄文》)者是也。

严子陵滩限韵，同陶石篑、方子公赋（其二）

不是刘文叔，讵说严老子。羊裘钓滩下，一渔户而已。无用合退藏，非是退藏是。谁知误得名，来者趋如市。末世竞声称，藏丑翻成美。与其作假龙，孰若真虫蚁。

（《袁宏道集笺校》卷九《解脱集》之二）

【导读】

此诗作于万历二十五年(1597)。诗人已解官，与好友陶望龄、方文僎游富春江至严滩而作。诗歌一反人们仰慕严光的论调，将其归隐归结为“无用”“藏丑”，把人们顶礼膜拜的高士说成“一渔户而已”，有喝破之意，也显示了“性灵诗”标新立异的特点。徐渭《严先生祠》有“一加帝腹浑闲事，何用旁人说到今”，亦以解构偶像的方式把严光写成了普通人。从中我们不难看出袁宏道对徐渭膜拜的原因。

长安秋月夜

长安城中秋月明，六街九陌无纤尘。先入楼台喧戚里，次经池馆趁游人。游人宛转无穷已，千门万户秋如水。处处笙歌玉树傍，家家箫管澄湖里。汉家天子幸平阳[1]，金蛾宝炬列成行。吹箫蹋鼓留天女，斫玉烧金煮凤凰。才子后庭竞度曲，念奴别馆伴诸郎。铜龙轧轧乌啼早，金屋沉沉秋漏长。秋漏渐深歌渐阑，感此如何不倚栏。愿得长侍君王宠，愿得长随玉辇看。又愿君心如月皎，那知妾貌比花老。玉碗难收覆地流，东风不着断根草。可怜今夜长信殿，含酸饮泣悲团扇。未买相如学阿娇，难将赤凤比飞燕[2]。香销金鸭妾自烧，泪破红绡君不见。十回看月九回颦，手把轻纨绕月行。盘花蜀锦伤心色，子夜吴歌断肠声。红闺紫塞三秋恨，碣石潇湘万里情。年年先向离人满，岁岁还依愁处生。年年岁岁秋自好，独怜娇黛无人扫。未有容颜斗月华，自分弃掷同秋草。桂魄有恨不长圆，嫦娥无药应先老。愿得秋光守翠帏，愿随流景送君衣。与君并蒂原并吐，与君双凤不双飞。江南荡子无消息，龙城征戍几时归？胡风刁斗愁闻雁，闺月帘栊懒上机。亦有当垆敛青娥，授色留宾态转多。双燕有雏辞社去，孤鸳无偶奈秋何。已见回文传锦字，更闻尺素托流波。不道人间恨洛浦[3]，定知天上隔银河。愁来白帢连巾湿，泣罢青衫挟瑟歌。歌已阕，月西倾。一年看，一度新。汉武秦皇消不得，却寻方士学仙人。

（《袁宏道集笺校》卷二《敝箧集》之二）

【注释】

［1］平阳：平阳公主，汉景帝刘启长女，汉武帝同母姐。汉武帝即位后，她被尊为长公主，曾将卫子夫成功献给汉武帝。

［2］赤凤：燕赤凤，汉成帝皇后赵飞燕所通宫奴。旧题伶玄《飞燕外传》："后所通宫奴燕赤凤者，雄捷能超观阁，兼通昭仪。"

［3］洛浦：洛水之滨。张衡《思玄赋》："载太华之玉女兮，召洛浦之宓妃。"

【导读】

此诗作于万历二十年(1592)，诗人刚刚进士登第。钱伯城谓："此诗咏叹宫廷后妃荣辱。案其时神宗专宠郑贵妃，王皇后备位而已；而光宗生母王恭妃，以出身'都人'(宫中对宫女贱称)，为神宗厌弃，锁置别宫。此诗所谓'可怜今夜长信殿，含酸饮泣悲团扇'云云，或与当时所传宫闱情事有关。"(《袁宏道集笺校》卷二)就风格而言，袁宏道此时正值"上自汉魏，下及三唐，随体模拟，无不立肖"(袁中道《解脱集序》)的阶段，这首诗模仿初唐四杰的七言歌行。诗借汉代旧事以发万历宫闱之秘，进而又联想到普天之下的游子思妇。全诗可分为四个部分：第一部分从开篇至"家家箫管澄湖里"，铺叙京城的繁华豪奢；第二部分从"汉家天子幸平阳"至"那知妾貌比花老"，以汉武帝在平阳公主府邸结识卫子夫事来写万历宠信郑贵妃；第三部分从"玉碗难收覆地流"至"子夜吴歌断肠声"，则以汉武帝冷落陈皇后、汉成帝对班婕妤始乱终弃写万历冷落王皇后；第四部分从"红闺紫塞三秋恨"至结尾，由宫闱之事转到思妇游子题材。全诗音韵流转，诗意蝉联，声情摇曳。

显灵宫集诸公，以城市山林为韵（其二）

野花遮眼酒沾涕，塞耳愁听新朝事。邸报束作一筐灰，朝衣典与栽花市。新诗日日千余言，诗中无一忧民字。旁人道我真聩聩，口不能答指山翠。自从老杜得诗名，忧君爱国成儿戏。言既无庸默不可，阮家那得不沉醉？眼底浓浓一杯春，恸于洛阳年少泪！

（《袁宏道集笺校》卷十六《瓶花斋集》之四）

【导读】

此诗作于万历二十七年(1599)，时诗人已任国子监助教。八年前的正月初一，二十四岁的诗人曾作元日诗以贺新春，中有“率土再新弘治朔，百年三倍穆宗朝”（《辛卯元日》）之句，该诗从形式上模拟盛唐，从内容而言则为颂圣。或许此时袁宏道尚未出仕，对万历朝政无所认知；亦或许是诗模拟盛唐，不得不格调一番，总之彼时的袁宏道显得天真但不可爱。作此诗时，诗人已经历过任邑令的“折磨”，又体验了“挂冠而去”游山玩水的解脱之乐[实为“因病乞恩，改授教职”（《告病疏》）]。他本想继续闲适下去，无奈兄长敦促，只得再次赴京，先任顺天府教授，继迁国子监助教。相对于知县来说，此番任职显然轻松舒适得多。因此，入京不久，他便与兄宗道、弟中道及黄辉、钟起凤、谢肇淛、方文僎等人结葡萄社，不时相聚，论学谈禅，诗酒雅会，过着“欢呼达夜半”“禅榻倒乌纱”（《和钟君威花字》）、“宁有醉死无醒生”（《和方子公》）的生活。然而诗人真如诗中所述“塞耳愁听新朝事”“邸报束作一筐灰”“新诗日日千余首，诗中无一忧民字”吗？显然不是。之所以有这样的感慨，一是因为不满复古派毫无真情实感的、近乎陈词滥调的“忧民”，二是因为对当下朝政的失望。其时，万历帝因立太子事与廷臣不和，长期不临朝，致使行政混乱，又对上书言国本者加以廷杖或责罚，使君臣关系日益恶化。袁宏道刚入京与长兄宗道述近事，便发出了“词曹虽冷秩，亦复慎风波”（《入燕初遇伯兄述近事，偶题》）的感叹，其中隐情当与时下的政治生态有关。而万历帝一方面怠政，另一方面又大肆敛财，派中官收取矿税，压榨百姓，搞得民怨沸腾。袁宏道曾作《猛虎行》揭露其祸，有“三河及两浙，在在竭膏髓”等语。从万历二十五年(1597)起，朝廷又因日本侵略朝鲜而增兵辽东，与朝鲜联合抗倭，然而局势忽好忽坏，令人担忧。袁宏道亦有“讹音东事变”（《即事》）、“客里关心辽左书”（《冬尽偶成》）、“儿童也解谈东事”（《闲居》其五）、“倭奴逼朝鲜，虚费百亿万。竭尽中国膏，不闻蹶只箭”（《送刘都谏左迁辽东苑马寺簿》）等诗，显示其对辽东战事的关心和忧虑。因此，“言既无庸”，才是诗人“塞耳听”“束作灰”的真正原因。然而，即便是学阮籍那样沉醉酒乡，又怎么对时事置若罔闻呢？于是眼前的杯酒，仿佛甚于贾谊当年恸哭的眼泪。

夏日城西园亭闻蝉，得阴字(其一)

清响彻平林，云深树亦深。乍闻心爽豁，蠲尽午昏沉。琴里高山韵，诗中瘦岛吟。乡园频梦尔，千里柳湖阴。

(《袁宏道集笺校》卷四十五《破研斋集》之一)

【导读】

此诗作于万历三十五年(1607)。袁宏道于万历三十四年(1606)秋入京，补吏部主事，然“曹务清简，萧然无事，偕诸客文酒赏适”(袁中道《行状》)。其实，政务清简的原因之一是“廿载君王罢早朝”(《五月十二日退如生辰，蒙以诗见示，聊述二章奏报》)。而且袁宏道此次复出，多半是为老父催逼，他在《答刘云峤祭酒》中说：“山居已无复出理，而严亲意殊不然。出不出，何关心身？但卖却三竿，而就五斗，未免马足困人耳。”故此，诗人虽然身在京城，却不时思念柳浪闲居的那段日子。这首诗写原本昏闷欲睡的炎热夏季，一闻到蝉鸣，便仿佛置身于清凉世界之中，从而进一步勾起了诗人对家乡柳浪夏木阴阴的想念。诗中“琴里”两句，比喻新奇，格律工整，为沈德符所称赏(见《万历野获编》卷二十五《袁中郎论诗》)。

舟中除夕忆李安人

客里逢除夕，灯前少故人。乍如云没海，忽似影离身。满褶衣衫泪，半年河渚尘。井枯泉脉在，栋老燕巢新。

(《袁宏道集笺校》卷四十六《破研斋集》之二)

【导读】

此诗作于万历三十五年(1607)。此年秋，袁宏道妻李氏卒于京师，“乃以存问蒲圻谢公之便，送柩潞河。归至中途，得铨部报。先生归觐封公”(袁中道《行状》)。

据袁宏道《途中口占》诗云“八月离长安，二月返乡社”“四月即长道”，可知诗人奉命存问谢鹏举(即谢公)，顺道送亡妻灵柩一程，并于次年四月返京。此诗写于存问谢公之后返回公安的途中。诗人在《祭李安人文》中说“二十三年，形不离影”，可见其对李氏依赖之深；而“二仲尚幼，从我于迈”，则道出了子幼(长子彭年为李氏所出)丧母之悲哀。妻子的去世，不仅使诗人遭受失去亲人之痛，更使他的生活突然变得诸般不便。他说：“袖里藏香茗，橐中具糗粮。出门无一有，始觉老妻亡。”(《道中随事口占》其二)深赖妻子料理日常生活的袁宏道，一时间竟有手足无措之叹。所谓“影离身”，便是这种感受的绝妙比喻。结尾以涓涓之泉源和燕巢新，来写失母的幼子，悲伤抑或欣慰之情难以分清。

谢于楚、陶孝若见访柳浪，得风字

交游南北总成翁，忽地相逢柳浪中。细雨小添浇药水，落花时逐渡溪风。长堤云卷千丝碧，高阁霞舒十里红。七载东皋唯颂酒，知君犹念老无功。

(《袁宏道集笺校》卷三十四《潇碧堂集》之十)

【导读】

此诗作于万历三十四年(1606)。谢于楚，袁宏道、袁中道好友，歙县(今属安徽黄山)人。袁宏道《谢于楚历由草引》说：“余与于楚交有年，初于歙，再于白下，于广陵，于燕市，每见必以诗相质，力追作者。今春忽见于柳浪”，“试解其装，但见其诗益富，语益奇，而他无有”。陶若曾，字孝若。东湖(今属湖北宜昌)人。万历十六年(1588)举人，三十八年(1610)任祁门教谕。袁中道《南北诗游序》说：“予友陶孝若，淡泊自守，甘贫不厌，真有过人之骨。文章清绮无尘坌气，真有过人之才。而尤有一种清胜之趣，若水光山色，可见而不可即者。以故中郎于诸君子中，尤敬而爱之。其诗风味亦近似中郎，

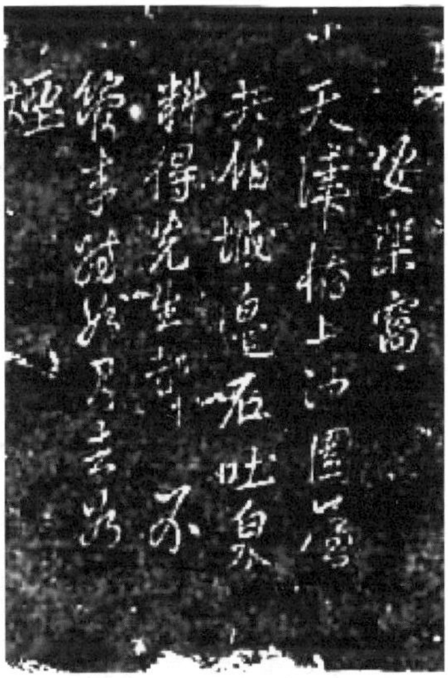

◎ 袁宏道手迹

盖染香润露，有不言而喻者。”柳浪，为袁宏道第二次谢官后于公安所营之别业。袁中道记载营建柳浪及他们在那里的生活情形云：“于城南得下洼地，可三百亩，络以重堤，种柳万株，号曰柳浪。先生偕中道与一二名僧共居焉。潜心道妙，闲适之余，时有挥洒，皆从慧业流出，新绮绝伦。”（袁中道《行状》）这首诗作于袁宏道退居家乡的第七个年头，老友突然造访，惊喜中寓有感慨。末尾将自己比作初唐以嗜酒闻名的王绩，在闲适中多了一层功业未就的感慨。此诗写于春天，至是年秋“自觉入真入俗，绰有余力，而大人亦冀其一出，以结世局”“乃偕中道入都，补仪曹主事。”（袁中道《行状》）与信口而出的性灵诗不同，此时的袁宏道已认识到“余诗多刻露之病”（袁宏道《叙曾太史集》）、“其中尚有矫枉之过”（袁宏道《苦江进之有序》），故其《瓶花斋集》《潇碧堂集》之诗与此前刻露之态不同，中郎自谓“《瓶花》诗京师作，诗文具有痕迹；《潇碧》乃山中数年所得，似觉胜之”（袁宏道《与黄平倩》）。本诗即出自《潇碧堂集》，颇为淡雅韵致。

拓展阅读

江进之（节录）

袁宏道

夫物始繁者终必简，始晦者终必明，始乱者终必整，始艰者终必流丽痛快。其繁也，晦也，乱也，艰也，文之始也。如衣之繁复，礼之周折，乐之古质，封建井田之纷纷扰扰是也。古之不能为今者也，势也。其简也，明也，整也，流丽痛快也，文之变也。夫岂不能为繁，为乱，为艰，为晦，然已简安用繁？已整安用乱？已明安用晦？已流丽痛快，安用聱牙之语、艰深之辞？譬如《周书·大诰》《多方》等篇，古之告示也，今尚可作告示不？《毛诗·郑》《卫》等风，古之淫词媟语也，今人所唱《银柳丝》《挂针儿》之类，可一字相袭不？世道既变，文亦因之，今之不必摹古者也，亦势也。张、左之赋，稍异杨、马，至江淹、庾信诸人，抑又异矣。唐赋最明白简易，至苏子瞻直文耳。然赋体日变，赋心益工，古不可优，后不可劣。若使今日执笔，机轴尤为不同。何也？人事物态，有时而更；乡语方言，有时而易。事今日之事，则亦文今日之文而已矣。

（《袁宏道集笺校》卷十一《解脱集》之四）

雪涛阁集序

袁宏道

文之不能不古而今也，时使之也。妍媸之质，不逐目而逐时。是故草木之无情也，而鞓红、鹤翎，不能不改观于左紫、溪绯。唯识时之士，为能堤其隤而通其所必变。夫古有古之时，今有今之时，袭古人语言之迹，而冒以为古，是处严冬而袭夏之葛者也。

《骚》之不袭《雅》也，《雅》之体穷于怨，不《骚》不足以寄也。后之人有拟而为之者，终不肖也，何也？彼直求《骚》于《骚》之中也。至苏、李述别及《十九》等篇，《骚》之音节体致皆变矣，然不谓之真《骚》不可也。古之为诗者，有泛寄之情，无直书之事；而其为文也，有直书之事，无泛寄之情，故诗虚而文实。晋、唐以后，为诗者有赠别，有叙事；为文者有辨说，有论叙。架空而言，不必有其事与其人，是诗之体已不虚，而文之体已不能实矣。古人之法，顾安可概哉！

夫法因于敝而成于过者也。矫六朝骈丽饤饾之习者，以流丽胜。饤饾者，固流丽之因也，然其过在轻纤。盛唐诸人，以阔大矫之。已阔矣，又因阔而生莽。是故续盛唐者，以情实矫之。已实矣，又因实而生俚。是故续中唐者，以奇僻矫之。然奇则其境必狭，而僻则务为不根以相胜，故诗之道，至晚唐而益小。有宋欧、苏辈出，大变晚习，于物无所不收，于法无所不有，于情无所不畅，于境无所不取，滔滔莽莽，有若江河。今之人徒见宋之不唐法，而不知宋因唐而有法者也。如淡非浓，而浓实因于淡。然其敝至以文为诗，流而为理学，流而为歌诀，流而为偈诵，诗之弊又有不可胜言者矣。

近代文人，始为复古之说以胜之。夫复古是已，然至以剿袭为复古，句比字拟，务为牵合，弃目前之景，摭腐滥之辞，有才者诎于法，而不敢自伸其才；无之者，拾一二浮泛之语，帮凑成诗。智者牵于习，而愚者乐其易，一唱亿和，优人驺子，皆谈雅道。吁，诗至此，抑可羞哉！夫即诗而文之为弊，盖可知矣。

余与进之游吴以来，每会必以诗文相励，务矫今代蹈袭之风。进之才高识远，信腕信口，皆成律度，其言今人之所不能言，与其所不敢言者。或曰："进之文超逸爽朗，言切而旨远，其为一代才人无疑。诗穷新极变，物无遁情，然中或有一二语近平近俚近俳，何也？"余曰："此进之矫枉之作，以为不如是，不足矫浮泛之弊，而阔时人之目也。"然在古亦有之，有以平而传者，如"睫在眼前人不见"之类是也；有以俚而传者，如"一百饶一下，打汝九十九"之类是也；有以俳而传者，如"迫窘诘曲几穷哉”之类是也。古今文人，为诗所困，故逸士辈出，为脱其粘而释其缚。不然，古之才人，何所不足，何至取一二浅易之语，不能自舍，以取世嗤哉？执是以观，进之诗其为大家无疑矣。诗凡若干卷，文凡若干卷，编成，进之自题曰《雪涛阁集》，而石公袁子为之叙。

（《袁宏道集笺校》卷十八《瓶花斋集》之六）

钱谦益论袁宏道

万历中年，王、李之学盛行，黄茅白苇，弥望皆是。文长、義仍，崭然有异，沉痼滋蔓，未克芟薙。中郎以通明之资，学禅于李龙湖，读书论诗，横说竖说，心眼明而胆力放，于是乃昌言击排，大放厥辞。以为“唐自有诗，不必选体也；初、盛、中、晚皆有诗，不必初、盛也；欧、苏、陈、黄各有诗，不必唐也。唐人之诗，无论工不工，第取读之，其色鲜妍，如旦晚脱笔砚者。今人之诗虽工，拾人饤饾，才离笔砚，已成陈言死句矣。唐人千岁而新，今人脱手而旧，岂非流自性灵与出自剽拟者所从来异乎！空同未免为工部奴仆，空同以下皆重儓也”。论吴中之诗，谓先辈之诗，人自为家，不害其为可传。而诋诃庆、历以后，沿袭王、李一家之诗。

中郎之论出，王、李之云雾一扫，天下之文人才士始知疏瀹心灵，搜剔慧性，以荡涤摹拟涂泽之病，其功伟矣。机锋侧出，矫枉过正，于是狂瞽交扇，鄙俚公行，雅故灭裂，风华扫地。竟陵代起，以凄清幽独矫之，而海内之风气复大变。譬之有病于此，邪气结轖，不得不用大承汤下之。然输写太利，元气受伤，则别症生焉。北地、济南，结轖之邪气也；公安，泻下之劫药也；竟陵，传染之别症也。余分闰气，其与几何？庆、历以下，诗道三变，而归于凌夷熸熄，岂细故哉！

（《列朝诗集》丁集十二）

陈子龙 选七首

陈子龙(1608—1647),初名介,字卧子、懋中、人中,号大樽、海士、轶符,入清遁为僧,易姓李,字瓢粟,别号颍川明逸,又号於陵孟公,法名信衷。南直隶松江府华亭(今上海松江)人。先世颍川(今河南禹县)人,宋南渡,徙居华亭,世业农,称素封。父陈所闻(1587—1626)以进士起家,官至工部屯田郎。母韩宜人,在陈子龙五岁时即以暴疾卒。天启六年(1626)补松江府学生员,崇祯三年(1630)乡试中举,崇祯十年(1637)中三甲十七名进士,观政刑部,选授广东惠州府司理,赴任途中因继母唐宜人去世,返家治丧。崇祯十三年(1640)服阕,出任绍兴府司理,次年兼摄诸暨知县,理县颇能。崇祯十七年(1644)初,以招抚东阳许都有功,授兵科给事中。然自觉有负许都,又闻祖母高安人病,故乞身归里。五月二日,京师陷落信至,福王朱由崧监国南京,起原官,六月赴金陵就任,连上三十余疏。因目睹奸佞当道,朝政不修,“念时事必不可为”(《自撰年谱》),于九月请假归里。次年五月,南京失守。闰六月,江南各地抗清义兵云起,陈子龙亦参与其中。初与原两广总督沈犹龙起事,失败,松江城陷,沈犹龙阵亡,好友夏允彝投水死,陈子龙脱身走昆山、金泽、陶庄等地避难。时鲁王朱以海监国于绍兴,授其兵部尚书,节制七省军漕;唐王朱聿键称帝于福州,授以兵部左侍郎、左都御史。会吴易、孙兆奎等屯兵长白荡,与清兵战于汾湖,鲁王封吴易为长兴伯,命陈子龙监临义师。然吴易所部皆轻薄之士,军纪日弛,惟事剽掠,子龙遂不复与之通。清顺治四年(1647)四月,清松江提督吴胜兆密谋起兵反清事泄,参与其事的陈子龙在吴

◎ 陈子龙像

县潭山被捕，被押往南京，五月十三日途经松江跨塘桥，乘守卒不备，投水死，年仅四十岁。陈子龙才大学博，著述宏富，“其学自经、史、百家，无言不窥；其才自骚、赋、诗歌、古文词以下，迨博士业，无不精造而横出”（夏允彝《岳起堂稿序》）。著有诗集《岳起堂稿》《属玉堂集》《平露堂集》《白云草》《湘真阁稿》《焚余草》，文集《安雅堂稿》《兵垣奏议》等，与李雯、宋征舆等人的倡和诗词有《陈李倡和集》《云间三子新诗合稿》《幽兰草》《倡和诗余》及《几社壬申文选》等诗文合集。乾隆年间王昶将陈子龙诗文著述汇编成《陈忠裕公全集》三十卷，由何其伟刊行于嘉庆八年(1803)。合编有《皇明经世文编》五百零四卷、《皇明诗选》十三卷、《农政全书》六十卷等。今有施蛰存、马祖熙标校《陈子龙诗集》(上海古籍出版社，2006 年)等可资参研。

陈子龙“少好奇负气，迈激豪上”（夏允彝《陈李倡和集序》），他在《送勒卣之金陵省试》(七首其二)中说：“念我生平时，弱龄意纵横。婵娟恋文史，时俗羞逢迎。忼慨事君子，大雅方流声。黾勉望寥廓，结交由中诚。”颇有不可一世之意。其时，江南士子以结社为尚，切劘制艺，谈诗论文。天启五年(1625)，陈子龙与同里夏允彝、周立勋、顾开雍、宋征璧、彭宾等人相交。崇祯二年(1629)，杜麟征、夏允彝、周立勋、徐孚远、彭宾、陈子龙六人倡立几社，以复兴绝学相期许，以文章气节相砥砺。崇祯四年(1631)、崇祯七年(1634)，陈子龙两试春官罢归，遂着意古文词，读书南园，诗酒自娱。科场失意使其一度“闭户厌闻天下事”（陈子龙《杂感》四首其一），但在经世之心的驱使下，他不久又燃起“澄清天下属吾等”（陈子龙《计偕之役尚木先行歌以送之》）的慷慨意气。其诗歌创作由青年时期的“浮艳”一变而为中年的“老成”（陈田《明诗纪事》辛签），朱东润在《陈子龙及其时代》中曾以三十岁之前的名士和三十岁之后的志士、战士来概括其一生，这种人生和思想变化的轨迹可以作为其诗风变化原因之一。

作为“殿残明一代诗，当首屈一指”（陈田《明诗纪事》辛签）的关键人物，陈子龙在明末清初诗风转变过程中起着重要作用。面对“万历以还数十年间，文苑有罔两之状，诗人多侏离之音”（陈子龙《仿佛楼诗稿序》）的现状，他接续复古派的旗帜，提倡“文当规模两汉，诗必宗趣开元”，对于“齐梁之赡篇，中晚之新构”，则认为“偶有间出，无妨斐然”，“若晚宋之庸沓，近日之俚秽”则为其坚决反对。（以上均据陈子龙《壬申文选凡例》）他以“感时托讽之心，援古证今之法”（陈子龙《答胡学博》）论诗，从文辞形式和思想内容两个方面入手，追求作品的“晔乎有文”与“思深有情”（陈子龙《佩月堂诗稿序》）。他将儒家政教思想作为诗歌的重要思想内涵，提倡“忧时托志”，认为诗歌应当“导扬盛美，讥刺当时，托物连类”（陈子龙《几社六子诗》），把个人情感与儒家情怀、时代担当交融在一起。同时，他对复古派的弊端亦有清醒认识，认为他们“模拟之功多，而天然之资少，意主博大、差减风逸，气极沉雄，未能深永”（陈子龙《仿佛楼诗稿序》）。

小车行

小车班班黄尘晚，夫为推，妇为挽。出门茫然何所之？青青者榆疗我饥。愿得乐土共哺糜。风吹黄蒿，望见垣堵，中有主人当饲汝。叩门无人室无釜，踯躅空巷泪如雨。

（《陈子龙诗集》卷三）

【导读】

崇祯十年（1637）六月，两畿大旱，山东出现蝗灾。陈子龙得官惠州司理，南下途中目睹饥民流离之状，故有此作。诗歌通过对一对灾民夫妻流浪情景的描写与想象，以白描手法勾勒出一幅流民图，表达了对灾民的深切同情。首三句为诗人所见，后八句则为代言，悬想了这对难民夫妇由希望转而绝望的过程。沈德潜评曰：“写流人情事，恐郑监门亦不能绘。”（《明诗别裁集》卷十）

策勋府行[1]

长安日暮尘蔽天，雕墙绣宇东华边[2]。只疑身在云台上，不尔家与椒房连[3]。胡为非勋复非故，凶阉干纪开旌旃[4]？七年茫茫闭白日，恶名千载随荒烟。忆昔先皇委神辔，一朝从借中常侍。宫中阿父自纵横，海内清流日憔悴。五等重开画戟门，千秋遍视丹书字[5]。一家襁褓尽封侯[6]，三事公卿称下吏[7]。岂独骄矜窃大弓，已怀叵测窥神器[8]。起第连云横道周，征材楚蜀黄金流。司空使者董木石，将作大匠来持筹。隙地能包沁水里，高轩直比望云楼。秦人只识华阳君[9]，汉家不数富平侯[10]。衣冠望尘便先拜[11]，一言叹息缇衣收[12]。真人龙跃乾坤朗，红霞阊阖排神仗。卓脐已照西京城，莽头更悬沧海上[13]。弯弓亲自扫欃枪，铸鼎犹思刊魍魉[14]。事成各拟盟山河，事败犹宽戮支党。此辈至今满天下，朱帘画栋空尘莽。昨朝赐第镇金书，日暮官家易银榜[15]。策勋之府胡为乎？君王有意平□□。爵以上公赏十万，归来朝请宅一区。男儿富贵不足道，何时独身取□□？生平切齿乱贼辈，还君甲第归五湖。

（《陈子龙诗集》卷八）

【注释】

[1] 策勋府：《国榷》卷八十九："（崇祯元年春）命司礼监斥卖魏忠贤田宅，因以赐第请，上曰：'不必估值，俟东西底定，留赐第以待功臣。'榜为'策勋府'。"

[2] 东华：紫金城之东华门。

[3] 椒房：椒房殿，西汉未央宫皇后所居殿名。后遂泛指后妃居室。

[4] 凶阉：指魏忠贤。魏忠贤（1568—1627），河间府肃宁（今河北沧州肃宁县）人。万历中入宫为宦官，私结皇长孙乳母客氏。熹宗即位，任司礼监秉笔太监，寻兼掌东厂。遂与客氏狼狈为奸，专断国政。

[5] "五等"二句：五等，即五等爵位。画戟门，唐时三品以上官员皆列画戟于门，以为仪饰。后泛称显贵之家。《明史·魏忠贤传》载，"忠贤之党遍要津""自内阁、六部至四方总督、巡抚，遍置死党"。

[6] "一家"句：《明史·魏忠贤传》："封从子良栋为东安侯，加良卿太师，鹏翼少师，良栋太子太保。……时鹏翼、良栋皆在襁褓中，未能步行也。"

[7] "三事"句：《诗·小雅·雨无正》："三事大夫，莫肯夙夜。"孔颖达疏："三事大夫为三公耳。"《明史·魏忠贤传》："（忠贤）欲尽杀异己者。……一时罢斥者，吏部尚书赵南星、左都御史高攀龙、吏部侍郎陈于廷及杨涟、左光斗、魏大中等先后数十人，已又逐韩爌及兵部侍郎李邦华。正人去国，纷纷若振槁。"

[8] "已怀"句：《明史·魏忠贤传》："良卿至代天子飨南北郊，祭太庙。于是天下皆疑忠贤窃神器矣。"

[9] 华阳君：芈戎，又称辛戎，楚人，宣太后的同父弟弟。初封华阳，号华阳君。效力于宣太后，与异父兄弟穰侯魏冉（楚人）长期把持秦国朝政。《战国策·秦策三》："范雎曰：'臣居山东，闻齐之内有田单，不闻其王。闻秦之有太后、穰侯、泾阳、华阳、高陵，不闻其有王。'"

[10] 富平侯：《汉书·张汤传》载，汉张汤子张安世封富平侯，传子延寿，延寿传勃，勃传临，临传放，五世袭爵。后誉称朝廷重臣。

[11] "衣冠"句：《明史·魏忠贤传》："岁数出，辄坐文轩，羽幢青盖，四马若飞，铙鼓鸣镝之声，轰隐黄埃中。锦衣玉带靴裤握刀者，夹左右驰，厨传、优伶、百戏、舆隶相随属以数万。百司章奏，

置急足驰白乃下。所过,士大夫遮道拜伏,至呼九千岁,忠贤顾盼未尝及也。”

[12]“一言”句:《明史·魏忠贤传》:“民间偶语,或触忠贤,辄被擒戮,甚至剥皮、刲舌,所杀不可胜数,道路以目。”

[13]“卓脐”二句:“卓脐”即董卓脐。《后汉书·董卓传》:吕布杀董卓,弃尸于市。守尸的官吏用芯子点上火燃其脐,一直燃烧到天亮。后以“董卓脐”等指恶人遭报应。“莽头”即王莽的头颅。《汉书·王莽传》:商人杜吴杀莽,校尉东海公宾就斩莽首,持诣王宪,“李松、邓晔入长安,将军赵萌、申屠建亦至,以王宪得玺绶不辄上,多挟宫女、建天子鼓旗,收斩之。传莽首诣更始,悬宛市,百姓共提击之”。《明史·魏忠贤传》:“(天启)七年秋八月,熹宗崩,信王立。王素稔忠贤恶,深自儆备,其党自危。……于是嘉兴贡生钱嘉徵劾忠贤十大罪……疏上,帝召忠贤,使内侍读之。忠贤大惧,急以重宝啗信邸太监徐应元求解。应元,故忠贤博徒也。帝知之,斥应元。十一月,遂安置忠贤于凤阳,寻命逮治。忠贤行至阜城,闻之,与李朝钦偕缢死。诏磔其尸,悬首河间。”

[14]“铸鼎”句:《明史·庄烈帝本纪》:二年正月命大学士韩爌等“定逆案,自崔呈秀以下凡六等”。

[15]“事成”六句:《明史·魏忠贤传》:“始尽逐忠贤党,东林诸人复进用。诸丽逆案者日夜图报复。其后温体仁、薛国观辈相继柄政,潜倾正人,为翻逆案地。帝亦厌廷臣党比,复委用中珰。”

【导读】

此诗见于崇祯八年(1635)所刊《属玉堂集》。据陈子龙《自撰年谱》记载,天启五年(1625)“奄祸益炽,所屠灭贤士大夫,不可胜数。……居无何,逆奄矫旨逮治周忠介公,吴民愤,奋击缇骑至死。时道路汹汹,以为四方响应,将有汉末讨卓之举。予亦阴结少年数辈,诇伺利便,久之寂然,叹恨而已!则缚刍为人,书奄名射之”。此年陈子龙十八岁,还是个生员。天启七年(1627),“其秋,先皇帝即位,诛逆奄,登贤俊,天下想望太平,予亦有用世之志矣”。崇祯四年(1631),“试春官,罢归。予卷为省中某公所黜,阳羡从闱中上疏,恐多遗才,求少缓时日,令各房互阅,上俞之。予卷遂为文铁庵、倪鸿宝两先生所赏,阳羡欲置异等,已见涂抹太甚,恐为某公所疑,遂止”。崇祯七年(1634),“春,复下第罢归。予既再不得志于春官,不能无少悒悒,归则杜门谢宾客,寡宴饮,专意于学矣”。从射草人到有志举业,再到两次会试均因党同伐异、仇视复社的温体仁而败归,陈子龙的心态经历了由愤愤不平至积极进取,再变为消极失望。这首《策勋府行》便作于此种心态下。首八句总写策勋府豪华及其原主人魏忠贤奸恶;从“忆昔先皇”到“一言叹息”二十句,具体写魏忠贤的种种罪恶,包括排挤迫害正臣、遍植党羽、任用私人、僭越妄为、私建宅邸、耀武扬威、滥杀无辜；从“真人龙跃”到“日暮官家”，写崇祯即位扫除魏阉及其党羽，大快人心，但定逆案及任用温体仁等人又滋生了新的党争，这令诗人十分绝望；“策勋之府”至结尾是议论，点明此诗的主题不仅仅是痛骂魏忠贤，更重要的是借题发挥，对当下的“乱贼”表达了切齿之恨。

杂感四首（选二）

大河南北望，万里入春愁。车马空官渡，风烟满豫州。黄巾连户著，白骨少人收。自古中原地，应烦圣主忧。

兵戈传剑外，消息每差池。已失夔门险，谁言蜀栈危？雪山寒鼓角，玉垒暗旌旗。天子频西顾，元戎实总师。

（《陈子龙诗集》卷十二）

【导读】

此二诗当作于崇祯十三年（1640）。这年诗人服阙，当还朝就选，然却“坚意不出”，在许霞城、孙震等人和祖母高安人以“天下尚可为”“汝家世受国恩，无以我老人故，废报称大义”的敦促下，“遂以三月黾勉北发，然意殊恋恋，无日不回顾也。徘徊淮、泗之间者累日”（陈子龙《自撰年谱》卷上）。此时距明朝灭亡仅有三年多时间，明廷一方面陷入了无法自拔的党争漩涡，另一方面又为各地蜂起的农民起义和辽东兵事所困扰，可谓进退失据，岌岌可危。这组《杂感》便是时代困局的产物。据《明史纪事本末》：“丁亥，河南郏县盗李际遇、申靖邦、任辰、张鼎，众至五万。”《通鉴辑览》：“九月，李自成走郧、均，遂入河南。”又据《通鉴纲目三编》：“崇祯十二年八月，命杨嗣昌都师讨贼。十三年七月，张献忠与罗汝才合，官军败绩于夔州。九月，张献忠陷剑州。”这便是此两首诗所涉及的时事。沈德潜评第二首曰：“此杨嗣昌总师时也。夔门失而蜀不可守矣。丧师辱国，伊谁之咎哉？”（《明诗别裁集》卷十）

重游弇园[1]

放艇春寒岛屿深，弇山花木正萧森。左徒旧宅犹兰圃[2]，中散荒园尚竹林[3]。十二敦槃谁狎主[4]，三千宾客半知音[5]。风流摇落无人继，独立苍茫异代心。

（《陈子龙诗集》卷十四）

◎ 太仓弇山园

【注释】

[1] 弇园：王世贞所筑园庭。《镇洋县志》："弇山园，俗呼王家山，在隆福寺西，尚书王世贞筑。广七十余亩，中矗三峰，曰东弇、中弇、西弇，极亭池花卉之胜。"

[2] 左徒：屈原曾任左徒之职，王世贞官至刑部尚书，此以屈原代指王世贞。

[3] 中散：嵇康曾任中散大夫。

[4] 十二敦槃：古代天子与诸侯会盟时所用的十二件礼器。这里指王世贞主盟文坛的盛况。《明史·王世贞传》："世贞始与李攀龙狎主文盟，攀龙殁，独操柄二十年。才最高，地望最显，声华意气笼盖海内。"

[5] 三千宾客：战国时信陵君和春申君尊贤好客，有门下食客三千。这里指王世贞主文柄，

"七子"之外,有"前五子""后五子""续五子""广五子""四十子"等称,"一时士大夫及山人、词客、衲子、羽流,莫不奔走门下"(《明史·王世贞传》)。

【导读】

此诗作于崇祯十一年(1638)春,时陈子龙守制家居,春游王世贞弇山园有感而作。上一年,他中进士,观政刑部,登白云楼,追忆嘉靖中王、李诸子倡和盛况,将此期间所作诗歌结集为《白云草》。李雯认为陈子龙《白云草》与前此异趣:"向以空淡不足以娱情,故求之于华骋;既以华骋不足以振气,故求之于轻健。然而健之入轻,犹俊鹘之凌利风也,决而逝矣;轻之入华,犹弱絮之堕春波也,悦而溺矣。今卧子之诗,三累而上之,舍华骋而之轻健,舍轻健而至雄脱,譬若山河之起伏,云霞之出没,皆有自然之致,而足以使人目怡心荡,流连而不已。所由来与河朔剑骑之气,江南纨绮之习异矣。"可见,出仕是陈子龙诗风的拐点。这首诗所表达的情感固然有沈德潜所说的"不胜时代之感"(《明诗别裁集》卷十),但更为关键的则是陈子龙对自己能够接续风流、重振文坛的期待。

秋日杂感客吴中作十首(选二)

满目山川极望哀,周原禾黍重徘徊[1]。丹枫锦树三秋丽,白雁黄云万里来[2]。夜雨荆榛连茂苑[3],夕阳麋鹿下胥台[4]。振衣独立要离墓[5],痛哭新亭一举杯[6]。

【注释】

[1]"周原"句:《诗·王风·黍离》序云:"周大夫行至于宗周,过故宗庙宫室,尽为禾黍,闵周室之颠覆,彷徨不忍去而作是诗。"

[2]白雁黄云:白雁,见孔平仲《孔氏谈苑·白雁为霜信》"北方有白雁,似雁而小,色白。秋深至则霜降,河北人谓之霜信"。黄云,边塞之云。

[3]茂苑:长洲苑。故址在今江苏省。

[4]胥台:姑苏台,亦作"姑胥臺",相传为吴王夫差所筑。

[5]要离:春秋时吴国人,刺客,以断臂杀妻苦肉计刺死吴王僚之子庆忌。

[6]新亭:在南京市南,三国吴筑。《世说新语·言语》:"过江诸人,每至美日,辄相邀新亭,藉

卉饮宴。周侯中坐而叹曰:'风景不殊,正自有山河之异。'皆相视流泪。"

双阙三山六代看[1],龙蟠虎踞旧长安。江陵文武牙签尽[2],建业风流玉树残。青盖血飞天日暗,黄旗气掩斗牛寒。翩翩入洛群公在,剩有孤臣泪未干。

(《陈子龙诗集》卷十五)

【注释】

[1] 双阙:古代宫殿、祠庙前两边高台上的楼观。后借指京城。这里指南京。三山:位于南京市西,以有三峰得名。李白《登金陵凤凰台》有"三山半落青天外"句。

[2] "江陵"句:《梁书·元帝本纪》载,侯景之乱后,国都金陵大受破坏,梁元帝即位江陵,他博览群书,下笔成章,著述极多。二年后,西魏攻破江陵,元帝焚毁藏书,临阵督战,见执被杀。魏"乃选百姓男女数万口,分为奴婢,驱入长安,小弱者皆杀之"。这里用来借指南明弘光朝的劫难。

【导读】

陈子龙在鼎革前后写了不少七律组诗,表达了对时事的沉痛感慨,如《都下杂感》四首、《晚秋杂兴》八首及《秋日杂感》十首等。本组诗写于顺治三年(1646)秋,时弘光王朝已经覆灭,诗人参与的几次抗清斗争也均以失败告终,看着抗清志士和友人纷纷成了"荒荒葵井"中的"新鬼"(其二),一种"独怜无力可移山"(其十)的彻底挫败感令他陷入了"阮籍哭时途路尽"(其三)的境地。就是在这种心境下,诗人写下了这十首七律。这里所选为第一首和第八首。第一首奠定了整组诗哀痛和孤独的情感基调。顺治二年(1645)五月,弘光朝覆灭。六月,清兵下苏州。"白雁黄云"即指清兵南下,"夜雨荆榛""夕阳麋鹿"则是以勾践灭吴之古事来寄托对清朝统治的不满。尾联期盼能有要离那样的刺客挽狂澜于既倒,但随即又觉这样的想法无异痴人说梦,因为就连新亭对泣这样结伴哀叹的人都找不到,充其量只能自斟自酌自我哀叹罢了。第八首写弘光小朝廷的覆灭,表达了对君王逃窜被执的悲痛和群臣迎降的愤慨。顺治二年(1645)五月,清兵渡江,南京大震。弘光帝荒宴至夜半,跨马自通济门出走,奔太平投黄得功。清兵追至,总兵田雄劫其以降。忻城伯赵之龙奉表纳款,大学士王铎、礼部尚书钱谦益等文武百官并城内官民迎降。所谓"翩翩入洛"之群公,包括但不限于这些迎降之人,马士英、阮大铖之流虽不在迎降之列,却正是群公之属。

拓展阅读

《佩月堂诗稿》序

陈子龙

宋子梓其诗成，以授予曰："某雅好之，而未知所尚也，子为我论之。"予读之竟而叹曰："思深哉其有情也！晔乎其有文也！《记》有之：'情动于中，故形于声；声成文，谓之音。'"盖古者民间之诗，多出于纴织井臼之余，劳苦怨慕之语，动于情之不容已耳。至其文辞，何其婉丽而隽永也；得非经太史之采，欲以谱之管弦、登之燕享，而有所润饰其间欤？若夫后世之诗，大都出于学士家，宜其易于兼长，而不逮古者，何也？贵意者，率直而抒写，则近于鄙朴；工词者，黾勉而雕绘，则苦于繁缛。盖词非意则无所动荡，而盼倩不生；意非词则无所附丽，而姿制不立。此如形神既离，则一为游气，一为腐材，均不可用。夫三代以后之作者，情莫深于《十九首》，文莫盛于陈思王。今读其《青青河畔草》《燕赵多佳人》，遂为靡丽之始。至《赠白马王彪》《弃妇》、情诗诸作，凄恻之旨，溢于词调矣。故二者不可偏至也。若今之言诗者，体象既变，源流复殊。故情以独至为真，文以范古为美。今子之诗，大而悼感世变，细而驰赏闺襟，莫不措思微茫，俯仰深至，其情真矣。上自汉魏，下讫三唐，斟酌摹拟，皆供麾染，其文合矣。卓然为盛明之一家，何疑焉？

宋子曰："虽然，子必有以进我。"予曰："唯唯。我与若欲以驰艺林之声，雄晚近之内，则庶几乎。若以继风雅、应休明，则其道微矣。取材之雅也，辨体之严也，依声之谐也，连类之广也，托兴之永也，此皆我力之所能为者。若乃荡轶而不失其贞，颓怨而不失其厚，寓意远而比物近，发词浅而蓄旨深，其在志气之间乎？今我与若偶流逸焉，谐慢轻俊则入于淫，淫则弱；偶振发焉，壮健刚激则入于武，武则厉。求其和平而合于大雅，盖其难哉！"宋子曰："如子言，则是有正而无变也。"予曰："不然。和平者，志也；其不能无正变者，时也。夫子野之乐，即古先王之乐也。奏之而雷霆骤作，风雨大至，岂非时为之乎？诗则犹是也。我岂曰有静而无慕也，有褒而无刺也？非然，则左徒何为者，而曰'不淫''不怒'？乃兼之也。"

（《陈忠裕公全集》卷二十五）

朱彝尊论陈子龙

王、李教衰，公安之派浸广，竟陵之焰顿兴，一时好异者，诪张为幻。关中文太青倡坚伪离奇之言，致删改《三百篇》之章句；山阴王季重寄谑浪笑傲之体，几不免绿衣苍鹘之仪容。如帝释既远，修罗药叉，交起搏战，日轮就暝，鹏子鸮母，四野群飞。卧子张以太阴之弓，射以枉矢，腰鼓百面，破尽苍蝇蟋蟀之声，其功不可泯也。观其与李、宋二子选明人诗，自序略云："一篇之收，互为讽咏；一韵之疑，互相推论。揽其色矣，必准绳以观其体；符其格矣，必吟诵以求其音；协其调矣，必渊思以研其旨。于是郊庙之诗肃以雍，朝廷之诗宏以亮，赠答之诗温以远，山薮之诗深以邃，刺讥之诗微以显，哀悼之诗怆以深。使闻其音而知其德，省其辞而推其志。"先生之论诗，知所本矣。

（《静志居诗话》卷二十一）

钱谦益 选二十首

钱谦益(1582—1664),字受之,一字牧斋,自称牧斋老人、牧翁、虞山老民、或称籛后人、聚沙居士,又号蒙叟,绛云老人、敬他老人、聋騃道人、没口居士、东涧遗老,学者称虞山先生。江苏常熟人。祖钱顺时,嘉靖三十八年(1559)进士。父钱世扬,常熟县增广生员,屡试不售,教授生徒。钱谦益于万历三十四年(1606)中乡试,万历三十八年(1610)成探花,授翰林院编修。次年五月丁父忧还乡,闲居十年。泰昌元年(1620)还朝任原职。天启改元(1621)八月,充浙江乡试正考官,落入“科场关节”陷阱。次年事白,以失察夺俸三月。天启三年(1623),告病还乡。天启四年(1624)六月还朝,升左春坊左谕德兼翰林院编修,充经筵日讲官,历詹事府少詹事,纂修《神宗实录》。天启五年(1625),阉党崔呈秀作《东林党人同志录》,以钱氏为党魁,阮大铖《东林点将录》以其为“浪子燕青”,御史陈以瑞上疏弹劾,削籍南还。崇祯元年(1628)七月,应召赴阙,除詹事府詹事,寻转礼部右侍郎兼翰林院侍读学士。十月,会推阁臣,钱氏“虑礼部尚书温体仁、侍郎周延儒并推,则名出己上,谋沮之。嘱其门人给事中瞿式耜言于主推者,摈体仁、延儒,以成基命及谦益等十一人列上”(《清史列传》本传),温、周二人追论典浙江乡试事,钱氏辞曲,奉严旨革职待罪。崇祯二年(1629)二月,阁讼终结,坐杖论赎,还家。崇祯十年(1637),“常熟人张汉儒讦谦益贪肆不法,巡抚张国维、巡按路振飞交章白其冤,乃下刑部逮讯。谦益尝为太监王安作碑文,为司礼曹化淳所知,及狱急,求救于化淳。体仁闻,密奏交结状,化淳时见信任,自请按治,刑毙汉

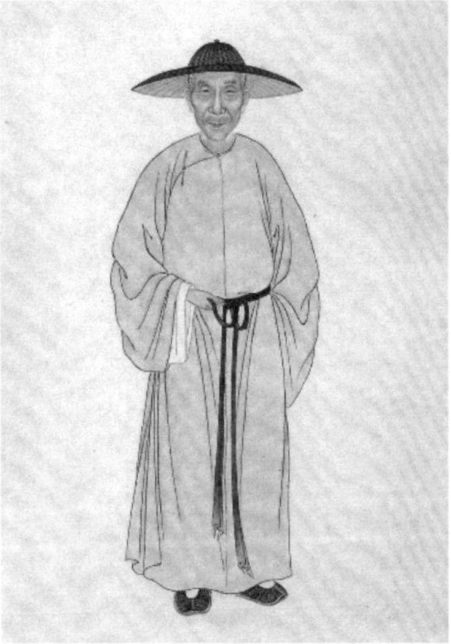

◎ 钱廉益像

儒，且发体仁他罪状，体仁引疾罢，狱乃解。谦益削籍归”(《清史列传》本传)。崇祯十三年(1640)十一月，柳如是访半野堂，相与唱和，流连旬月。崇祯十四年(1641)六月，迎娶柳如是。甲申(1644)国变，钱谦益推戴潞王与马士英不合，福王立后，因惧得死罪而谄事马士英，任礼部尚书。顺治二年(1645)五月，清兵南下，与王铎等人迎降。顺治三年(1646)正月，清廷授以礼部右侍郎，管秘书院事，充修《明史》副总裁。同年六月，引疾乞假。“归遂牵连淄川谢陞案，锒铛北上，传言行贿三十万金得幸免”(邓之诚《清诗纪事初编》卷三)。顺治四年(1647)，江阴黄毓祺起兵海上，钱谦益使柳如是至海上犒师。后因黄毓祺被执，牵连钱氏，讼系南京，至顺治六年(1649)春，狱事解，归里。顺治十六年(1659)夏，郑成功、张煌言北伐，舟师入长江，连下数州县，钱谦益一度欢欣鼓舞。康熙二年(1663)，郑成功卒于台湾，钱谦益也在绝望中步入了人生的最后时刻。康熙三年(1664)五月二十四日病卒，享年八十三岁。

钱谦益之诗文创作，初从前后七子入手，他说“仆年十六七时，已好陵猎为古文，空同、弇山二集澜翻背诵，暗中摸索，能了知某纸，摇笔自喜”(《答山阴徐伯调书》)，后受汤显祖、程嘉燧等人影响，“始知改辕易向”(《复遵王书》)，于文则“覃精研思，刻意学唐宋古文，因以及金元元裕之、虞伯生诸家”(《答山阴徐伯调书》)，于诗则“自初、盛唐及钱、刘、元、白诸家”乃至“剑川、遗山”(《复遵王书》)等均有所取径。“其为诗也，撷江左之秀而不袭其言，并草堂之雄而不师其貌，间出入于中、晚、宋、元之间，而浑融流丽，别具垆锤。”(邹镃《牧斋先生有学集序》)邓之诚谓：“谦益诗，早年局度精整，沧海之后，善能造哀。文闳肆奇恣，经史百家，旁及佛乘，悉供驱使。是以一时推为文宗。”(《清诗纪事初编》卷三)论者以其为“明末清初诗风变局”(袁行云《清人诗集叙录》卷一)。其明代所作结集为《初学集》一百一十卷，为门人瞿式耜刻于崇祯十六年(1643)。入清后的诗文结集为《有学集》五十卷，邹镃刻于康熙三年(1664)。此外尚有《投笔集》二卷、《苦海集》一卷等。今钱曾笺注、钱仲联标校《钱牧斋全集》(上海古籍出版社，2003年)可资参研。

钱谦益论诗，倡“本”主“变”。他说：“古之为诗者有本焉。《国风》之好色，《小雅》之怨诽，《离骚》之疾痛叫呼，结辖于君臣、夫妇、朋友之间，而发作于身世逼侧，时命连蹇之会；梦而噩，病而吟，春歌而溺笑，皆是物也。故曰有本。”(《周元亮赖古堂合刻序》)“有本”之实质即“言志”，他说：“诗不本于言志，非诗也。”(《徐元叹诗序》)“诗言志，志足而情生焉，情萌而气动焉。如土膏之发，如候虫之鸣，欢欣噍杀，纡缓促数，穷于时，迫于境，旁薄曲折而不知其使然者，古今之真诗也。”（《题燕市酒人篇》）其所谓“志”，吸收了公安派所说“性灵”之义，实含情志两方面内容。所谓“变”，即不死守汉魏盛唐之说，而以通变之眼光审视诗史指导创作。他说：“有《三百篇》，则必有楚《骚》；有汉、魏、建安，则必有六朝；有景龙、开元，则必有中、晚及宋、元。而世皆遵守严羽卿、刘辰翁、高廷礼之瞽说，限隔时代，支离格律，如痴蝇穴纸，不见世界。”（《列朝诗集·李攀龙》）他认为“自唐以降，诗家之途辄，总萃于杜氏”，而杜甫之所以为诗坛大家，关键在于“转益多师”：“杜有所以为杜者矣，所谓上薄《风》《雅》，下该沈宋者是也。学杜有所以学者矣，所谓别裁伪体，转益多师者是也。”（《曾房仲诗序》）在“有本”和主变思想下谈论诗文创作，钱谦益总结出灵心、世运、学问三位一体的创作论：“夫诗文之道，萌拆于灵心，蛰启于世运，而茁长于学问，三者相值，如灯之有炷、有油、有火而焰发焉。”（《题杜苍略自评诗文》）灵心是包含了儒家伦理的性情，既与世运密切相关，又是个性之集中体现。世运既是时代环境，亦包括个人境遇。世运作用于灵心尚需以学问运之方能避免俚俗自出手眼。而学问之培养则要舍弃俗学，通过宗经、观史、参子、读集培植深厚纯正之学养（《颐志堂记》）。

钱氏有史才，又有修史之宏愿，鉴于鼎革之际兴废无常，乃“仿元好问《中州》故事，用为正史发端，搜摭考订”（《书徐布政贲诗后》）而成有明一代诗歌总集曰《列朝诗集》八十一卷。入选诗人悉为小传，详于作者经历而略于诗歌评论，于明代诗学流变颇有梳理总结。然因“偏门户，轻视逸民，抨击七子、钟、谭，体无完肤，无复公论”（袁行云《清人诗集叙录》卷一）而每遭人诟病。

王师二十四韵

六月王师捷，东方息鼓鼙。潢池皆赤子[1]，京观即黔黎[2]。割剥缘肌尽，诛求到骨齐。相将持棓梃[3]，只似把锄犁。大将兵符集，中原战马嘶。可怜禽狗鼠，还与僇鲸鲵[4]。兔已无余窟，羊偏畏触羝。侦犹烦地穴，攻亦舞冲梯。贼缚加钩索，师还布蒺藜。堑沟填老弱，竿槊贯婴儿。血并流为谷，尸分踏作溪。残膏腥灶井，枯胔挂棠梨。处处悬人腊[5]，家家占鬼妻。虎饥伥亦泣，人立豕能啼[6]。穴颈同蒿艾，刲肠见草稊。旋风来凛凛，哭鬼去凄凄。虚市稀烟突，乡邻断犬鸡。暗行磷自照，春作胔成泥[7]。兵候天犹惨，荒郊日易低。停车心悄悄，不寐夜栖栖。寇灭欣弹指，奴强恐噬脐[8]。天心留儆戒，人事识端倪。庙算纡筹策，王功费品题。丰碑并崇庙，矗矗夕阳西。

（《牧斋初学集》卷二《还朝诗集》下）

【注释】

[1]“潢池”句：语出《汉书·龚遂传》：“其民困于饥寒而吏不恤，故使陛下赤子盗弄陛下之兵于潢池中耳。”

[2] 京观：为炫耀武功，聚集敌尸，封土而成的高冢。

[3] 棓(bàng)梃：木棒。

[4]“可怜”二句：禽，通“擒”；僇，通“戮”。此二句说朝廷以重兵镇压乱民是小题大做。

[5] 人腊：干枯的尸体。

[6]“人立”句：见《左传·庄公八年》：“齐侯游于姑棼，遂田于贝丘。见大豕，从者曰：‘公子彭生也’。公怒曰：‘彭生敢见。’射之，豕人立而啼。”

[7] 胔(zì)：腐肉。

[8]“奴强”句：奴，指建州军队。噬脐，自噬腹脐，比喻不可及。此句是说官军与建州军队争战恐怕不那么容易。

【导读】

天启四年(1624)，钱谦益以太子谕德兼翰林院编修充经筵日讲官、詹事府少詹事纂修《神宗实录》还朝。北上途中要经过乱军横肆的山东，一路上忐忑不安。可是一进山东地界，就得知乱军已平。后过清流关、磨盘岭，一路行来，对朝廷军队平乱的具体情况有所了解，于是写下了此诗。诗中指出，官军所屠戮的盗贼实际都是不堪压榨铤而走险的赤子，末尾对建州女真的强大表示担心。全诗以客观描写为主，冷静陈述，情感沉郁，揭示了明末官逼民反及百姓无辜被屠的惨烈现实。

群狐行

一狐缢死锁琅珰，一狐缢死悬屋梁。群狐作孽两狐当，公然揶揄立道旁。昔日群狐假狐势，一狐为宰一狐帝。一朝狐败群狐跳，杀狐烹狐即尔曹。两狐就缢皆号咷，狐不生狐乃生枭。狐已死，枭尚肆，捕枭作羹亦容易。群狐群狐莫戏嬉，夜半睒忽雷火至。

（《牧斋初学集》卷四《归田诗集》下）

【导读】

此诗作于天启七年(1627)年底。天启年间，宦官魏忠贤培植党羽，把持朝政。崇祯登基后，以迅雷不及掩耳之势迅速铲除了魏忠贤及其阉党核心人员，朝野上下人心大快。这首诗把阉党比作群狐，以魏忠贤、崔呈秀的倒台预示着阉党末日即将来临。首二句即以两狐比喻魏忠贤、崔呈秀二人，魏忠贤是在赴凤阳途中带锁链自缢的，崔呈秀则是在家中自缢。所谓“狐不生狐乃生枭”，是指崇祯登基，“其党自危，杨所修、杨维垣先攻崔呈秀以尝帝”（《明史・魏忠贤传》），“狐生枭”是比喻阉党人品低劣，为了谋求出路，反戈一击。此时虽尚未定“逆案”，但是诗人满怀信心，相信阉党集团不久将会彻底瓦解。全诗用比，语言通俗，节奏明快，显示了诗人痛快的心情。

昔我年十七

昔我年十七，鼓箧游博士。文章吐陆离，衿带垂旖旎。朝英启夕秀[1]，粲若嫩花蕊。壮盛迫婚宦，忧患自兹始。荏苒四十载，只身攒誉毁。罗网高于天，性命薄于纸。皇天可怜我，如禾秋薿薿[2]。健如犊上树[3]，壮若驹未齿。今年五十六，从头自经纪。余年为再生，故我如已死。判将四十年，捐付东流水。天道周而复，明年十七耳。

（《牧斋初学集》卷十二《霖雨诗集》）

【注释】

[1]“朝英”句：语本陆机《文赋》：“收百世之阙文，采千载之遗韵，谢朝华于夕披，启夕秀于未振。”

[2] 薿(nǐ)薿：茂盛貌。

[3]“健如”句：语本杜甫《百忧集行》：“忆年十五心尚孩，健如黄犊走复来。庭前八月梨枣熟，一日上树能千回。”

【导读】

此诗作于崇祯十年(1637),是一首带有回忆和总结性的感怀诗。崇祯九年(1636),崇祯帝朱由检鉴于国事衰微,号召草茅上言,以听下情。常熟人张景良(后化名张汉儒)与陈履谦罗织钱谦益、瞿式耜罪名,首辅温体仁以此为矢,拟旨立逮钱、瞿下刑部狱。钱谦益于崇祯十年(1637)春启程赴京,至闰四月二十五日下狱,直至崇祯十一年(1638)五月二十四日才得释。他的《若活一百年》描写了在狱中的受罪生活:“三春赴追捕,皇皇丧家狗。入夏禁牢狱,兀兀困械杻。仰屋栖鸡埘,负墙坐土偶。欲行躄其足,欲言喑其口。朝飧棘喉饭,夕饮攒眉酒。忧来频擗胸,悸甚辄捧首。领尝难管腰,卯或不保酉。如此一岁生,可抵一日否?阴狱强过活,鬼趣预消受。岁月良亦多,此岁何必有?六十甲子中,譬如阙丁丑。若活一百年,只算九十九。”本诗亦为狱中所作。经历了多次官场倾轧,在壮志凌云与失意沉沦的悬殊心理状态的反复拉锯中,钱谦益对于崇祯朝的政治失望透顶,也对自己被这种被时事所裹挟的人生感到异常的苦闷。在他看来,“壮盛迫婚宦”是他人生的转折,即由之前的才华艳发、快意人生一变而为“只身攒毁誉”“性命薄于纸”。所以他想以此为人生的新起点,重新回到“朝英启夕秀,粲若嫩花蕊”的美好年代,向那个不堪回首的“故我”告别。

有美一百韵晦日鸳鸯湖舟中作

有美生南国,清芬翰墨传。河东论氏族[1],天上问星躔[2]。汉殿三眠贵[3],吴宫万缕连[4]。星榆长历落,月桂并蹁跹。郁郁昆山畔,青青谷水瑌[5]。托根来净域,移植自芳年。生小为娇女,容华及丽娟[6]。诗哦应口答,书读等身便。缃帙攻《文选》,绨囊贯史编。摛词征绮合,记事见珠联[7]。八代观升降,三唐辨溯沿。尽窥羽陵蠹[8],旁及《诺皋》儇[9]。花草矜芟擷,虫鱼喜注笺[10]。部居分甲乙,雠正杂丹铅。余曲回风后,新妆落月前。兰膏灯烛继[11],翠羽笔床悬。博士惭厨簏[12],儿童愧刻镌[13]。瑶光朝孕碧[14],玉气夜生玄。陇水应连类[15],唐山可及肩[16]。织缣诗自好,捣素赋尤贤。锦上文回复,盘中字蜿蜒[17]。清词常满箧,新制每连篇。芍药翻风艳,芙蓉出水鲜。颂椒良不忝[18],咏树亦何愆[19]?文赋传乡国,词章述祖

◎ 柳如是像

先[20]。采苹新藻丽，种柳旧风烟[21]。字脚元和样[22]，文心乐曲骈。千番云母纸，小幅浣花笺。吟咏朱楼遍，封题赤牍遄[23]。流风殊放诞，彼教异婵娟。度曲穷分刌[24]，当歌妙折旋。吹箫嬴女得，协律李家专。画夺丹青妙，琴知断续弦[25]。细腰宜蹴鞠，弱骨称秋千。天为投壶笑[26]，人从争博癫[27]。修眉纡远翠，薄鬓妥鸣蝉[28]。向月衣方空[29]，当风带旋穿。行尘尝寂寂，屐齿自姗姗。舞袖嫌缨拂[30]，弓鞋笑足缠。盈盈还妒影，的的会移妍[31]。妙丽倾城国，尘埃落市廛。真堪陈甲帐[32]，还拟画甘泉[33]。杨柳嗟扳折，蘼芜惜弃捐[34]。西家殊婉约，北里正喧阗。豪贵争除道，儿郎学坠鞭[35]。迎车千锦帐[36]，输面一金钱。勾践献西施于吴王，夫差幸之。每入市，人愿见者，先输金钱一文。见孙奭《孟子疏》。百两门阑咽[37]，三刀梦寐膻[38]。苏堤浑倒踏，黟水欲平填[39]。皎洁火中玉[40]，芬芳泥里莲。闭门如入道，沉醉欲逃禅。未许千金买，何当一笑嫣？钉心从作恶[41]，唾面可除痏[42]。蜂蝶行随绕[43]，金珠却载还。勒名雕琬琰[44]，换骨饮珉瑶[45]。枉自求蒲苇[46]，徒劳卜筳篿[47]。轩车闻至止，杂佩意茫然[48]。错莫翻如许，追陪果有焉。初疑渡河驾，复似泛湖船。榜枻歌心说，中流笑语媊[49]。江渊风飒沓，洛浦水潺湲。《疏影》新词丽[50]，忘忧别馆偏[51]。华筵开玳瑁，绮席艳神仙。银烛光三五，金尊价十千。蜡花催兔育，鼍鼓促乌迁[52]。法曲烦声奏，哀筝促柱宣。步摇窥宋玉，条脱赠羊权[53]。点笔余香粉，翻书杂翠钿。绿窗和月掩，红烛带花搴。菡萏欢初合，皋苏痗已蠲[54]。凝明嗔亦好[55]，溶漾坐堪怜[56]。薄病如中酒，轻寒未折绵。清愁长约略，微笑与迁延。茗火闲房活，炉香小院全。日高慵未起，月出皎难眠。授色偏含睇，藏阄互握拳。扉围灯焰直，坐促笑声圆。朔气除帘箔，流光度毳毡[57]。相将行乐地，共趁讨春天[58]。未索梅花笑，徒闻火树燃。半塘春漠漠，西寺草芊芊。南浦魂何黯？东山约已坚。自应随李白，敢拟伴伶玄[59]。密意容挑卓[60]，微词托感甄[61]。杨枝今婉娈[62]，桃叶昔因缘[63]。灞岸偏萦别，章台易惹颠。娉婷临广陌，婀娜点晴川。眉怃谁堪画[64]？腰纤孰与擩[65]？藏鸦休庵蔼[66]，拂马莫缠绵。絮怕粘泥重，花忧放雪蔫。芳尘和药减，春病共愁煎。目逆归巢燕，心伤叫树鹃[67]。惜衣莺睍睆[68]，护粉蝶翩翾[69]。携手期弦望[70]，沉吟念陌阡。暂游非契阔，小别正流连。即席留诗苦，当杯出涕泫。茸城车辆辘，鸳浦櫂夤缘。去水回香篆，归帆激矢弦。寄忧分悄悄，赠泪裹涟涟。迎汝双安桨，愁予独扣舷。从今吴榜梦[71]，昔昔在君边。

（《牧斋初学集》卷十八《东山诗集》一）

【注释】

[1]“河东”句：山西境内黄河以东地区为河东。柳姓世居河东。

[2]星躔(chán)：星宿的位置、次序。此处指柳宿。

[3]汉殿三眠：指汉代宫苑中的柽柳。《岁华纪丽》：“柳三眠而盘地。”注曰：“汉武苑中瑞柳，一日三起三眠。”

[4]“吴宫”句：语出牛峤《杨柳枝》：“吴王宫里色偏深，一簇纤条万缕金。”

[5]“青青”句：谷水是松江的别称。堧(ruán)，城下或水边地。

[6]丽娟：汉武帝所宠爱的宫女名。

[7]“记事”句：谓柳如是记忆力好。《开元天宝遗事》载，张说曾得一绀色珠，有忘记之事，只要持弄此珠，便能记起。

[8]羽陵蠹：羽陵，又作羽林，地名。《穆天子传》：“天子东游，次于雀梁，(暴)蠹书于羽林。”

[9]《诺皋》：段成式《酉阳杂俎》有《诺皋记》，专记鬼神怪异之事。儇(xuān)：聪慧敏捷。

[10]“花草”二句：花草指《花间集》和《草堂诗余》。芟撷，芟除采撷。虫鱼，笺注。

[11]兰膏：泽兰炼成的油，可点灯。

[12]“博士”句：《南齐书·陆澄传》云，陆澄为国子监博士，王俭自谓博闻，读书过澄。“俭集学士何宪等盛自商略。澄待俭语毕，然后谈所遗漏数百千条，皆俭所未睹。俭乃叹服。……王俭戏称之曰：‘陆公，书厨也。’”

[13]“儿童”句：扬雄《法言·吾子》：“或问吾子少而好赋。曰：然。童子雕虫篆刻。俄而曰：壮夫不为也。”

[14]瑶光：北斗七星的第七星。

[15]陇水：秦嘉《赠妇诗序》：“(嘉)陇西人也，为郡上掾。其妻徐淑，寝疾还家，不获面别，赠诗云尔。”

[16]唐山：指汉高祖唐山夫人，曾作《房中祠乐》。

[17]“锦上”二句：锦上，用晋窦滔妻苏惠织锦为回文旋图诗赠滔事。盘中，用苏伯玉妻盘中诗典。诗写于盘中，从中央到四周盘旋回转，屈曲成文。

[18]颂椒：《晋书·列女传》载，刘臻妻陈氏尝在正月初一献《椒花颂》。

[19]咏树：据《天中记》引《郡阁雅谈》载，薛涛八九岁知声律，其父坐亭中，指井桐赋诗令其续之，应声曰：“枝迎南北鸟，叶送往来风。”

［20］述祖先：《汉书·外戚传》："（班）婕妤退处东宫，作赋自伤悼，其辞曰：'承祖考之遗德兮，何性命之淑灵。'"这是说柳如是继承了柳宗元的文采。

［21］"采苹"二句：柳宗元《酬曹侍御过象县见寄》："春风无限潇湘意，欲采苹花不自由。"《种柳戏题》："柳州柳刺史，种柳柳江边。"这两句是说柳如是的家学渊源。

［22］"字脚"句：柳宗元《酬家鸡之赠》"柳家新样元和脚"，韩醇曰："指柳公权也。公权在元和间书有名。"

［23］"封题"句：封题，指在书札的封口上签押。遄（chuán），疾速。

［24］分刌（cǔn）：划分、分切。

［25］"琴知"句：据《白氏六帖事类集》"蔡琰闻弦绝"注，蔡邕夜弹琴弦断，其女蔡琰六岁，说第一根弦断。蔡邕故意又断一弦，复问，说第四弦。蔡邕说："偶中耳。"蔡文姬说："昔季札观风，知四国兴衰；师旷吹律，知南风不竞。由是言之，何得不知也。"

［26］"天为"句：《神异经》曰："东荒山中有大石室，东王公居焉。……恒与一玉女投壶。每投千二百矫，设有入不出者，天为之嘘。"

［27］"人从"句：说人们都喜欢与柳如是游戏。

［28］"薄鬓"句：崔豹《古今注》："魏文帝宫人有绝所宠者，有莫琼树、薛夜来、陈尚衣、段巧笑四人，日夕在侧。琼树乃制蝉鬓，缥缈如蝉翼，故曰蝉鬓。"

［29］"向月"句：《后汉书·肃宗孝章帝纪》载，建初二年四月，"癸巳，诏齐相省冰纨、方空縠，吹纶絮"。注云："《释名》曰：縠，纱也。方空者，纱薄如空也。或曰：空，孔也。即今之方目纱也。"

［30］"舞袖"句：王嘉《拾遗记》卷四："（燕昭王）登崇霞之台，乃召二人（旋娟、提谟）来侧，时香风歘起，二人徘徊翔转，殆不自支。王以缨缕拂之，二人皆舞，容冶妖丽。"

［31］的的：明白昭著。沈约《六忆诗》："忆来时，的的上阶墀。"

［32］甲帐：《汉武故事》："上以琉璃珠玉、明月夜光杂错天下珍宝为甲帐，其次为乙帐。甲以居神，乙以自居。"

［33］"还拟"句：《汉书·外戚传》："孝武李夫人，本以倡进。……少而蚤卒，上怜悯焉，图画其形于甘泉宫。"

［34］"杨柳"二句：说柳如是沦落风尘，经历了很多痛苦。柳如是本姓杨，易姓柳。蘼芜，《古诗·上山采蘼芜》用之，后用来指弃妇。柳如是曾为吴江周道登媵妾，因姬妾嫉妒蜚语中伤，被逐出。后与华亭陈子龙相恋同居，又因陈子龙家庭不能容纳，被迫分手。

［35］坠鞭：《李娃传》："（荥阳生）将访友于西南，至鸣珂曲，……有娃方凭一双鬟青衣立，妖姿要妙，绝代未有。生忽见之，不觉停骖，久之，徘徊不能去。乃诈坠鞭于地，候其从者敕取之，累眄于娃，娃回眸凝睇，情甚相慕，竟不敢措辞而去。"

［36］"迎车"句：赵璘《因话录》："睦州刺史柳齐物，少而俊迈，家富于财，因调集至京师。有名娼娇陈如者，姿艺俱美，为士子所奔走。睦州君诣之，悦焉。娇陈如云：'第下锦帐二十里，即奉事终身。'本易其言戏之耳，翌日遂如数载锦帐以行。娇陈如惊且赏其奇特，竟纳入柳氏之家，执仆

媵之礼，为中表所推。”

[37]“百两”句：此言拜见柳如是之礼甚盛。《诗经·召南·雀巢》：“之子于归，百两御之。”门阑，门框。咽，充塞。

[38]“三刀”句：是说很多名流豪俊都想结交柳如是。范摅《云溪友议》卷下《艳阳词》：“安人元相国（稹）……闻西蜀乐藉有薛涛者，能篇咏，饶词辩，……以诗寄曰：‘锦江滑腻峨嵋秀，化出文君及薛涛。言语巧偷鹦鹉舌，文章分得凤凰毛。纷纷词客皆停笔，个个君侯欲梦刀。别后相思隔烟水，菖蒲花发五云高。’”《晋书·王濬传》：“濬夜梦悬三刀于卧屋梁上，须臾又益一刀。濬惊觉，意甚恶之。主簿李毅再拜贺曰：‘三刀为州字。又益一者，明府其临益州乎？’及贼张弘杀益州刺史皇甫晏，果迁濬为益州刺史。”

[39]“苏堤”二句：是说柳如是与陈子龙分手后曾暂居于西湖汪然明别墅，吸引了很多豪贵奔往西湖。汪然明为了保护柳如是，用了很多心力。倒踏，形容很多豪贵争奔西湖，苏堤几被踏倒。黟水，在徽州府境内。汪然明是徽州府新安人，这里用黟水指代汪然明。平填，平息，摆平。

[40]火中玉：《淮南子·俶真训》曰：“钟山之玉，炊以炉炭，三日三夜而色泽不变，则至德天地之精也。”

[41]“钉心”句：《晋书·顾恺之传》：“（顾恺之）尝悦一邻女，挑之弗从，乃图其形于壁，以棘针钉其心，女遂患心痛。恺之因致其情，女从之，遂密去针而愈。”

[42]“唾面”句：《水经注》卷十九载，“《三秦记》曰：丽山西北有温水，祭则得入，不祭则烂人肉。俗云：始皇与神女游而忤其旨，神女唾之生疮。始皇谢之，神女为出温水。后人因以浇洗疮”。《幽明录》曰：“汉武帝在甘泉宫，有玉女降，常与帝围棋相娱。女风姿端正，帝密悦，乃欲逼之。女因唾帝面而去，遂病疮经年。”痟（yuān），疲劳、酸痛。

[43]“蜂蝶”句：《开元天宝遗事》卷上《蜂蝶相随》：“都中名姬楚莲香者，国色无双，时贵门子弟争相诣之。莲香每出处之间，则蜂蝶相随，盖慕其香也。”

[44]“勒名”句：沈约《竹书纪年注》卷上：“癸命扁伐山民，山民女于桀二人，曰琬曰琰。后爱二人，女无子焉，斫其名于苕华之玉，苕是琬，华是琰。”

[45]“换骨”句：《五色线》：“王可交棹渔舟入江，遇一彩舫，有道士七人，……面前各有青玉盘酒器，呼可交上舫，命与酒吃。侍者泻酒于尊，酒再三不出，道士曰：‘酒灵物，若得入口，当换其骨，泻之不出，亦命也。’一人曰：‘与栗出。’俄取二栗与之，其栗青赤，光如枣，长二寸许，啮之有皮，非人间之栗，肉脆而甘。可交食栗之后，绝谷，动静若有神助。”瑌珉（ruǎnmín），似玉的美石。

[46]蒲苇：《孔雀东南飞》有言，“君当作磐石，妾当作蒲苇”。

[47]筳篿（tíngzhuān）：古楚地人占卜的一种方法。

[48]“轩车”二句：说柳如是初访半野堂。轩车，本指士大夫的车。此处指柳如是的到来。

[49]婘（quán）：美好。

［50］“疏影”句：钱谦益弟子何云曾作《疏影·咏梅·上牧翁》词，陆敕先云：“此词实为河东君而作，诗当指此也。”

［51］“忘忧”句：葛洪《西京杂记》卷四：“梁孝王游于忘忧之馆，集诸游士，各使为赋，枚乘为《柳赋》。”作者以我闻室为忘忧馆。

［52］“蜡花”二句：描写文酒之筵通宵达旦。兔育，指月亮升起。乌迁，太阳升起。古代神话传说太阳中有三足乌，因以乌代指太阳。

［53］“步摇”二句：说柳如是钟情于己。步摇和条脱都是古代女性的饰物。步摇是附在簪钗上的首饰，条脱是臂饰。前一句用宋玉《登徒子好色赋》故事，说东家之女登墙窥己三年，至今未许。后一句用陶弘景《真诰》卷一《愕绿华诗》：“（羊权）赠诗一篇，并致火澣布手巾一枚，金玉条脱各一枚。条脱似指环而大，异常精好。”

［54］“皋苏”句：说柳如是病体稍好。皋苏，木名。相传木汁味甜，食之不饥，可以释劳。痗（mèi），忧思成病。蠲（juān），去除，清洁。

［55］凝明：凝神，凝目。

［56］溶漾：波光浮动貌。柳如是乘舟访半野堂，钱柳二人在舟中相会，故有此句。

［57］“扉闺”四句：写庚辰除夕守岁情景。

［58］“共趁”句：指崇祯十四年（1641）元日订游春探梅之约。

［59］“敢拟”句：说自己不敢和伶玄相比。伶玄，东汉人，曾作《飞燕外传》，自序云：“伶玄，字子于，潞水人。学无不通，知音善属文，简率尚真朴。……哀帝时，子于老休，买妾樊通德……有才色，知书，慕司马迁《史记》，颇能言赵飞燕姊弟故事。”

［60］“密意”句：用司马相如卓文君故事，写钱柳情投意合。

［61］“微词”句：抒写自己对柳如是的爱意。相传曹植感曹丕甄后，作《感甄赋》，至曹叡讳其事，改为《洛神赋》。

［62］杨枝：白居易妾樊素，因善唱《杨柳枝》得名。

［63］桃叶：王献之妾。

［64］怃：情绪黯然。

［65］擩（rǔ）：抓取。这里有搂之意。

［66］藏鸦：比喻枝叶繁茂。庵霭：茂密貌；云气弥漫貌。

［67］“目逆”二句：说自己与柳如是别后对柳的思念盼望。归巢燕、叫树鹃，都是表达希望柳如是归来之意。

［68］晛睆（xiànhuǎn）：美好貌。

［69］翩翾（xuān）：轻飞貌。

［70］弦望：弦，指半月。望，满月。

［71］吴榜：屈原《涉江》载，“齐吴榜以击汰”。王逸注：“自伤去朝堂之上，而入湖泽之中也。”

【导读】

崇祯十三年(1640)仲冬，柳如是以男装至常熟拜访钱谦益，有《半野堂初赠作》，开启了钱柳姻缘的序幕。此年柳如是二十三岁，钱谦益五十九岁。柳如是过访半野堂后，钱谦益以十数日之工，于十二月二日筑成我闻室，招待柳如是。是年春节，两人在我闻室守岁。崇祯十四年(1641)正月初一，订春游探梅之约，第二天便出行，在拂水山庄小住十余日后，于正月十五载酒携灯至苏州西山探梅。盘桓数日后，两人到达嘉兴。二月，柳如是要返回松江，钱谦益送柳如是到松江，柳如是又复送钱谦益到嘉兴鸳鸯湖，二十九日钱柳于鸳湖分别。柳如是作《鸳湖舟中送牧翁之新安》诗，钱谦益则写了这首《有美一百韵》。钱柳姻缘是晚明名士与名妓结合的典范，“女侠名姝，文宗国士”(陈寅恪语)，悬殊的年龄差距抵挡不住两人相互敬慕、互生情愫并最终永结秦晋。此诗前半部分就柳如是之来历、学问、才艺、性情、外貌、经历等极尽铺陈之能事。从“轩车闻至止”开始，则叙写钱柳二人恋爱、同居、游春之情事，表达了自己的爱慕之情与迎娶决心之坚定。“目逆归巢燕”以下，抒写离别之不舍。此诗用契合柳如是姓氏、学问、才情、身份等的典故来描写柳如是，铺张扬厉，信手拈来，文采宏赡，语言庄雅，陈寅恪评为“排比铺张，波澜壮阔，而又能体物写情，曲尽其妙”(《柳如是别传》第四章)，堪称古代爱情诗中的名篇。全诗虽以排比铺陈为能事，但以“托根来净域，移植自芳年”“流风殊放诞，彼教异婵娟”“皎洁火中玉，芬芳泥里莲”“南浦魂何黯？东山约已坚”等句串连起钱谦益由欣赏至决意迎娶的情感线索。

哭稼轩留守相公诗一百十韵

师弟恩三纪[1]，君臣谊百年。哀音腾粤地[2]，老泪洒吴天。杀气南条急[3]，妖氛北户缠[4]。行宫逾越峤[5]，留守限灵川[6]。已下叙失守殉难之事。仓卒闻风溃，逡巡厝火然[7]。操戈乘内间，解甲起中权[8]。卷土心仍壮，凭城誓益坚[9]。喧呼齐辫发，奋击祇张拳[10]。刀锯徒为尔，冠裳正俨然。归元髯上磔[11]，嚼齿爪中穿[12]。苟偃含犹视[13]，张巡起欲旋[14]。扬扬神不乱，琅琅语争传。徒抱衔须痛[15]，谁能咕血怜[16]？已下叙讣闻为位之事。伤心寝门外[17]，为位佛灯前[18]。一恸营魂远，三号涕泗涟。修门归漠漠[19]，故国望姗姗。《虞殡》歌休矣，巫阳筮与焉[20]。吴羹凄象设[21]，楚些怆蝉联。魂复新遗矢[22]，神栖旧坐毡[23]。灵衣风肃肃，幽啸雨溅溅。清夜前除酒[24]，明灯近局筵[25]。逢迎伤剪纸[26]，送别忍烧船[27]。黄鸟身其百，青龙岁半千[28]。四游余渺莽[29]，八翼罢腾骞[30]。飞铁兵轮重[31]，为铜物冶全[32]。庚寅征揽揆[33]，辛卯应灾躔[34]。君生于庚寅甲子，一周而终，故引庚寅以降之词。其闻讣，辛卯夏也，故引朔日辛卯之诗，皆假借使之也。剑去梧宫冷，刀投桂水煎[35]。训狐宵叫啸[36]，婴蜺昼连蜷[37]。斗涧龙伤血[38]，崩崖蜃吐涎。是夏虞山有出蜃之异。〇已下叙其戊辰后归田燕游之事。拊心看迸裂[39]，弹指省轰阗[40]。攀附龙门迥[41]，追陪鹤盖连[42]。园林归绿水，屋宇带红泉。一饭常留客，千金不问田。以忙消块垒，及暇领芳妍。日落邀宾从，舟移沸管弦。丹青搜白石[43]，杖履撰松圆[44]。君好藏白石翁画，于程丈孟阳有师资之敬。〇已下叙其少壮授经之事。齿马成吾老，童乌忆汝贤[45]。《兔园》温句读，蛾子学丹铅[46]。枕膝应传喜[47]，登楼独许玄[48]。已下叙其登朝贬谪及牵连下狱之事。青春凭騕袅，白首托夔蚿[49]。桃李西江宰，梧桐左掖员[50]。裂麻心胆赤[51]，恤纬鬓毛宣[52]。北寺偕书狱[53]，西曹互橐饘[54]。朱游和药切[55]，黄霸授经专[56]。已下叙甲申丧乱之事。铜马神州沸，金鸡密网蠲[57]。甘陵录牒寝[58]，元祐党碑镌。北阙惊传火，东郊狎控弦[59]。帝车俄运转，天步久迍邅[60]。余与君以甲申三月初十日同日赐还，邸报遂失传。鳌足倾三极，龙湖断八埏[61]。关山留北顾[62]，宗祐寄南迁[63]。已下叙乙酉岁开府广西遇乱拥立之事。江左朝廷小，交南节钺偏[64]。风云天路逼，翼戴本支绵[65]。宗泽回銮表，刘琨劝进笺[66]。岭边求日月，规外别坤乾[67]。翼轸开营壁[68]，湘漓抵涧瀍[69]。只身支浩劫，赤手捧虞渊[70]。插羽钩庸蜀[71]，分茅饵益滇[72]。黄农罗种落[73]，邕桂簇戈鋋[74]。青犊乌仍合，红巾蚁并缘[75]。反王收魏豹[76]，别将置梅鋗[77]。白象扶丹毂[78]，乌蛮曳彩旃[79]。庐儿宿卫直[80]，厮养彻侯骈[81]。书诏行营里，除官御览先[82]。两宫汤药使，中禁洗儿钱[83]。已下重叙庚寅冬失守殉难之事。一旅基将肇，三分业未竣[84]。连鸡昏蚌蛤[85]，唖虎玩蝇蜒[86]。画地翔河鸟，婴城坠纸鸢[87]。执冰嘻狒狒[88]，投缒引蠕蠕[89]。履善穷江表[90]，庭芝殉海䗖[91]。誓言申决绝，望拜告精虔。目裂光如炬，胃藏血化殷[92]。花缦旁面哭，藤帽枕尸还[93]。青草迎飞旐[94]，黄茅拥过辒[95]。虚祠包箬饭[96]，峒祭卜筵篿[97]。故垅虞山似，桂林亦有虞山。新愁桂岭牵。用张平子《四愁》桂林之语。丹心石路折，皓魄火云鲜。尽说南朝李，何惭东海田[98]。铸金身故在[99]，刻木首非陨[100]。烈烈羞祈死，淹淹笑祝延[101]。已下重言杂序，仿《天问》《大招》之意。葭灰阳解驳[102]，火井焰浮烟[103]。错莫嘶泥马[104]，分明叫杜鹃。朔方唐故事[105]，纶邑夏前编[106]。

率土诚延伫，敷天忍弃捐。云旗翻毕口[107]，星矢直狼肩[108]。壁垒分行阵，雷风合弭鞭[109]。白山崖倒侧[110]，黑水浪平填。鹑尾南回越，旄头北扫燕[111]。誓师三后所[112]，饮御五车边[113]。改葬新班剑[114]，舆尸故马鞯[115]。羽林分绂绶[116]，麟阁列貂蝉[117]。画壁雕戈动[118]，祠堂兕甲县[119]。传芭歌沓沓[120]，荐荔鼓鼘鼘[121]。宿列还箕尾[122]，其先人学宪公名字，皆取象传说星也。星祠配女媊[123]。其夫人先殁于桂。五陵齐剪棘[124]，双庙并加笾[125]。督师侍郎张公同敞，故太师江陵文忠之孙，以门荫起家，抗骂不屈，同日被害。〇已下结叙哀挽伤悼之词。后死身余几？先生腹尚便[126]。不成升屋哭[127]，弥想对床眠[128]。单子留形影，凄凉度陌阡。鸡窗言彷佛，蛛匣字蜿蜒[129]。西第花犹发，东皋草欲芊[130]。经过光景眩，识路梦魂颠。太息看梁栋，沉吟仰屋椽。移山谁负畚？蹈海可乘艑[131]。守器纡奔问[132]，余皇肆溯沿[133]。祝余双泪涸[134]，将伯寸心痯[135]。长夜歌将阕，穷尘恨始湔[136]。荡阴三士咏[137]，蜀国八公篇[138]。乡梦凭温序[139]，哀词属马汧[140]。降神天意远，养士国恩绵。汗竹新书史，浇花近扫阡。明明老眼在，拭目向空玄。

（《牧斋有学集》卷四《绛云余烬诗》）

【注释】

[1] 纪：古代纪年单位，十二年为一纪。

[2] 粤地：指广西。

[3] 南条：指湖北的江陵、当阳一带。

[4] 北户：《尔雅·释地》："觚竹、北户、西王母、日下，谓之四荒。"此处指西南地区。

[5] 越峤：南越的山岭。

[6] 限：大限，死期。灵川：《大明一统志》："灵川县，在府城（桂林）西北五十二里。"

[7] "仓卒"二句：写顺治七年十一月事。此月，清军入严关，驻扎在溶江的杨国栋、马养麟未见敌而奔。瞿式耜命赵印选守御，但其已先期逃去。疲民溃卒，鼠窜兽散。厝火，即厝火积薪，把火放到柴堆下面。

[8] 解甲：脱去盔甲，指无战斗力。中权：指朝廷的中枢。

[9] "凭城"句：说瞿式耜决心与桂林城同存亡。

[10] "喧呼"二句：清军呼喊着要瞿式耜投降，瞿式耜空拳守战。

[11] 归元：送回头颅。髯上磔：胡须竖立。

[12] 爪中穿：《晋书·卞壶传》："其后盗发壶墓，尸僵，鬓发苍白，面如生，两手悉拳，爪甲穿达手背。"

[13] 荀偃：春秋晋国人。据《左传·襄公十九年》记载，荀偃曾从晋悼公伐齐，病卒。死后双

目不闭，不能含玉，直到栾怀子发誓伐齐，才瞑目受含。

[14] 张巡：唐代邓州南阳人。安史之乱中，与许远同守睢阳，坚守数月，城陷，不屈死。事见韩愈《张中丞传后序》。

[15] 衔须痛：《后汉书·温序传》："(序)为隗嚣别将苟宇所拘劫……序素有气力，大怒叱宇等曰：'虏何敢迫胁汉将。'因以节楇杀数人，贼众争欲杀之。宇止之曰：'此义士死节，可赐以剑。'序受剑，衔须于口，顾左右曰：'既为贼所迫，杀无令须污土。'遂伏剑而死。"

[16] 咶(shì)血：舔血。

[17] 寝门：内室门。《仪礼·士丧礼》："君使人吊，彻帷；主人迎于寝门外，见宾不哭。"

[18] 为位：设立牌位。

[19] 修门：战国时楚国都城郢城南关三门之一。宋玉《招魂》："魂兮归来，入修门些。"

[20]《虞殡》：挽歌名。巫阳：古代巫师名。

[21] 吴羹：吴地之羹。宋玉《招魂》："和酸若苦，陈吴羹些。"象设：像设。依式构造。《招魂》："像设君室，静闲安些。"

[22] 遗矢：死者遗箭。《礼记·檀弓》载，鲁僖公二十二年秋，邾娄战于升陉。虽胜，死伤惨重，无衣为死者招魂，故用矢招之，以示志在胜敌。

[23] 坐毡：《晋书·王献之传》："(献之)夜卧斋中，而有偷人入其室，盗物都尽。献之徐曰：'偷儿，青毡我家旧物，可特置之。'群偷惊走。"后以青毡作为士人故家旧物的代称。

[24] "清夜"句：杜甫《送孔巢父谢病归游江东兼呈李白》有"清夜置酒临前除"之句。前除，屋前台阶。

[25] 近局：近邻；关系密切的亲朋。

[26] 剪纸：用钱形剪纸为亡者招魂。杜甫《彭衙行》有"剪纸招我魂"句。

[27] 烧船：祭奠死人用的纸船。

[28] "黄鸟"二句："黄鸟身其百"，《诗经·黄鸟》哀悼殉葬秦穆公的子车氏三子。说奄息为"百夫之特"，仲行为"百夫之防"，针虎为"百夫之御"。说三人都是上百人才可匹敌的英雄才俊。此处是称赞瞿式耜的才能。青龙，星名，即太岁。"青龙岁半千"是说瞿式耜是五百年才会出现的人才。

[29] 四游：一年四季。

[30] 八翼：《晋书·陶侃传》："侃少时……又梦生八翼，飞而上天。见天门九重，已登其八，唯一门不得入，阍者以杖击之，因坠地，折其左翼。"

[31] "飞铁"句：说兵燹丛生，遍地杀气。飞铁，飞舞的铁屑。兵轮，战车的轮子，用以指代战争的惨烈。

[32] "为铜"句：贾谊《鹏鸟赋》："天地为炉兮，造化为工。阴阳为碳兮，万物为铜。"这里形容社会大动荡，一切秩序都待重新安排。

[33] "庚寅"句：说瞿式耜的出身。

［34］“辛卯”句：说瞿式耜的死讯。瞿式耜死于顺治七年(1650)，但死讯传到常熟，已是顺治八年(1651)。灾躔，灾星的预告。

［35］“剑去”二句：把瞿式耜比作永历朝的利剑和宝刀，他的死难使永历朝受到了致命的打击。剑去，赵晔《吴越春秋·阖闾内传》：“湛卢之剑，恶阖闾之无道也，乃去而出，水行如楚。楚昭王卧而寤，得吴王湛卢之剑于床。”刀投，《古今刀剑录》：“关羽为先主所重，不惜身命，自采都山铁为二刀，铭曰万人。及羽败，羽惜刀，投之水中。”桂水，《水经注》卷三十九：“桂水出桂阳县北界山。……应劭曰：桂水出桂阳东北，入湘。”

［36］训狐：恶鸟。又名鸺鹠、鸺鹠。韩愈《射训狐》：“有鸟夜飞名训狐，矜凶挟狡夸自呼。”

［37］婴蜺：虹霓和茀气相互缠绕，是不祥的预兆。婴，缠绕。蜺，屈原《天问》曰：“白蜺婴茀。”王逸注：“蜺，云之有色似龙者也。茀，白云逶移若蛇者也。言此有蜺茀气逶移相婴。”

［38］“斗涧”句：常熟虞山也有不祥之兆。朱长文《吴郡图经续记》：“破山有龙斗涧，唐贞观中，妪生白龙，与一龙斗于此而成此涧。”

［39］迸裂：指崇祯朝党争。

［40］轰阗：哄闹。仍指党争。

［41］“攀附”句：说瞿式耜追随东林党。龙门，比喻有声望的人。此处指东林党，也是自指。

［42］“追陪”句：说瞿式耜与自己一起被罢官回里。鹤盖，车盖。

［43］白石：沈周号白石翁。

［44］“杖履”句：说瞿式耜以师礼待程嘉燧。杖履，撰杖捧履的省称，谓侍奉长者、师者之礼。松圆，程嘉燧号。

［45］童乌：扬雄之子。后用童乌作早慧或幼殇之典。此处指早慧。

［46］蛾(yǐ)子：蛾即“蚁”，这里比喻幼年。

［47］“枕膝”句：说学生中瞿式耜非常优秀，得到了自己的真传。《汉书·孟喜传》：“喜从田王孙受《易》，喜好自称誉，得《易》家候阴阳灾变书，诈言师田生且死时，枕喜膝，独传喜。诸儒以此耀之。”

［48］“登楼”句：《后汉书·郑玄传》：“玄在(马融)门下，三年不得见，乃使高业弟子传授于玄。玄日夜寻诵，未尝怠倦。会融集诸生考论图纬，闻玄善算，乃召见于楼上。玄因从质诸疑义。问毕辞归，融喟然谓门人曰：‘郑生今去，吾道东矣。’”

［49］“青春”二句：骙袅(yǎoniǎo)，古骏马名。夔蚿，《庄子·秋水》：“夔怜蚿。”成玄英疏曰：“夔是一足之兽，其形如鼓，足似人脚，而回踵向前也。……蚿，百足虫也，夔则以少企多，故怜蚿。”

［50］“桃李”二句：瞿式耜万历四十四年(1616)中进士，授江西吉安府永丰县令，即句中所谓“西江宰”。崇祯元年升为户科给事中，即句中“左掖员”。梧桐，比喻忠心赤胆。

［51］“裂麻”句：用晚唐阳城事。李肇《唐国史补》卷上：“阳城为谏议大夫，德宗欲用裴延龄为相，城曰：‘白麻若出，吾必裂之而死。’德宗闻之，以为难，竟寝之。”此处用来指瞿式耜的忠直。

[52] 恤纬：嫠不恤纬，意为寡妇不忧其织事，而忧国家的危难。宣：宣发，斑白的头发。

[53] “北寺”句：北寺，即黄门北寺，东汉监狱名。回忆两人被张汉儒诬告入狱事。

[54] 西曹：刑部的别称。橐饘（tuózhān）：指衣食。

[55] “朱游”句：《汉书·萧望之传》载，使者召萧望之，他的学生朱云（字游）劝其自杀。望之谓云曰：“游趣和药来。”遂饮鸩自杀。这句是说他们随时都有自杀和被杀的危险。

[56] “黄霸”句：《汉书·夏侯胜传》有“（夏侯）胜、（黄）霸既久系，霸欲从胜受经，胜辞以罪死。霸曰：‘朝闻道，夕死可矣。’胜贤其言，遂授之”。这句是回忆师徒在狱中研究经书。

[57] “金鸡”句：古代颁布赦诏日，设金鸡于竿，以示吉辰。这句的意思是农民起义爆发后，党狱的网罗才放松。

[58] “甘陵”句：《后汉书·党锢列传》：“初桓帝为蠡吾侯，受学于甘陵周福。及即帝位，擢福为尚书。时同郡河南尹房植有名当朝，乡人为之谣曰：‘天下规矩房伯武，因师获印周仲进。’二家宾客互相讥揣，遂各树朋徒，渐成尤隙。由是甘陵有南北部，党人之议，自此始矣。”录牒，通缉犯人的名录。寖，逐渐消沉。

[59] “北阙”二句：说京城被农民军攻陷，城郊又聚集着清军。

[60] “帝车”二句：说国运艰难，朝廷已难继续运转。俄，倾斜，歪貌。迍邅（zhūnzhān），难行貌。

[61] “鳌足”二句：说崇祯殉国，明朝灭亡，只有弘光朝延续明祚。八埏（yán），地之八际。

[62] 北顾：镇江北固山。

[63] 宗祏（shí）：宗庙藏神主的石室。

[64] 交南：古交州。东汉交州首府再广信，即广西苍梧县。节钺：象征地方和军事权力的符节和斧钺。这句是说瞿式耜巡抚广西。

[65] “翼戴”句：此句说瞿式耜拥戴桂王。翼戴，辅佐拥戴。

[66] “宗泽”二句：以宗泽和刘琨两位历史人物形容瞿式耜对永历政权的忠心。回銮表，帝王和后妃的车驾为銮驾，瞿式耜多次力谏永历回銮桂林。

[67] 规外：化外，边地。

[68] “翼轸”句：此句的意思是楚地成了南明清朝对峙的界限。翼轸，星宿名，其对应的地方相当于古代的楚地。

[69] “湘漓”句：王象之《舆地纪胜》引《舆地广记》云：“漓水、湘水二水皆出海阳山而分源，南流为漓，北流为湘。”涧瀍，涧水和瀍河。此两水皆源自河南，入于洛河，是华夏民族的发祥地。这里以涧瀍代华夏。

[70] 虞渊：神话传说中的日落之处。这里是说瞿式耜竭力拥戴永历，如同从虞渊中捧出太阳。

[71] “插羽”句：说瞿式耜力图使楚、蜀连接起来，壮大永历的地盘和实力。庸，亦名上庸，商之侯国，春秋时为楚灭。

［72］“分茅”句：说永历朝曾用分茅的策略引诱益、滇之地的割据首领。分茅，古代分封诸侯时授白茅裹着泥土，象征权利和土地。

［73］“黄农”句：说桂林聚集着黄、农二姓。种落，部族聚居的地方。

［74］“邕桂”句：说广西成了敌我厮杀的战场。邕，广西南宁一带，古称邕州。铤（chán），兵器，短矛。

［75］“青犊”二句：说农民起义军是乌合之众。青犊，后汉赤眉农民军中的一支。红巾，元末韩山童、刘福通等领导的农民军。蚁并缘，古代称民众起义为蚁贼。这里是指蚁贼聚集。

［76］魏豹：秦末人。战国时魏诸公子。魏亡，逃至楚。楚怀王使复魏地，立为魏王。从项羽入关，被封为西魏王。后叛楚附汉，复叛。汉王韩信击之，被俘。此处指靖江王朱亨嘉。钱曾注此诗“留守限灵川”句有云：“郑鸿逵奉唐王聿键至闽，王为高祖二十三子唐定王第八世也。七月即帝位，改元隆武，诏福州府为福京。八月，靖江王亨嘉拒命称制，以杨国威为大将。公（瞿式耜）在梧州，遥以大义启之，密檄思恩参将陈邦传设兵备变，又止狼兵勿应。靖藩怒，袭破梧州，执公至桂，囚之邸中。九月，陈邦传兵薄城下，焦琏时为杨国威旗鼓，公以恩义结之，授以密计，令琏夜半缒城下，入邦传军，复与邦传缒而登，守陴者皆琏兵，随擒国威等。五鼓攻靖邸，获王诸党与。”

［77］“别将”句：说焦琏敬佩瞿式耜的才德，成为瞿的别将。梅铜（juān），秦末人，原为番阳县令吴芮的部将，有功，从入武关。此处代指焦琏。

［78］丹毂：红色的车乘。此处指永历的车子。

［79］乌蛮：对西南少数民族的称呼。彩旃：彩色曲柄的旗帜。这里指永历的仪仗。

［80］庐儿：奴仆，侍从。宿卫：宫中值宿，担任警卫。

［81］“厮养”句：永历的仆从都有了爵位。此句讽刺永历朝封赐之荒谬。

［82］“书诏”二句：写永历居无定所，常处于奔逃的状态。把持朝政的宦官不请示皇帝就先做主授官。

［83］“两宫”二句：写永历宫中用度艰难，宦官控制后宫费用，连洗儿钱也禁止使用。

［84］“一旅”二句：感慨瞿式耜苦心经营复明基业，然功业未成。一旅，庾信《哀江南赋》序云：“孙策以天下为三分，众才一旅。项籍用江东之子弟，人唯八千。遂乃分裂山河，宰割天下。岂有百万义师，一朝卷甲，芟夷斩伐，如草木焉？”

［85］连鸡：缚在一起的鸡。比喻互相牵制，行动不能一致。蚌蛤：此为鹬蚌相争渔人得利的意思。

［86］咥（dié）虎：咬人之虎，比喻清军。蝇蜓：两种虫子。

［87］“画地”二句：《隋书・五行志》：“陈未亡时，有一足鸟集于殿庭，以嘴画地，成文曰：‘独足上高台，盛草变成灰。’独足者，叔宝独行无众之应；盛草成灰者，陈政芜秽，被隋火德所焚除也。叔宝至长安，馆于都水台，上高台之义也。”《独异志》云：“侯景围台城，远不通问。简文作纸鸢飞空告急于外，侯景谋臣王祎谓景曰：‘此纸鸢所至，即以事达外。’令左右善射者射之，乃堕，皆化为鸟，飞入云中，不知所往。”此二句以陈、梁两朝写永历朝。

[88]“执冰”句：此句说永历官军遇敌无心战斗，连狒狒都在嘲笑。冰，椟丸盖。或说椟丸是箭筒。

[89]投縋：用绳索缚人上下。指永历军队据城自守。蠕蠕：我国北方少数民族，即柔然。此指清军。

[90]履善：文天祥字。

[91]庭芝：李庭芝(1219—1276)，南宋末年曾固守扬州，后转战泰州，为元军所杀。

[92]膋(liáo)：脂血。

[93]“花缦”二句：花缦、藤帽，指南方的少数民族。剺(lí)面，用刀划脸。匈奴、回鹘等民族凡遇大忧大丧，用刀划面，以示悲愁。

[94]飞旐(zhào)：飘动的魂幡。

[95]辁(chuán)：古代运载棺材的车。

[96]虚祠：设祠祭祀。包箬饭：用竹笋皮裹盐，绿荷包饭。

[97]峒：对西南少数民族聚居地的泛称。

[98]“尽说”二句：这两句是说瞿式耜殉难，激发了人们的反清情绪。南朝李，指李若水。宇文懋昭《大金国志》卷五：“若水将死，奋骂愈切。军中相谓曰：‘大辽之破，死义者十数，今南朝惟李侍郎一人而已。’”东海田，《三国志·魏志·田畴传》：“(刘)虞已为公孙瓒所害。畴至，谒祭虞墓，陈发章表，哭泣而去。瓒闻之大怒，购求获畴，谓曰：‘汝何自哭刘虞墓，而不送章报于我也?’畴答曰：‘汉室衰颓，人怀异心。唯刘公不失忠节。章报所言，于将军未美，恐非所乐闻，故不进也。且将军方举大事以求所欲，既灭无罪之君，又仇守义之臣，诚行此事，则燕赵之士将皆蹈东海而死耳，岂忍有从将军者乎!’”

[99]“铸金”句：赵晔《吴越春秋》：“(范蠡)乃乘扁舟，出三江，入五湖，人莫知其所适。……于是越王乃使良工铸金象范蠡之形，置之坐侧，朝夕论政。”

[100]“刻木”句：据《崖山志·伍隆起传》，南宋末年，伍隆起死难，陆秀夫遣人收骸骨，以木刻首续之，葬于文径口山后。

[101]“烈烈”二句：意思是瞿式耜的经历和功业，使那些祈求速死的人蒙羞，只求苟活的人受到耻笑。

[102]“葭灰”句：借古代占测气候隐喻政局。葭灰，即葭莩灰。古人烧苇膜成灰，置于十二律管中，放密室内，以占气候。某一节候至，某律管内的葭灰即飞出。阳，鲜明。此处喻指明朝。解驳，离散间杂。

[103]火井：出产天然气的井。左思《蜀都赋》：“火井沉荧于幽泉，高焰飞煽于天垂。”

[104]泥马：用赵构泥马渡江之典。赵构为徽宗第九子，封康，靖康之变，被作为人质遣往金人军队。与金国太子比射，连发三矢皆中。金太子以为赵构生长宫中，鞍马非其所长，今善射如此，必为冒名者，遂遣还。赵构逃归，路上曾梦神人为其准备马匹，醒后果有马在侧，遂上马日行七百里，渡河而马不前，下视之，则泥马也。

[105]“朔方”句:此句意思是朔方有很多心怀前明有志反清的人。《资治通鉴》卷二百一十八唐纪三十四:“太子(李亨)既留,未知所适。广平王俶曰:‘日渐晏,此不可驻,众欲何之?’皆莫对。建宁王倓曰:‘殿下昔尝为朔方节度大使,将吏岁时致启,倓略识其姓名。今河西陇右之众,皆败降贼,父兄子弟多在贼中,或生异图。朔方道近,士马全盛,裴冕衣冠名族,必无贰心。贼入长安,方虏掠未暇徇地,乘此速往就之,徐图大举,此上策也。”

[106]“纶邑”句:《左传·哀公元年》:“伍员曰:‘……浇使椒求之,(少康)逃奔有虞,为之庖正,以除其害。虞思于是妻之以二姚,而邑诸纶、有田一成,有众一旅。能布其德,而兆其谋,以收夏众,抚其官职。’”少康是夏代的中兴之主。

[107]翻毕口:翻过毕口星,即天象显示吉利。毕口,毕是二十八宿之一。

[108]“星矢”句:此句是说天象表明永历应出征讨伐。星矢,星象。狼,星宿名。直狼肩,向狼星移东逼近。

[109]雷风:雷厉风行。合弭鞭:把弓箭和鞭合起来,即加强实力。

[110]“白山”二句:此为想象清军大败。白山指长白山,黑水指黑龙江,此为清朝的发祥地。

[111]“鹑尾”二句:说天象表明,永历会取得突破性的进展。鹑尾,南方朱鸟七星,末位翼轸两星称鹑尾。古以翼、轸为楚之分野。回越,回到吴越。旄头,星名。《史记·天官书》:“昴曰旄头,胡星也。”《汉书·天文志》:“毕、昴间,天街也;街北,胡也;街南,中国也。”这里暗指清军撤退到燕地以北。

[112]三后:三个帝王。至于哪三个帝王,各家所指不同。此处以三后指代华夏大地。

[113]“饮御”句:设想胜利后自己以博学得到永历的礼遇。

[114]“改葬”句:预想为瞿式耜行改葬礼。班剑,饰以花纹的剑,作为送葬的仪仗。

[115]“舆尸”句:以马援马革裹尸还葬来写瞿式耜的葬礼。鞯,本指马鞍下的垫子,这里指马皮。

[116]綟(liè)绶:一种黑黄而近绿色的丝带,汉代贵人相国的印绶。

[117]麟阁:汉宣帝时于麒麟阁绘功臣图像。貂蝉:古代王公显官冠上的饰物。

[118]雕戈:刻有花纹之戈。

[119]兕甲:似兕形的盔甲。

[120]传芭:古代南方祭祀形式。屈原《九歌》:“传芭兮代舞。”

[121]荐荔:祭祀、超度的奉献。鼘(yuān)鼘:鼓声。

[122]宿列:列星。箕尾:《庄子·大宗师》:“傅说得之(道),以相武丁,奄有天下,乘东维,骑箕尾,而比于列星。”后世常以骑箕尾指国家重臣的死亡。

[123]“星祠”句:此句是说瞿式耜的夫人也是天上的星宿。女媊,星名。

[124]“五陵”句:此句是说明朝皇室的陵墓得到修缮。

[125]“双庙”句:此句说与瞿式耜一同就义的张同敞被后人祭奠。笾,祭祀盛供品的竹制品。

[126]“后死”二句:此为自嘲,由瞿式耜的壮烈从容反思自己的贪生怕死。

[127] 升屋哭：招魂。

[128] 对床眠：白居易《雨中招张司业宿》："能来同宿否？听雨对床眠。"

[129] 蛛匣：结了蛛网的书匣。

[130] 东皋：瞿式耜父辞官后所筑别业。

[131] "移山"二句：意思是复明不成，或可入海参加海上抗清。移山，即愚公移山。蹈海，《史记·鲁仲连传》："连有蹈东海而死身，吾不忍为之民也。"

[132] 奔问：天子遭难，大臣前去解难问候。

[133] "余皇"句：此句是说郑成功的水军依然活跃于沿海。余皇，舟名。

[134] 祝余：《公羊传·哀公十四年》"子路死，子曰：'噫！天祝予！'何休曰：'祝，断也。'"

[135] 将(qiāng)伯：语出《诗经·小雅·正月》："载输尔载，将伯助予！"意谓车欲堕而请长者帮助。后来用作求助或受助之意。

[136] 穷尘：黄泉。湔：洗涤。

[137] "荡阴"句：此句是说瞿式耜是被谋杀的国士。语出诸葛亮《梁父吟》。

[138] 八公篇：指杜甫的《八哀诗》。

[139] 温序：《后汉书·温序传》记载，温序长子寿梦其父告曰：久客思乡里。寿即弃官，上书乞骸骨归葬。

[140] 马汧：马敦，西晋时任汧县县督。潘岳作《马汧督诔》，李善注云："汧督马敦，立功孤城，为州司马所枉，死于囹圄，岳诔之。"

【导读】

顺治七年(1650)十一月，临桂伯瞿式耜被清军逮获，不屈死。顺治八年(1651)夏，瞿式耜死难的消息传到常熟，钱谦益乃作此诗。瞿式耜(1590—1650)，字起田，号稼轩，常熟人。十六岁受业于钱谦益。万历四十四年(1616)进士。瞿式耜的命运与乃师钱谦益紧密相连，曾于崇祯元年(1628)因阁颂案与钱谦益一同罢官归家；崇祯十年(1637)，又和钱谦益同被张汉儒告发，下刑部狱。南明弘光朝，起为应天府丞，升广西巡抚。弘光朝灭亡，桂王朱由榔被拥立为帝，建立永历王朝，瞿式耜官礼部右侍郎兼阁学掌铨事。顺治四年(1647)，永历避地全州，诏其以兵部尚书文渊阁大学士留守桂林，赐尚方剑，便宜行事，各路悉听节制。因守城之功，被封临桂伯。顺治七年(1650)十一月初五，清军攻入桂林，瞿式耜被擒，因之别馆四十二日，必欲使降。"公坚不为动，神色扬扬如平日。与司马(张同敞)相对赋诗，今所传《浩气吟》是也。次月十七日，临当授命，口诵一绝，凝眸整暇，正衣冠而受刑。"(钱曾"留守限灵川"注)这首五言长诗，是钱谦益极力经营的佳作。他和瞿式耜有着师友、同乡、同僚等多重关系，而此时的钱谦益已致力于反清复明，瞿式耜成为他和永历朝联系的中介，他们因此又成了同志，所以当听到瞿式耜罹难的消息时，七十翁忍不住老泪纵横，以真情和学养熔铸成这首五古长篇。

诗歌以听闻瞿式耜死讯悲痛不已领起并奠定了全诗的情感基调，接着便倒叙桂林失守及瞿式耜殉难时无所畏惧的情景，随后又接续听闻死讯后的时间，写设位祭奠之事。从“拊心看迸裂”至“淹淹笑祝延”，是插叙，按照时间顺序回顾了瞿式耜的生平及两人交往的情形，分别写了阁颂罢官、被诬入狱、甲申国变、拥立桂王、艰难支撑、失守殉难等事，结以瞿式耜慷慨赴义与自己苟活进行对比。从“葭灰阳解驳”至“双庙并加笾”，是想象反清复明取得胜利，为瞿式耜改葬、表彰、招魂。从“后死身余几”至诗末，则在忆往与伤今的感慨中，表明反清复明的心迹及对瞿式耜的再三敬意。全诗在讲述瞿式耜事迹的过程中，展现了崇祯朝党争、永历朝人心不聚、宦官干政的情形，实际上是指出了甲申国变、桂林失守与其的因果关系。钱谦益学博识广，熟悉经史，灵心、世运、学问的诗学主张在这首诗中得到了集中的体现。

古诗赠新城王贻上

风轮持大地[1]，击扬为风谣。吹万肇邃古[2]，赓歌畅唐尧[3]。朱弦泛汉魏[4]，丽藻沿六朝。有唐盛词赋，贞符汇元包[5]。百灵听驱使，万象穷锼雕[6]。千灯咸一光，异曲皆同调。彼哉戋戋者[7]，穿穴纷科条。初盛别中晚，画地成狴牢[8]。妙悟掠影响[9]，指注窥厘毫。瓮天醯鸡覆[10]，井穴痴猿号[11]。化为劣诗魔，飞精入府焦[12]。穷老蔽蔀屋，不得瞻泬寥[13]。正始日以远，词苑杂莠苗。献吉才雄骜，学杜餔醨糟[14]。仲默俊逸人，放言訾谢陶[15]。考辞竞嘈囋[16]，怀响归浮漂[17]。江河久壅决，屠濡亦腾嚣[18]。么弦取偏张，苦调搜啁噍[19]。鸟空而鼠即，厥咎为诗妖[20]。丧乱亦云朊[21]，诗病不可瘳叶[22]。譬彼膏肓疾，传染非一朝。呜呼杜与韩，万古垂斗杓。《北征》《南山》诗，泰华争岧峣。流传到于今，不得免傲嘲[23]。况乃唐后人，嗤点谁能逃？穷子抵尺璧，冻人裂复陶[24]。熠燿点须弥[25]，可为渠略标[26]。昌黎笑群儿，少陵诃汝曹[27]。嗟我老无力，掩耳任叫呶[28]。王君起东海，七叶光汉貂[29]。骐骥奋蹴踏，万马喑不骄。识字函雅故[30]，审乐辨箫韶[31]。落纸为歌诗，绛云卷青霄。自顾骨骼马[32]，创残卧东郊。敢云老识路，昏忘惭招邀[33]。河源出星海[34]，东流日滔滔。谁蹠巨灵掌[35]？一手堙崩涛。古学丧根干，流俗沸螗蜩。伪体不别裁，何以亲风骚？珠林既深深，玉河复迢迢。方当剪榛楛，未可荣兰苕。瓦釜正雷鸣，君其信所操。勿以独角麟，媲彼万牛毛[36]。伊余久归佛，翻经守僧寮。枨触为此诗[37]，狂言放调刁[38]。无乃禅病发，放笔自抑搔。起挑常明灯，忏除坐寒宵。

（《牧斋有学集》卷十一《红豆诗》三集）

【注释】

[1] 风轮：佛家语。《楞严经》："故有风轮，执持世界。"佛教认为世界有风轮执持而变化运动。

[2] 吹万：风吹万窍，发出各种声音。《庄子·齐物论》："夫吹万不同而使其自已也，咸其自取。"

[3] 赓歌：指皋陶续和虞舜之歌。《尚书·益稷谟》载，虞舜在位，首作"股肱喜哉"之歌，皋陶"乃赓载歌"云云。

[4] 朱弦：《礼·乐记》："清庙之瑟，朱弦而疏越，一倡而三叹，有遗音者矣。"

[5] 贞符：祯祥的符瑞。柳宗元作《贞符》，指唐王朝的兴起，在于人心所归，这里借指唐朝的雄伟气象。元包：宇宙。

[6] 锼（sōu）雕：镂刻，雕琢。

[7] 諓諓（jiànjiàn）者：能言善辩的人。这里指代宋代严羽和明代前后七子。

[8] 狴（bì）牢：监牢。

[9] "妙悟"句：严羽论诗提倡妙悟，仅仅触及诗学的一些皮毛。

[10] 醯（xī）鸡：蠛蠓，一种小虫。醯鸡于瓮中观天，比喻见识短浅。《庄子·田子方》："孔子出，以告颜回曰：'丘之道也，其犹醯鸡欤？微夫子之发吾覆也，吾不知天地之大全也。'"

[11] "井穴"句：指群猴捞月而树枝折断掉入井中的故事。出自《法苑珠林·愚戆篇》。这两句是讽刺严羽之辈见识浅短，犹瓮中醯鸡，井中猿号。

[12] "化为"二句：这两句是对严羽等人的诗论造成的恶劣影响进行了尖锐批评。钱谦益《湖外野吟序》："萌于骄，甲于易，翳于昧，杀于欺，四者得一，即有下劣诗魔入其肺腑，牛鬼蛇神飞精说法。"府焦：腑脏。

[13] "穷老"二句：这两句是说上面所说的那种人，终其一生，目光为局部所限，不能看到远处。蔀（bù）屋，指草席盖顶之屋。泬寥，空旷貌。

[14] 餔醨（būlí）糟：吃的是酒渣。

[15] "仲默"二句：何景明《与李空同论诗书》："诗弱于陶，谢力振之，然古诗之法，亦亡于谢。"谢陶，指谢灵运、陶渊明。

[16]“考辞”句：批评复古派的语言问题。陆机《文赋》：“然后选义按部，考辞就班。”“或奔放以谐合，务嘈嘈而妖冶。”

[17]“怀响”句：批评复古派在格调上模拟古人。怀响，具有音响，指诗的音节。陆机《文赋》：“怀响者必弹。”浮漂，即虚漂，做作。陆机《文赋》：“辞浮漂而不归。”

[18]“氿濡”(guǐyù)句：是说枯竭的水流还要兴风作浪。氿，水干涸。濡，人为小渚。

[19]“么(yāo)弦”二句：形容竟陵派的诗。么弦，细弦，孤弦。偏张，孤弦独张，不能合众弦以成曲。啁噍(zhōujiào)：鸟鸣声。偏张、啁噍均比喻竟陵派幽深孤峭的诗风。

[20]“鸟空”二句：批评竟陵派诗歌没有根抵，是亡国之音。鸟空，《宗镜录》：“既亡其指，非唯不了自心之真妄，亦乃不识教之遮表。错乱颠倒，莫辨方隅，犹鸟言空，如鼠云即，形似音响，岂合正宗。”厥，其。诗妖，指预示祸福征兆的歌谣。《汉书·五行志》：“君炕阳而暴虐，臣畏刑而拑口，则怨谤之气发于歌谣，故有诗妖。”

[21]朊(wǔ)：盛，引申为多。

[22]瘳(chōu)：病愈。

[23]傲(ào)嘲：轻慢嘲弄。

[24]“穷子”二句：穷子，南北朝宗懔《荆楚岁时记》：“(正月)晦日送穷。按《金谷园记》云：高阳氏子瘦约，好衣敝食糜，人作新衣与之，即裂破以火烧穿着之，宫中号曰‘穷子’。”抵，推、挤。尺璧，直径一尺的璧玉。复陶，用羽毛织成的御雨雪的外衣。

[25]熠(yì)耀：萤火。

[26]略标：大致，大概。

[27]“昌黎”二句：韩愈《调张籍》：“李杜文章在，光焰万丈长。不知群儿愚，那用故谤伤？蚍蜉撼大树，可笑不自量。”杜甫《戏为六绝句》：“尔曹身与名俱灭，不废江河万古流。”

[28]叫呶(náo)：喧哗。

[29]七叶：七代。汉貂：汉代侍中、中常侍等官帽上插戴貂尾。左思《咏史》：“金张籍旧业，七叶珥汉貂。”

[30]雅故：《汉书·叙传》：“函雅故，通古今。”注：“张晏曰：‘包含雅训之故，及古今之语。’”

[31]箫韶：相传舜之乐名。《尚书·益稷》：“箫韶九成，凤凰来仪。”

[32]骨骼马：形容备受创伤的老马，作者自况。杜甫《瘦马行》：“东郊瘦马使我伤，骨骼硉兀如堵墙。”

[33]招邀：邀请。这里指王士禛请教作者作诗事。

[34]星海：星宿海。旧时以为黄河的发源地，在今青海省。

[35]蹠：踏。巨灵：古代神话中分开华山的河神。

[36]“勿以”二句：《魏书·文苑传序》：“肃宗历位，文雅大盛。学者如牛毛，成者如麟角。”宋濂《送门生方孝孺还乡诗》：“岂知万牛毛，难媲一角麟。”

[37]枨(chéng)触：感触。

［38］调刁：风吹物动摇貌。《庄子·齐物论》："泠风则小和，飘风则大和，厉风济则众窍为虚，而独不见之调调之刁刁乎？"郭象注："调调刁刁，动摇貌也。"这里借以自嘲。

【导读】

顺治十七年(1660)三月，王士禛到任扬州府推官，此后一段时间内得遍交江南文人、遗老。顺治十八年(1661)四月，钱谦益甥归吴，王士禛托其呈书，并附诗集求序，钱氏报书而未作序。六月，钱谦益游杭州，于道得王士禛长笺，索近著及柳如是诗。九月二十六日，钱谦益八十寿辰，丁继之自金陵往贺，为言王士禛客金陵时眷念牧斋，思以文事相商榷之情，钱氏乃为撰《渔洋诗集序》并赠其五古一首(即此诗)书扇，附书托丁继之交付。王士禛晚年回忆这段经历曾云："予初以诗贽于虞山钱先生，时年二十有八，其诗皆丙申年少作也。先生一见，欣然为序之，又赠长句，有'骐骥奋蹴踏，万马喑不骄。勿以独角麟，俪彼万牛毛'之句，盖用宋文宪公赠方正学语也。又采其诗入所撰《吾炙集》。方盦山自海虞归，为余言之，所以题拂而扬诩之者，无所不至。予尝有诗云：'不薄今人爱古人，龙门登处最嶙峋。山中柯烂蓬莱浅，又见先生制作新。''白首文章老巨公，未遗许友入闽风。如何八代论《骚》《雅》，也许怜才到阿蒙。'今将五十年，回思往事，真平生第一知己也。"(《古夫于亭杂录》卷三《平生知己》)他还将钱谦益写给他的三封尺牍记在《古夫于亭杂录》(卷三)中，可见王氏本人对拜见钱谦益并得其书札序文之事是十分重视的。只不过，钱谦益是在往复三次后才赠序及诗，而在王士禛则变成了"先生一见，欣然为序之，又赠长句"，昔日文坛盟主的姿态和今日主盟文坛者的自信于此可见一斑。诗的前半部分，即从"风轮持大地"至"掩耳任叫呶"，是钱谦益对近代诗坛的总体看法。他认为，诗道之坏，始于严羽。严羽《沧浪诗话》以盛唐为宗，追求妙悟，在他看来则是"瓮天醯鸡覆，井穴痴猿号"。受严羽诗论影响的七子派则"考辞竞嘈囋，怀响归浮漂"，更等而下之。反对七子派的竟陵派"么弦取偏张，苦调搜啁噍"则流入诗妖之歧途。鼎革的巨变并没有带来诗坛中兴，"近日诗家，如稻麻苇粟，狂易瞽眩"(《与王贻上》)，这使得领袖文坛的钱谦益颇为担忧。从"王君起东海"开始，则转入对王士禛的赞誉及寄予"代兴"之希望。钱谦益与新城王氏颇有交往，他说："仆与君家文水，为同年同志之友，而司马中丞暨令祖，皆以年家稚弟。爱我勖我。草木臭味，不但孔、李通家也。"(《与工贻上》)王士禛叔祖王象春(1578—1632)、祖王象晋(1561—1653)均与钱氏交好，由于这层关系，钱氏对王士禛有天然的好感，他说："顷闻门下鹊起东海，整翮云霄。一时才华之士，莫不手捧盘匜，奉齐盟于下风。私心鼓舞，窃喜我文水之家风，大振于劫灰之后也。”(《与王贻上》)因此，他希望王士禛能够“别裁伪体”，坚持自己业已形成的良好创作习惯，不要堕入瓦釜雷鸣式的诗学迷途中去。这首诗，既是钱谦益诗学观的浓缩，又是清初诗坛两代领袖交接的象征。

金陵秋兴八首次草堂韵 己亥七月初一日作(选二)

龙虎新军旧羽林[1]，八公草木气森森[2]。楼船荡日三江涌[3]，石马嘶风九域阴[4]。扫穴金陵还地肺[5]，埋胡紫塞慰天心[6]。太白乐府诗云:“悬胡青天上，埋胡紫塞旁。”长干女唱平辽曲，万户秋声息捣砧。

【注释】

[1] 龙虎:指龙武军。程大昌《雍录》卷八:“左右龙武军，睿宗时置，即太宗时飞骑也。……武者，虎也。唐祖讳虎，故曰龙武。”羽林:本为星名。《史记·天官书》:“其南有众星，曰羽林天军。”这里均借指郑成功率领的水师。

[2] 八公草木:《晋书·苻坚载记》:“坚与苻融登城而望王师，见部阵齐整，将士精锐;又北望八公山上，草木皆类人形，顾谓融曰:‘此亦勍敌也，何谓少乎?’”

[3] 三江:钱曾注谓指娄江、南江、松江。此处泛指长江。

[4] 石马:唐太宗昭陵前立有六匹石马，仿太宗生前战马。据《安禄山事迹》载，安禄山之叛，唐兵败，见黄旗军数百队，与贼军战斗，不胜而退。后昭陵吏上奏，是日昭陵石马流汗。九域:九州，指中国。

[5] 地肺:句曲山。在江苏句容县东南。南朝陶弘景隐居于此，道家七十二福地之第一福地。陶弘景《真诰·稽神枢》:“句曲山，其间有金陵之地，地方三十七八顷，是金陵之地肺也。”

[6] 紫塞:北方边塞。崔豹《古今注·都邑》:“秦筑长城，土色皆紫，汉塞亦然，故称紫塞焉。”

杂虏横戈倒载斜[1]，依然南斗是中华。金银旧识秦淮气[2]，云汉新通博望槎[3]。黑水游魂啼草地，白山战鬼哭胡笳[4]。十年老眼重磨洗，坐看江豚蹴浪花[5]。

(《投笔集》卷上)

【注释】

[1] “杂虏”句:见杜甫《收京》,“杂虏横戈数”。

［2］“金银”句：金银，《地图镜》：“黄金之气，千万斤以上，光大如镜盘也。”杜甫《题张氏隐居》：“不贪夜识金银气”。秦淮气，唐许嵩《建康实录》：“秦始皇三十七年冬巡，自江乘渡，望气者云：‘五百年后，金陵有天子气。’因凿钟阜，断金陵长陇以流，至今呼为秦淮。”

［3］“云汉”句：用张骞乘槎事，这里指张煌言率部溯江而上，取徽州、宁国诸路。

［4］“黑水”二句：黑水、白山，指黑龙江、长白山，为清朝先祖发祥之地。二句想象清军惨败的情景。

［5］江豚：比喻郑成功水师。

【导读】

收在《投笔集》上、下卷中的《金陵秋兴》及《后秋兴》共十三叠一百零四首，始作于顺治十六年(1659)七月郑成功率水师攻入长江之际，迄于康熙元年(1662)，即桂王被杀后的第二年五月。次草堂韵，指依杜甫《秋兴》八首诗韵的次序。次韵诗极为常见，但十三叠一百零四首，则为历代七律次韵诗所未有。陈寅恪云：“《投笔集》诸诗摹拟少陵，入其堂奥，自不待言。且此集牧斋诸诗中颇多军国之关键，为其所身预者，与少陵之诗仅为得诸远道传闻及追忆故国平居者有异。故就此点而论，《投笔》一集实为明清之诗史，较杜陵尤胜一筹，乃三百年来之绝大著作也。”(《柳如是别传》)投笔之名，取班超“投笔从戎”之意。此为第一叠中第一、二首。早在顺治十三年(1656)，钱谦益便移居白茆镇，与诸遗民往还，刺探海上消息。顺治十六年(1659)夏，郑成功、张煌言率师大举北上，五月抵崇明，七月破瓜州、镇江，连下四府三州二十二县，逼近南京。七月一日，在郑成功等人抗清大好的形势下，钱谦益认为中兴在即，于诗中直接抒发欣喜之情，更用“埋胡”“平辽”“横戈倒载”“黑水游魂”“白山鬼哭”等想象清军一败涂地的场景。

后秋兴八首之二八月初二日，闻警而作(选一)

由来国手算全棋，数子抛残未足悲。小挫我当严警候，骤骄彼是灭亡时[1]。中心莫为斜飞动[2]，坚壁休论后起迟。换步移形须着眼，棋于误后转堪思。

(《投笔集》卷上)

【注释】

[1] 骤骄:骤胜而骄。

[2] 斜飞:弈棋术语。斜下一子。此指清军出奇兵突袭。

【导读】

顺治十六年(1659)七月二十三日,郑成功战败,“二十四日,至镇江……二十八日诸将领俱下船,驾入长江。八月初一日,回师至狼山上沙”(《海上见闻录》)。陈寅恪说此组诗之主旨:“谓延平舟师虽败于金陵,仍应固守京口,不当便扬帆出海也。其意与《张苍水集》第四编《北征录》所云:‘初意石头师即偶挫,未必遽登舟。即登舟,亦未必遽扬帆。即扬帆,必退守镇江。’又云:‘余遣一僧赍帛书,由间道访延平行营。书云:兵家胜负何常,今日所恃者民心耳。况上游诸郡邑俱为我守。若能益百艘相助,天下事尚可图也。倘遽舍之而去,如百万生灵何!讵意延平不但舍石头去,且舍铁瓮城行矣。’等语冥合。”此为第四首。

后秋兴之三八月初十日,小舟夜渡,惜别而作(选四)

负戴相携守故林[1],翻经问织意萧森。疏疏竹叶晴窗雨,落落梧桐小院阴。白露园林中夜泪[2],青灯梵呗六时心[3]。怜君应是齐梁女[4],乐府偏能赋藁砧[5]。

【注释】

[1] 负戴:背负首戴。《庄子·让王》:“夫负妻戴,携子以入于海。”

[2] 白露园林:语本杜甫《洞房》“万里黄山北,园林白露中”。《钱注杜诗》:“汉武茂陵,在黄山宫北,盖借茂陵以喻玄宗泰陵。”诗中暗含明亡之悲。

[3] 六时:佛教分一昼夜为六时,晨朝、日中、日没、初夜、中夜、后夜。

[4] 齐梁女:南朝民歌多咏叹缠绵悱恻的柔弱女子。

[5] 藁砧:《玉台新咏·古绝句四首》之一:“藁砧今何在,山上复有山。何当大刀头,破镜飞上天。”吴竞《乐府古题要解》:“‘藁砧今何在’,藁砧,砆也,问夫何处也。‘山上复有山’,重‘山’为‘出’字,言夫不在也。‘何当大刀头’,刀头有环,问夫何时当还也。‘破镜飞上天’,言月半当还也。”此句写柳如是对作者此次出行的依恋之情。

丹黄狼藉鬓丝斜，廿载间关历岁华[1]。取次铁围同穴道[2]，几曾银浦共仙槎[3]。吹残别鹤三声角[4]，迸散栖乌半夜笳[5]。错记穷秋是春尽，漫天离恨搅杨花。

【注释】

[1] 间关：形容道路艰险曲折。

[2] “取次”句：形容人生艰难如同在铁围山穴道上行走。

[3] “几曾”句：此句是说多年来未曾过上安逸的生活。银浦，银河。

[4] 别鹤：乐府曲名《别鹤操》。崔豹《古今注》卷中：“《别鹤操》，商陵牧子所作也。娶妻五年而无子，父兄将为之改娶，妻闻之，中夜起，倚户而悲啸。牧子闻之，怆然而悲，乃歌曰：‘将乖比翼隔天端，山川悠远路漫漫，揽衣不寐食忘餐。’后人因为乐章焉。”

[5] 栖乌：乐府《乌栖曲》，主要表现男女情爱和离别之情。

闺阁心县海宇棋，每于方罫系欢悲[1]。乍传南国长驰日，正是西窗对局时。漏点稀忧兵势老[2]，灯花落笑子声迟[3]。还期共覆金山谱，桴鼓亲提慰我思[4]。

【注释】

[1] 方罫(guǎi)：棋盘上的方格。这里比喻天下局势。

[2] 漏点：漏壶滴下的水点。这里指时间。

[3] 子声：下棋发出的声音。

[4] “还期”二句：用宋梁红玉助夫韩世忠抗金事。《宋史・韩世忠传》：“及金兵至，则世忠军已先屯焦山寺。……兀术遣使通问，约日大战，许之。战将十合，梁夫人亲执桴鼓，金兵终不得渡。”

临分执手语逶迤，白水旌心视此陂[1]。一别正思红豆子，双栖终向碧梧枝。盘周四角言难罄[2]，局定中心誓不移。趣觐两宫应慰劳[3]，纱灯影里泪先垂。

（《投笔集》卷上）

【注释】

[1] 白水：《左传・僖公二十四年》：“及河，子犯以璧授公子（重耳）曰：‘臣负羁绁从君巡于天下，臣之罪甚多矣，臣犹知之，而况君乎？请由此亡。’公子曰：‘所不与舅氏同心者，有如白水。”后以白水表示信守不移之词。

[2] “盘周”句：这句是形容柳如是对自己无尽的担忧。《玉台新咏・盘中诗》：“今时人，智不

足。与其书，不能读。当从中央周四角。”苏伯玉妻思念远行的丈夫，以诗代书，以盘代函。

[3] 趣覲两宫：陛见两宫皇后。

【导读】

据金鹤冲《钱牧斋先生年谱》：“（八月）初四日，国姓遣蔡政往见马进宝，而先生亦于初十日往松晤蔡、马。”陈寅恪云：此叠八首“专为河东君而作”，“不独限于个人儿女离别之私情，亦关民族兴亡之大计。吾人至今读之，犹有余恸焉”（《柳如是别传》）。这里选了第一、二、四、八首。此叠将夫妇二人明亡后之生活与反清复明之志节结合在一起，塑造了一个深明大义、富有民族气节的奇女子形象，也表现了夫妇二人互相砥砺、企盼抗清成功的心迹。

后秋兴之四 中秋夜，江村无月而作（选一）

穴纸江风吹面斜[1]，槿篱门内尚中华。苍凉伍员芦中客[2]，浩荡张骞海上槎[3]。弦急撞胸悬杵臼，火炎冲耳簇箫笳。刀尖剑吷懵腾度[4]，瞪目犹飞满眼花。

（《投笔集》卷上）

【注释】

[1] 穴纸：穿破窗纸。

[2] “苍凉”句：据《吴越春秋·王僚使公子光传》载，伍子胥出昭关，遇大江，渔父渡之，视有饥色为其取饷。渔父离开后，伍子胥躲入芦苇丛中。渔父持饭菜归，不见伍子胥乃呼“芦中人”，子胥乃出，食毕，临别询问渔父姓名，答曰：“何用姓字为？子为芦中人，吾为渔丈人，富贵莫相忘也。”子胥行数步，渔父已自沉于江中。

[3] “浩荡”句：指张煌言兵败不知去向。张煌言水军败绩于安徽铜陵，变更姓名，从建德祁门山中出天台以入海。魏霞《明处士雪窦先生传》载，“江宁之败，先生（魏耕）遮道说张忠烈：‘焦湖入冬水涸，不可驻军。英霍山寨，耕皆识其魁，请入说以迎公。’乃焚舟登陆，士卒愿从者尚数百人。入霍山寨，已受抚不纳。乃次英山，甫渡东溪岭，而追至被获”，单骑突围走，止一童子相随。后自婺之东义出天台，以赴海壖。

[4] 剑吷（xuè）：挥剑时发出的声音。懵腾：朦胧、迷糊。

【导读】

金鹤冲《钱牧斋先生年谱》云:"先生自初十夜惜别之后,至十九日始回芙蓉庄……十一日后国姓改攻崇明城,而马遣中军官同蔡政至崇明,劝其退师,以待奏请,再议抚事。此时先生或偕蔡政往崇明,亦未可知。"不管钱谦益是否前往崇明见过郑成功,此叠诗中流露出的不安情绪都是十分明显的。这里选择第二首,用伍员、张骞代指郑成功、张煌言,既有对他们败退的担心,又有对反清前景的迷惘。

后秋兴之五 中秋十九日,暂回村庄而作(选一)

孤蓬信宿且逶迤,白水柴门返故陂。丹桂月舒新结子,苍梧云护旧封枝[1]。歌阑长夜秋方盛,语到胥闾日每移[2]。小饮折花重剪烛[3],参旗长并酒旗垂[4]。

(《投笔集》卷上)

【注释】

[1]"丹桂"二句:以"桂""月"代指永历。新结子、旧封枝,指永历入缅,缅人朝贡。陈寅恪《柳如是别传》说这两句"暗指永历帝父常瀛,崇祯十六年衡州陷,走广西梧州,及顺治二年薨于苍梧,并顺治三年丁魁楚、瞿式耜等迎永历帝于梧等事"。

[2]胥闾:门名。《谷梁传·成公第八》:"季孙行父秃,晋郤克眇,卫孙良夫跛,曹公子手偻,同时而聘于齐。齐使秃者御秃者,使眇者御眇者,使跛者御跛者,使偻者御偻者。萧同侄子处台上而笑之,闻于客。客不说而去,相与立胥闾而语,移日不解。齐人有知之者曰:'齐之患,必自此始矣。'"此处指兴亡之事。

[3]折花:酒名。《太平广记》卷五十《嵩岳嫁女》:"(田璆、邓韶遇二书生,书生曰)'某有瑞露之酒,酿于百花之中,不知与足下五酘熟愈耳?'谓小童曰:'折烛夜一花,倾与二君子尝。'其花四出而深红,圆如小瓶,径三寸余,绿叶,形类杯,触之有余韵。小童折花至于竹叶中,凡飞数巡,其味甘香不可比状。"

[4]参旗:参宿,西方二十八宿之一。酒旗:酒旗星。《星经》:"酒旗三星,在轩辕左角南。"

【导读】

此为第八首。八月十八日郑成功水师至浙江，等待“抚局”，钱谦益十九日回到芙蓉山庄。此叠情感低回，但又将希望寄托于永历政权。

后秋兴之六九月初二日，泛舟吴门而作（选一）

十年戎马暗青山，自窜江村水岛间。错置渔湾排信地[1]，横栽虎落抵重关[2]。兵残蜗角频搔首，乐阕龙宫一破颜[3]。倚杖步檐还失笑[4]，天街毕昴若为班？

（《投笔集》卷上）

【注释】

[1] 排信地：排信，即排信牌。宋仁宗康定元年始用于军中，以牌传递号令及文件。此处指信息联络转递之所。

[2] 虎落：遮护城堡或营寨的篱笆。

[3] 乐阕龙宫：李朝威《柳毅传》：“洞庭龙君宴柳毅于凝碧宫，张广乐舞，万夫于其右，中有一夫前曰：‘此钱塘破阵乐。’复舞千女于其左，中有一女进曰：‘此贵主还宫乐。’龙君大悦。”

[4] “倚杖”句：杜甫《夜》：“步檐倚杖看牛斗，银汉遥应接凤城。”步檐，走廊。

【导读】

此为第五首。九月初二，钱谦益有苏州之行。郑成功八月十九日从崇明撤军至浙江，九月三日才开船入海，钱谦益此行或与郑成功回兵有关系。从诗中用柳毅传书之事来看，他可能有传书递简的使命。

后秋兴之七庚子中秋（选一）

星星断发不遮头，霜鬓何须怨凛秋。揽镜频过五岭路[1]，挽眉常绾九疑愁。山家寨栅凭麇鹿[2]，海户封提画鹭鸥[3]。莫指职方论徼塞[4]，炎州今日是神州。

（《投笔集》卷上）

【注释】

[1] 五岭路：通往西南的道路。五岭，指越城岭、都庞岭、萌渚岭、骑田岭、大庾岭，在湖南、江西南部和广西、广东北部交界处。

[2] “山家”句：山里人凭借麇鹿等猎物生存。

[3] “海户”句：顺治十七年（1660）五月，清廷攻打厦门、金门，失败而归，命沿海五省四十里以内居民迁移内地，意在断绝反清水军的供给。海户，即靠海为生的海民。封提，即提封，犹版图、疆域。

[4] 职方：官名。《周礼·夏官》有职方氏，掌天下舆图，主四方职贡。明清在兵部下设职方清吏司。徼塞：指南方边疆。崔豹《古今注》：“丹徼，南方赤色，故称外徼，谓南之极也。塞者，塞也。所以拥塞戎狄也。徼者绕也，所以绕遮蛮夷，使之不得侵中国也。”

【导读】

此为第六首。顺治十七年（1660）中秋，钱谦益仍居于与海上交通便利的白茆镇，期待郑成功卷土重来。

后秋兴之八 庚子阳月初一，拂水拜墓作（选一）

撼户秋声剥啄棋，惊心局外转伤悲。每于典籍论终古[1]，只道乾坤似昔时。已破关河惆怅在，未招魂魄却回迟。长明灯上诸天近，时有空音答仰思。

（《投笔集》卷下）

【注释】

[1] “每于”句：说自己从历史推测现实，以为南北分治的局面会再度出现。

【导读】

此为第四首。顺治十七年（1660）十月，钱谦益在白茆镇未等到郑成功践约而来的消息，回到拂水山庄祭拜祖先之墓，墓地的凝重肃穆无疑又增添了他的悲凉意绪。从本叠开始，编入《投笔集》卷下，时间是从顺治十七年（1660）十月开始到康熙二年（1663）五月止。这六叠作品中，除了作于顺治十八年（1661）二月初四的第十叠因顺治驾崩给钱谦益带来了些许心灵快感，基本上被一种悲凉、落寞、绝望的情感所笼罩，这里仅选本首及下一首（即十三叠之二）以窥一斑。

后秋兴之十三 自壬寅七月至癸卯五月，讹言繁兴，鼠忧泣血，感恸而作，犹冀其言之或诬也（选一）

海角崖山一线斜[1]，从今也不属中华。更无鱼腹捐躯地，况有龙涎泛海槎[2]。望断关河非汉帜[3]，吹残日月是胡笳。嫦娥老大无归处，独倚银轮哭桂花[4]。

（《投笔集》卷下）

【注释】

[1]“海角”句：用南宋末年陆秀夫负帝昺于崖山沉海的典故，来说延续明祚的台湾岌岌可危。

[2]“况有”句：言台湾的处境更加艰难。龙涎，汪大渊《岛夷志略》：“（龙涎）屿方而平，延袤荒野，上如云坞之盘，绝无田产之利。每值天清气和，风作浪涌，群龙游戏，出没海滨，时吐涎沫于其屿之上，故以得名。”

[3]汉帜：汉赤帜。《史记·淮阴侯列传》载“皆拔赵旗立汉赤帜二千”。

[4]“嫦娥”二句：说自己犹如嫦娥一样老大无归处，只能独自痛悼永历。这里以桂花暗指永历。罗隐《咏月》：“嫦娥老大应惆怅，倚泣苍苍桂一轮。”

【导读】

顺治十八年（1661），永历帝在缅甸被俘，不久被杀。康熙元年（1662）七月至二年（1663）五月，钱谦益在家乡听到永历被害的种种传闻。尽管还以“流言”的侥幸心理来看待这些传闻，但是不祥的预感还是让他写下了这首悲愤诗。

癸卯中夏六日重题长句二首(选一)

百篇学杜拟商歌[1],墨渖频将渍泪磨。世难相寻如鬼疰[2],国恩未报是心魔。射潮霸主吾衰矣[3],观井仙人奈老何[4]?取次长谣向空阔,江天云物为谁多?

(《投笔集》卷下)

【注释】

[1] 商歌:悲凉之歌。

[2] 鬼疰(zhù):鬼病,怪病。

[3] 射潮霸主:用吴越王钱镠射潮捍海的典故。相传钱镠筑捍海塘,怒潮汹涌,版筑不成。于是,钱镠造竹箭三千,在叠雪楼命水犀军驾强弩五百以射潮,迫使潮头趋向西陵,遂筑成海塘。这里是说,像有钱镠一样雄心的我已经老了。

[4] 观井仙人:相传为彭祖故事。彭祖姓篯名铿。苏轼《代滕甫论西夏书》:“俗言彭祖观井,自系大木之上,以车轮覆井,而后敢观。”后用以比喻遇事谨慎小心。

【导读】

《投笔集》中除了次韵杜甫《秋兴》的十三叠一百零四首七律外,另有《吟罢自题长句拨闷二首壬寅三月二十九日》(次于十二叠之后)及本题二首(次于十三叠之后)。这四首诗,没有受次韵的限制,抒情表意更为自由。这里选的是最后一首。此诗既是对组诗的收束,也是对钱谦益反清活动和抗清意志的总结。一个青壮年时期有望入阁成为政治领袖,在耳顺之年却变节降清,仕清不到半年隐退进而抗清,进退失据的复杂心态和波谲云诡的事态发展,在一个八十二岁老人的笔下浓缩成“鬼疰”“心魔”一联。遗憾的是,他再也没有精力和心力去报恩驱魔了,如果说还有什么企盼的话,那么也只能仰望天空,以待来者。他的时代已经过去,他的生命历程也接近尾声。写作此诗后的第二年,即康熙三年(1664),一代文宗便驾鹤西去了。

拓展阅读

胡致果诗序

钱谦益

孟子曰:“《诗》亡然后《春秋》作。”《春秋》未作以前之诗,皆国史也。人知夫子之删《诗》,不知其为定史;人知夫子之作《春秋》,不知其为续《诗》。《诗》也,《书》也,《春秋》也,首尾为一书,离而三之者也。

三代以降,史自史,诗自诗,而诗之义不能不本于史。曹之《赠白马》,阮之《咏怀》,刘之《扶风》,张之《七哀》,千古之兴亡升降,感叹悲愤,皆于诗发之。驯至于少陵,而诗中之史大备,天下称之曰“诗史”。唐之诗入宋而衰,宋之亡也,其诗称盛。皋羽之恸西台,玉泉之悲竺国,水云之苕歌,《谷音》之越吟,如穷冬冱寒,风高气栗,悲噫怒号,万籁杂作。古今之诗莫变于此时,亦莫盛于此时。至今新史盛行,空坑、崖山之故事,与遗民旧老,灰飞烟灭。考诸当日之诗,则其人犹存,其事犹在,残篇啮翰与金匮石室之书,并悬日月。谓诗之不足以续史也,不亦诬乎?

余自劫灰之后,不复作诗,见他人诗,不忍竟读。金陵遇胡子致果,读其近诗,穆乎其思也,悄乎其词也,愀乎悠乎,使人为之欷歔烦酲,屏营彷徨,如听雍门之琴,聆庄舄之吟,而按蔡女之拍也。致果自定其诗,归其指于微之一字。思深哉!其有忧患乎?传曰:“《春秋》有变例,定、哀多微词。”史之大义,未尝不主于微也。二《雅》之变,至于“赫赫宗周”“瞻乌爰止”,《诗》之立言,未尝不著也。扬之而著,非著也;抑之而微,非微也。著与微,修词之枝叶,而非作诗之本原也。学殖以深其根,养气以充其志,发皇乎忠孝恻怛之心,陶冶乎温柔敦厚之教,其征兆在性情,在学问,而其根柢则在乎天地运世、阴阳剥复之几微。微乎!微乎!斯可与言诗也已矣!

胡子汲古力学,深衷博闻。其为诗,翦刻陶洗,刊落凡近。过此以往,深造而自得之,使后世论诗史者,谓有唐天宝而后,复见《昭陵》《北征》之篇,不亦休乎!余虽老而耄矣,尚能磨厉以俟之。

(《牧斋有学集》卷十八)

乾隆三十四年六月圣谕

钱谦益本一有才无行之人,在前明时身跻朊仕。及本朝定鼎之初,率先投顺,洊陟列卿。大节有亏,实不足齿于人类。朕从前序沈德潜所选《国朝诗别裁集》,曾明斥钱谦益等之非，黜其诗不录，实为千古纲常名教之大关。彼时未经见其全集，尚以为其诗自在，听之可也。今阅其所著《初学集》《有学集》，荒诞悖谬，其中诋谤本朝之处，不一而足。夫钱谦益果终为明朝守死不变，即以笔墨腾谤，尚在情理之中。而伊既为本朝臣仆，岂得复以从前狂吠之语，列入集中？其意不过欲借此以掩其失节之羞，尤为可鄙可耻！钱谦益业已身死骨朽，姑免追究。但此等书籍，悖理犯义，岂可听其留传？必当早为销毁，其令各督抚将《初学》《有学集》于所属书肆及藏书之家，谕令缴出。至于村塾乡愚，僻处山陬荒谷，并广为晓谕，定限二年之内尽行缴出，无使稍有存留。钱谦益籍隶江南，其书板必当尚存，且别省有翻刻印售者，俱令将全板一并送京，勿令留遗片简。朕此旨实为世道人心起见，止欲斥弃其书，并非欲查究其事。通谕中外知之。

（《清史列传》卷七十九《贰臣传乙》）

吴伟业 选十九首

吴伟业(1609—1672),字骏公,号梅村,亦署鹿樵生、灌隐老人,江苏太仓人。崇祯四年(1631)会试第一,殿试第二,授翰林院编修。时有刑科给事中吴执御欲攻周延儒(梅村座师),借其试卷为口实("会元首篇衬贴大臣",语见谈迁《国榷》卷九十一),崇祯帝亲阅其卷,批以"正大博雅,足式诡靡"(顾湄《吴梅村先生行状》)以息物议,并钦赐归娶。崇祯七年(1634)秋还朝,以原官充实录纂修官。崇祯九年(1636)典试湖广。崇祯十年(1637)十月任东宫讲读官。崇祯十二年(1639)七月,奉命赴河南禹州封王,事毕

◎ 吴伟业像

返乡探母,以忧劳致疾,遂上表陈述母子抱病之情,乞求改官,得准,于崇祯十三年(1640)四月改任南京国子监司业。崇祯十四年(1641)六月,授左中允。然因忧时伤乱,绝意仕进,后虽再升为左谕德、左庶子,均未赴任。弘光改元(1645),召为少詹事,时马阮当权,中兴无望,数月后即辞归。清顺治十年(1653)秋,因江南江西总督马国柱荐,徵辟诏书下,有司敦迫,双亲惧祸,遂委身仕清。顺治十一年(1654)春抵京,授秘书院侍读。顺治十三年(1656)二月,升国子监祭酒,同年底以嗣母丧为由告假还乡,遂不复出。嗣后,东南屡兴大狱,"科场案""通海案""奏销案"牵连甚广,吴伟业亦因"奏销案"而"几至破产"(《与子景疏》)。康熙十年十二月二十六日(1672年1月23日),病逝。临终前,遗命后人敛以僧装,葬于邓尉玄墓,坟前立一圆石,题

曰“诗人吴梅村之墓”。著有《梅村家藏稿》五十八卷补遗一卷等。今有李学颖集评标校之《吴梅村全集》(上海古籍出版社，1990年)可资参研。

吴伟业为张溥高足，复社中坚，明末因该身份卷入朝廷党争。清初又以复社名宿主持文社活动，为江南文士之领袖。故清廷威逼利诱，必欲使之委身出仕，以消解江南文士反清之志。梅村亦因难以割舍亲情，即所谓“脱屣妻孥非易事”(《贺新郎·病中有感》)而失节仕清，从此陷入“两截人”之尴尬境地，在诗词中多有忏悔。吴伟业写诗，始于进士中举之后，今存作品十分之九写于入清之后。由于从小喜读史书，入仕后又任史官，再加之生活于易代之际，故以诗歌记录一代兴亡便成了其诗最鲜明之特征。他给好友徐懋曙所作《且朴斋诗稿序》(顺治十七年)说“诗与史通”，这种认识，既是时代之要求，又是其创作心得之总结。但诗毕竟非史，诗歌最重要之特征在于表达心曲，因此，诗在记录时代保存历史这方面不仅与史之作用相通，更具有“史外传心之史”之功能。而这种“心史”更因打上了个人对时代感受和理解之烙印而区别于仅仅记载客观史实之史。可以说，梅村之诗歌，特别是五言、七言古体，正是其“诗史”观之成功实践。清人赵翼曾云:“梅村身阅鼎革，其所咏多有关于时事之大者，如《临江参军》《南厢园叟》《永和宫词》《雒阳行》《殿上行》《萧史青门曲》《松山哀》《雁门尚书行》《临淮老妓行》《楚两生行》《圆圆曲》《思陵长公主挽词》等作，皆极有关系，事本易传，则诗亦易传。梅村一眼觑定，遂用全力结撰此数十篇，为不朽计。此诗人慧眼，善于取题处。”(《瓯北诗话》卷九)其中，尤以七言歌行一体为论者所称道，世称“梅村体”。四库馆臣评曰:“格律本乎四杰，而情韵为深；叙述类乎香山，而风华为胜。韵协宫商，感均顽艳，一时尤称绝调。”(《四库全书总目》卷一百七十三)林昌彝则谓其:“能以西昆面子运老杜骨头者。自义山、遗山而后，迨无其匹。”(《射鹰楼诗话》卷十六)若以今人之眼光分析，则梅村七言歌行以人物为主演绎历史，事俱征实，使事典雅，用词华丽，善于转韵，叙事手法多变，感情色彩强烈。

临江参军[1]

临江髯参军，负性何贞栗[2]。上书请赐对，高语争得失。左右为流汗，天子知质直。公卿有阙遗[3]，广坐忧指摘。鹰隼伏指爪，其气常突兀。同舍展欢谑，失语辄面斥。万仞削苍崖，飞鸟不得立[4]。予与交十年，弱节资扶植。忠孝固平生，吾徒在真实。去年羽书来[5]，中枢失筹策[6]。桓桓尚书公[7]，提兵战力疾。将相有纤介，中外为危栗。君拜极言疏，夜半片纸出。赞画枢曹郎，迁官得左秩[8]。天子欲用人，何必历显职[9]。所恨持禄流，垂头气默塞。主上忧山东，无能恃缓急。投身感至性，不敢量臣力。受词长安门，走马桑乾侧。但见尘灭没，不知风惨栗。四野多悲笳，十日无消息。苍头草中来，整暇见纸墨[10]。唯说尚书贤，与语材挺特[11]。次见诸大帅，骄懦固无匹。逗挠失事机，倏忽不相及。变计趣之去，直云战不得[12]。成败不可知，死生予所执。予时读其书，对案不能食。一朝败问至，南望为於邑[13]。忽得别地书，慰藉告亲识[14]。云与副都护，会师有月日。顾恨不同死，痛愤填胸臆[15]。先是在军中，我师已孔亟。剽略斩乱兵，掩面对之泣。我法为三军，汝实饥寒极[16]。诸营势溃亡，群公意敦逼[17]。公独顾而笑，我死则塞责。老母隔山川，无繇寄悽恻。作书与儿子，无复收吾骨。得归或相见，且复慰家室[18]。别我顾无言，但云到顺德[19]。犄角竟无人，亲军惟数百[20]。是夜所乘马，嘶鸣气萧瑟。椎鼓鼓声哀，拔刀刀芒涩。公知为我故，悲歌壮心溢。当为诸将军，挥戈誓深入。日暮箭镞尽，左右刀铤集[21]。帐下劝之走，叱谓吾死国。官能制万里，年不及四十。诏下诘死状，疏成纸为湿。引义太激昂，见者忧谗疾[22]。公既先我亡，投迹复奚恤。大节苟弗明，后世谓吾笔！此意通鬼神，至尊从薄谪[23]。生还就耕钓，志愿自此毕。匡庐何巉巆，大江流不测[24]。君看磊落士，艰难到蓬荜。犹见参军船，再访征东宅[25]。风雨怀友生，江山为社稷。生死无愧辞，大义照颜色。

（《吴梅村全集》卷一）

【注释】

[1] 临江参军：题下原注："杨公廷麟，字伯祥，临江人。崇祯中以兵部赞画参督师卢象升军事。"据《明史》本传，杨廷麟是崇祯四年（1631）进士，崇祯十年（1637）任东宫讲读官。崇祯十一年（1638）九月，清兵侵入明朝腹地，京师戒严。兵书尚书杨嗣昌主张议和，杨廷麟上疏痛斥。杨嗣昌大怒，诡称廷麟知兵，调为兵部职方主事，参宣大总督卢象升军事。十二月，卢象升率军与清兵战于河北钜鹿，因孤立无援、寡不敌众而大败，卢象升战死。杨廷麟因战前被遣运粮而幸免于难。战后，杨廷麟据实上报象升殉难和战役经过，却被杨嗣昌诬为欺罔，被贬官外调。明朝灭亡，南明唐王授杨廷麟兵部尚书、东阁大学士。顺治三年（1646），杨廷麟在江西赣州抵御清兵，城陷，投水死。

[2] 贞栗：坚定正直。

[3] 阙遗：过失。

[4] "万仞"二句：比喻杨廷麟刚直峻洁的品格。

[5] 去年：指崇祯十一年(1638)。

[6] 中枢：指杨嗣昌。

[7] 桓桓：威武的样子。尚书公：指卢象升。他于崇祯十一年(1638)任兵部尚书，旋被削夺尚书衔，降为侍郎。

[8]“君拜”四句：写杨廷麟由于上疏抨击杨嗣昌而被贬为兵部职方主事，参卢象升军事。《明史·杨廷麟传》载，他弹劾杨嗣昌议和误国，将杨嗣昌比作南宋臭名昭著的投降派代表人物耿南仲和黄潜善。枢曹，枢密院。宋元两代枢密院主要掌管军事机密和边防。这里指代兵部。卢象升当时任兵部左侍郎，因此称他为“枢曹郎”。

[9] 历：选择。

[10] 整暇：好整以暇的省称，形容既严整而又从容不迫。

[11]“唯说”二句：是说杨廷麟来信称道卢象升的才能，说与象升交谈后深感他的卓越出众。

[12]“逗挠”四句：据《明史·杨嗣昌传》载，杨嗣昌主和，告诫诸将不许轻敌。诸将本来胆怯，于是都借口慎重而观望不前，所守城郡多被攻破。嗣昌根据军中所报军情，请旨后才指示策略。等到策略下达至军前，战况已经发生变化，军队进退失据。

[13] 於邑：同“呜咽”，因悲哀而抽噎。

[14]“忽得”二句：意思是忽然接到杨廷麟从别处寄来的书信，得知他未死，感到慰藉，并立即转告亲朋好友。

[15]“云与”四句：意思是来信中说本来与督师卢象升不久就将会师(没想到他会殉难)，只恨不能与之一同战斗牺牲，心中充满悲愤。

[16]“剽略”四句：意思说掠夺百姓的乱兵就要被杀头正法，卢象升对着他们掩面而泣，说我这样做是为三军严明法纪，但我知道你们实在出于无奈，饥寒至极。

[17]“诸营”二句：据《明史·卢象升传》，象升请求增兵，而杨嗣昌只拨宣府、大同、山西三帅属象升，“象升名督天下兵，实不及二万”。不久，又借口云、晋等地有警，催促出关，大同总兵王朴竟独自率兵而去。

[18]“作书”四句：是卢象升母亲给象升信中之语。

[19]“别我”二句：杨廷麟讲述与卢象升告别的情形。顺德，府名。辖境相当今河北钜鹿、广宗、邢台等地。卢象升在钜鹿贾庄与清兵决战。“至顺德”即指此。

[20]“犄角”二句：据《梅村诗话》载，卢象升与清兵决战前，听说高起潜军队在附近，寄书约合军，而高竟拔营夜遁，致使象升孤军作战。

[21] 铤(chán)：铁柄短矛。

[22]“引义”二句：意思是杨廷麟为了伸张正义，疏文中的措辞十分激烈，见到的人都担心他会招致谗毁灾祸。

[23]“至尊”句：崇祯皇帝只给了杨廷麟略微降职的处分。

[24]“匡庐”二句：杨廷麟历尽艰险才回到家中，因其为江西人，所以诗中用庐山、长江比喻杨

廷麟风裁高峻，而世事变化难测之意。

[25]"犹见"二句：用晋王徽之事。王徽之，字子猷，初为桓温参军，尝雪夜泛舟剡溪访戴逵。寄居空宅中，种竹。仕黄门侍郎，弃官东归。

【导读】

此诗作于崇祯十二年(1639)。吴伟业《梅村诗话》云："杨廷麟，字伯祥，别字机部，临江人。……机部偕卧子同出吾师姜新建之门，以文章气节相砥砺。既遇黄石斋先生于京邸，一见道合。负直节，好强谏，上书论阁部杨嗣昌失事罪，得旨改兵部赞画，参督师卢象升军事。余赠之诗曰：'诸将自承中尉令，孤臣谁给羽林兵?'盖实事也。卢与阁部议军事不合，遇机部相得甚。已而中外异心，兵势日蹙，卢自谓必死，顾参军书生，徒共死无益，乃以计檄之去，机部不知也。机部到孙侍郎传庭军前六日，而卢公于贾庄殉难，乃求得其尸，抱之痛哭。……机部自卢公死后，其策益不用，无聊生。会诏诘督师死状。贾庄前数日，督师誓必战，顾孤军无援，闻太监高起潜兵在近，则大喜，于真定野庙中倚土锉作书，约之合军，高竟拔营夜遁，督师用无援故败。机部受诏，直以实对。慈溪冯邺仙得其书，谓余曰：'此疏入，机部死矣！'为定数语。机部闻之则大恨。先是嗣昌遣部役张姓者侦贾庄，而其人谈卢公死状，流涕动色。嗣昌榜笞之，楚毒倍至，口无改辞，曰：'死则死耳，卢老爷忠臣，吾侪小人，敢欺天乎?'遂以考死。于是机部贻书冯与余曰：'高监一段，竟为删却，后世谓伯祥不及一部役耶?'然机部竟以此得免。……已而机部过宜兴，访卢公子孙，再放舟娄中，与天如师及余会饮十日，嘉定程梦阳为画《髯参军图》，钱牧斋作短歌，余得《临江参军》一章……余与机部相知最深，于其为参军周旋最久，故于诗最真，论其事最当，即谓之诗史可勿愧。"与这段记载相参照，《临江参军》一诗的内容便不难理解。"负直节、好强谏"是杨廷麟命运转折的关键，也是此诗叙事围绕的中轴。开头至"吾徒在真实"为第一部分，写杨廷麟"负性贞栗"、忠孝质直的性格。"去年羽书来"至"对案不能食"为第二部分，写杨廷麟因直谏批评主和的杨嗣昌而被贬至卢象升军中("君拜极言书，夜半片纸出")，以杨廷麟的视角写卢象升的孤掌难鸣。"一朝败问至"至"后世谓吾笔"写卢象升兵败殉难后的情事。用倒叙法追忆了卢象升的严明军纪、卢母的家国大义，描写了卢象升孤军奋战、身死报国的情形。皇帝下诏询问卢象升战败详情，杨廷麟为明其大节，秉笔直书，"引义激昂"。这部分是吴伟业转述杨廷麟来信的内容而成。"此意通鬼神"至结尾为第四部分，写正直的杨廷麟得到"神佑"而生还，至宜兴访卢象升子孙，并与诗人等人相会之情形。突出了其为社稷江山的“大义”和坚贞不屈的高贵品格。此诗以杨廷麟为主线，以卢象升为副线，以杨嗣昌为隐线，从一个侧面表现了明朝灭亡的原因，诚如诗人自己所言“谓之诗史可勿愧”也。

遇南厢园叟感赋八十韵[1]

寒潮冲废垒，火云烧赤冈[2]。四月到金陵，十日行大航[3]。平生游宦地，踪迹都遗忘。道遇一园叟，问我来何方。犹然认旧役，即事堪心伤。开门延我坐，破壁低围墙。却指灌莽中，此即为南厢。衙舍成丘墟，佃种输租粮。谋生改衣食，感旧存园庄[4]。艰难守兹土，不敢之它乡。我因访故基，步步添思量。面水背苍崖[5]，中为所居堂。四海罗生徒，六馆登文章[6]。松桧皆十围，钟管声锵锵。百顷摇澄潭，夹岸栽垂杨。池上临华轩，菡萏吹芬芳。谭笑尽贵游，花月倾壶觞。其南有一亭，梧竹生微凉。回头望鸡笼，庙貌诸侯王[7]。左李右邓沐，中坐徐与常[8]。霜髯见锋骨，老将东瓯汤[9]。配食十六侯[10]，剑佩森成行。得之为将相，宁复忧封疆。北风江上急，万马朝腾骧。重来访遗迹，落日唯牛羊。吁嗟中山孙[11]，志气胡勿昂！生世苟如此，不如死道傍。惜哉裸体辱，仍在功臣坊。萧条同泰寺[12]，南枕山之阳。当时宝志公[13]，妙塔天花香[14]。改葬施金棺，手诏追褒扬[15]。袈裟寄灵谷，制度由萧梁。千尺观象台[16]，太史书祯祥[17]。北望占旄头，夜夜愁光芒。高帝遗衣冠，月出修蒸尝[18]。图书盈玉几，弓剑堆金床。承乏忝兼官[19]，再拜陈衣裳[20]。南内因洒扫，铜龙启未央。幽花生御榻，苔涩青仓琅[21]。离宫须望幸，执戟卫中郎。万事今尽非，东逝如长江。钟陵十万松，大者参天长。根节犹青铜，屈曲苍皮僵。不知何代物，同日遭斧创。前此千百年，岂独无兴亡？况自百姓伐，孰者非耕桑？群生与草木，长养皆吾皇。人理已澌灭，讲舍宜其荒。独念四库书，卷轴夸缥缃。孔庙铜牺尊[22]，斑剥填青黄。弃掷草莽间，零落谁收藏？老翁见话久，妇子私相商。人倦马亦疲，剪韭炊黄粱[23]。慎莫笑贫家，一一罗酒浆。从头诉兵火，眼见尤悲怆叶。大军从北来，百姓闻惊惶。下令将入城，传箭需民房[24]。里正持府帖，佥在御赐廊[25]。插旗大道边，驱遣谁能当。但求骨肉完，其敢携筐箱。扶持杂幼稚，失散呼耶娘。江南昔未乱，闾左称阜康。马阮作相公[26]，行事偏猖狂。高镇争扬州[27]，左兵来武昌[28]。积渐成乱离，记忆应难详。下路初定来[29]，官吏逾贪狼。按籍缚富人，坐索千金装。以此为才智，岂曰惟私囊。今日解马草，明日修官塘。诛求却到骨，皮肉俱生疮。野老读诏书，新政求循良。瓜畦亦有畔，沟水亦有防。始信立国家，不可无纪纲。春来雨水足，四野欣农忙。父子力耕耘，得粟输官仓。遭遇重太平，穷老其何妨。薄暮难再留，暝色犹青苍。策马自此去，凄恻摧中肠。顾羡此老翁，负耒歌《沧浪》。牢落悲风尘，天地徒茫茫。

（《吴梅村全集》卷一）

【注释】

［1］南厢：指明南京国子监南厢房。

［2］赤冈：赤石矶。在今江苏南京市东南城外。（康熙）《江南通志》卷十一："赤石矶在江宁县东南城外，长河东来，有赤石枕中流，居人竞种石榴花，每盛夏时，缘堤岸灿若霞锦，为画舫欢游之所。"

［3］大航：桥名，即朱雀航。《江南通志》卷三十："朱雀航在江宁县，晋置，即吴之南津桥也。桥在宫城朱雀门南，亦谓之南航；又曰大航，以秦淮诸航，此为之最也。"

［4］园庄：南京国子监已辟为耕地，故称园庄。

［5］苍崖：指鸡鸣山，又名鸡笼山。

［6］六馆：六堂，国子监生学习之所。《明史·选举志》："（南京国子监）分六堂以馆诸生，曰率性、修道、诚心、正义、崇志、广业。"

［7］庙貌：立庙设像。郑晓《今言》卷一，洪武二年（1369），朱元璋下令在鸡鸣山上建功臣庙，"论功列祀二十一人。命死者塑其像，生者虚其位"。

［8］"左李"二句：李，指李文忠。朱元璋姊子。封曹国公，死后追封岐阳王。邓，指邓愈。本名友德，朱元璋赐今名。官至右国柱，封卫国公。死后追封宁河王。沐，指沐英。朱元璋义子。死后追封黔宁王。徐，指徐达。助朱元璋起兵，战功居第一。封魏国公，死后追封中山王。常，指常遇春。朱元璋大将，勇武绝人。洪武二年（1369）与李文忠攻克开平，还师时暴病身亡，追封开平王。

［9］东瓯汤：指汤和。早年从朱元璋征战，统兵取浙闽川等地。朱元璋请他带兵防御倭寇，他在沿海建立卫所，修建防御工事，再立功勋。死后追封东瓯王。

［10］"配食"句：配食，袝祭。凡后死者与早故的祖先或地位比自己高并有某种关系的人合受祭祀，称配食。十六侯，据《明史》卷五〇《礼志》四，功臣庙正殿祭祀六名功臣，即徐达、常遇春、李文忠、邓愈、汤和、沐英。东西序配食六王的有越国公胡大海、梁国公赵德胜、巢国公华高、虢国公俞通海、江国公吴良、安国公曹良臣、黔国公吴复、燕侯孙兴祖、郢国公冯国用、西海公耿再成、济国公丁德兴、蔡国公张德胜、海国公吴桢、蕲国公康茂才、东海郡公茅成，计十五人，加正殿六人，共二十一人。

［11］中山孙：指中山王徐达的后裔徐青君。据余怀《板桥杂记》卷下《轶事》载，徐青君早年家富，生活奢靡。入清后，籍没田产，生活贫困，与佣、丐为伍，以至为人代杖。

［12］同泰寺：梁大通中建。明洪武二十年(1387)，在同泰寺旧址建鸡鸣寺。此处指鸡鸣寺。

［13］宝志公：又作“保志公”。本姓朱，金城(今甘肃兰州)人。少时在建康道林寺出家修行，梁武帝十分崇信他。死后厚葬于钟山独龙阜，并在墓所建开善精舍。

［14］妙塔：精妙的宝塔。指志公塔，在开善寺中。

［15］“改葬”二句：洪武初年，朱元璋在钟山独龙阜修建陵寝，将宝志公遗骨移葬灵谷寺，立塔，建无梁殿，并手书御文，镌刻立碑。

［16］观象台：《明史·天文志》，洪武十八年(1385)，在鸡鸣寺上建观象台。

［17］太史：官名，掌管推算历法、观测天文。

［18］月出：《史记·刘敬叔孙通列传》：“衣冠月出游高庙。”裴骃集解：“应劭曰：‘月出高帝衣冠，备法驾，名曰游衣冠。’如淳曰：‘《三辅黄图》高寝在高庙西，高祖衣冠藏在高寝。’”这里用以指对朱元璋衣冠的祭祀。蒸尝：本指秋冬二祭，后泛指祭祀。

［19］承乏：暂任某职的谦称。兼官：指作者任国子监司业时兼充祭祀官。

［20］陈衣裳：陈设太祖衣冠。

［21］仓琅：仓琅根。装在大门上的青铜铺首及铜环。

［22］牺尊：古代酒器，用为祭祀的礼器。

［23］“剪韭”句：语出杜甫《赠卫八处士》：“夜雨剪春韭，新炊间黄粱。”

［24］传箭：传令。

［25］“佥在”句：此句是说在国子监贴上征用房屋的标签。佥，通“签”。御赐廊，皇帝敕建的房屋。这里指国子监。

［26］马阮：马士英、阮大铖。马士英，字瑶草，贵阳人。万历四十七年(1619)进士。崇祯末任凤阳总督。李自成攻破北京后，他在南京拥立福王，任东阁大学士，与阮大铖招权纳贿，排斥异己。南京陷落后，逃亡浙江，为清军所杀。阮大铖，字集之，号圆海，怀宁人。天启间依附魏忠贤。崇祯初遭废黜。弘光时投靠马士英，官至兵部尚书。南京陷落后降清，从攻仙霞岭而死。

［27］高镇：高杰，米脂人。初从李自成起义，后降明，官至总兵。弘光朝封兴平伯。与黄得功、刘良佐、刘泽清分别驻守在泗洲、庐州、临淮、淮安，号江北四镇。争扬州：高杰觊觎扬州富庶，求镇扬州。扬州百姓畏惧高杰，拒之不纳。高杰发兵攻城，城中坚守月余。他还想与同样看中扬州的黄得功火并，在史可法的调停下才罢兵。

［28］左兵：左良玉的军队。左良玉，字昆山，临清人。因镇压农民军有功被崇祯封为宁南伯，进侯爵，驻守武昌。弘光朝，他袒护复社，以清君侧的名义进军南京，讨伐马士英，至九江，病逝。左良玉的东进致使马、阮撤出江防主力对付左兵，为清军乘虚而南提供了机遇。

［29］下路：南京别称“白下”，元代又设“建康路”，后改“集庆路”，故用“下”“路”指代南京。

【导读】

此诗作于清顺治十年(1653)。此年四月,吴伟业至南京。去年,两江总督马国柱向朝廷推荐他,他赴宁辞荐。崇祯十三年(1640)至十四年(1641),吴伟业任南京国子监司业,曾作息于此地。此番重游故地,却因颓败不堪几至无法辨识。幸遇曾为国子监旧役的园叟种田其中,在其引导下,吴伟业凭吊旧迹、追思往事,痛批南明朝廷置国家危亡于不顾的种种猖狂行径,揭露清兵南下后的贪敛诛求,将对前朝的怀恋和对甲乙之际南京所遭劫难的悲痛交织在一起。诗歌通过中山王孙徐青君因穷苦为人代杖、钟山松柏遭百姓砍伐等细节,将清兵攻陷南京后"按籍缚富人"以及"人理澌灭"的情形和盘托出。又通过剪韭添酒,以亲历者(园叟)的视角再现了甲乙间南京所遭受的蹂躏。此诗在写作上亦有特色,通过对国子监及周围的兴盛衰败,将明朝开国、亡国的历史织进了诗人与园叟"访故基""诉兵火"的活动中。靳荣藩评此诗云:"此等诗可作古文读之,可作名画玩之,可作雅乐听之,可作佳山水游之,斯能于五言中另开生面,不至为古人所限。"此次赴宁,吴伟业还写下了《钟山》《台城》《鸡鸣寺》《功臣庙》等七律,这些作品抚今追昔,在结构上形成一种分合的关系,仿佛画中屏条与长卷,各具特色。

矶清湖并序

矶清湖者,西连陈湖,南接陈墓,其先褚氏之所居也。"矶清"者,土人以水清,疑其下有矶石,故名。或曰范蠡去越,取道于此,湖名"范迁",以音近而讹,世远莫得而考也。太湖居吾郡之北,有大山冲击,风涛湍悍,而陈湖诸水渟泓演迤,居人狎而安焉。烟村水市,若凫雁之着波面,千百于其中。土沃以厚,亩收二钟,有鱼虾菱芡之利,资船以出入,科徭视他境差缓,故其民日以饶,不为盗。吾宗之繇倩、青房、公益兄弟居于此四世矣。余以乙酉五月闻乱,仓黄携百口投之。中流风雨大作,扁舟掀簸,榜人不辨水门故处,久之始达。主人开门延宿,鸡黍酒浆,将迎洒扫。其居前荣后寝,葭芦掩映,榆柳萧疏,月出柴门,渔歌四起,杳然不知有人世事矣。是时姑苏送款,兵至不戮一人。消息流传,缓急互异,湖中烟火晏然,予将卜筑买田,耦耕终老。居两月而陈墓之变作[1],于是流离转徙,僅而后免。事定,将践前约,寻以世故牵挽,流涕登车,疾病颠连,关河阻隔。比三载得归,而青房过访草堂,见予发白齿落,深怪早衰,又以其穷愁茕独,妻妾相继下世,因话昔年湖山兵火,奔走提携,心力枉枯,骨肉安在?太息者久之。青房亦以毁家纾役,旧业荡然。水鸟树林,依稀如故,而居停数椽,断砖零甓,罔有存者。人世盛衰聚散之故,岂可问耶!抚今追往,诠次为五言长诗,用识吾慨,且以明旧德于不忘也。

吾宗老孙子[2],住在砚清湖。湖水清且涟,其地皆膏腴。堤栽百株柳,池种千石鱼。教僮数鹅鸭,绕屋开芙蕖。有书足以读,有酒易以沽。终老寡送迎,头发可不梳。相传范少伯,三徙由中吴。一舸从此去,在理或不诬。嗟予遇兵火,百口如飞凫。避地何所投?扁舟指菰蒲。北风晚正急,烟港生模糊。船小吹雨来,衣薄无朝铺。前村似将近,路转忽又无。仓皇值渔火,欲问心已孤。俄见葭菼边,主人出门呼。开栅引我船,扫室容我徒。我家两衰亲[3],上奉高堂姑[4]。艰难总头白,动止需人扶。妻妾病伶丁,呕吐当中途。长女仅九龄,余泣犹呱呱。入君所居室,灯火映窗疏。宽闲分数寝,嬉笑喧诸雏。缚帚东西厢,行李安从奴。前窗张挂网,后壁挂耒锄。苦辞村地僻,客舍无精粗。剪韭烹伏雌,斫鲙炊雕胡。床头出浊醪,人倦消几壶。睡起日已高,晓色开烟芜。渔湾一两家,点染江村图。沙嘴何人舟,消息传姑苏。或云江州下[5],不比扬州屠[6]。早晚安集掾[7],鞍马来南都。或云移民房[8],插箭下严符[9]。囊橐归他人,妇女充军俘。里老独晏然,催办今年租。馌耕看赛社[10],醵饮听呼卢[11]。军马总不来,里巷相为娱。而我游其间,坦腹行徐徐。见人尽恭敬,不识谁贤愚。鱼虾盈小市,凫雁充中厨。月出浮溪光,万象疑沾濡。放棹凌沧浪,笑弄骊龙珠。夷犹发浩唱,礼法胡能拘。东南虽板荡,此地其黄虞[12]。世事有反覆,变乱兴须臾。草草十数人,盟歃起里闾。兔园一老生,自诡读穰苴[13]。渔翁争坐席,有力为专诸。舴艋饰余皇[14],簑笠装犀渠[15]。大笑掷钓竿,赤手搏於菟[16]。欲夺夫差宫,坐拥专城居。予又出子门,十步九崎岖。脱身白刃间,性命轻锱铢。我去子亦行,后各还其庐。官军虽屡到,尚未成丘墟。生涯免沟壑,身计谋樵渔。买得百亩田,从子游长沮。天意不我从,世网将人驱。亲朋尽追送,涕泣登征车。吾生罹干戈,犹与骨肉俱。一官受逼迫,万事堪欷歔。倦策既归来,入室翻次且[17]。念我平生人[18],惨憺留罗襦。秋雨君叩门,一见惊清癯。我苦不必言,但坐观髭须。岁月曾几何,筋力远不如。遭乱若此衰,岂得胜奔趋。十年顾妻子,心力都成虚。分离有定分,久暂理不殊。翻笑危急时,奔走徒区区。君时听我语,颜色惨不舒。乱世畏盛名,薄俗容小儒。生来远朝市,谓足逃沮洳[19]。长官诛求急,姓氏属里胥。夜半闻叩门,瓶盎少所储。岂不惜堂构,其奈愁征输。庭树好追凉,剪伐存枯株。池荷久不开,岁久填泥淤。废宅锄为田,荞麦生阶除。当时栖息地,零落今无余。生还爱节物,高会逢茱萸。好采篱下菊,且读囊中书。中怀苟自得,外物非吾须。君观鸱夷子,眷恋倾城姝。千金亦偶然,奚足称陶朱。

不如弃家去，渔钓山之隅。江湖至广大，何惜安微躯？挥手谢时辈，慎勿空踌躕。

（《吴梅村全集》卷九）

【注释】

[1] 陈墓之变：指陈墓镇一带发生的抗清斗争。陆世钥，字兆鱼，明诸生，为陈墓富户。顺治二年（1645）六月十五日，清廷下剃发令。世钥在乡里举兵反抗，民众纷起响应，声势颇大。明进士吴易与举人孙兆奎、诸生沈自炯等举兵，屯长白荡，出入旁近诸县，道路为梗。这两支抗清义军曾合兵一道，一度攻入苏州城，在市民配合下，攻下并焚烧巡抚公署和县衙门。不久，义军被清军击败。清军大肆屠杀义兵和百姓。

[2]"吾宗"句：语出杜甫《吾宗》诗"吾宗老孙子，质朴古人风"。作者用以赞美吴青房兄弟古道热肠、古风犹存。

[3] 两衰亲：指作者父亲的原配陆氏与继配朱氏，当时均已六十多岁。作者为朱氏所生。

[4] 高堂姑：指作者祖母汤氏。

[5] 江州：指吴江县。元代吴江县升为吴江州。这里是省称。

[6] 扬州屠：扬州十日。

[7] 安集掾：官名，职责是使百姓安定辑睦。

[8] 移民房：要百姓迁出住房，把民房作为清军的宿地。

[9]"插箭"句：意思是说把箭插在民房上，征做军用，不得违抗。

[10] 馌（yè）耕：给耕者送饭。赛社：一年农事完毕，陈酒食祭祀田神，相互饮酒作乐。

[11] 呼卢：赌博。

[12] 黄虞：黄帝、虞帝。此句是说矾清湖一带和平宁静，好像黄虞那样的太平盛世。

[13] 穰苴（rángjū）：田氏，名穰苴，官司马，深通兵法，后人整理成《司马穰苴兵法》。

[14] 余皇：战船名。

[15] 犀渠：用犀皮制成的盾牌。

[16] 於菟（wūtú）：古代楚人称虎为"於菟"。比喻强敌。

[17] 次且：犹豫不进貌。

[18] 平生人：指妻妾。

[19] 沮洳（jùrù）：低湿之地。这里指矾清湖。

【导读】

这首诗作于顺治十四年（1657）秋。十二年前，清军攻打江南，吴伟业曾携家避居矾清湖吴青房兄弟家两个月，并作《避乱》六首以纪其事。十二年的时光，诗人经历了避乱、隐居、主持东南文会、被征出仕等，并于顺治十三年（1656）底辞官回乡。

这首诗以矶清湖为起点和终点，人生的轨迹仿佛在一个轮回后又回到原点，只是此时的吴伟业“发白齿落”“穷愁茕独”，面对“毁家纾役，旧业荡然”的吴青房，感慨万千，于是便有了这首回忆生平经历的五言古诗。诗分为五个部分，从“吾宗老孙子”至“在理或不诬”叙矶清湖周围及居民的基本情况；“嗟予遇兵火”至“此地其黄虞”叙顺治二年(1645)五月清兵下江南，诗人避居事；“世事有反覆”至“从子游长沮”则叙陈墓兵变事；“天意不我从”至“万事堪欷歔”叙诗人离开矶清湖、仕清事，此段经历尽管历时最长，但因与矶清湖无关，则略写；“倦策既归来”至结尾，则叙归来后吴青房来访，相与话旧，感慨变迁，抒发退隐情怀。此诗系追忆，故所忆避居事与《避乱》六首略有不同，据《避乱》其二、其三两首，则梅村遇雨是在“预将襁褓寄”之时，而其携家百口赴矶清湖时并未遇雨。

圆圆曲

鼎湖当日弃人间[1]，破敌收京下玉关。恸哭六军俱缟素，冲冠一怒为红颜。红颜流落非吾恋，逆贼天亡自荒宴。电扫黄巾定黑山[2]，哭罢君亲再相见。相见初经田窦家[3]，侯门歌舞出如花。许将戚里箜篌伎，等取将军油壁车。家本姑苏浣花里[4]，圆圆小字娇罗绮[5]。梦向夫差苑里游，宫娥拥入君王起[6]。前身合是采莲人[7]，门前一片横塘水。横塘双桨去如飞，何处豪家强载归？此际岂知非薄命，此时只有泪沾衣。薰天意气连宫掖，明眸皓齿无人惜[8]。夺归永巷闭良家[9]，教就新声倾坐客。坐客飞觞红日暮，一曲哀弦向谁诉？白皙通侯最少年[10]，拣取花枝屡回顾。早携娇鸟出樊笼，待得银河几时渡？恨杀军书底死催，苦留后约将人误[11]。相约恩深相见难，一朝蚁贼满长安。可怜思妇楼头柳，认作天边粉絮看[12]。遍索绿珠围内第，强呼绛树出雕栏[13]。若非壮士全师胜，争得蛾眉匹马还。蛾眉马上传呼进，云鬟不整惊魂定。蜡炬迎来在战场，啼妆满面残红印[14]。专征萧鼓向秦川，金牛道上车千乘[15]。斜谷云深起画楼[16]，散关月落开妆镜[17]。传来消息满江乡，乌桕红经十度霜。教曲妓师怜尚在，浣沙女伴忆同行。旧巢共是衔泥燕，飞上枝头变凤凰。长向尊前悲老大，有人夫婿擅侯王。当时只受声名累，贵戚名豪竞延致。一斛明珠万斛愁，关山漂泊腰支细[18]。错怨狂风飏落花，无边春色来天地[19]。尝闻倾国与倾城，翻使周郎受重名[20]。妻子岂应关大计，英雄无奈是多情。全家白骨成灰土，一代红妆照汗青。君不见馆娃初起鸳鸯宿，越女如花看不足。香径尘生乌自啼，屟廊人去苔空绿。换羽移宫万里愁，珠歌翠舞古《梁州》。为君别唱吴宫曲，汉水东南日夜流[21]！

（《吴梅村全集》卷三）

【注释】

［1］鼎湖：《史记·封禅书》："皇帝采首山铜，铸鼎于荆山下。鼎既成，有龙垂胡髯下迎黄帝，黄帝上骑，……后世因名其处曰鼎湖。"后世以此指代帝王。

［2］"电扫"句：黄巾，东汉末年张角领导的起义军以黄巾裹头，被称为"黄巾军"。黑山，东汉末年以张燕为首领的北河农民起义军称"黑山军"。

［3］田窦：西汉武安侯田蚡和魏其侯窦婴，均为外戚。此处借指崇祯帝外戚。据钮琇《觚剩》说是周皇后父周奎；而陆次云《圆圆传》、计六奇《明季北略》等谓是田贵妃父田弘遇。

［4］浣花里：借用唐妓女薛涛居浣花溪事。

［5］娇罗绮：语本江淹《别赋》"罗与绮兮娇上春"。形容圆圆服饰华丽，容颜娇美。

［6］"梦向"二句：这两句有三层含义，一是隐以夫差的妃子西施来比拟圆圆；二是写出圆圆自视甚高，愿望不一般；三是为下文写她一度入宫做暗示。

［7］采莲人：指西施，相传西施常采莲于灵岩山下的采香泾。

［8］"明眸"句：指圆圆曾被送入皇宫，但崇祯帝不纳。

［9］"夺归"句：谓圆圆被遣返，仍归田弘遇（或周奎）家。永巷，宫中嫔妃的住处。后为禁闭宫女处。

［10］"白皙"句：写吴三桂赏识陈圆圆。通侯，即彻侯，爵位名。秦统一后所建立的二十级军功爵中的最高一级，汉因袭，后因避武帝讳改为通侯或列侯。

［11］"早携"四句：写陈圆圆的心情。前两句是盼望吴三桂早早迎娶，以离开田弘遇（或周奎）家。后两句说军书催促吴三桂出守山海关，空留下后会之约，给自己带来了无端的痛苦。

［12］"可怜"二句：意为陈圆圆已是有丈夫之人，却仍被当作无主的妓女看待。

［13］"遍索"二句：绿珠，西晋石崇妾。绛树，三国时著名歌女。均借指陈圆圆。《清史稿·吴三桂传》称陈圆圆曾被李自成部将刘宗敏所掠。

［14］"蜡炬"二句：据钮琇《觚剩》，吴三桂追击李自成至山西，尚不知圆圆下落。其部将于北京搜访得之，立即飞骑传送。三桂结五彩楼，列旌旗，箫鼓三十里，亲往迎接。此化用魏文帝迎娶美人薛灵芸在京城之外数十里间高燃蜡烛事。见王嘉《拾遗记》。

［15］"专征"二句：写吴三桂于顺治五年移镇汉中。专征，古代帝王授予将帅掌握军旅的特权，不待天子之命，得以自行征伐。秦川，指陕西、甘肃、秦岭以背平原地区。金牛道，一名石牛道，是由沔阳（今陕西勉县）入四川的古栈道。

[16] 斜(yé)谷:在今陕西省眉县西南,即褒斜道的斜谷一部分。

[17] 散关:大散关,在陕西省宝鸡市西南大散岭上。

[18] "一斛"二句:典出佚名《梅妃传》,唐玄宗于花萼楼思念梅妃,恰值外国进贡宝珠,玄宗随即命"封珍珠一斛密赐妃"。此处谓圆圆当年被重价购去入京,引起之后一段漂泊的悲哀。

[19] "错怨"二句:写圆圆几经波折,荣贵实属意外。

[20] "尝闻"二句:小说言赤壁之战时,曹操因大小乔之美,扬言要挥军南下夺东南二乔,周瑜盛怒之下,决计抗曹,夺得了赤壁之战的全胜,名声大振。

[21] "汉水"句:语出李白《江上吟》"功名富贵若长在,汉水亦应西北流"。

【导读】

这是吴伟业的名作,也是典型的"梅村体"。此诗作年,有顺治元年、七年、八年、十六年及十六年以后诸说,冯其庸、叶君远《吴梅村年谱》取顺治八年(1651)说,今据此。陈圆圆,明末苏州名妓,本姓邢,名沅,字畹芬。陈维崧《妇人集》引冒襄语曰:"妇人以姿制为主,色次之,碌碌双鬟,难其选也。蕙心兰质,澹秀天然,生平所觏,则独有圆圆耳。"钮琇亦云:"(圆圆)容辞闲雅,额秀颐丰,有林下风致。年十八,隶籍梨园,每一登场,花明雪艳,独出冠时,观者魂断。"(《觚剩》卷四《燕觚》)可见其色艺俱佳。崇祯末年陈圆圆归外戚,后为吴三桂妾。吴三桂出镇山海关,李自成攻陷北京,圆圆被俘,三桂大怒,乞降清兵,引兵攻陷北京,圆圆复归三桂,后随其至云南。至于其结局,则众说不一。钮琇《觚剩》谓其晚年出家为女道士,清兵平吴三桂后,不知所终。孔龙章《金莲庵陈圆圆遗像诗册跋》谓清兵平滇时,圆圆从玉林阐师在宏觉寺祝发,法名寂静,号玉庵。刘健《庭闻录》则谓清兵平滇时,圆圆已先死。吴三桂(1612—1678),字长白,锦州总兵吴襄之子,祖大寿外甥。武举人。崇祯末年任辽东总兵,封平西伯,驻防山海关。李自成起义军攻克北京后,吴三桂引清兵入关,受封为平西王,镇压陕西农民军,顺治八年八月"入觐"后,即奉命进军四川。顺治十六年(1659)镇守云南,引兵入缅甸俘获永历帝,并于康熙元年将其杀死。康熙十二年(1673),吴三桂举兵反清,康熙十七年(1678)他在衡州称帝,不久病死。

"借离合之情,写兴亡之感"是孔尚任《桃花扇》的立意,岂不知早于孔氏的吴伟业即有此意。《圆圆曲》以一代兴亡系于吴三桂"冲冠一怒为红颜"的举动,是抒发明亡愤懑的独特视角。自古英雄难过美人关,爱江山更爱美人的"陈词滥调"在吴伟业的笔下却成了一代诗史。此诗先叙甲申国变,点出诗眼"冲冠一怒为红颜"。再以吴三桂的口吻,以借口的方式讽刺其引兵入关。在倒叙相识红颜的经过后再追忆圆圆的身世经历，并以此来截断相识过程，待说到"豪强载归""夺归永巷"时又自然接续到相识场面，且用特写的方式，交代了酒席上吴、陈二人互通款曲的细节。这种写法，类似小说的"横云断山"法，避免了平铺直叙，增强了情节的曲折感和丰富性。随后所写起义军攻占北京、圆圆被劫，在情节上虽然延续上文，但是叙事时间反而推至开篇之前，又用"若非"两句重提诗眼，并顺理成章地叙述三桂、圆圆沙场重见及随军入陕。

吴伟业写作此诗时，吴三桂正是清廷倚靠的重臣，忙于镇压农民军残余及抗清的南明势力，所以写到"斜谷云深起画楼，散关月落开妆镜"时，两人离合之情已经叙完，今后的事态如何无法揣测。因此，作者笔锋一转，将视线转回到圆圆家乡，通过"教曲妓师""浣纱女伴"的侧面视角突出了个人命运的无常和变数，并以"全家白骨成灰土，一代红妆照汗青"再次点明诗眼。吴三桂的富贵荣华能长久吗？这是所有人关心的话题，也终于轮到作者发声了。吴伟业用历史的镜鉴并巧借李白的诗句告诉读者——不会。后来的事实证明了他洞若观火的判断。陆次云《圆圆传》说："（梅村）作《圆圆曲》以刺三桂曰：'冲冠一怒为红颜。'盖实录也。三桂赍重币，求去此诗，吴勿许。当其盛时，祭酒能显斥其非，却其赂遗而不顾，于甲寅之乱，似早有以见其微者。呜呼！梅村非诗史之董狐也哉！"张潮也说："吴三桂未叛时，予读祭酒《圆圆曲》，不解所谓。甲寅后，友人因为予言其故，深服先生先见之明。今读此传，益知《圆圆曲》之妙也。"所谓"三桂赍重币，求去此诗"多半是小说家言，然陆次云及张潮的评论均就吴伟业之史识而言，这也是《圆圆曲》能够成为诗史的重要原因之一。

总结而言，《圆圆曲》以交错的叙事视角、腾挪的情节结构、婉转的声韵情调、富丽的词采篇章，用男女离合之情，绾合起家国之痛、民族之恨，通过"恸哭"二句、"若非"二句和"全家"二句这些仿佛交响乐反复回荡的主旋律，讽刺了吴三桂为女色而罔顾民族大义，批判了其叛明降清的罪行，同时也对陈圆圆的身世寄予了同情。

楚两生行并序

蔡州苏昆生，维扬柳敬亭，其地皆楚分也，而又客于楚。左宁南驻武昌，柳以谈、苏以歌，为幸舍重客[1]。宁南没于九江舟中，百万众皆奔溃。柳已先期东下。苏生痛哭，削发入九华山，久之，出从武林汪然明[2]。然明亡，之吴中。吴中以善歌名海内，然不过啴缓柔曼为新声。苏生则于阴阳抗坠，分刌比度[3]，如昆刀之切玉[4]，叩之栗然[5]，非时世所为工也。尝遇虎丘广场大集，生睨其旁，笑曰："某郎以某字不合律。"有识之者曰："彼伧楚乃窃言是非！"思有以挫之，间请一发声，不觉屈服。顾少年耳剽日久，终不肯轻自贬下，就苏生问所长。生亦落落难合，到海滨，寓吾里。萧寺风雪中，以余与柳生有雅故，为立小传，援之以请曰："吾浪迹三十年，为通侯所知。今失路憔悴而来过此，惟愿公一言，与柳生并传足矣！"柳生近客于云间帅[6]，识其必败，苦无以自脱；浮湛敖弄[7]，在军政一无所关，其祸也幸以免。苏生将渡江，余作《楚两生行》以送之。以之寓柳生，俾知余与苏生游，且为柳生危之也。

黄鹄矶头楚两生[8]，征南上客擅纵横[9]。将军已没时世换，绝调空随流水声。一生拄颊高谈妙，君卿唇舌淳于笑[10]。痛哭长因感旧恩，诙嘲尚足陪年少[11]。途穷重走伏波军[12]，短衣缚袴非吾好。抵掌聊分幕府金，褰裳自把江村钓。一生嚼徵与含商，笑杀江南古调亡。洗出元音倾老辈，叠成妍唱待君王。一丝萦曳珠盘转，半黍分明玉尺量[13]。最是《大堤》西去曲[14]，累人肠断杜当阳[15]。忆昔将军正全盛，江楼高会夸名胜。生来索酒便长歌，中天明月军声静。将军听罢据胡床，抚髀百战今衰病[16]。一朝身死竖降幡[17]，貔貅散尽无横阵。祁连高冢泣西风[18]，射堂宾客嗟蓬鬓。羁栖孤馆伴斜曛，野哭天边几处闻。草满独寻江令宅[19]，花开闲吊杜秋坟[20]。鹍弦屡换尊前舞，鼍鼓谁开江上军。楚客只怜归未得，吴儿肯道不如君。我念邗江头白叟，滑稽幸免君知否？失路徒贻妻子忧，脱身莫落诸侯手。坎壈由来为盛名，见君寥落思君友。老去年来消息稀，寄尔新诗同一首。隐语藏名代客嘲，姑苏台畔东风柳。

（《吴梅村全集》卷十）

【注释】

[1] 幸舍：原为战国时贵族供门下食客食宿的地方，后泛指招待宾客之所。

[2] 汪然明(1577—1655)：名汝谦，字然明。安徽歙县人，移居杭州经商。常招集胜流，为湖山诗酒之会。

[3] 分刌(cǔn)比度：谓使乐曲处处中节合律。

[4] 昆刀：昆吾刀。是用昆吾石冶炼成的铁制作的刀。这里用"昆刀切玉"比喻苏昆生对音律把握的精准。

[5] 栗然：坚实密致貌。

[6] 云间帅：马逢知，原名进宝，隰州人。明朝时任安庆副将、都督同知。顺治初年降清。顺治六年(1649)授金华总兵，顺治十三年(1656)升苏松常镇提督。顺治十六年(1659)郑成功水师

攻入长江，他拥兵坐视，于顺治十七年(1660)获罪被杀。

[7] 浮湛：随波逐流。敖弄：调笑嬉戏。

[8] 黄鹄矶：湖北武昌西有黄鹄山，其下为黄鹄矶。

[9] 征南：西晋大臣羊祜曾任征南大将军，镇守襄阳，屡请兵灭吴，未能实现而死。这里指左良玉。

[10] "君卿"句：君卿，是西汉楼护的字。他精于辩论，与谷水(字子云)俱为五侯上宾。时有"谷子云笔札，楼君卿唇舌"(《汉书·游侠传》)之誉。淳于，战国淳于髡，滑稽多辩，善于调笑，常用隐语来劝谏齐王。

[11] "痛哭"二句：吴伟业《柳敬亭传》云："左以为此天下辩士，欲以观其能，帐下用长刀遮客，引就席，坐客咸振慴失次。生(柳敬亭)拜讫，索酒，诙嘲谐笑，旁若无人者。左大惊，自以为得生晚也。……左幕府多儒生，所为文檄不甚中窾会。生故不知书，口画便宜辄合。"

[12] 伏波：东汉马援为伏波将军。这里指代马逢知。余怀《板桥杂记》下卷《轶事》载，左良玉死后，柳敬亭"又游松江马提督军中，郁郁不得志，年已八十余矣"。

[13] 黍：古代度量衡定制的基本单位。此指声音的长短。"半黍"是指非常短小的音节。刘义庆《世说新语·术解》载，荀勖善解音声，每至宫廷作乐，都自调音律。阮咸却谓其不准。后有人得到周朝玉尺，荀勖用它来校正乐器，发现均短一黍，于是才服阮咸。

[14]《大堤》西去曲：《大堤曲》。乐府西曲歌名，出自《襄阳乐》。大堤，在今湖北襄阳。由于襄阳当时在左良玉所控制管辖的范围之内，故诗中多有提及。

[15] 杜当阳：杜预，西晋名将，曾任镇南大将军、都督荆州诸军事，镇守襄阳。后统兵灭吴，封当阳侯。此指左良玉。

[16] 抚髀：髀，股部，大腿。《三国志·先主传》裴松之注引《九州春秋》，刘备在荆州数年，见髀里生肉，慨然流涕。刘表问其故，他说："吾常身不离鞍，髀肉皆消。今不复骑，髀里生肉。日月若驰，老将至矣，而功业不建，是以悲耳。"

[17] "一朝"句：谓左良玉死后，其子左梦庚投降清兵事。

[18] 祁连高冢：霍去病去世后，汉武帝为他营建了一座状如祁连山的坟墓。此指左良玉墓。

[19] 江令：南朝文学家江总。他历仕梁、陈、隋三朝，陈后主时官至尚书令，世称"江令"。江令宅故址在南京青溪。

[20] 杜秋：唐朝金陵女子，杜牧《杜秋娘诗并序》详记其事。杜秋坟，故址在南京。

【导读】

此诗作于顺治十七年(1660)至康熙初年间。"楚两生"，指苏昆生与柳敬亭。苏昆生(1600—1679)，原名周如松，河南固始人。晚明流落于南京、无锡、苏州、太仓一带，以善歌出入公卿府邸和青楼妓院，人称"南曲天下第一"。柳敬亭

(1587—1670),原名曹永昌,后易名敬亭,号逢春,因“面多麻”,外号“柳麻子”,江苏泰州人(一说南通州余西场人)。十八岁学习说书,后成为明末清初著名的说书艺人。两人因籍贯在古代均属楚地,又曾客居楚地,故被称为“楚两生”。吴伟业与两人交往密切,此诗之外,尚有《柳敬亭传》《为柳敬亭陈乞引》《柳敬亭赞》《口占赠苏昆生四首》等。吴伟业曾为柳敬亭作传,故苏昆生亦请吴氏为其作传,遂成此诗。因苏、柳二人身份地位经历相似,所以吴伟业在诗中一并叙之,但以苏为主柳为宾。诗从两人离开左良玉流落江南以后的情形开篇,先略写柳敬亭,再详写苏昆生,以宾衬主。在后半部分,又用“我念邗江”二句拉住柳敬亭一线,紧扣“两生”,末句“姑苏台畔东风柳”用“隐语藏名”法呼应开头的“黄鹄矶头楚两生”。苏、柳二人本为底层艺人,由于他们与明末清初的历史有着特殊的关联,其人生的浮沉升降与时代风云世事沧桑密切相关,他们的事迹便成为明清之际遗老遗少演说兴亡、寄寓感慨的话柄。

悲歌赠吴季子[1]

人生千里与万里,黯然消魂别而已。君独何为至于此?山非山兮水非水,生非生兮死非死!十三学经并学史,生在江南长纨绮。词赋翩翩众莫比,白璧青蝇见排抵。一朝束缚去,上书难自理,绝塞千山断行李。送吏泪不止,流人复何倚?彼尚愁不归,我行定已矣!八月龙沙雪花起[2],橐驼垂腰马没耳。白骨皑皑经战垒,黑河无船渡者几?前忧猛虎后苍兕[3],土穴偷生若蝼蚁。大鱼如山不见尾,张鬐为风沫为雨。日月倒行入海底,白昼相逢半人鬼。噫嘻乎悲哉!生男聪明慎勿喜,仓颉夜哭良有以。受患只从读书始,君不见,吴季子!

(《吴梅村全集》卷十)

【注释】

[1] 吴季子:吴兆骞(1631—1684),字汉槎,吴江(今属江苏苏州)人。因在兄弟中排行第四,遂称吴季子。他少有才名,与华亭彭师度、宜兴陈维崧有“江左三凤凰”之称。顺治十四年(1657)考中进士,旋因“科场案”牵连下狱,顺治十五年(1658)十一月被判遣戍宁古塔(今黑龙江省宁安市西)。居塞外二十三年,经友人顾贞观恳求纳兰成德营救,得赎还。著有《秋笳集》。

［2］龙沙：《后汉书·班超传赞》："定远慷慨，专功西遐，坦步葱、雪，咫尺龙沙。"李贤注："葱岭、雪山、白龙堆沙漠也。"后泛指塞外沙漠之地。

［3］苍兕：犀牛一类的野兽。

◎ 吴兆骞像

【导读】

此诗作于顺治十五年（1658），吴兆骞被遣戍宁古塔，作者为其送行而作。清初为吴兆骞遣戍和流放而作诗词者甚夥，以本诗与顾贞观的两首《金缕曲》最为著名。此诗一改其七古大量使事用典、辞藻缛丽、对偶转韵的风格，代之以不假雕饰、句式参差、一韵到底的写法，读来声调急促，跌宕起伏，悲切激越。梁启超《中国韵文里头所表现的情感》说这首诗的好处是："把无穷的冤抑，用几句极粗重的话表尽了。"

松山哀

拔剑倚柱悲无端，为君慷慨歌松山。卢龙蜿蜒东走欲入海[1]，屹然搘拄当雄关[2]。连城列障去不息，兹山突兀烟峰攒。中有垒石之军盘[3]，白骨撑距凌巑岏[4]。十三万兵同日死，浑河流血增奔湍[5]。岂无遭际异[6]，变化须臾间。出身忧劳致将相，征蛮建节重登坛[7]。还忆往时旧部曲[8]，喟然叹息摧心肝。呜呼！玄菟城头夜吹角[9]，杀气军声振寥廓。一旦功成尽入关，锦裘跨马征夫乐[10]。天山回首长蓬蒿[11]，烟火萧条少耕作。废垒斜阳不见人，独留万鬼填寂寞。若使山川如此闲，不知何事争强弱。闻道朝廷念旧京，诏书招募起春耕。两河少壮丁男尽[12]，三辅流移故土轻[13]。牛背农夫分部送，鸡鸣关吏点行频。早知今日劳生聚，可惜中原耕战人[14]！

（《吴梅村全集》卷十一）

【注释】

［1］卢龙：山脉名。从今河北围场县七老图岭起，蜿蜒而东，与山海关北的松岭相接。

[2] 搘拄(zhīzhǔ):支撑。雄关:山海关。

[3] 军盘:指驻军的营垒。

[4] 撑距:支撑。

[5] 浑河:源出辽宁清原县东滚马岭,流经抚顺、沈阳、至营口,注入辽东湾。浑河两岸为明清两军激战之地。

[6] 遭际异:松山战败,被俘的明军将领丘民仰、曹变蛟、王廷臣等不屈被杀,而洪承畴与总兵祖大寿降清受重用,所以说遭遇不同。

[7] "出身"二句:写洪承畴为清效命,从而位至将相,指掌军权。《清史稿·洪承畴传》,洪承畴降清后,官至太子太师、大学士、兵部尚书,总督军务。他曾征服湖广、两广、云贵等地。

[8] 部曲:古代军队编制,大将统领五部,每部设校尉一名。部下有曲,每曲设军侯一名。

[9] 玄菟:汉代郡名。辖境相当今辽宁东部地区至朝鲜咸镜北道一带。这里指代松山城。

[10] "一旦"二句:假设松山战役胜利,洪承畴将锦裘荣贵。这里是反语。

[11] 天山:祁连山,是汉族与少数民族经常交锋的作战地区。这里代指辽锦战场的山脉。

[12] 两河:《尔雅·释地》载"两河间曰冀州"。这里指今河北一带。

[13] 三辅:西汉治理京畿地区的三个职官的合称,亦指其所管辖地区。后泛指京畿附近地区。

[14] 中原耕战人:指在松山战死的明军将士。

【导读】

此诗作于顺治十二年(1655)。松山,在辽宁省锦州市南。崇祯十四年(1641),洪承畴率八总兵十三万人、马四万匹与清兵会在于此,大败,被围半年。次年三月,松山陷落,明军全军覆没,五月洪承畴降清。清军乘胜攻占锦州。松山之战,是明亡清兴过程中的重大战役,开启了清军入关的大门。洪承畴(1593—1665),字彦演,号亨九,福建泉州南安人。万历四十四年(1616)进士。崇祯时任兵部尚书,总督河南、山西、陕西、四川、湖广军务,镇压农民起义。崇祯十二年(1639)调任蓟辽总督。降清后隶汉军镶黄旗。顺治元年(1644)随清兵入关,次年至南京总督军务,镇压江南抗清义军。顺治十年(1653)受命经略湖广、广东、广西、云南、贵州等地。

写此诗时,吴伟业在京任侍读,而洪承畴则已位极人臣并在镇压南明势力的大前方,诗中"出身忧劳致将相,征蛮建节重登坛"即指此。此诗写作的目的之一当然在讽刺洪承畴的降清。松山沦陷后,洪承畴先是绝食数日不肯降清,在皇太极嘘寒问暖、倍加礼遇后,终于俯首称臣,"岂无遭际异,变化须臾间"即指此。写作此诗的另外一个目的,即表达对清廷鼓励内地汉族百姓出关垦荒的不满。清兵入关,八旗兵丁家口“从龙入关”，造成了清初东北地区人口骤减，劳动力缺乏，农田荒废。为了解决“北大荒”的局面，顺治六年（1649）即下旨允许汉人出关垦荒。顺治十年（1653），朝廷颁布《辽东招民开垦例》，对招徕汉民予以奖励，并对能招徕汉民的人予以官职。这项“开垦例”的颁布，开始了清初“闯关东”的真正历程，从此内地汉民（特别是被灾贫民）陆续迁往关东。此诗从“天山回首长蓬蒿”开始，就是讲的这样一个事件，即八旗满汉入关，再鼓励内地汉民出关开垦。“锦裘跨马征夫乐”（满）与“两河少壮丁男尽”（汉）的矛盾，令吴伟业的内心十分不满，但苦于身仕清廷，他只能以“早知今日劳生聚，可惜中原耕战人”的方式来表达他的不满。

穿　山[1]

势削悬崖断，根移怒雨来。洞深山转伏，石尽海方开。废寺三盘磴[2]，孤云五尺台[3]。苍然飞动意，未肯卧蒿莱。

（《吴梅村全集》卷四）

【注释】

［1］穿山：一名帆山。在太仓。原在海中，后与陆地相连。山下有通连通南北，故曰穿山。因历史原因，此山今已不存。

［2］废寺：穿山上有真武庙。三盘磴：曲折盘旋的石磴，即“崩云蹬”，在穿山左侧。

［3］五尺台：指“钓鳌台”，在真武庙东。

【导读】

此诗作于崇祯时期。这首五言近体所咏为作者家乡之山，准确地讲是一座小土丘。据州志记载，穿山高仅十七丈，周三百五十步。然而就是这样一座不起眼的培塿小山，诗人却赋予了它势险气豪的勃勃生机。首二句起得有势，写穿山由海岛变为陆山的动态过程，也是对穿山的全景展示。颔联写穿山名称的来历，因为山下有洞能通南北，故名穿山。且山底宽阔，山反而显得矮了。山尽管矮，也足以障目，但人们穿过山洞便能见到大海，眼界一下子便开阔起来。颈联写山上古迹，也暗示了登山过程，还用废寺、孤云等突出了游山人少，欲扬先抑，为结尾蓄势。结尾两句呼应开头，同样是从整体写穿山，但写出了原本静止的山腾挪跃起的动态感，且赋予了这座原本不起眼的土丘以凌空直上不甘沉沦之意，也似乎是作者意气风发、胸怀大志的隐喻。

遇旧友

已过才追问，相看是故人。乱离何处见，消息苦难真[1]。拭眼惊魂定，衔杯笑语频。移家就吾住，白首两遗民。

（《吴梅村全集》卷四）

【注释】

[1]“乱离”二句：袭用杜甫《遣忧》中“乱离知又甚，消息苦难真”。

【导读】

此诗作于顺治初年。此时吴伟业尚未出仕清廷，故以遗民自称。若非亲历鼎革巨变，诗人断写不出如此细腻真实的生活片段。靳荣藩评曰：“梅村此诗，通首具有真气。”尤以首二句无理而妙，沈德潜评云：“起语得神，与‘乍见翻疑梦’同妙。”（《国朝诗别裁集》卷一）

自　叹

误尽平生是一官，弃家容易变名难。松筠敢厌风霜苦[1]，鱼鸟犹思天地宽。鼓枻有心逃甫里[2]，推车何事出长干[3]？旁人休笑陶弘景[4]，神武当年早挂冠。

（《吴梅村全集》卷六）

【注释】

[1] 松筠：语出《礼记·礼器》：“其在人也，如竹箭之有筠也，如松柏之有心也。二者居天下之

大端矣，故贯四时而不改柯易叶。”后以“松筠”比喻节操坚贞。

[2] 甫里：地名。即今江苏苏州吴中区甪直镇。唐代诗人陆龟蒙曾隐居此地，自号甫里先生。

[3] 推车：指推荐、举荐的意思。车，指征车，即朝廷征召贤达之士所用的车子。

[4] 陶弘景：曾任南齐诸王侍读、奉朝请。齐武帝永明十年(492)，他脱去朝服挂在神武门上，上表辞官，隐居于句容茅山。梁武帝时，朝廷有大事，常征询他的意见，时人称他是“山中宰相”。

【导读】

此诗作于顺治十年(1653)。顺治九年(1652)，两江总督马国柱遵旨举荐地方人才，将吴伟业举荐于朝廷，顺治十年(1653)四月，吴伟业至南京拜谒马国柱，请求免予举荐。这首诗就是他在南京写下的自陈心迹之作。首联二句，起得突兀，特别是将读书人为之奋斗的做官说成是最大的错误，这种在易代之际才有的独特感受，包含了无限痛楚与矛盾，也是吴伟业入清后内心极度痛苦的原因之一。颔联用比兴手法，表明了他入清后忠于明室的节操和甘于隐遁的志向。颈联则上承下转，以陆龟蒙自比，表明甘心隐遁，但事与愿违，一心求隐却反而被推荐。尾联则以自嘲作结，说自己还不如当年的陶弘景。陶弘景虽然去官后仍不忘荣利，但他毕竟是挂冠了，自己则面临着被迫出仕，其苦难言。

扬州四首

叠鼓鸣笳发棹讴，榜人高唱广陵秋。官河杨柳谁新种，御苑莺花岂旧游[1]。十载西风空白骨[2]，廿桥明月自朱楼。南朝枉作迎銮镇[3]，难博雷塘土一丘[4]。

【注释】

[1] 御苑：这里指隋炀帝所修的隋苑，故址在今扬州市西北。

[2] 十载：清兵顺治二年(1645)四月攻打扬州至今已八年，这里举成数而言。

[3] 迎銮镇：《新五代史・吴世家》载徐温拥立杨溥为吴王。杨溥至白沙(今江苏仪征)检阅军队，徐温来见，遂将白沙改称迎銮镇。这里指马士英等拥立福王朱由崧事。

[4] 雷塘：地名，一名雷陂，在扬州城北十里。隋炀帝被宇文化及缢杀后葬于此。

野哭江村百感生，斗鸡台忆汉家营[1]。将军甲第櫜弓卧[2]，丞相中原拜表行[3]。白面谈边多入幕[4]，赤眉求印却翻城[5]。当时只有黄公覆[6]，西上偏随阮步兵[7]。

【注释】

[1] 斗鸡台：吴公台。在今扬州市北。汉家营：指弘光朝的军队。

[2] 櫜(gāo)弓：把弓箭收藏起来。

[3] "丞相"句：计六奇《明季南略》卷二载，顺治元年(1644)十一月，史可法曾向弘光帝上疏，"密请恢复远略"，以图中原。

[4] 白面："白面书生"的省称，语出《宋书・沈庆之传》："陛下今欲伐国，而与白面书生辈谋之，事何由济！"

[5] "赤眉"句：写高杰要求镇守扬州，与黄得功发生冲突，并遭到扬州人民激烈反对之事。赤眉，西汉末农民起义军中的一支，因用赤色染眉做标志，故称"赤眉军"。此代指高杰，因其曾参加李自成起义军，后投降明朝。求印，即指求为扬州总督。翻城，谓使得城市大乱。据《明史・黄得功传》和《高杰传》记载，高杰为争扬州，曾在扬州土桥袭击黄得功，且派兵至仪真攻击黄得功军。高杰军本驻扎扬州城外，欲入扬州城，扬州人畏惧，为之罢市，登城死守，拒绝接纳。高杰遂下令攻城，且纵兵杀掠。

[6] 黄公覆：黄盖，字公覆。此代指黄得功。在四镇中，黄得功最为忠勇能战。这句诗意思说当时朝廷可倚重的镇将只有黄得功。

[7] "西上"句：据《明史・诸王传》载，弘光元年(1645)三月，左良玉以救太子、清君侧为名，自武昌顺江东下，进军南京，讨伐马士英。马士英紧急调遣阮大铖、黄得功等率军沿江西上以抵御左军。阮步兵，指弘光朝兵部尚书阮大铖。

尽领通侯位上卿，三分淮蔡各专征[1]。东来处仲无它志[2]，北去深源有盛名[3]。江左衣冠先解体[4]，京西豪杰竞投兵[5]。只今八月观涛处，浪打新塘战鼓声。

【注释】

[1] 三分淮蔡：淮指淮河流域，蔡指下蔡，即今安徽寿县一带。弘光朝四镇除高杰驻于泗水，辖徐、泗二州外，其余三镇，刘泽清驻淮北，辖淮海；刘良佐驻临淮，辖凤阳、寿州；黄得功驻庐州，辖滁、和二州；全属淮蔡之地。

[2] 处仲：东晋王敦，字处仲。东晋初任大将军、荆州牧，握重兵屯武昌。后因朝廷信用刘隗，抑制王氏势力，遂于永昌元年(322)自武昌起兵，以诛刘隗为名，攻入建康(今江苏南京)。此处以王敦指左良玉。无它志：指左良玉只是要讨伐马士英，并没有篡夺政权的野心。

［3］深源：东晋殷浩，字深源。屡被征召而不就官。据《晋书·殷浩传》载，永和二年(346)，简文帝征拜他为扬州刺史。会稽王司马昱畏桓温势盛，引殷浩共参朝政。后赵灭亡后，曾任都督扬、豫、徐、兖、青五州军事，统军进取中原。这里指代史可法。史可法原为弘光朝东阁大学士。因马士英等不愿他当国，以督师为名，让他出守扬州。

［4］“江左”句：意思说清兵刚一下江南，弘光朝勋戚大臣立即纷纷投降。

［5］京西豪杰：当指弘光朝四镇之一刘良佐。他是大同左卫人，初属李自成，后叛降明朝，转而进攻农民军，官至总兵。弘光帝立，封广昌伯，驻临淮。清军南下，他率部投降。随即掳弘光帝于芜湖，献交清军。

拨尽琵琶马上弦，玉钩斜畔泣婵娟[1]。紫驼人去琼花院，青冢魂归锦缆船[2]。豆蔻梢头春十二[3]，茱萸湾口路三千[4]。隋堤壁月珠帘梦[5]，小杜曾游记昔年[6]。

（《吴梅村全集》卷十五）

【注释】

［1］“拨尽”二句：琵琶马上弦，石崇《王明君词序》：“王明君者，本是王昭君，以触文帝讳改焉……昔公主嫁乌孙，令琵琶马上作乐，以慰其道路之思。其送明君亦必尔也。其造新曲，多哀怨之声。”这里以昭君远嫁比喻扬州士女被清兵掳掠北上。玉钩斜，道路名。故址在扬州市西戏马台下，是隋炀帝埋葬宫人处。

［2］青冢：本为王昭君墓，这里指扬州女子身死异乡。锦缆船：用精美的缆绳牵引的船。隋炀帝巡幸江都(今扬州)，曾用宫女以锦缆牵挽龙舟。

［3］“豆蔻”句：用杜牧《赠别》诗“娉娉袅袅十三余，豆蔻梢头二月初”句意，以形容扬州女子的年轻美好。

［4］茱萸湾：人工河名。在扬州东北。隋仁寿四年(604)开凿以通漕运，因其侧有茱萸村，故名，是扬州人为远行之人送别之所。

［5］隋堤：隋炀帝时沿通济渠、邗沟河岸修筑的御道，道旁植杨柳，后人谓之隋堤。

［6］小杜：指晚唐诗人杜牧。他有《念昔游》三首，回忆在江南的生活。

【导读】

这组诗作于顺治十年(1653)诗人应召北上途经扬州时。第一首抚今追昔，寄托了亡国之痛。靳荣藩曰：“次句点明扬州，三、四紧承扬州生感，五、六一虚一实，结句所感者深。”第二首写南明弘光朝事，以“野哭江村百感生”领起，下面细数一年而亡的种种表征：高杰与黄得功为争夺驻守扬州而不抵御清军，左良玉东下讨伐马士英，朝堂上只有纸上谈兵的白面书生，唯有史可法一人决心北伐，这样的小朝廷能不速亡吗？陆次云评此首云："南都情事，该括无遗，笔有抑扬，意仍含蓄。"第三首是在第二首的基础上，进一步批判四镇的离心离德。第四首写清兵南下后，掠大批江南妇女北去之事，结尾以杜牧自比，表达了对晚明扬州繁华的怀恋。靳荣藩评此组诗云："四首首尾合之、分之俱成章法，是梅村得意之笔。"

过淮阴有感二首

落木淮南雁影高，孤城残日乱蓬蒿。天边故旧愁闻笛[1]，市上儿童笑带刀[2]。世事真成《反招隐》[3]，吾徒何处续《离骚》。昔人一饭犹思报[4]，廿载恩深感二毛。

【注释】

[1] 闻笛：嵇康、吕安被司马昭所杀，向秀经嵇康山阴旧居，闻邻人笛声，感怀亡友，作《思旧赋》。

[2] "市上"句：《史记·淮阴侯列传》："淮阴屠中少年有侮信者，曰：'若虽长大，好带刀剑，中情怯耳。'众辱之曰：'信能死，刺我；不能死，出我袴下。'于是信孰视之，俯出袴下，蒲伏。一市人皆笑信，以为怯。"

[3] 反招隐：晋王康琚有《反招隐》诗，中有"小隐隐陵薮，大隐隐朝市"之句。

[4] "昔人"句：指漂母给韩信吃饭，韩信拜将封侯，召见漂母，赠以千金。

登高怅望八公山[1]，琪树丹崖未可攀[2]。莫想《阴符》遇黄石，好将《鸿宝》驻朱颜[3]。浮生所欠止一死，尘世无由识九还。我本淮王旧鸡犬[4]，不随仙去落人间。

（《吴梅村全集》卷十五）

【注释】

[1] 八公山：一名淝陵山，在今安徽省淮南市西。相传汉淮南王刘安曾与号称"八公"的八位门客同登此山，因以为名。魏晋以来，一些道教著作因刘安好方术，遂附会"八公"为神仙，并说刘安在八公山修炼成仙，升天而去。

[2] 琪树：仙境中的玉树。

[3] "莫想"二句：意为自己不想像张良那样在这一带遇奇人，获奇书，从而建功立业，也不想按刘安《枕中鸿宝苑秘书》所说认真修炼，益寿延年。阴符，又称《太公阴符》，古兵书名。黄石，《史记·留侯世家》载张良年轻时游下邳圯上，有一老人授他一本《太公兵法》，说读此书可为"王

者师"，并称十三年后"见我济北谷城山下，黄石即我"。鸿宝，据《汉书·刘向传》载，淮南王刘安有《枕中鸿宝苑秘书》，记述修仙炼丹之术。

[4] 淮王旧鸡犬：据王充《论衡·道虚》载，相传淮南王刘安得道成仙，连他家的鸡狗也随之升天。

【导读】

这两首诗写于顺治十年(1653)诗人应召赴京途经淮阴时。两诗联系淮阴有关历史传说，表达了自己违心仕清，自怨自艾的痛苦心情。这种毫无掩饰的自白是颇需要勇气的。程穆衡曰："《书》曰'诗言志'，故听其言可以睹其情焉。君子读此二诗者，宜乎涕泪盈襟，哀思郁乱矣。乃同时有久膺宠遇，夙负大名，而事往时移，披其著述，曾无一语及此者，独何心哉！"

临清大雪

白头风雪上长安，裋褐疲驴帽带宽。辜负故园梅树好，南枝开放北枝寒。

（《吴梅村全集》卷十九）

【导读】

此诗作于顺治十年(1653)。此年吴伟业北上仕清，沿途写下不少诗歌，像前面已选的《扬州四首》《过淮有感二首》，以及《旅泊书怀》《任丘》《自信》《新河夜泊》《将至京师寄当事诸老四首》等等。这些诗不管是纪事、怀古还是咏怀、拜谒，都有一个共同的特点，即充满了自怨、自悔的感情色彩。这首七绝也不例外。前两句写自己拖着老迈的身躯顶着风雪疲惫不堪地向京城赶去。这是继诗人崇祯十二年(1639)离开北京后的第一次返回，可是他没有半点兴奋，离北京越近，他思乡念亲之情却愈加浓厚。第三句抒发他的思乡之情和自悔之意。写梅树，一来是因为其别墅名为"梅村"，"种梅三十年，绕屋已千树。饥摘花蕊餐，倦抱花影睡"（吴伟业《盐官僧香海问诗于梅村，村梅大发，以诗谢之》），梅树梅花似乎已经成为他日常生活的一部分。二来是因为梅花自古象征高洁之士，诗人写梅实为写己，辜负了故园的梅花，也就辜负了自己曾经坚持的操守。最后一句是化用"南枝向暖北枝寒，一种春风有两般”(刘元载妻《早梅》)而来,表面上是说向阳的枝头梅花先开,背阴的枝条因寒冷尚未开花,但联系清初常常以“南”喻明朝,“北”喻清朝,则此句还有对清廷不满的一层含义。与此诗同时创作的,还有一首五言排律《途中遇雪即事言怀》则具体描绘了旅途艰辛,心情凄苦,被孙鋐评曰:“间架整齐,结构密致,点缀韶妍”“推为独步”,诗中诸如“短衣吹带直,矫帽压檐低”“余生随雁鹜,壮志失虹蜺”“离程波渺渺,别泪草萋萋。忆弟看云远,思亲望树迷”等与此首诗意相同。故靳荣藩评曰:“将排律《即事言怀》缩于二十八字之中,故是极笔。”

临终诗四首(选二)

忍死偷生廿载余,而今罪孽怎消除?受恩欠债应填补,总比鸿毛也不如。

胸中恶气久漫漫,触事难平任结蟠。块垒怎消医怎识?惟将痛苦付汍澜[1]。

(《吴梅村全集》卷二十)

◎ 吴伟业墓

【注释】

[1] 汍澜:流泪貌。

【导读】

康熙十年(1672)十二月,吴伟业去世。临终前,他赋绝命诗四首,是对其一生受恩、欠债的总忏悔,也让读者感受到了明清之际他是在怎样的精神煎熬中度过后半生的。

拓展阅读

与宋尚木论诗书

吴伟业

伟业顿首尚木兄足下:捧读来问,极论作诗之法,上溯四始,旁究六代,贯穿三唐,搜扬二季,追国初之元音,还盛明乎大雅,其于诗也,可谓美且备矣!弟何人斯,敢置一喙耶?弟材力蹇薄,于此道未有证入。自陈、李云亡,知交寥落,君家兄弟谬爱,遂使弟受过差之谭,要之古人,不能庶几万一。夫诗之工拙,弟自知之,恨其学之未能,方欲捐弃笔墨,屏迹乎深山无人之境,原本造化,穷极物理,以几幸其一得。又安能以应酬涉猎、申纸搦管之言,遽为知己告哉?虽然,当今作者固不乏人,而独于论诗一道,攻讦门户,排诋异同,坏人心而乱风俗,不能不为足下一言之。

夫诗之尊李、杜,文之尚韩、欧,此犹山之有泰、华,水之有江、河,无不仰止而取益焉,所不待言者也。使泰山之农人得拳石而宝之,笑终南、太乙为培塿;河滨之渔父捧勺水而饮之,目洞庭、震泽为泛觞,则庸人皆得而揶揄之矣。今之学者何以异于是?彼其于李、杜之高深雄浑者,未尝望其崖略,而剽举一二近似,以号于人曰"我盛唐,我王、李",则何以服竟陵诸子之心哉?竟陵之所主者,不过高、岑数家耳,立论最偏,取材甚狭。其自为之诗,既不足追其所见,后之人复踵事增陋,取侏儒木强者附而着之竟陵,此犹齐人之待客,使眇者迓眇者,跛者迓跛者,供妇人之一笑而已,非有寻丈之垒,五尺之矛,足以致人之师,而相遇于境上,苟有劲敌,必过而去之,不足乎攻也。吾只患今之学盛唐者,粗疏卤莽,不能标古人之赤帜,特排突竟陵以为名高,以彼虚骄之气,浮游之响,不二十年嗒然其消歇,必反为竟陵之所乘。如此则纷纠杂揉,后生小子耳目荧乱,不复考古人之源流,正始元声,将坠于地。噫嘻,不大可虑哉!

虽然,此二说者,今之大人先生有尽举而废之者矣。其废之者是也,其所以救之者则又非也。古乐之失传也,撞万石之钟,悬灵鼍之鼓,莫知其节奏;繁筝哀笛,靡靡之响,又不足以听也。乃为田夫嫠妇,操作而歌吴歌,则审音者将赏之乎?且人有见千金之璧,识其瑕类,必不以之易束帛者,以束帛非其伦也。今夫鸿儒伟人,名章巨什,为世所流传者,其价非特千金之璧也。苟有瑕类,与众见之足矣,折而毁之,抵而弃之,必欲使之磨灭,而游夫之口号,画客之题词,《香奁》、白社之遗句,反以僻陋故存,且从而为之说曰:"此天真烂熳,非犹夫剽窃摹拟者之所为。"夫剽窃摹拟者固非矣,而此天真烂熳者,插齿牙,摇唇吻,斗捷为工,取快目前焉尔,原其心,未尝以之夸当时而垂后世,乃后之人过从而推高之。相如之词赋,子云之笔札,以覆酒瓿,而淳于髡、郭舍人诙谐啁笑之辞,欲驾而出乎其上,有是理哉?

然则为诗之道何如?曰:亦取其中焉而已。《閟宫》之章,《清庙》之作,被之管弦,施诸《韶箾》者,固不得与《兔罝》之野人,《采蘩》之妇女同日而论,孔子删《诗》,辄并举而存之。夫诗者,本乎性情,因乎事物,政教流俗之迁改,山川云物之变幻,交乎吾之前,而吾自出其胸怀与之吞吐,其出没变化,固不可一端而求也,又何取乎訾人专己,喋喋而呫呫哉?足下天才横发,鸿富典赡,楚鸿、河宗、子寿兄弟又继起而似续之,宋氏之书,以悬国门而登明堂,非弟之谫薄愚陋所能拜下风者也。蒙手书下及,既为选定足下之诗,辄复陈其率略,惟足下更有以教之,幸甚。

(《吴梅村全集》卷五十四)

读吴梅村诗集因题长句

陈文述

贲园花木委江水,天荒地老悲风起。千秋哀怨托骚人,一代兴亡入诗史。复社声华孰最贤,南宫甲第快蝉联。陆机词赋江东重,苏轼文章海内传。华年归娶人如玉,催妆诗刻金莲烛。闺房儿女最情深,定知谱出房中曲。国事当年已可哀,纷纷钩轴鸩为媒。一函正本清源疏,原是升平济世才。里居山水邻圆泖,烽烟北望忧心悄。彭泽殷忧晋义熙,杜陵感遇唐天宝。惨淡乾坤大可怜,伤心最是甲申年。侍臣空有攀髯恸,一树红棠泣杜鹃。沉忧慷慨悲无告,不幸才人丁末造。白头堂上有衰亲,兼全难得惟忠孝。仓皇南渡小朝廷,流涕江山望中兴。一月登朝归计决,比肩马阮肯同升。《燕子》《春灯》悲主货,横江转眼南都破。翠钿零落感中山,一曲青琴弹楚些。西田烟水接砚清,世外桃源可避兵。洁白兰陔吟束皙,愿从江海匄余生。

岂知事不如人意，文人毕竟声华累。空山那许老柴荆，荐函绎络征书至。十载巢由卧盛时，坚辞征辟尔何词。老亲雪涕相敦迫，当日忧危世不知。重入春明初愿拂，岂为荣情恋簪黻。诏书本异白衣宣，君恩敢作黄冠乞。故宫离黍百忧生，依旧圜桥讲席横。天水苍凉赵松雪，江关萧瑟庾兰成。经年奉讳颜枯槁，放归从此江湖老。托将乐府写离忧，《通天台》下初明表。长庆诗成古调弹，归来江左领骚坛。偷生终负遗民愿，忍死谁怜孝子难。半生郁郁中心恫，异兆先征元旦梦。墓门圆石署诗人，淮南鸡犬余深痛。呜呼！沧桑之际那堪说，玉碎珠沉干将折。虞山垂暮定山妖，名流几个矜完节。如君遭际最凄凉，一代诗名独擅场。不与两家消劫火，品题御墨写琳琅。江南花月今无恙，长吟奇气矜豪宕。绝调应教世共传，苦心定有人能谅。难得黎城细意笺，沉吟骚雅宝遗编。尊前一瓣心香在，我欲黄金铸浪仙。

（《颐道堂集》诗选卷一）

朱庭珍论吴伟业

吴梅村祭酒诗，入手不过一艳才耳。迨国变后诸作，缠绵悱恻，凄丽苍凉，可泣可歌，哀感顽艳。以身际沧桑陵谷之变，其题多纪时事，关系兴亡，成就先生千秋之业，亦不幸之大幸也。七古最有名于世，大半以《琵琶》《长恨》之体裁，兼温、李之词藻风韵，故述词比事，浓艳哀婉，沁入肝脾。如《永和宫词》《圆圆曲》诸篇，虽情文兼至，姿态横生，未免肉多于骨，词胜于意，少沉郁顿挫、鱼龙变化之巨观。惟《雁门尚书行》较有笔力，《悲歌赠吴季子》一作亦得杜陵神髓，惜不多见耳。五古如《临江参军》《南园叟》《吴门遇刘雪舫》诸作，洋洋大篇，神骨俱肖少陵，较胜七古多矣。七律佳者，神完气足，殊近玉溪。五律处处求工，如剪彩为花，终少生韵。取其长而知其短，此平心之论也。

（朱庭珍《筱园诗话》卷二）

朱彝尊 选六首

朱彝尊(1629—1709),字锡鬯,号竹垞,又号金风亭长、小长芦钓鱼师。浙江秀水(今浙江嘉兴)人。曾祖国祚,仕明至户部尚书兼武英殿大学士加少傅,卒,赠太傅,谥文恪。至彝尊,家道已中落。明亡,以家贫入赘归安教谕冯镇鼎家。又与里中周篔、缪永谋、王翃、李良年等人以诗相唱和,为曹溶所知。顺治七年(1650),随叔父朱茂晭赴十郡大社。顺治九年(1652),吴伟业游嘉兴,见其诗,评曰:“若遇贺监,定有谪仙人之目。”顺治十三年(1656),高要知县杨雍建聘其为西宾,遂游岭南,与曹溶频相唱和,交屈大均、陈子升等人。顺治十五年(1658),返乡,与山阴祁班孙、归安钱缵曾、慈溪魏耕等交游,联络山海秘谋反清。康熙元年(1662),“通海案”发,避居永嘉。康熙三年(1664)至十七年(1678),先后依曹溶、王显祚、严宏、刘芳躅、龚佳育等人,入幕为生,载酒江湖,以布衣名高海内。曾辑唐宋以来词为《词综》三十卷,以南宋姜夔等人为宗。康熙十八年(1679),中博学鸿儒,入翰林院为检讨,旋充《明史》纂修官。康熙二十年(1681),充日讲官,知起居注。康熙二十二年(1683),入值南书房,赐宅景山之北黄瓦门东南,并赐禁中骑马,恩遇甚渥。康熙二十三年(1684)正月,因辑《瀛洲道古录》,私携抄手王纶入内庭录四方经进书,为掌院学士牛钮所劾,降一级,复罢,乃更肆力于学,成《日下旧闻》四十二卷。康熙二十九年(1690),补原官。康熙三十一年(1692)正月再罢官,遂归。归田后,建曝书亭,放情山水,专力著述,成《经义考》三百卷、《明诗综》一百卷。康熙四十八年(1709)卒,享年八十一岁。著有《南

◎ 朱彝尊像

车草》一卷、《竹垞文类》二十六卷、《腾笑集》八卷，另有词集《眉匠词》《江湖载酒集》《静志居琴趣》《蕃锦集》《茶烟阁体物集》等，晚年手定成《曝书亭集》八十卷附《叶儿乐府》一卷。又冯登府与朱彝尊五世孙朱墨林据《曝书亭类稿》《石楼漫与》等辑《曝书亭集外稿》八卷。

朱彝尊的诗歌创作与其生平经历密切相关，大致可分为四个时期，即顺治时期、游幕时期、出仕时期及归田时期。顺治年间，抗清活动在浙江等地仍然激烈，朱彝尊参与其中。此期诗歌，内容丰富，感情充沛，格调激越。康熙初年至康熙十七年(1678)为游幕时期。他因抗清失败，为避祸及生计而浪迹江湖，以游幕为生。所作诗歌多感慨世事，登临怀古，倦游思乡，感情悲凉沉郁。其于康熙十三年(1674)潞河(今北京通县)所作《鸳鸯湖棹歌》一百首，以竹枝词形式题咏嘉兴名胜古迹、风土人情，笔致清雅，情趣盎然，传为美谈。康熙十八年(1679)至康熙三十一年(1692)，是其出仕阶段。其诗作多为纪恩、颂圣、应制、官场应酬。邓之诚《清诗纪事初编》卷七云："今观《腾笑集》中诗，有改题目而存者，既无当于实事，且何足以见性情乎?"如《为乔侍读题画》二首之一，至《曝书亭集》中便改为《为徐徵士题画》。康熙三十一年(1692)后，为归田时期。此期朱彝尊曾游闽粤，多数时间是在家乡和吴门度过，描写山川风光、名胜古迹、土物异产等作极多，以平和安闲为主要特色。总体来看，朱彝尊之诗歌创作，内容由立足现实渐趋空廓，格调则从激烈逐渐变为平和。

朱彝尊论诗，原本儒家诗教，强调言志抒情，积学博取。他说："吾言吾志之谓诗。言之工，足以伸吾志，言之不工，亦不失吾志之所存。"(朱彝尊《沈明府不羁集序》)对徒具形式而无性情之诗歌持批判态度。朱彝尊所说之"志"除了儒家纲常伦纪之外，也包含了个人情感："缘情以为诗，诗之所由作，其情之不容已者乎！夫其感春而思，遇秋而悲，蕴于中者深，斯出之也善，长言之不见其多，约言之不见其不足，情之挚者，诗未有不工者也。"(朱彝尊《钱舍人诗序》)在强调诗歌言志抒情之前提下，提倡积学，尝自谓："予少而学诗，非汉、魏、六朝、三唐人语勿道，选材也良以精，稍不中绳墨，则屏而远之。中年好抄书，通籍以后，集史馆所储，京师学士大夫所藏弃，必借录之。……归田以后，抄书愈力，暇辄浏览，恒资以为诗材。于是缘情体物，不复若少时之隘。……予故论诗必以取材博者为尚。"(朱彝尊《鹊华山人诗集序》)在师法对象上，力主唐音，推崇杜甫。他说："学诗者以唐人为径，比遵道而得周行者也。唐之有杜甫，其犹九达之逵乎?"(朱彝尊《王学士西征草序》)他对清初以来宗宋之风颇为不满，认为："今之言诗者，每厌弃唐音，转入宋人之流派。高者师法苏黄，下乃效及杨廷秀之体，叫嚣以为奇，俚鄙以为正，譬之于乐，其变而不成方者与?”(朱彝尊《叶李二使君合刻诗序》)相反,“唐人之作,中正而和平,其变者率能成方”(朱彝尊《刘介子诗集序》)。然积学博取正是宋人的长处,故宋荦曾言:“先生平日论诗,颇不满涪翁,今诸什大段学杜,而高老生硬之致,正得涪翁三昧,信大家无所不有。”(《跋朱竹垞和论画绝句》)

梅市逢魏璧[1]

前年逢君射襄城[2],山楼置酒欢平生。淳于一石饮未醉[3],孟公四坐人皆惊[4]。今年逢君梅福市,潦倒粗疏已无比。寒暑推移六七年,眼前贫贱犹如此。悲君失意成老翁,况复奔走随西东。揽镜不知头尽白,逢人先说耳初聋[5]。山阴祁生贤地主[6],好奇往往相倾许。岂无上客朱用调与姜廷梧[7],齐向高堂饭鸡黍。哀丝急管何其多,酒酣坐起舞婆娑。魏生魏生奈尔何,百年强半成蹉跎。天生汝才岂牖下,何为抱膝徒悲歌?

(《曝书亭集》卷四)

【注释】

[1] 梅市:梅福市,在今浙江绍兴境内。魏璧:魏耕,慈溪人。曾密说郑成功、张煌言由海上出兵,后被人告发,康熙元年(1662)与钱缵曾等一同被害。

[2] 射襄城:在嘉兴城北。朱彝尊《鸳鸯湖棹歌》第三十二首自注云:“城北王江泾有射襄桥,俗讹为寿香桥,即射襄城故址。”

[3] 淳于:淳于髡,战国时齐国谈士。《史记·滑稽列传》中记载他讽谏齐威王时,曾说能饮酒一石。

[4] 孟公:西汉名士陈遵,字孟公,善饮。《汉书·游侠传》中记载当时有与他同姓名者到人家去,通报说陈孟公来了,坐中人都惊愕不已,及见面后才知并非大家想见的陈遵,因称此人为“陈惊座”。

[5] 耳初聋:魏耕《寄金俊明》诗云:“亲朋如有问,为报耳初聋。”

[6] 祁生:祁班孙(1632—1673),祁彪佳之子。曾与魏耕等人密谋抗清,事败被捕,流放宁古塔。后逃归,削发为僧,法号咒林法师。

[7] “岂无”句:朱用调(1632—1686),字子彝,号固亭。山阴人。明亡绝意仕进,遗命以故衣冠殓。祁熊佳婿。姜廷梧(1627—1668),字桐音,一字绮季,余姚人。明亡不仕。祁彪佳婿。

【导读】

此诗作于顺治十七年(1660)秋。顺治十六年(1659)秋,震惊清廷的江上之役以失败告终。魏耕、祁班孙、朱彝尊等人正是那次抗清活动的联络者。此诗通过魏耕"前年"的意气风发与当下的颓然老态的对比,在惊讶好友颓唐的同时暗含了对已亥之役失败的痛惜。朱彝尊在去年秋天写过四首《杂诗》,表达了对郑成功、张煌言等"于心徒欲速,为计苦不周"以致功败垂成、功亏一篑的批判和惋惜之情。不过,对于眼前这位失望的好友,他还是给予了十二分的鼓励,毕竟能和一群志同道合者在一起痛饮狂歌,难道不是当下最感欣慰的事吗?

于忠肃公祠[1]

昔在狼山下[2],军书犯近垌[3]。六师轻朔漠[4],万骑失雷霆。土木尘长满,龙蛇岁不宁[5]。豆田沙浩浩[6],黍谷路冥冥[7]。济世须元老,长材总四溟。从容持国计,指顾悉兵形。瑕吕安群议[8],刘琨表外廷[9]。嗣王仍历数[10],高庙有神灵[11]。既罢金缯款[12],无烦白马刑[13]。北辕旋翠辇,南内启朱扃[14]。命已甘刀镬,功真溢鼎铭。春秋隆代祀,俎豆肃维馨。一自轺车至,难期堠火停。遗墟愁战伐,大树日飘零[15]。碧草空祠长,黄鹂过客听。霜钟沉晓月,风牖绕明星。下壶谁修墓[16]?巫阳数降庭[17]。谶还思雨帝[18],碑欲堕江亭[19]。远水澄湖碧,流云暗壑青。千年华表鹤,哀怨此重经。

(《曝书亭集》卷五)

【注释】

[1] 于忠肃公:于谦。他是浙江钱塘人,在土木堡之变中拥立景帝,反对迁都,主持军务,抵制妥协政策,最终击退瓦剌军。英宗复辟,他被以谋逆罪处死。万历十八年(1590),谥忠肃。祠在杭州西湖,与岳王庙相邻。

[2] 狼山:在河北省怀来县。

[3] 近垌(jiōng):近郊。

[4] 六师:天子所统六军之师。朔漠:这里指代也先的军队。

[5] 龙蛇：英宗正统十三、十四年分别是龙年和蛇年。

[6] 豆田：据《晋书·愍帝纪》，当时童谣有“天子何在豆田中”。后来刘曜攻陷长安，愍帝到刘曜的营中去请降，才发现其军营在城东豆田中，故后世以“豆田”指代君主被俘之地。

[7] 黍谷：山谷名。在北京市密云区西南。

[8] 瑕吕：指春秋时晋国大夫瑕吕饴甥。秦晋韩原之战后，秦军掳走了晋惠公，瑕吕饴甥教惠公告诉国人立其子圉，不久秦国即送惠公回晋。

[9] “刘琨”句：西晋灭亡后，刘琨派温峤奉表到建邺劝司马睿登位，建立东晋。

[10] 嗣王：英宗之弟、景帝朱祁钰。历数：指帝王继承的次序。

[11] 高庙：明太祖朱元璋。

[12] 金缯(zēng)：黄金和丝织品。这里指贡物。

[13] 白马刑：《史记·吕太后本纪》载，太后称制，议欲立诸吕为王，问右丞相王陵。王陵曰：“高帝刑白马盟曰‘非刘氏而王，天下共击之’。今王吕氏，非约也。”

[14] “南内”句：英宗回京后曾居于南宫，并于景泰八年乘景帝病中发动政变，即“夺门之变”。

[15] 大树：庾信《哀江南赋》有“将军一去，大树飘零”。汉光武帝时冯异拜孟津将军，军队每到一处，诸将围坐论功，只有冯异独坐于大树下，军中称为“大树将军”。

[16] “卞壶”句：此句说于谦的墓无人修缮。卞壶，字望之，东晋成帝时与庾亮同辅政，苏峻反，他抱病奋战而死。后盗墓者掘开他的坟墓，见尸僵，鬓发苍白，面目如生，两手紧握双拳，指甲穿达手背。晋安帝下诏赐钱十万用以修墓。

[17] “巫阳”句：此句说于谦的英魂早被天帝招去。

[18] “谶还”句：正统末年，北京一带遇旱灾，当时祷雨歌中流行一首儿歌：“雨帝雨帝，城隍土地。雨若再来，还我土地。”不久即有土木堡之变、景帝代立、英宗复辟等事，人们以为“雨帝”谐音“予弟”，“城隍”谐“郕王”，景帝原封郕王。“再来”“还土”即指复辟。

[19] “碑欲”句：蔡邕夜过曹娥江，扪碑而读，留下一句隐语，一句预言。隐语即“黄绢幼妇，外孙齑臼”，影射的是“绝妙好辞”四字，预言则为“三百年后，碑冢当堕江中，当堕不堕，逢王匡”。

【导读】

顺治十八年(1661)夏，朱彝尊寓居杭州西湖昭庆寺，游览杭州名胜。这首诗便是在瞻仰了于谦祠之后写的。诗的前半部分是咏史，从土木堡之变写起，历叙景帝代立、英宗夺门、复辟、于谦之死。后半部分则是写景抒情，感慨于谦死后再无良将能够力挽狂澜，寄寓着明亡清兴的诸多感伤情怀。

玉带生歌并序

玉带生[1]，文信国所遗砚也。予见之吴下，既摹其铭而装池之，且为之歌曰：

玉带生，吾语汝：汝产自端州[2]，汝来自横浦[3]。幸免事降表佥名谢道清[4]，亦不识大都承旨赵孟頫[5]。能令信公喜，辟汝置幕府。当年文墨宾，代汝一一数：参军谁？谢皋羽。寮佐谁？邓中甫[6]。弟子谁？王炎午[7]。独汝形躯短小，风貌朴古；步不能趋，口不能语。既无鹳之鹆之活眼睛[8]，兼少犀纹彪纹好眉妩。赖有忠信存，波涛孰敢侮[9]？是时丞相气尚豪，可怜一身之外无尺土，共汝草檄飞书意良苦[10]。四十四字铭厥背[11]，爱汝心坚刚不吐[12]。自从转战屡丧师，天之所坏不可支。惊心柴市日[13]，慷慨且诵临终诗，疾风蓬勃扬沙时[14]。传有十义士，表以石塔藏公尸。生也亡命何所之？或云西台上，晞发一叟涕涟洏[15]，手击竹如意，生时亦相随。冬青成阴陵骨朽[16]，百年踪迹人莫知。会稽张思廉[17]，逢生赋长句。抱遗老人阁笔看[18]，七客寮中敢呋怒[19]？吾今遇汝沧浪亭，漆匣初开紫衣露。海桑陵谷又经三百秋，以手摩挲尚如故。洗汝池上之寒泉，漂汝林端之霏雾。俾汝长留天地间，墨花恣洒鹅毛素[20]。

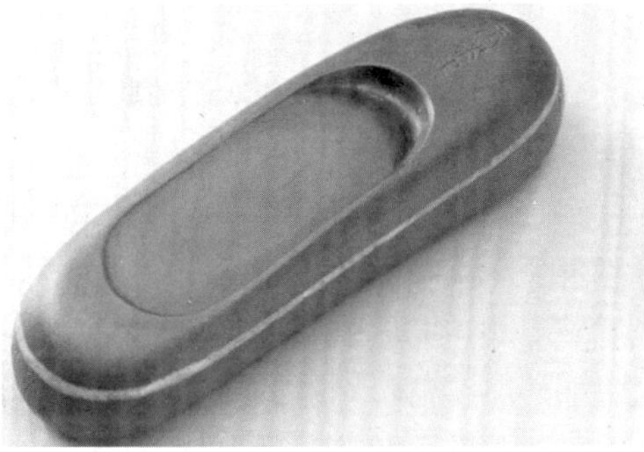

◎ 文天祥所用端砚

（《曝书亭集》卷二十一）

【注释】

[1] 玉带生：文天祥（封信国公）所用端砚。文氏殉国后归谢翱（字皋羽），后又归杨维桢。杨维桢作《玉带生传》拟之以人。

[2] 端州：今属广东肇庆。境内有端溪，出产的石头制砚极佳，世称“端砚”。

[3] 横浦：横浦关。在广东南雄市境内，是广东省与江西省交界处的交通要冲。

[4] 谢道清：宋理宗赵昀的皇后。宋恭宗时，她为太皇太后，向元军请降称臣。汪元亮《醉歌》

十首其五："乱点连声杀六更，荧荧庭燎待天明。侍臣已写降元表，臣妾签名谢道清。"

[5] 赵孟頫：宋太祖子秦王德芳之后，入元累官翰林学士承旨。

[6] 邓中甫：邓剡，字光荐，又字中甫，号中斋。庐陵(今江西吉安)人。文天祥起兵勤王，他举家参加，兵败入粤。宋亡，投海不死，与文天祥同被逮，因病得释。文天祥就义后，率先为其作传。

[7] 王炎午：字鼎翁，安福(今江西洲湖)人。宋末太学生。文天祥被捕后作生祭文以励其死。至文天祥被害，又作祭文，文中自称弟子。

[8] 鸜鹆(qúyù)：八哥鸟。欧阳修《砚谱》："端石出端溪……有鸜鹆眼为贵。"

[9] "赖有"二句：《孔子家语》卷二载，孔子自卫返鲁，看到一条湍急的大河连鱼鳖都难以渡过，有一男子竟能来去自如，孔子问他是如何做到的，他说："始吾之入也，先以忠信，及吾之出也，又从以忠信。忠信措吾躯于波流，而吾不敢以用私，所以能入而复出也。"孔子谓弟子曰："二三子识之，水且犹可以忠信成身亲之，而况于人乎！"这两句指文天祥使元被拘，逃归后在零丁洋遇大风，舟不覆事。

[10] "是时"三句：写南宋最后的皇帝赵昺为元将张弘范所迫，自厓山退保海上舟中。丞相，指陆秀夫。草檄，即声讨元军的文书。

[11] 四十四字：此砚的铭文共四十四字，即"紫之衣兮绵绵，玉之带兮磷磷。中之藏兮渊渊，外之泽兮日宣。于乎！磨尔心之坚兮，寿吾文之传兮。庐陵文天祥造"。

[12] 刚不吐：《诗经·大雅·烝民》云："维仲山甫，柔亦不茹，刚亦不吐。"即赞美仲山甫不欺软不怕硬。

[13] 柴市：在今北京市东城区府学胡同。元为柴市，是文天祥就义之处。

[14] "慷慨"二句：据《宋史》本传记载，文天祥妻子为其收尸时发现其衣带中有赞曰："孔曰成仁，孟曰取义，惟其义尽，所以仁至。读圣贤书，所学何事，而今而后，庶几无愧。"明赵弼《续宋丞相文文山传》则说文天祥临刑前"索纸笔书二律"，"公已死矣，其日大风扬沙，天地昼晦，咫尺不辨"。

[15] 晞发一叟：谢翱。他曾登上严子陵钓台，设文天祥神主于西台，北望神州，痛哭流涕，作《登西台恸哭记》。涟洏(ér)：泪流不止的样子。

[16] "冬青"句：元至元年间，西域僧人杨琏真迦发掘南宋诸帝陵墓，遗骨遍野。宋遗民唐珏招募义士将收拾骸骨，葬于山阴天章寺前，上种冬青树为标记。此句是说南宋灭亡已久。

[17] 张思廉：张宪，山阴人，杨维桢门人，曾作《玉带生歌》。

[18] 抱遗老人：杨维桢(1296—1370)，字廉夫，号铁崖，浙江诸暨人，自号抱遗老人。

[19] 七客寮：杨维桢《七客者志》说他专辟一室收藏所得古剑、古琴、胡琴、管、秦甕及玉带生砚，自己也常常把玩其中，故名此室曰"七客者之寮"。

[20] 鹅毛素：洁白如鹅毛的绢帛。

【导读】

这是朱彝尊晚年的代表作，也是他诗作中的一篇奇作。全诗通过歌咏文天祥的遗砚，歌颂了宋末志士凛然的民族气节。诗作于康熙四十四年(1705)乙酉，距南明弘光覆灭恰为一甲子，这不得不让我们想到他是借宋末之事抒发明亡的感慨。全诗通篇以拟人的手法，用“我跟你说”的方式将自己对降元、仕元者的鄙视、对南宋遗民义士的敬佩、对忠信操守的坚信等情感一股脑地倾吐出来。全诗声调铿锵，气势遒劲。诗中排比典故，娴于使事，体现了其醇雅与学问并重的诗学追求。论者对此诗评价颇高，如赵翼云：“中年以后，恃其博奥，尽弃格律，欲自成一家，如《玉带生歌》诸篇，固足推倒一世。”(《瓯北诗话》卷十)又如林昌彝云：“朱竹垞先生《玉带生歌》，非胸罗万卷者不能办，可称千古奇作。”(《射鹰楼诗话》卷十二)再如朱庭珍云：“《玉带生歌》，兴酣落笔，纵横跌荡，雄奇盖世，信为长篇绝调。”(《筱园诗话》卷二)日本近藤元粹评曰：“长篇一气转旋，长短错落，苍老浑劲，磊砢多奇。编中古诗余以此篇为压卷，比王新城《南将军庙行》有优无不及。”(《评注国朝六家诗钞》卷六)

憎　蝇

晓梦晨光里，群飞户尚扃。惯能移白黑，非止慕膻腥。曲几思投笔[1]，轻巾屡拂屏。北窗眠未稳[2]，孤坐忆江亭。

(《曝书亭集》卷十一)

【注释】

[1] 投笔：《三国志・梁习传》裴松之注引鱼豢《魏略・苛吏传》：“(王)思又性急，尝执笔作书，蝇集笔端，驱去复来，如是再三。思恚怒，自起逐蝇不能得，还取笔掷地，蹋坏之。”

[2] 北窗：陶渊明《与子俨等疏》：“五六月中，北窗下卧，遇凉风暂至，自谓是羲皇上人。”

【导读】

此诗作于康熙二十二年(1683)夏。其时，朱彝尊已入值南书房，这是他一生中离皇帝最近，也是仕途最为得意的阶段。作为康熙的近侍，他不仅得到了赐居禁垣、赐禁中骑马的优待，还时常接受皇帝的赏赐。编在这首诗之前的是记录各种恩赐的诗，从这一年开头的《元日赐宴太和门》一直到《赐鲥鱼》，可以说从一月至四月，朱彝尊似乎都是在感激中度过的，"梦游真不到，今夕奉恩私"（《十三日乾清宫赐宴》），这种只应该发生在梦中的情形居然成了自己的亲身经历。然而就在"出入主恩频"（《二十日召入南书房供奉》）的日子里，他却写下了这首颇耐玩味的诗。此诗表面上似乎是憎蝇，但是由于"惯能移白黑，非止慕膻腥"能够与那些颠倒是非、趋名逐利之人形成对应关系，而结尾的"眠未稳"似乎又是对现状的一种预判，加之"孤坐"所强调的孤独感，并以"忆江亭"作结，更令人对朱彝尊此时此刻的心态产生了兴趣。这里的江亭绝非普通的江边之亭，而是有所特指。王镇远认为朱彝尊这里用了刘长卿《洛阳主簿叔知和驿承恩赴选伏辞》中"二载出江亭，一心奉王事"中的意思，指代故乡。照此，这首诗岂非借咏蝇来排遣他在紫禁城中的苦闷和对官场险恶的隐忧呢？

云中至日

去岁山川缙云岭[1]，今年雨雪白登台[2]。可怜日至长为客，何意天涯数举杯！城晚角声通雁塞[3]，关寒马色上龙堆[4]。故园望断江村里，愁说梅花细细开。

（《曝书亭集》卷六）

【注释】

[1] 缙云岭：在浙江缙云县（今属浙江丽水）境内。朱彝尊于康熙元年（1662）避祸永嘉时，曾途经该地，并作《缙云杂诗十首》，康熙二年（1663）冬返回嘉兴时又经过缙云岭。

[2] 白登台：在山西大同的白登山上。

[3] 雁塞：雁门关，在山西代县西北。

[4] 马色：司空图《塞上》诗云"马色经寒惨"。这里指天寒后马的神态惨淡。龙堆：白龙堆沙漠，在新疆以东，天山南路。这里泛指塞外沙漠。

【导读】

康熙三年（1664）六月，朱彝尊北上投靠时任山西按察副使的曹溶，由运河至天津再经北京西行至山西大同，到达大同已是深秋九月。自康熙元年（1662）起，朱彝尊就踏上了载酒江湖的漂泊之途，而大同之行是他生平第一次北游。吴地有"冬至大如年”(清顾禄《清嘉录》卷十一)之俗,冬至节令正是祭祀祖先、家人团聚的时节,可对朱彝尊来说,接连数年都无法与亲人团聚,其内心自然十分惆怅。老杜诗中“年年至日长为客”之句,岂不是眼下诗人的境地? 于是他便接着杜诗写下了这首诗。去年的至日还在山川秀丽的江南,而当下却是一派冰封雪飘的塞北风光,因家贫而被迫出塞的朱彝尊并未对眼前的景致生出豪情,反而挂念起千里之外家乡的梅花。这或许是受到王维“君从故乡来,应知故乡事。来日绮窗前,寒梅著花未”(《杂诗》)的影响,用“愁说”二字,更写尽了他浓浓的乡思。沈德潜评此诗曰:“学北地高入杜陵,通首一气,能以大力负之而趋。”(《国朝诗别裁集》卷十二)

同沈十二咏燕

节物惊人往事非,愁看燕子又来归。春风无限伤心地,莫近乌衣巷口飞。

(《曝书亭集》卷二)

【导读】

此诗作于顺治七年(1650)。沈十二即沈进,秀水人,是朱彝尊十八岁左右结识的诗友,两人经常唱和酬赠,乡人有“朱沈”之称。这首诗是两人切磋诗艺时的命题作文,沈进之作为:“细雨春江泛白沙,东风双燕啄飞花。金窗绣户知何限,不是王家是谢家。”两人咏燕,虽然都受到刘禹锡《乌衣巷》的影响,但朱彝尊从节序的变化,感慨往事已非,特别是后两句,明显寄寓着一种因鼎革巨变、江山易主而带来的沉痛情感。

拓展阅读

与高念祖论诗书(节选)

朱彝尊

《书》曰:“诗言志”。《记》曰:“志之所至,诗亦至焉。”古之君子,其欢愉悲愤之思感于中,发之为诗。今所存三百五篇,有美有刺,皆诗之不可已者也。夫惟出于不可已,故好色而不淫,怨悱而不乱,言之者无罪,闻之者足以戒,后之君子诵之,世治之污隆，政事之得失，皆可考见。故不学者比之墙面，学者斯授之以政，使于四方，盖诗之为教如此。魏晋而下，指诗为缘情之作，专以绮靡为事，一出乎闺房儿女子之思，而无恭俭好礼、廉静疏达之遗，恶在其为诗也？唐之世二百年，诗称极盛，然其间作者，类多长于赋景而略于言志，其状草木鸟兽甚工，顾于事父事君之际，或阙焉不讲。惟杜子美之诗，其出之也有本，无一不关乎纲常伦纪之目，而写时状景之妙，自有不期工而工者。然则善学诗者，舍子美其谁师也欤？明诗之盛，无过正德，而李献吉、郑继之二子，深得子美之旨，论者或诋其时非天宝，事异唐代，而强效子美之忧时。嗟乎！武宗之时，何时哉？使二子安于耽乐而不知忧患，则其诗虽不作可也。今世之为诗者，或漫无所感于中，惟用之往来酬酢之际。仆尝病之，以为有赋而无比兴，有《颂》而无《风》《雅》。其长篇排律，声愈高而曲愈下，辞未终而意已尽，四始六义阙焉，而犹谓之诗，此则仆之所不识也。

（《曝书亭集》卷三十一）

斋中读书十二首（选二）

朱彝尊

诗篇虽小技，其源本经史。必也万卷储，始足供驱使。别材非关学，严叟不晓事。顾令空疏人，著录多弟子。开口效杨陆，唐音总不齿。吾观赵宋来，诸家匪一体。东都导其源，南渡逸其轨。纷纷流派别，往往近粗鄙。群公皆贤豪，岂尽昧厥旨。良由陈言众，蹈袭乃深耻。云何今也愚，惟践形迹似。譬诸芳蔗甘，含浆啖渣滓。斯言勿用笑，庶无乖义始。

群雅日凋谢，后起靡有涯。奇斛累百人，各自名其家。吾衰尚有志，道古闲诐邪。有明三百祺，揽秀披春华。青田与青丘，二美洵无瑕。吾乡数程贝，双珠握灵蛇。自从永宣来，其辞正且葩。洎乎嘉靖季，七子言何夸。钩金纵可拣，莫披黄河沙。一咻众楚和，是后尤卑哇。先公闻鴂舌，顿生亡国嗟。先太傅初闻袁中郎、钟敬伯论诗，叹曰：安得此亡国之音。惨然不怿。吾欲返正始，助我者谁邪？

（《曝书亭集》卷二十一）

王士禛 选十六首

王士禛(1634—1711),字子真,一字贻上,号阮亭,又号渔洋山人,山东新城(今属山东桓台)人。因犯雍正御讳,改士正。乾隆三十年(1765)追谥"文简",乾隆三十九年(1774),又以"正"与原名发音相差太远,诏改"士祯"。新城王氏,明代以来望甲山左,"二百年来科甲蝉连不绝"(《池北偶谈》卷十《初夫人刘太夫人》)。自高祖以下,仕明至通显者有十数人。祖父王象晋(1561—1653),万历三十二年(1604)进士,官浙江右布政使。叔祖王象春(1578—1632),万历三十八年(1610)榜眼,与钱谦益同榜又为挚友,累官南京吏部考功郎中。易代之际,王氏家族三遭劫难:一为崇祯四年(1631)孔有德劫掠地方之难,伯祖王象复等死难,时渔洋尚未出生;一为崇祯十五年(1642)清兵陷新城之难,王氏家族及姻亲死难者三十余人(壬午之难),时渔洋九岁;一为崇祯十七年(1644)国变后,伯父监察御史王与胤携妻、子自缢殉节,渔洋年十一岁。

◎ 王士禛像

入清后,王士禛以苦读求仕进。顺治十二年(1655)中会试,顺治十五年(1658)中二甲第三十六名进士,此后仕途一帆风顺。据《清史列传》本传:顺治十六年(1659)授扬州府推官。康熙三年(1664)因总督郎廷佐等推荐,升礼部主事,迁本部员外郎。康熙八年(1669),司榷清江关,还,迁户部郎中。康熙十一年(1672),充四川乡试正考官,还,丁母忧。康熙十五年(1676)六月,仍补户部郎中。康熙十七年(1678)正月,召对称旨,授翰林院侍讲学士,旋转侍读。同年十月,充顺天武乡试正考官。康熙十九年(1680)二月,迁国子监祭酒。康熙二十三年(1684)十月,迁少詹事。十一月,奉命祭告南海。康熙二十四年(1685),请假归里,旋丁父忧。康熙二十九年(1690)正月补原官,三月迁督察院左副都御史,寻充经筵讲官、国史副总裁。十月,迁兵部督捕侍郎。康熙三十年(1691)二月,充会试副考官。康熙三十一年(1692)八月,调户部右侍郎,两年后转左,充《渊鉴类函》总裁。康熙三十五年(1696)正月,奉命祭告西岳西镇江渎。康熙三十七年(1698)七月,擢左都御史。康熙三十八年(1699)十一月,迁刑部尚书。直至康熙四十三年(1704),才因王五、吴谦一案失察牵连,坐瞻徇,革职返乡。

渔洋诗才,殆乎天授,八岁吟诗,大兄王士禄以刘一相所编《唐诗宿》中"王、孟、常建、王昌龄、刘眘虚、韦应物、柳宗元数家诗,使手抄之"(《居易录》卷五)。髫时作《落叶诗》数篇,有"已共寒江潮上下,况逢新燕影差池""年年摇落吴江思,忍向烟波问板桥"等句。至十五岁已有诗集《落笺堂初稿》一卷。出任扬州推官期间,公事之余,游山涉水,泛览胜迹,广交遗逸,结社酬唱,所谓"昼了公事,夜接词人"(《渔洋山人自撰年谱注补》卷上引吴伟业语),自称"四年只饮邗江水,数卷图书万首诗"(王士禛《读范德机到官诗可使文人有愧辞用其语戏题一绝》)。其诗歌创作日益精进,自谓"初筮仕时,惟务博综该洽,以求兼长。文章江左,烟月扬州,人海花场,比肩接迹,入吾室者,俱操唐音。韵胜于才,推为祭酒"(俞兆晟《渔洋诗话序》引)。吴伟业、钱谦益等曾首肯其诗才,钱氏更以"与君代兴"(《渔洋山人自撰年谱注补》卷上)期许之。邹漪曾选其少作入《名家诗选》,誉为"少年而岿然为人伦师表者"(《王贻上诗跋》)。康熙五年(1666),王士禛转任郎署,开门揖客,与海内诗人唱和不绝,又喜汲引后进,"凡后学述作,一经品题,遂不胫而走"(倪匡世《振雅堂汇编诗最》卷二)。期间曾试士西蜀,眼界大开,又值诗坛兴起宗宋之风,遂因"物情厌故,笔意喜生"(俞兆晟《渔洋诗话序》引),诗风新变,《蜀道》诸作"高古雄放,观者惊叹,比于韩、苏海外诸篇"(《渔洋山人自撰年谱注补》卷上引盛珍示语)。康熙十一年(1672),吴之振选刻京师携归之诗,他得与施闰章、曹尔堪、沈荃、程可则、宋琬、王士禄、陈廷敬并称八家。自康熙十七年(1678)入值南书房,旋掌国子监,有感诗坛"清利流为空疏,新灵寖以佶屈"与盛世之治不符,遂"以太音希声,药淫哇锢习"(俞兆晟《渔洋诗话序》引),至康熙二十六年(1687)、二十七年(1688)删选《十种唐诗》及《唐贤三昧集》,其创作也复归唐音,造语平淡,乃臻老境。渔洋诸体均有佳作,然"七绝最为擅长,时推绝技,集中名作如林,较各体独多佳制"(朱庭珍《筱园诗话》卷三)。

渔洋诗作,随作随刊,"十五岁,刻《落笺堂初稿》一卷,后与兄士禄有《琅琊二王合刻》。康熙元年删定丙申(顺治十三年)至辛丑(十八年)之诗一千二百二十二首,为《阮亭诗钞》十七卷,钱谦益以次二十八人为之序。凡丙申以后所刻,有《秋柳诗》

《无题唱和诗》《香奁唱和诗》《白门集》《过江集》《入吴集》《白门外集》《秦淮杂诗》《銮江集》《岁暮怀人绝句》，皆编入此集，所谓编诗断自丙申是也。后弃之别刻《渔洋集》《渔洋续集》《南海集》《蚕尾集》《蜀道集》《雍益集》《古夫于亭集》《蚕尾后集》。没前一年，复就诸集删并为《带经堂集》九十二卷。从来刻集之多、删芟之多，均无过于士禛者"（邓之诚《清诗纪事初编》卷六）。另，康熙三十九年（1700）渔洋门人盛符升、曹禾据其自选诗作约一千七百首刻成《渔洋山人精华录》十卷行世，广为流传，后有惠栋、金荣等训纂、笺注本。今有李毓芙等整理之《渔洋精华录集释》（上海古籍出版社，1999年）及袁世硕主编之《王士禛全集》（齐鲁书社，2007年）等可资参研。

渔洋论诗，标举"神韵"。自顺治十八年（1661）编刻《神韵集》取唐律、绝句五七言以教授二子学诗始，至殁前一岁更订《渔洋诗话》有"余于古人论诗，最喜钟嵘《诗品》、严羽诗话、徐祯卿《谈艺录》"云云，其以神韵为作诗、论诗、选诗、评诗之准则贯串始终。翁方纲云："诗以神韵为心得之秘，此义非自渔洋始言之也，是乃自古诗家之要妙处，古人不言而渔洋始明著也。"（《神韵论下》）渔洋取历代画论、禅学及前代诗学倡为"神韵"之说，唯于"神韵"之内涵未作系统阐述，故后之论者见仁见智。青木正儿释为"古淡的风致"（《清代文学评论史》第三章）。王镇远拟以审美、创作、继承三端：以审美而言，即清远冲淡、含蓄蕴藉、自然天成；以创作而论，即伫兴而就、偶然欲书、根柢学问；其衣钵则接续王孟之清音。（《清代文学批评史》第五章）严迪昌说是"兴象飘逸的'清圆'、后又演进为'清远'的风神情韵之格为高妙"，是"淡化到无的那种清味，'意'则隐入于朦胧之中，似有若无，'隐隐如眉'而已"（《清诗史》第二章）。李毓芙则认为："指诗的神采韵致而言，作诗要达到境界缥缈淡远、意味空灵含蓄，避免实指，不露人工雕琢痕迹，要在自然，具有风调之美。"（《渔洋精华录集释·前言》）张健则概括为以一种缥缈悠远的生命情调或人生境界，且不拘于古澹闲远一格，沉着痛快中亦自有神韵。（《清代诗学研究》第九章）蒋寅则曰"神韵已不是诗学概念，是诗歌美学的一个范畴"，神韵之美学内涵包括"呈示动机的偶然性""呈示方式的直观性""呈示对象的瞬间性""呈示特征的模糊性"。（《清代史学史》第一卷第六章）上述诸家于神韵说之内涵各有心得。然渔洋论说神韵，多举例而不议论，多启悟而不说破，则神韵之达成似赖作者与读者之互动，以诗意、画面之含蓄、朦胧而留给读者心领神会。翁方纲云："神韵者，视其人能领会，非人人皆得以问津也。"（《神韵论下》）故有好事者疵议《再过露筋祠》诗"安知此女非嫫母，而辄云翠羽明珰耶？"山人唯有"一笑而已"（《渔洋诗话》卷上）。

龙背洞

众山如连鳌，突兀上龙背。鳞鬣中怒张，风雨昼晦昧。出爪作之而[1]，神奇始何代？乱水趋嘉陵，波涛势交汇。万壑争一门[2]，雷霆走其内。直跨背上行，四顾气什倍。夕阳下岷峨，天彭光破碎[3]。咫尺剑门关[4]，益州此绝塞。子阳昔跃马，妖梦成佁儗[5]。区区王与孟，泥首终一概[6]。李特亦雄儿[7]，僭窃竟何在？

（《王士禛全集》之《渔洋续诗集》卷四）

【注释】

[1]“出爪”句：语出《周礼·考工记·梓人》：“必深其爪，出其目，作其鳞之而。”郑玄注：“谓筍虡(jù)之兽也。深，犹藏也；作，犹起也；之而，颊也。”戴震云：“颊侧上出者曰之，下垂者曰而，须发属也。”王引之《经义述闻》云：“而，颊毛也。之，犹与也。作其鳞之而，谓起其鳞与颊毛也。”诸说有异。这里用来形容山上奇形怪状的石块。

[2]“万壑”句：语本杜甫《长江》“众水会涪万，瞿唐争一门”。

[3]天彭：山名，在今四川灌县灌口山。《水经注》：“李冰为蜀守，见氐道县有天彭山，两山相对，其形如阙，谓之天彭门，亦曰天彭阙。”

[4]剑门关：在今四川广元市西南。《太平寰宇记》卷八十四：“(剑州)剑门县……，诸葛武侯相蜀于此，立剑门，以大剑山至此有隘束之路，故曰剑门。”

[5]“子阳”二句：东汉公孙述，字子阳。左思《蜀都赋》有“公孙跃马而称帝”句。王莽时，公孙述为导江卒正。后起兵，据益州，自立为蜀王。建武元年(25)四月，称帝，建元龙兴。“妖梦”典出《后汉书·公孙述传》：“述梦有人语之曰：‘八厶子系，十二为期。’觉，谓其妻曰：‘虽贵而祚短若何？’妻对曰：‘朝闻道，夕死尚可。况十二乎！’会有龙出其府殿中，夜有光耀，述以为符瑞，因刻其掌，文曰：公孙帝。建武元年四月，遂自立为天子。”佁儗(chìyì)，停滞不前。

[6]“区区”二句：王指王衍，五代前蜀主王建之子。后唐庄宗同光三年(925)命将入蜀，衍迎降，寻被杀，前蜀亡。孟指孟昶，五代后蜀主孟知祥之子。即位后，好游宴，不务正事。广政二十八年(965)，宋兵入蜀，昶兵败降，后死于开封。泥首，以泥涂首，表示自辱服罪。

[7]李特：《晋书·后蜀载记》：“李特，字玄休，巴西宕渠人。其先廪君之苗裔也。……元康中……特随流人将入于蜀，至剑阁，箕踞太息，顾眄险阻，曰：‘刘禅有如此之地，而面缚于人，岂非庸才邪？’……六郡流人推特为主……太安元年，特自称益州牧，都督梁益二州。”后为罗尚所杀，传首洛阳。

【导读】

康熙十一年(1672),王士禛入蜀为四川乡试主考。此诗是他途经四川广元时所作。他在《蜀道驿程记》中记载行程道:"(康熙十一年闰七月十五日)过七盘关,入四川保宁府广元县界,次神宣驿。上龙洞背,两山夹峙,一山如狞龙奋背,横跨两山之间。下有洞,似重城门,可通九轨,水流其中,下视烟雾蓊郁,不测寻丈。自是盘折而上,骑龙背行,四望诸山,如剑铓戟牙。"记与诗参看,颇可显出其所经之地的险峻和风景的奇特。此诗前十六句均为写景,后六句为咏史抒情,是其中年诗风的代表作之一。沈德潜云:"渔洋五言俱近所选《唐贤三昧》一格……独入蜀五言,俱宗仰少陵《发秦州》后诸诗,能状山川奇险。"(《国朝诗别裁集》卷四)

海门歌[1]

岷峨东下江水长,远从井络来吴乡[2]。奔涛万里始一曲,古之天堑维朱方[3]。北界中原壮南纪[4],鱼龙日月相回翔。中流一岛号浮玉,登高眺远何茫茫!长空飞鸟去不尽,江海一气同青苍。山外两峰远奇绝,双阙屹立天中央。左江右海辨云气,如为八裔分纪疆。江流到此一缚束,早潮晚汐无披猖。烛龙晓日出云海,山光照曜连扶桑。年来海戍未停罢,峨舸大舰来汪洋。胡豆洲前起烽火,徒儿浦上披裲裆[5]。古闻京口兵可用[6],寄奴一去天苍凉[7]。我愿此山障江海,七闽百粤为堤防。作歌大醉卧岩石,起看江月流清光。

(《王士禛全集》之《渔洋诗集》卷八)

【注释】

[1] 海门:周应合《建康志》卷四十四:"金山下二十里有海门山,亦两山对立,江分为三入海。"顾祖禹《读史方舆纪要》卷二十五:"焦山,府东北九里江中,与金山并峙,相去十五里,以后汉处士焦光隐此而名,或名谯山,亦曰浮玉山。……山之余峰东出,有二岛对峙江流中,曰海门山,亦名海门关,又谓之双峰山也。"

[2] 井络:井宿的分野,古人即指岷山。左思《蜀都赋》:"岷山之精,上为井络。"

[3] 朱方:春秋时吴国地名,治所在今江苏丹徒东南。

[4]“北界”句：极言海门山位置险要，有控扼南北之势。南纪，见《诗·小雅·四月》“滔滔江汉，南国之纪”。后指南方。

[5]“年来”四句：指顺治十六年(1659)六月，郑成功由崇明进长江，与南明兵部侍郎张煌言会师，六月八日至丹徒，十三日至焦山，直捣瓜州，一时间东南震动。胡豆洲，(至顺)《镇江志》卷七“丹徒县”：“胡豆洲，未详所在。梁侯景败，羊鹍密图之，景惟余三舸，下海欲向蒙山。会景昼寝，鹍语海师‘此中何处有蒙山，汝但听我处分’。遂向京口，至胡豆洲，景觉大惊，将依郭元建。鹍拔刀叱海师，使即向京口。景欲投水，鹍以稍刺而杀之。”徒儿浦，(至顺)《镇江志》卷七“丹徒县”：“徒儿浦，在城东二十里。秦始皇将徒儿过此浦，因以为名。”

[6]“古闻”句：刘义庆《世说新语·捷悟》：“郗司空在北府，桓宣武恶其居兵权。”刘孝标注云：“《南徐州记》曰：‘徐州人多劲悍，号精兵，故桓温常曰：‘京口酒可饮，箕可用，兵可使。’”

[7]寄奴：南朝宋武帝刘裕，小名寄奴。他生于京口，后起兵推翻东晋，建立刘宋王朝。

【导读】

这首诗作于顺治十七年(1660)。此年十一月，王士禛因公事赴江南，先往高邮，后渡江到常州，又至镇江渡江回扬州。十五日游镇江，“沿江岸独寻北固山、甘露寺之胜，登凌云亭，憩多景楼，怀孙刘之雄风，忆梁帝之胜游，吊海岳净名之故迹，搔首四顾，慷慨不能已”(蒋寅《王渔洋事迹征略》)。《海门歌》就作于此日。这首七古气魄雄浑，感情豪放，是王士禛诗歌的另一种风格。

苻离吊颍川侯傅公[1] 公，宿人

跃马千山外，呼鹰百战场。古百战道在宿境。平芜何莽苍俱上，云气忽飞扬。寂寂通侯里，沉沉大泽乡。颍川汤沐尽，空羡夥颐王[2]。陈涉亦州人，汉高帝为置守冢。

(《王士禛全集》之《蚕尾续诗集》卷二)

【注释】

[1]苻离：古县名，今作符离，属安徽宿州市。傅公：傅友德(？—1394)，明宿州人。元末参加刘福通义军，随李喜喜入蜀。后归顺朱元璋。善用兵，平蜀征滇，屡建战功，封颍国公，太子太师。后为朱元璋所杀。

[2]夥颐王：指陈涉。《史记·陈涉世家》：“见殿屋帷帐客曰：‘夥颐，涉之为王沉沉者。’楚人谓多为夥，故天下传之，夥涉为王，由陈涉始。”

【导读】

康熙二十三年(1684)冬,作者奉使南海途经苻离作此诗。王士禛云:“予尝疑傅颍公友德之贤,中山而外无与伦比。其平滇平蜀,功尤最诸将,而卒不免猜忌以无罪死,古来功臣之冤,未有如颍公之甚者。公宿州人,予尝过宿凭吊而悲之。……陈涉亦宿州人,汉高帝犹为涉置守冢。以颍公之贤,且有大功于明,而食报顾远不逮涉,故悲之也。”(《带经堂诗话》卷二十四)

秋柳诗四首有序

昔江南王子,感落叶以兴悲[1];金城司马,攀长条而陨涕[2]。仆本恨人,性多感慨。寄情杨柳,同《小雅》之仆夫[3];致托悲秋,望湘皋之远者[4]。偶成四什,以示同人,为我和之。丁酉秋日北渚亭书。

秋来何处最消魂?残照西风白下门[5]。他日差池春燕影[6],只今憔悴晚烟痕。愁生陌上《黄骢曲》[7],梦远江南乌夜村[8]。莫听临风三弄笛[9],玉关哀怨总难论[10]。

◎ 大明湖·秋柳含烟

【注释】

[1]“昔江南”二句：萧纲《秋兴赋》云：“秋何兴而不尽？兴何秋而不伤？伤二情之本背，更同来而匪方。复有登山望别，临水送归，洞庭之叶初下，塞外之草前衰。”

[2]“金城”二句：东晋桓温，曾任大司马。《世说新语·言语》：“桓公北征经金城，见前为琅邪时种柳，皆已十围，慨然曰：‘木犹如此，人何以堪！’攀枝执条，泫然流泪。”

[3] 仆夫：出自《小雅·出车》，该诗有“昔我往矣，黍稷方华。今我来思，雨雪载涂”之语，与《小雅·采薇》中“昔我往矣，杨柳依依。今我来思，雨雪霏霏”意思相同。

[4] 望湘皋之远者：此句乃熔铸屈原《湘夫人》诗意而来。

[5] 白下门：白下即南京。李白《杨叛儿》：“何许最关人，乌啼白门柳。”

[6]“他日”句：他日，昨日。差(cī)池，参差不齐貌。《诗·邶风·燕燕》：“燕燕于飞，差池其羽。”沈约《江南弄四首·阳春曲》有“杨柳垂地燕差池”句。

[7]《黄骢曲》：段安节《乐府杂录·黄骢叠》云：“太宗定中原时所乘战马也，后征辽，马毙，上叹惜，乃命乐工撰此曲。”

[8] 乌夜村：在昆山。范成大《吴郡志》卷九：“晋穆帝后，何淮(准)女，寓居县南，产后于此。将产之夕，有群乌夜，惊于聚落。尔后乌更鸣，众共异之。及明大赦。”一说在海盐。王象之《舆地纪胜》卷第三：“晋何后宅。在海盐县南三里。《舆地志》云：‘海盐县乌夜村，晋何准居焉。一夕群乌啼噪，乃生女。他日复夜啼，乃穆帝立准女为后之日也。”

[9] 三弄笛：《世说新语·任诞》：“王子猷出都，尚在渚下。旧闻桓子野善吹笛，而不相识。遇桓于岸上过，王在船中，客有识之者，云是桓子野。王便令人与相闻云：‘闻君善吹笛，试为我一奏。’桓时已贵显，素闻王名，即便回下车，踞胡床，为作三调。弄毕，便上车去，客主不交一言。”

[10] 玉关：玉门关。王之涣《凉州词》：“羌笛何须怨杨柳，春风不度玉门关。”

娟娟凉露欲为霜，万缕千条拂玉塘。浦里青荷中妇镜[1]，江干黄竹女儿箱[2]。空怜板渚隋堤水[3]，不见琅琊大道王[4]。若过洛阳风景地，含情重问永丰坊[5]。

【注释】

[1]“浦里”句：郭茂倩《乐府诗集》卷七十五录江从简《采荷调》：“欲持荷作柱，荷弱不胜梁。欲持荷作镜，荷暗本无光。”并引《乐府广题》曰：“梁太尉从事中郎江从简，年十七有才思，为《采荷调》以刺何敬容。敬容览之，不觉嗟赏，爱其巧丽。敬容时为宰相。”

[2]“江干”句：郭茂倩《乐府诗集》卷四十七《黄竹子歌》：“江边黄竹子，堪作女儿箱。一船使两桨，得娘还故乡。”

[3]“空怜”句：《隋书·食货志》：“(隋炀帝)自板渚引河达于淮、海，谓之御河，河畔筑御道，树以柳。”

[4]“不见”句：借用乐府语，桓温曾为琅琊太守。郭茂倩《乐府诗集》卷二十五《琅琊王歌辞》有：“琅琊复琅琊，琅琊大道王。阳春二三月，单衫绣裲裆。”“琅琊复琅琊，琅琊大道王。鹿鸣思长草，愁人思故乡。”

[5]“若过”二句：白居易《杨柳枝词》：“一树春风千万枝，嫩于金色软于丝。永丰西角荒园里，尽日无人属阿谁。”范摅《云溪友议》云：“居易有妓樊素善歌，小蛮善舞。尝为诗曰：‘樱桃樊素口，杨柳小蛮腰。’年既高迈，而小蛮方丰艳，因《杨柳词》以托意云。”永丰坊，唐代洛阳坊巷名。

东风作絮糁春衣[1]，太息萧条景物非。扶荔宫中花事尽[2]，灵和殿里昔人稀[3]。相逢南雁皆愁侣，好语西乌莫夜飞[4]。往日风流问枚叔，梁园回首素心违[5]。

【注释】

[1]糁（sǎn）：散开，洒落。

[2]扶荔宫：佚名《三辅黄图》卷三：“扶荔宫在上林苑中，汉武帝元鼎六年，破南越，起扶荔宫，以植所得奇草异木。”

[3]灵和殿：《南史·张绪传》：“刘悛之为益州，献蜀柳数株，枝条甚长，状若丝缕。时旧宫芳林苑始成，武帝以植于太昌灵和殿前，常赏玩咨嗟，曰：‘此杨柳风流可爱，似张绪当年时。’其见赏爱如此。”

[4]西乌莫夜飞：郭茂倩《乐府诗集》卷四十九有《西乌夜飞》五首，题下注云：“《古今乐录》曰：‘《西乌夜飞》者，宋元徽五年荆州刺史沈攸之所作也。攸之举兵发荆州，东下未败之前，思归京师，所以歌。”

[5]“往日”二句：葛洪《西京杂记》卷四：“梁孝王游于忘忧之馆，集诸游士各使为赋，枚乘为《柳赋》。”梁园，梁孝王所营园囿，又名梁苑、兔园，故址在今河南开封市东南。

桃根桃叶镇相怜[1]，眺尽平芜欲化烟。秋色向人犹旖旎，春闺曾与致缠绵[2]。新愁帝子悲今日[3]，旧事公孙忆往年[4]。记否青门珠络鼓[5]，松枝相映夕阳边。

（《王士禛全集》之《渔洋诗集》卷三）

【注释】

[1]“桃根”句：郭茂倩《乐府诗集》卷四十五《桃叶歌三首》其二云：“桃叶复桃叶，桃树连桃根。相怜两乐事，独使我殷勤。”题注引《古今乐录》：“《桃叶歌》者，晋王子敬（献之）之所作也。桃叶，子敬妾名，缘于笃爱，所以歌之。《隋书·五行志》曰：陈时江南盛歌王献之《桃叶词》云：‘桃叶复桃叶，渡江不用楫。但渡无所苦，我自迎接汝。’”

［2］“春闺”句：暗用王昌龄《闺怨》“闺中少妇不知愁”意。

［3］“新愁”句：屈原《湘夫人》有“帝子降兮北渚，目眇眇兮愁予。袅袅兮秋风，洞庭波兮木叶下”。或曰此句取曹丕《柳赋》意。曹丕《柳赋》序云：“昔建安五年，上与袁绍战于官渡，是时余始植斯柳，自彼迄今十有五载矣。左右仆御，已多亡。感物伤怀，乃作斯赋。”

［4］“旧事”句：《汉书·五行志》：“昭帝时，上林苑中大柳树断仆地，一朝起立生枝叶，有虫食其叶，成文字，曰‘公孙病已立’。又昌邑王国社有枯树复生枝叶，眭孟以为木阴类下民象，当有故废之家公孙氏从民间受命为天子者。昭帝富于春秋，霍光秉政，以孟妖言诛之。后昭帝崩，无子，征昌邑王贺嗣位，狂乱失道，光废之，更立昭帝兄卫太子之孙，是为宣帝。帝本名病已。”

［5］“记否”句：郭茂倩《乐府诗集》卷四十九《杨叛儿》八首之四：“七宝珠络鼓，教郎拍复拍。黄牛细犊儿，杨柳映松柏。”青门，汉代长安城门之一。

【导读】

关于这四首诗的写作背景，诗人自道云：“顺治丁酉秋，予客济南。时正秋赋，诸名士云集明湖。一日，会饮水面亭，亭下杨柳十余株，披拂水际，绰约近人。叶始微黄，乍染秋色，若有摇落之态。予怅然有感，赋诗四章，一时和者数十人。”（《菜根堂诗集序》）咏物诗，若无寄托，则易流于空洞或成文字游戏。诗人深谙此道，故于序中明言“仆本恨人”“寄情杨柳”，明确四诗乃有为而作有感而发。不过，秋风摇曳、柳条微黄的眼前之景，究竟让诗人生发了何种怅然之情？为何面对大明湖的秋柳，思绪却飘到了江南、中原、边塞？又为何牵扯出扶荔、灵和、梁园等帝王宫殿园林，还写到中妇、女儿、桃根、桃叶这样的平凡女子？难道仅仅是因为上述名物都凝结着与柳相关的意涵？如果只是典故、意象的堆垛组合，那么四诗为何能引来大江南北数以百计的和者，其中不乏遗民志士。所以探寻这四首诗背后的本事，便成为一个有意思的话题。历来的解释大约可以归结为“寄刺南渡之亡”（屈复）、“吊明亡”（李兆元）、“为福藩故伎郑妥娘作”（徐寿基、高丙谋）等。

诚然，易代之际渔洋家族遭遇了三次家难，其中两次发生在渔洋十二岁之前，显赫一时的新城望族接连罹难，这是其一生都无法抹去的伤痕。康熙十八年（1679）左右，王士禛希望明末死难的亲人能列入《明史》而撰写了他们的殉难之事。当忆及壬午之难时他写道：“初，先宜人（孙氏）与张氏对缢，先宜人绳绝不死，时夜中，喉咯咯有声，但言渴甚。士禛方八岁，无所得水，乃以手掬鱼盎冰进之，以书册覆体上。又明日，兵退，得无死，视张则久绝矣。”（《五烈节家传》）若不是孙氏上吊时绳子断了，年幼的王士禛便会痛失慈母。当他四十年后忆及这段往事时，我们依然能从其描写中感受到当时的惶恐和无助。然而即便有如此惨痛经历的家庭，在改朝换代之初便将大部分精力投入重振门楣的事业之中。王士禛的祖父王象晋“忧门户中落”（《诰封宜人先妣孙太君行述》）亲自教授诸孙学业，父母也经常以“读书励行”（《诰封朝议大夫国子监祭酒先考匡庐府君行述》）、“望汝曹成立”（《诰封宜人先妣孙太君行述》）之语耳提面命。故士禛与长兄士禄、三兄士祜均为进士，二兄士禧亦为廪贡监生。面对这样一个在易代之际立场“模糊”的家庭，《秋柳》四诗中究竟寄寓了怎样的情感，着实令索解者犯难。故又有学者以“一切美好的东西都已逝去，到处是幻灭的悲哀”来理解四诗的情感，并进而认为以“漂亮的字眼和句子”“婉委曲折乃至朦胧的表现手法”来表现幻灭感的独特方式更是它们的魅力所在（章培恒）。

总之，这四首诗是作者积年苦学和一时兴会相结合的产物，正如渔洋好友陈允衡所说：“元倡如初写《黄庭》，恰到好处。诸名士和作皆不能及。”（《渔洋诗话》卷上）可以说从此组诗起，王士禛确立了自己的艺术风格和创作方式，那就是通过与自然景物的交流来领悟和表达人生感受；表达方式是“偶然欲书”型的，不停留在具体的历史事件上，也不探究那些个别的得失和是非，而是将曾经发生的历史事件作为一个整体来感受，并与大自然的盛衰兴废一起，体验那美好不在的永恒哀痛。这一切与前代作家确已有所不同，可以说开创了一种新的创作模式。（王小舒《中国诗歌通史·清代卷》第三章）

淮安新城有感二首

泽国阴多暑气微，一城烟霭昼霏霏。春风远岸江蓠长，暮雨空堤燕子飞。四镇虫沙成底事[1]，五王龙种竟无归[2]。行人泪堕官桥柳，披拂长条已十围。

【注释】

[1] 虫沙：《艺文类聚》卷九十引《抱朴子》曰：“周穆王南征，一军尽化，君子为猿为鹤，小人为虫为沙。”

[2] 五王龙种：五王龙种，明代四个藩王的后代，他们建立了南明五个短暂的政权，即福王弘光、唐王隆武、鲁王监国、唐王绍武、桂王永历，他们相继在顺治三年、四年至康熙元年被杀或病逝。

开府当年据上游，建牙赐爵冠通侯[1]。即看别院连云起，更引长淮作带流[2]。荒径人稀鼪鼬啸[3]，野塘风急荻芦秋。永嘉南渡须臾事，忍向新亭问楚囚。

（《王士禛全集》之《渔洋诗集》卷七）

【注释】

[1]“开府”二句：开府，指刘泽清。赐爵，见《明史·刘泽清传》“京师陷，泽清走南都，福王以为诸镇之一，封东平伯，驻庐州”。

[2]“即看”二句：谓刘泽清想以淮河为屏障，在淮安建立自己享乐的别院。计六奇《明季南略》卷一《刘泽清》：“北兵南下，有问其如何御者，泽清曰：‘吾拥立福王而来，以此供我休息。万一有事，吾自择江南一郡去耳。’（甲申）八月，泽清大兴土木，造宅淮安，极其壮丽，四时之室俱备，僭拟皇居，休卒淮上，无意北往。”

[3]鼪鼬（shēngyòu）：黄鼠狼之类的小动物。

【导读】

王士禛于顺治十六年（1659）得任扬州府推官，次年三月到任，夏间曾往来于江淮之间，这两首诗即作于此时。甲申、乙酉之际的江淮地区，是南明抵抗清兵的前线。然而腐朽的弘光朝君臣享乐的享乐、内讧的内讧，全然没有一丝中兴的气象，坐镇扬州的督师史可法成了四镇矛盾的调解员，最终这个南渡小朝廷在风雨飘摇中一岁而夭。初到此地的诗人，有感于弘光往事并感慨南明诸政权的覆灭（或行将就亡），写了这两首诗。第一首通过景物描写建构出一幅烟霭迷离的画面，南明的政权、人事仿佛就像这朦胧寂寞的画面一样，只剩下一些旧事留待今人回忆和感慨。第二首前四句述事，写刘泽清大兴土木，颈联转以眼前之萧瑟景象，为尾联的感慨做铺垫。全诗通过客观叙述刘泽清镇淮时期的行为，以今昔对比的方式，表达了对弘光朝覆灭的复杂感情。

和徐健庵宫赞喜吴汉槎入关之作[1]

丁零绝塞鬓毛斑，雪窖招魂再入关。万古穷荒生马角[2]，几人乐府唱刀镮[3]。天边魑魅愁迁客，江上莼鲈话故山。太息梅村今宿草，不留老眼待君还。吴梅村先生昔有送汉槎出塞长句，见集中。

（《王士禛全集》之《渔洋续诗集》卷十四）

【注释】

[1] 徐健庵：徐乾学，昆山人。康熙九年（1670）进士，时任詹事府左春坊左善赞。吴汉槎：吴兆骞，见吴伟业《悲歌赠吴季子》注。吴兆骞的《长白山赋》曾经御览，后又经纳兰成德、徐乾学、顾贞观等多方设法，终于在康熙二十年（1681）七月被允纳资赎归。他于十一月中到北京，徐乾学作《喜吴汉槎南还》，一时和者众多。

[2] 生马角：语本《燕丹子》卷上："燕太子丹质于秦，秦王遇之无理，不得意，欲求归。秦王不听，谬言曰令乌头白、马生角，乃可许耳。丹仰天叹，乌头即白，马生角。秦王不得已而遣之。"又康熙十五年（1676）冬，顾贞观作《金缕曲》二首寄吴兆骞，其一有"廿载包胥承一诺，盼乌头、马角终相救"之语。

[3] 唱刀镮（huán）：见钱谦益《后秋兴之三》"藁砧"注。此两句谓吴兆骞生还之不易。

【导读】

这首诗作于康熙二十年（1681）十一月，诗人时任国子监祭酒。徐乾学《喜吴汉槎南还》诗云："惊看生入玉门关，卌载交情涕泗间。不信遐陬生马角，谁知彩笔动龙颜？君恩已许闲身老，亲梦方思尽室还。五雨风轻南下好，桃花春涨正潺湲。"王士禛的和作与原唱感叹促成吴兆骞生还之事不易的情感基调保持一致，但与徐作的"喜"相比，尾联以当初赋《悲歌赠吴季子》的吴伟业已经下世，无缘亲见吴兆骞生还作结，喜中寓悲。

雨后至天宁寺

凌晨出西郭，招提过新雨。日出不逢人，满院风铃语。

（《王士禛全集》之《渔洋续诗集》卷十五）

【导读】

此诗作于康熙二十一年（1682）春。天宁寺在今北京西城区广安门外。伊应鼎云："此诗'满院风铃语'乃是实景实事，然必先著'日出不逢人'五字而意始幽，又必先著‘凌晨’‘雨过’二句而意始清而幽也。’”（《渔洋山人精华录会心偶笔》卷十）凌晨而有新雨则为清，日出却不见人则为幽，“满院风铃”则更显其静，整首诗语淡意远。“诗之妙在于神韵，而神韵之妙存乎性情。性情正大者，所见之景写来无不正大；性情高旷者，所见之景写来无不高旷；性情幽闲者，所见之景写来无不幽闲；性情恬适者，所见之景写来无不恬适。本乎性情，征于兴象，发为吟咏，而精神出焉，风韵流焉。故诗之有神韵者，必其胸襟先无适俗之韵也。”（伊应鼎《渔洋山人精华录会心偶笔》卷三）王士禛认为这首五绝颇有禅意，他说：“唐人五言绝句，往往入禅，有得意忘言之妙，与净名、默然、达磨得髓，同一关捩。观王、裴《辋川集》及祖咏《终南残雪》诗，虽钝根初机，亦能顿悟。……又在京师有诗云：‘凌晨出西郭（下略）’皆一时伫兴之言，知味外味者，当自得之。”（《香祖笔记》卷二）

再过露筋祠

翠羽明珰尚俨然，湖云祠树碧于烟。行人系缆月初堕，门外野风开白莲。

（《王士禛全集》之《渔洋诗集》卷七）

【导读】

此诗作于顺治十七年(1660)。露筋祠故址在今江苏高邮县城南三十里。关于“露筋”的出典，段成式《酉阳杂俎》续集卷四云：“相传江淮间有驿，俗呼露筋。尝有人醉止其处，一夕白鸟姑嘬，血滴露筋而死。据江德藻《聘北道记》云：自邵伯棣三十六里至鹿筋，梁先有逻。此处足白鸟，故老云，有鹿过此，一夕为蚊所食，至晓见筋，因以为名。”到了宋代则出现了另一种说法，王象之《舆地纪胜》卷四十三载：“露筋庙，去城三十里，旧传有女夜过此，天阴蚊盛，有耕夫田舍在焉，其嫂止宿。姑曰：‘吾宁处死，不可失节。’遂以蚊死，其筋见焉。”唐代的奇闻轶事到北宋末年却成了一则贞节烈妇的道德故事，王士禛显然采信了宋人的说法。“阐扬贞烈，易入于腐”（沈德潜《国朝诗别裁集》卷四），然而此作并没有给人这种印象，反而获得了“论者推为此题绝唱”（陆以湉《冷庐杂识》卷一）的美誉。

这首诗是王士禛所倡导的神韵诗的典型代表。他说：“或问‘不著一字，尽得风流’之说。答曰：太白诗：‘牛渚西江夜，青天无片云。登高望秋月，空忆谢将军。余亦能高咏，斯人不可闻。明朝挂帆去，枫叶落纷纷。’襄阳诗：‘挂席几千里，名山都未逢。泊舟浔阳郭，始见香炉峰。常读远公传，永怀尘外踪。东林不可见，日暮空闻钟。’诗至此，色相俱空，政如羚羊挂角，无迹可求，画家所谓逸品是也。”李白《夜泊牛渚怀古》意在表达怀才不遇之情，但却只说袁宏在牛渚咏史，将军谢尚闻而相见遂重用之的故事。孟浩然《晚泊浔阳望香炉峰》抒发诗人超脱情怀却只以叙述游踪来完成。这两首诗的共同特点是存在象和意两个层面，“象的世界是说出的，意的世界是未说出的，而未说出的意义世界恰恰是诗人的目的所在”（张健《清代诗学研究》第九章）。《再过露筋祠》也同样如此，通过描绘露筋祠周围的景象，实则意在歌咏妇女之节烈。而用同样象征高洁的月光和白莲来营造诗意，则是受到陆龟蒙《白莲》诗的启发：“余谓陆鲁望‘无情有恨何人见，月白风清欲堕时’二语恰是咏白莲诗，移用不得。……在广陵，有《题露筋祠》绝句云云，正拟其意。”（《渔洋诗话》卷上）当然，神韵诗强调的是兴来神会，是一种刹那的灵感显现，难免有不合逻辑或常理之处。所以曾有人质疑，既然“月已堕”何来“祠树碧”，对此王士禛认为：“世谓王右丞画雪中芭蕉，其诗亦然，如‘九江枫树几回青，一片扬州五湖白’，下连用兰陵镇、富春郭、石头城诸地名，皆寥远不相属，大抵古人诗画，只取兴会神到，若刻舟缘木求之，失其指矣。”（《池北偶谈》卷十八）就在写作此诗的不久前，王士禛还创作了一首《露筋祠》，诗云：“放舟湖上水，舣楫女郎祠。往迹行人说，清风古牒垂。画衣生积藓，荒径飒灵旗。丛竹香蘋路，依稀近九疑。”（《渔洋诗集》卷七）与《再过露筋祠》相比，这首诗就显得质实而板。不过，正是因为有了那首紧扣题面的《露筋祠》，才催生出后来“撇开题面，自出一奇”（郭麐《灵芬馆诗话》卷三）的神韵杰作。

真州绝句六首（选一）

江干多是钓人居，柳陌菱塘一带疏。好是日斜风定后，半江红树卖鲈鱼。

（《王士禛全集》之《渔洋诗集》卷十三）

【导读】

《真州绝句》一共六首，此为第四首，写于康熙元年（1662）夏秋之交，诗人此时寓居真州闵园。此诗所取为江边渔村的寻常景象，但通过广角镜头和定焦镜头的组合，此诗便成为一首脍炙人口的名作。王士禛的学生宗元鼎作《读阮亭先生真州绝句漫作》云："板桥山色晚秋初，楚泽真州画不如。我爱新城诗句好，半江红树卖鲈鱼。"王士禛对这首诗也比较满意，他说："江淮间多写为图画。"（《渔洋诗话》卷中）读这样的诗，其所营造的安定悠闲的生活谁不向往？但是又有谁知道就在十几年前，这片土地上血流成河、白骨堆山呢？王士禛很会选择题材，"鼎革以来，兵燹荼毒，雅宗乘下泽之车，名士罢西园之宴，凡穷愁困顿，尽发之于诗，其高文典册，沉博绝丽，可以升歌清庙，执简明堂者，百不一得焉"（丁弘诲《渔洋集外诗序》）。正因为大家听惯了"穷愁困顿"之声，所以王士禛的调子一出来，便令人耳目一新。丁弘诲评价年未满三十的王士禛的诗作云："大者鼓吹休明，被管弦而谐金石，小者流连风景，评花鸟而绘山河，又何怪乎其美擅诸家，而立言不朽乎！"诚哉斯言。

冶春绝句二十首（选二）

红桥飞跨水当中，一字阑干九曲红。日午画船桥下过，衣香人影太匆匆。

当年铁炮压城开，折戟沉沙长野苔。梅花岭畔青青草，闲送游人骑马回。

（《王士禛全集》之《渔洋诗集》卷十五）

【导读】

《冶春绝句》共二十首，作于康熙三年（1664）三月初九清明。作者题下自注："同林茂之前辈、杜于皇、孙豹人、张祖望、程穆倩、孙无言、许力臣、师六修禊红桥，酒间赋《冶春》诗。"其实，杜濬（于皇）因事未赴约。王士禛说："余在广陵五年，多布衣交。"（《渔洋诗话》卷中）参加这次修禊活动的林古度（茂之）、张纲孙（祖

◎ 虹桥修禊

望)、程邃(穆倩)、孙默(无言)等人是遗民,孙枝蔚(豹人)、许承宣(力臣)、许承家(师六)也暂未取得功名。所以,孙枝蔚说"惟有使君爱文雅,坐中宾客半渔樵"(《清明王阮亭招同林茂之……泛舟城西酒间同赋冶春绝句二十四首》)是符合实际的。清明踏青,士女如云,行人赏春,王士禛等人则赏春看人、饮酒赋诗,颇有"文章太守,挥毫万字,一饮千钟"(欧阳修《朝中措》)的意思。所选两首,一首描写红桥及其周围人物,王士禛《红桥游记》云:"出镇淮门循小秦淮折而北……拿小艇循河西北行,林木尽处有桥宛然,如垂虹下饮于涧,又如丽人靓妆袨服流照明镜中,所谓红桥者也。游人登平山堂,率至法海寺,舍舟而陆径,必出红桥下,桥四面皆人家。"(《渔洋山人自撰年谱》卷上)可见红桥即是一景,也是诸多景点之间的交通要道。此诗虽两用"红"字,但一为桥名一为颜色,首句是抛物线,次句已转化为曲折的线条,变化感十足。第三、四两句则将游春的人和景物尽收眼底。第四句化用骆宾王《咏美人在天津桥》诗意,骆诗有"美女出东邻,容与上天津。动衣香满路,移步袜生尘。水下看妆影,眉头画月新"。可见,神韵诗也强调积学,食古能化。第二首则咏史抒怀,前两句追忆历史,顺治二年(1645)五月二十五日,清军靠红衣大炮攻下了坚守一月的扬州城,史可法殉难。清军随即在城内开展了为期十天的大规模的屠杀活动,史称"扬州十日"。后两句即景抒怀,二十年后,历史的痕迹已被野苔青草遮盖,游玩梅花岭的人还有多少记得那段不堪回首的往事呢?王士禛并未将自己的情感表达出来,只是通过客观的描写,用"闲送回"与首句"压城开"形成鲜明的对照,把对历史的感慨寄托其中,让读者自己揣摩。陈衍《戏用上下平韵作论诗绝句三十首》其三说:"真个销魂王阮亭,《冶春绝句》最芳馨。华严弹指何人见,声调铿然自可听。"(《石遗室诗集》卷四)用来评价这两首诗,颇为恰当。

《冶春绝句》所记录并非仅仅是一次文人雅集,它俨然成了扬州的一张文化名片。参加活动的孙枝蔚即有"王公能作兰亭序"之比,看出了冶春行为的文化魅力和持久影响。徐釚(1636—1708)说:"贻上司理扬州,日与诸名士游宴,于是过广陵者多问虹桥矣。"(《扬州画舫录》卷十)在众多修禊红桥的人当中,卢见曾是继响者。据袁枚《随园诗话》卷十二云:"卢雅雨先生转运扬州,以渔洋山人自命,尝赋《红桥修禊》四章,一时和者千余人。"鉴于这种影响,乾隆时期的张九镡《晚秋广陵泛舟》绝句云:"红桥修禊《冶春》诗,载酒江湖似牧之。谁信一官烟月地,欧苏鼎立见丛祠。"张维屏就此评论说:"谓渔洋似牧之不确,谓欧、苏后惟渔洋足鼎立,称三贤祠则诚然。"(张维屏《国朝诗人征略二编》卷三十九)

蟂矶[1]灵泽夫人祠二首(选一)

霸气江东久寂寥,永安宫殿莽萧萧[2]。都将家国无穷恨,分付浔阳上下潮。

(《王士禛全集》之《蚕尾续诗集》卷三)

【注释】

[1] 蟂(xiāo)矶:位于安徽芜湖长江岸边,其形似蟂,故名。

[2] 永安宫殿:永安宫,故址在白帝城。乐史《太平寰宇记》卷一百四十八《夔州》:"三国时,蜀先主为吴将陆逊败于夷陵,退屯白帝城,因改为永安。"

【导读】

此题共两首,作于康熙二十四年(1685)五月二十日,王士禛奉命祭告南海后北归,途经芜湖。明朱国祯《涌幢小品》卷十九《蟂矶》云:"芜湖江心有矶,矶上有祠,祠孙夫人,曰蟂矶,甚有神灵。孙夫人至此矶,闻先主崩摧,哭自沉。又曰,孙刘有隙,夫人归吴,舟舣矶下,不忍见仲谋,遂刎于此。夫人真烈丈夫也!蜀既不传,吴亦遂讳,宜其为神,血食万世。"顾炎武《日知录》卷三十一《蟂矶》:"芜湖县西南七里大江中蟂矶,相传昭烈孙夫人自沉于此,有庙在焉。……《蜀志》曰:'先主既定益州,而孙夫人还吴。'又裴松之注引《赵云列传》曰:'先主入益州,云领留营司马,时孙夫人以权妹骄豪,多将吴吏兵,纵横不法,先主以云严重,必能整齐,特任掌内事。权闻备西征,大遣舟船迎妹,而夫人欲将后主还吴,云与张飞勒兵截江,乃得后主还。'是孙夫人自荆州复归于权,而后不知所终,蟂矶之传殆妄。"有关灵泽夫人的传说纷纭,王士禛撇开历史的真假不谈,仅以文学家的身份慨叹孙夫人作为一介女流在三国纷争年代的"无穷恨",仿佛滔滔江水一样绵绵无绝。这不就是王士禛版的"时代的灰尘落在个人头上就是一座山"吗?何焯曾以"沉郁顿挫"评价此诗。显然,神韵诗不仅仅限于那些批风抹月、清丽幽远的作品,像这首气韵沉雄、格调苍老之作又何尝不是神韵之笔呢?

拓展阅读

丙申诗旧序

王士禛

士生斯世，无异能奇技，以功名自显，而又羁羁缭转，忧忧相接。顾犹得隐囊柔翰，吟弄于寒溪落木、荒陂苦竹之中，斯亦幸矣。家世习《三百》之言，束发以来，不欲循塾师章句，辄思析其正变，通其比兴，思其悲愉哀乐之旨，以求得夫一唱三叹之遗音。四氏笺传，又最嗜韩婴之书，为其象外环中，淡然而合，有当于诗人触类引伸之义。十年以来，下及汉魏、六朝，初、盛、中、晚四唐之作者，亦惟持斯义以进退之。因取顺治丙申一岁之作，裒而次之。至境诣之浅深，流派之得失，我不敢知。所可知者，三四言止耳。

《六经》、廿一史，其言有近于诗者，有远于诗者，然皆诗之渊海也。节而取之十之四五，雁结谩谐之习，吾知免矣，一曰典。画潇湘洞庭，不必蹙山结水，李龙眠作《阳关图》，意不在渭城车马，而设钓者于水滨，忘形块坐，哀乐嗒然，此诗旨也，次曰远。《诗》三百五篇，吾夫子皆尝弦而歌之，故古无《乐经》，而《由庚》《华黍》皆有声无词，土鼓鞞铎，非所以被管弦、叶丝肉也，次曰谐音律。昔人云，《楚辞》《世说》，诗中佳料，为其风藻神韵，去风雅未遥，学者由此意而通之，摇荡性情，晖丽万有，皆是物也，次曰丽以则。此序少作，久不存稿。因牧斋先生曾许篇中谈艺四言，稍有当于诗旨，故追录而存之。

（《王士禛全集》之《蚕尾续文集》卷三）

突星阁诗集序（节录）

王士禛

夫诗之道，有根柢焉，有兴会焉，二者率不可得兼。镜中之象，水中之月，相中之色，羚羊挂角，无迹可求，此兴会也。本之《风》《雅》，以导其源，溯之楚《骚》、汉魏乐府诗，以达其流，博之九经、三史、诸子，以穷其变，此根柢也。根柢原于学问，兴会发于性情，戢于斯二者兼之，又斡以风骨，润以丹青，谐以金石，故能衔华佩实，大放厥词，自名一家。

（《王士禛全集》之《渔洋文集》卷三）

韩白苏陆四家诗选序(节录)

王士禛

予曩效元裕之作《论诗绝句》,于唐宋诸名家每三致意焉。而唐人诗之多者,除李白、杜甫外,惟退之、乐天为最。而白与甫之诗,人之童而读之、习之,至老而不倦。其全篇累帙,重刊叠笺,转相注述,罕有遗之者,是不必更为搜取矣。退之诗,可选者多,不可选者少,去其不可者甚难。乐天诗,可选者少,不可选者多,存其可者亦难。若夫宋人之诗,其多可与韩、白并者,莫如子瞻、务观。子瞻贯析百家,及山经海志、释家道流,冥搜《集异》诸书,纵笔驱遣,无不如意,如风雨雷霆之骤合,砰磅戛击,角而成声,融然有度,其用实处多,而用虚处少,取其少者为佳。务观闲适,写村林茅舍、农田耕渔、花石琴酒事,每逐月日,记寒暑,读其诗如读其年谱也,然中间勃勃有生气。中原未定,梦寐思建功业,其真朴处多,雕锼处少,取其多者为佳。

(《王士禛全集》之《蚕尾文集》卷一)

鬲津草堂诗集序

王士禛

三十年前,予初出交当世名辈,见夫称诗者,无一人不为乐府,乐府必汉《铙歌》,非是者弗屑也;无一人不为古选,古选必《十九首》《公宴》,非是者弗屑也。予窃惑之,是何能为汉魏者之多也?历六朝而唐宋,千有余岁,以诗名其家者甚众,岂其才尽不今若耶?是必不然,故尝著论,以为唐有诗,不必建安、黄初也;元和以后有诗,不必神龙、开元也;北宋有诗,不必李、杜、高、岑也。二十年来,海内贤知之流,矫枉过正,或乃欲祖宋而祧唐,至于汉魏乐府,古选之遗音,荡然无复存者。江河日下,滔滔不返,有识者惧焉。

田子子益,邹鲁之文学,而漪亭司寇之介弟也。一旦,怀其近诗一编质予,予亟赏之。昔司空表圣作《诗品》凡二十四,有谓"冲澹"者,曰"遇之匪深,即之愈稀";有谓"自然"者,曰"俯拾即是,不取诸邻";有谓"清奇"者,曰"神出古异,澹不可收"。是三者,品之最上,而子益之诗有之,视世之滔滔不返者,不可同日而语矣。使子益称诗于三十年之前,其不为雷同抒擔,又可知也。故喜而书之。

(《王士禛全集》之《蚕尾文集》卷一)

《渔洋诗话》四则

王士禛

余于古人论诗，最喜钟嵘《诗品》、严羽《诗话》、徐祯卿《谈艺录》，而不喜皇甫汸《解颐新语》、谢榛《诗说》。又云：弇州《艺苑卮言》，品骘极当，独嫌其党同类，稍乖公允耳。

萧子显云："登高极目，临水送归。蚤雁初莺，花开叶落。有来斯应，每不能已。须其自来，不以力构。"王士源序孟浩然诗云："每有制作，伫兴而就。"余平生服膺此言，故未尝为人强作，亦不耐为和韵诗也。

香炉峰在东林寺东南，下即白乐天草堂故址，峰不甚高。而江文通《从冠军建平王登香炉峰》诗云："日落长沙渚，层阴万里生。"长沙去庐山二千余里，香炉何缘见之？孟浩然《下赣石》诗："暝帆何处泊？遥指落星湾。"落星在南康府，去赣亦千余里，顺流乘风，即非一日可达。古人诗只取兴会超妙，不似后人章句，但作记里鼓也。

洪昇昉思问诗法于施愚山，先述余夙昔言诗大指。愚山曰："子师言诗，如华严楼阁，弹指即现；又如仙人五城十二楼，缥缈俱在天际。余即不然，譬作室者，瓴甓木石，一一须就平地筑起。"洪曰："此禅宗顿、渐二义也。"

（《渔洋诗话》）

沈德潜评渔洋诗

渔洋少岁，即见重于牧斋尚书，后学殖日富，声望日高，宇内尊为诗坛圭臬，突过黄初，终其身无异辞。身后多毛举其失，互相弹射，而赵秋谷宫赞著《谈龙录》以诋諆之，恐未足以服渔洋心也。或谓渔洋獭祭之工太多，性灵反为书卷所掩，故尔雅有余，而莽苍之气、遒折之力，往往不及古人。老杜之悲壮沉郁，每在乱头粗服中也。应之曰，是则然矣。然独不曰欢娱难工，愁苦易好，安能使处太平之盛者，强作无病呻吟乎？愚未尝随众誉，亦非敢随众毁也。

（《国朝诗别裁集》卷四）

带经堂诗钞小传（节录）

郑方坤

生济南文献之邦，宦江左清华之地。而使节所经，遍历秦、晋、洛、蜀、楚、粤、吴、越之乡，所至与其韵士雅人相接，辨其物产，考其风土，搜剔其残碑断简，融液荟萃而一发于诗。故其为诗，笼盖百氏，囊括千古，而尤浸淫于陶、孟、王、韦诸家，独得其象外之旨，弦外之音。不雕饰而工，不锤铸而炼，气超乎鸿濛之先，而味在于酸咸之外。盖自来论诗者，或尚风格，或矜才调，或崇法律，而先生独标神韵。神韵得而风格、才调数者悉举诸此矣。

（《国朝名家诗钞小传》卷二）

查慎行 选六首

查慎行(1650—1727)，原名嗣琏，字夏重，号他山、橘洲、查田、石棱居士，因喜苏轼诗，取《龟山》诗中“身行万里半天下，僧卧一庵初白头”意，号初白。海宁(今属浙江嘉兴)人。他是朱彝尊表弟，明遗民陆嘉淑之婿。查慎行“性颖异，五岁能诗，十岁作《武侯论》，同里范骧称为旷世才”(《国朝先正史略》本传)。三十岁，入黔阳巡抚杨雍建幕，参与讨伐吴三桂残部。三年后，归自黔阳，从黄宗羲学，治经邃于《易》。康熙二十三年(1684)捐入国子监，寄食京师，曾馆于明珠家，为揆叙师。康熙二十八年(1689)，因孝懿佟皇后丧期观演《长生殿》，被革除国子监学籍，遂改名慎行，改字悔余。其后，往来于家乡和京师间，并曾客九江太守朱俨幕。康熙三十二年(1693)秋，举顺天乡试。康熙四十一年(1702)，“圣祖东巡，以大学士陈廷敬、李光地、张玉书先后奏荐，驿召至行在赋诗。诏随入都，直南书房。四十二年(1703)，特赐进士出身，改翰林院庶吉士，散馆授编修”(《清史列传》本传)。查慎行为官期间，曾多次随驾出巡，并蒙赐御书“敬业堂”。还曾因“笠檐蓑袂平生梦，臣本烟波一钓徒”(查慎行《连日恩赐鲜鱼恭纪》)一联而得康熙赏识，荣获“烟波钓徒查翰林”之美称。康熙五十二年(1713)辞官归里。曾赋诗曰：“橐笔曾经侍两宫，可怜无过亦无功。未应奢望《儒林传》，或脱名于党部中。”(查慎行《自题癸未以后诗稿四首》其三)雍正四年(1726)，因其弟查嗣庭曾为允禩宾从之故，“阖门就逮，罪且不测。世宗识其端谨”“特原之，放归田里”。(《清史列传》本传)雍正

◎ 查慎行像

五年(1727)卒,享年七十八岁。著有《敬业堂诗集》五十卷《续集》六卷,并积一生之力补注苏诗,成《苏诗补注》五十卷。今有周劭标点之《敬业堂诗集》(上海古籍出版社,2015年)可资参研。

查慎行自幼能诗,"受诗法于钱田间(澄之)","平生癖好,尤在于诗及山水朋友,其于进取荣利之途,泊如也"(《国朝先正史略》本传)。为诸生时,即杖策从军,"游览牂牁、夜郎以及齐、鲁、燕、赵、梁、宋,过洞庭,涉彭蠡,登匡庐峰,访武夷九曲之胜,所得一托于吟咏"(《清史列传》本传),尝"裒其生平之诗,随所游历,各为一集",可见"其无时无地不以诗为事矣"(《四库全书总目》卷一七三《敬业堂集》五十卷提要)。故山川风物成为其集中最具特色的一类作品。赵翼评曰:"从军黔、楚,有江山戎马之助,故出手即沉雄踔厉,有幽、并之气。中年游中州,地多胜迹,益足以发抒其才思,登临怀古,慷慨悲歌。"(赵翼《瓯北诗话》卷十)为文学侍臣后,虽得康熙眷顾,所作亦多恭纪、恭和、纪恩之类,但在权力中心所见、所历之恩威莫测、明争暗斗的现实体味,形成了他"身作红云长傍日,心如白雪渐成灰"(《残冬展假病榻消寒聊当呻吟语无伦次录存十六首》之二)的尴尬心态,从而使其表露心迹之作具有独特的认识价值。

查慎行是康熙诗坛宗宋派的代表作家。早在康熙二十四年(1685),王士禛在序其《慎旃二集》时就说:"姚江黄晦木先生常题目其诗,比之剑南。余谓以近体论,剑南奇创之才,夏重或逊其雄,夏重绵至之思,剑南亦未之过,当与古人争胜毫厘。"四库馆臣则进一步说:"明人喜称唐诗,自国朝康熙初年窠臼渐深,往往厌而学宋,然粗直之病亦生焉。得宋人之长而不染其弊,数十年来,固当为慎行屈一指也。"(《四库全书总目》卷一七三《敬业堂集》五十卷提要)其实,就其本人而言,也并非刻意学宋。他认为"三唐两宋须互参"(查慎行《吴门喜晤梁药亭》),作诗"须求作者意"(查慎行《三月十七夜与恒斋月下论诗》),"唐音宋派何足问,大抵诗情在寂寥"(查慎行《得川叠前韵从余问诗法戏答之》)。只是他强调苦学在写诗中的作用,倒是得宋诗之精髓。不过,他没有滑入以文字、才学、学问为诗的泥淖,他说:"诗成亦用白描法,免得人讥獭祭鱼"(查慎行《东木与楚望叠鱼字凡七章连翩传示再拈二首以答来意》其二),在白描的基础上,推崇"诗之厚,在意不在辞;诗之雄,在气不在直;诗之灵,在空不在巧;诗之淡,在脱不在易"(查为仁《莲坡诗话》)。晚清朱庭珍总结其成就曰:"查初白诗宗苏、陆,以白描为主,气求条畅,词贵清新,工于比喻,善于形容,意婉而能曲达,笔超而能空行,入深出浅,时见巧妙,卓然成一家言。"(《筱园诗话》卷二)

麻阳运船行

麻阳县西催转粟[1]，人少山空闻鬼哭。一家丁壮尽从军，老稚扶携出茅屋。朝行派米暮雇船，吏胥点名还索钱。辘轳转絙出井底[2]，西望提溪如到天[3]。麻阳至提溪，相去三百里。一里四五滩，滩滩响流水。一滩高五尺，积势殊未已。南行之众三万余，樵爨军装必由此。小船装载才数石，船大装多行不得。百夫并力上一滩，邪许声中骨应折[4]。前头又见奔涛泻，未到先愁泪流血。脂膏已尽正输租，皮骨仅存犹应役。君不见一军坐食万民劳，民气难苏士气骄。虎符昨调思南戍，多少扬麾白日逃。

（《敬业堂诗集》卷二）

【注释】

[1] 麻阳：县名，在湖南省西部，与贵州省毗邻。转粟：转运粮草。

[2] 絙（gēng）：粗绳。

[3] 提溪：在今贵州江口县西。

[4] 邪许（yéhǔ）：劳动时齐呼之声。

【导读】

康熙十二年（1673），平西王吴三桂、靖南王耿精忠、平南王尚可喜反，占领了滇、贵、粤、桂、湘、川六省之地。康熙十九年（1680），赵良栋等人攻下贵州，直逼昆明，平息了这场长达八年的内乱。此诗当作于康熙十九年，记录了诗人由贵州返乡途中经由湘西麻阳所见人民因战争被压榨和驱使的苦难。首六句描绘了战争给百姓带来的苦难以及官府对百姓的压榨；从“辘轳转絙”至“积势殊未已”写从麻阳到提溪的路途艰险，为下文写纤夫之苦做铺垫；“南行之众”至“皮骨仅存”写运输军需物资的纤夫之苦；最后四句表达了对军士蛮横骄纵、贪生怕死的批判，与前六句形成鲜明的对照，极具反讽意味。

过露筋祠下

旧是鹿筋梁，何年祀女郎？至今留庙貌，考古实荒唐。晓气蛙鱼国，秋声蚊蚋乡。人家苇花里，放鸭满陂塘。

（《敬业堂诗集》卷四十二）

【导读】

此诗作于康熙五十二年（1713）秋，诗人离开京城返乡途中。诗人曾多次往返高邮，写露筋祠却还是第一次。五十四年前，王士禛任扬州推官时，曾作《再过露筋祠》，将道德说教寓于形象描写之中。与王士禛不同，在有关露筋祠的众多传说中，查慎行选择了唐人段成式的说法，也就是最早的一说。在他看来，后来各说均牵强附会，有违常理。诗的后半部分则写露筋祠周围的环境，是典型的乡野之景，与王士禛笔下的露筋祠判若云泥。

初入黔境，土人皆居悬崖峭壁间，缘梯上下，与猿猱无异，睹之心恻，而作是诗

巢居风俗故依然，石穴高当万木颠。几地流移还有伴，旧时井灶断无烟。余生兵革逃难稳，绝塞田畴瘠可怜。好报长官蠲赋敛，猕猿家室久如悬。

（《敬业堂诗集》卷二）

◎ 中洞苗寨

【导读】

康熙十九年(1680),查慎行入杨雍建幕,随军入黔,此诗即作于其初到贵州时。贵州少数民族穴居崖壁本为当地风俗,明代王守仁贬谪龙场驿时就曾选择穴居。对于生长在鱼米之乡的诗人来说,若不是亲眼看见,断不敢相信还有这样的生活方式。这种风俗是如何形成的?这些疑问触发了诗人写诗的冲动。诗人此次是平乱之行,故而自然容易想到他们的祖先一定是因为战争流离失所、背井离乡而逃来这里,从而才有了结尾要长官蠲免赋税的天真想法。不过,查慎行这近乎白描的诗笔,却记录下了这一珍贵的民俗资料。

留别诗社诸同人次张匠门见送原韵(选一)

去住何关此一官,衰年只别友朋难。烟霄过眼看如雾,草木论心臭比兰。身在梦中谁独觉?事当局外每长叹。是间著我初无谓,狮子林中一野干。禅宗语录有"野干随逐狮子,终不成狮"之语。

(《敬业堂诗集》卷四十一)

【导读】

这首诗是二首之一,写于康熙五十二年(1713)六月左右,诗人六十四岁之时。查慎行于上一年春就以病为由请辞,奉旨"在京调离,仍赴翰林院供职"(陈敬璋《查他山先生年谱》)。至本年"恭遇圣天子万寿之期,既随班朝贺,复申前请。又三阅月,始蒙恩允归"(查慎行《待放集》小序)。对于老年的查慎行来说,官场已无所留恋。他虽入直南书房,"于侍从为最亲"(全祖望《翰林院编修初白查先生墓表》),但不仅对"以深交中贵人探消息为声气,以忮忌互相排挤为干力"(全祖望《翰林院编修初白查先生墓表》)毫无兴趣,反而"恬淡寡营"(方苞《翰林编修查君墓志铭》)。且在入仕五年后便有"一官涉世马加衔,千绪萦身蚕自裹"(查慎行《李箕斋招集圣安寺纳凉得火字》)的感慨,可见他对官场的波谲云诡早已厌倦,所以为官七载便辞官归里,而唯一难舍的,只有朋友的情谊。他虽曾是宦海一员,但偏偏要把自己置身于官场之外,说成是"狮子林中一野干",折射了他身上倔强的书生气。

舟夜书所见

月黑见渔灯，孤光一点萤。微微风簇浪，散作满河星。

（《敬业堂诗集》卷九）

【导读】

此诗作于康熙二十七年(1688)。此年在北京客居四年的查慎行因岳父陆嘉淑病，“扶侍南归”，“水程濡滞，凡四阅月，舟中多暇，以诗送日”（查慎行《春帆集》小序）。此诗作于离京不久后。诗人将习见的渔火和河上的风浪巧妙地组合成了一幅动人的画面，运用了明暗对比、化静为动、点面结合等手法，将平凡细微之物表现得气象阔大，别具审美意蕴。查慎行曾说“自笑年来诗境熟，每从熟处欲求生”（《涿州过渡》），这首诗便是熟处求生的很好范例。

黔阳蹋灯词五首（其三）

雄蜂雌蝶拥官衙，先后轮番唱《采茶》。忽转歌头翻《四季》，声声齐和牡丹花。

（《敬业堂诗集》卷三）

【导读】

此诗作于康熙二十年(1681)正月。这是查慎行在黔阳度过的第一个元宵节，该组诗是他参加当地赏灯活动后观感的记录。清初孙芳桂在《歌仙刘三妹传》中说“至今粤人会歌，盛于上元”（《粤风序九》卷首），本首所写正是当地对唱民歌的情形。

拓展阅读

查初白诗(节选)

赵 翼

与梅村同时,而行辈稍次,有南施北宋两家。愚山以儒雅自命,稍嫌腐气。荔裳则全学晚唐,无深厚之力。此外,吴汉槎有高调,无余味。其名位声望,为一时山斗者,莫如王阮亭。然阮亭专以神韵为主,如《秦淮杂诗》有感于阮大铖《燕子笺》事云:"千载秦淮呜咽水,不应仍恨孔都官。"《仪征柳耆卿墓》云:"残月晓风仙掌路,何人为吊柳屯田?"酝藉含蓄,实是千古绝调。然专以神韵胜,但可作绝句;而元微之所谓"铺陈终始,排比声韵,豪迈律切"者,往往见绌,终不足八面受敌为大家也。其次,朱竹垞亦负海内重名,至今犹朱、王并称,莫敢轩轾。然竹垞不专以诗传,且其诗初学盛唐,格律坚劲,不可动摇,中年以后,恃其博奥,尽弃格律,欲自成一家,如《玉带生歌》诸篇,固足推倒一世,其他则颓唐自恣,不加修饰,究非风雅正宗。故梅村后,欲举一家列唐、宋诸公之后者,实难其人。惟查初白才气开展,工力纯熟,鄙意欲以继诸贤之后,而闻者已掩口胡卢。不知诗有真本领,未可以荣古虐今之见,轻为訾议也。今试平心阅初白诗:当其少年,随黔抚杨雍建南行,其时吴逆方死,余孽尚存,官军恢复黔、滇,兵戈杀戮之惨,民苗流离之状,皆所目击,故出手即带慷慨沉雄之气,不落小家。入京以后,角逐名场,奔走衣食,阅历益久,锻炼益深,气足则调自振,意深则味有余,得心应手,几于无一字不稳惬。其他摹写景物,脱口浑成,犹其余技也。惟书卷较少,故稍觉单薄;且少年急于求知,投赠公卿,动千百言,殊嫌繁冗,兼自减身分。此则其诗之可议者。要其功力之深,则香山、放翁后一人而已。或谓:古来作诗之多,莫有如香山、放翁者。初白诗之多,亦略相等。君得毋徒震于其多,而遂欲跻之二公之列乎?是不然也。诗之工拙,全在才气、心思、工夫上见,岂徒以多为贵?且诗之工,亦何尝不自多中得来?正惟作诗之多,则其中甘苦曲折,无不经历,所谓深人无浅语也。

(《瓯北诗话》卷十)

袁　枚选十二首

袁枚(1716—1798),字子才,号简斋,又号存斋,因居江宁(今江苏南京)小仓山随园,世称"随园先生"。晚年自号仓山居士、随园老人、仓山叟。钱塘(今杭州)人,祖籍慈溪。年十二补县学生,弱冠省叔父广西幕府,巡抚金鉷见而异之,试以《铜鼓赋》,援笔立就。会开博学鸿词科,遂疏荐之,为被荐二百余人中年最少者,及试,报罢。乾隆四年(1739)举进士,改庶吉士。乾隆七年(1742),翰林散馆,因试满文不合格,遂改知县,历溧水、江浦、沭阳,再调江宁。乾隆十三年(1748)秋,辞官。乾隆十七年(1752)入京,起官陕西知县,甫到陕,以父忧归,遂乞养母,不复出。卜筑江宁小仓山,号随园,"花竹水石,幽深静丽"(姚鼐《袁随园君墓志铭并序》),优游其中五十年。"尽其才以为文辞诗歌,名流造请无虚日"(《清史稿》本传)。自谓不擅笺注、历律、星经地志,词曲家言等(《答友人某论文书》)。严迪昌谓其为清代"唯一全身心投入诗的事业者"(《清诗史》)。著有《小仓山房诗文集》《随园诗话》等。今有周本淳标校《小仓山房诗文集》(上海古籍出版社,1988年)、王英志编《袁枚全集新编》(浙江古籍出版社,2018年)等可资参研。

◎　袁枚像

袁枚生当清朝全盛时期,以"性灵说"倡为诗歌,又喜结纳,"当代巨公贵人,下逮佣竖并妇孺,无不知大江以南有随园"(李宪乔《读随园诗题辞》),出现了"随园弟子半天下,提笔人人讲性情"(《随园诗话》补遗卷八引韩廷秀言)、"随园诗文集,上自朝廷公卿,下至市井负贩,皆知贵重之。海外琉球,有来求其书者"(姚鼐《袁随园君墓志铭并序》)的空前盛况。以性灵言诗,代不乏人。较早可追溯至南朝钟嵘,他评价阮籍"《咏怀》之作,可以陶性灵,发幽思"(《诗品》)。稍后的颜之推也说"文章之体,标举兴会,发引性灵"(《颜氏家训·文章》)。其后,皎然、司空图、严羽等亦有诗当"吟咏情性"之论说。不过,诗写性灵作为一种诗论并产生广泛影响,则要至晚明袁宏道"独抒性灵,不拘格套"的言论出来以后。袁枚虽然袭用了"性灵"二字,但其内涵与前人颇有不同。我们可以从属于诗歌本质范畴的"性"和属于阅读效果方面的"灵"两个方面来理解。

就"性"即"性情"而言,袁枚以"诗言志"作为立论之基。他说:"千古善言诗者,莫如虞舜,教夔典乐曰:'诗言志。'言诗之必本乎性情也。"(《随园诗话》卷三)他撇开历来关于"志"的不同理解,直接将"志"与"性情"画上等号,而其所谓"性情"实际上就是人的情感欲望。在他的理解中,"性"是空虚的、无法捉摸的,"情"才是实在的、能见的,所以他提出"即情求性","善复性者,不于空冥处治性,而于发见处求情"(袁枚《书复性书后》)。有了这样的认识,袁枚对于诗歌所抒写的性情只做真伪的衡量,即所谓"诗难其真也,有性情而后真"(《随园诗话》卷七),而不做是否"关系人伦日用"(《答沈大宗伯论诗书》)的价值判断。因此,在他笔下,亲情、爱情、友情、艳情、今昔之感、生死之别、迟暮之怀、山水之趣、民间之苦,乃至于花草树木、牙齿胡须,但凡能触发诗人之情的人、事、物都可形诸歌咏,这也在最大程度上开放了情的内涵和外延,使得人人成为诗人变成一种可能。当然,这也就带来了诗人泛滥的尴尬,故有"以诗受业随园者,方外缁流,青衣红粉,无所不备,人嫌太滥"(《随园诗话》补遗卷九)之讥。

就"灵"而言,强调诗人天分,以及在天分主导下情感外化为诗所达到的出人意料的审美效果和人生体验,即"但肯寻诗便有诗,灵犀一点是吾师"。他说:"诗文之道,全关天分"(《随园诗话》卷十四),"诗不成于人,而成于其人之天。其人之天有诗,脱口能吟;其人之天无诗,虽吟而不如其无吟"(袁枚《何南园诗序》)。又说:"自古文章所以流传至今者,皆即情即景,如化工肖物,着手成春,故能取不尽而用不竭。不然,一切语古人都已说尽,何以唐、宋、元、明,才子辈出,能各自成家而光景常新耶?即如一客之招,一夕之宴,开口便有一定分寸,贴切此人、此事,丝毫不容假借,方是题目佳境。若今日所咏,明日亦可咏之;此人可赠,他人亦可赠之,便是空腔虚套,陈腐不堪矣。"(《随园诗话》卷一)因此,他认为"其言动心,其色夺目,其味适口,其音悦耳"(《随园诗话》补遗卷一),便是佳诗、好诗。

袁枚的"性灵说",就本质而言是一种建立在天赋基础上的情感说。这与其天赋甚高,年少得志,但仕途不利而形成的反向刺激不无关系。对他来说,原本是举进士入翰林院学习的美好前程，但因满文考试不合格而被外派知县，与其人生预设相去太远。特别是在看到“从前后行船，已据要路津”（袁枚《杂诗八首》其四）时，他决然地于三十三岁弃官而去，颇有“此处不留爷自有留爷处”的意味，从此靠着天赋在文学道路上走出了一片新天地。蒋寅说：“我们从《随园诗话》里读到的袁枚，是一个少年以才华出众见重于前辈，中年以诗品超群为侪辈所拥戴，晚年更以德高望重为后生膜拜的殿堂级偶像。”（蒋寅《清代诗学史》第二卷）这是他抹倒当时主流诗风的诸多因素中之重要一点。他对于宗宋的浙诗以及崇唐的格调派表示不满，对于以金石考订、题画题拓本而淡化抒情意味的考据诗风更是嗤之以鼻，他说：“提笔先须问性情，风裁休划宋元明”（袁枚《答曾南村论诗》），又说：“抱韩、杜以凌人，而粗脚笨手者，谓之权门托足。仿王、孟以矜高，而半吞半吐者，谓之贫贱骄人。开口言盛唐及好用古人韵者，谓之木偶演戏。故意走宋人冷径者，谓之乞儿搬家。好叠韵、次韵、刺刺不休者，谓之村婆絮谈。一字一句，自注来历者，谓之骨董开店。”（《随园诗话》卷五）他没有采用以某一朝代或者某一风格来倡导诗学，而是搁置了宗唐崇宋的争论，以釜底抽薪的方式，直接从孔子论《诗》和《诗大序》那里汲取养料，驱遣一切可为其所用的诗学资源，既制定了诗歌创作的普遍法则，又避免陷入一偏之论的尴尬境地。阅读袁枚的诗论和诗话，我们大概能得出“诗无定格”“学无常师”“积学运才”这些属于原则性见解。所以从这个意义上来说，他的性灵说与公安派经由阳明心学启发而来的性灵说并不一样。

陇上作

忆昔童孙小，曾蒙大母怜。胜衣先取抱[1]，弱冠尚同眠。髻影红灯下，书声白发前。倚娇频索果，逃学免施鞭。敬奉先生馔，亲装稚子绵。掌珠真护惜，轩鹤望腾骞[2]。行药常扶背，看花屡抚肩。亲邻惊宠极，姊妹妒恩偏。玉陛胪传夕，秋风榜发天。望儿终有日，道我见无年。渺渺言犹在，悠悠岁几迁。果然宫锦服，来拜墓门烟。返哺心虽急，含饴梦已捐。恩难酬白骨，泪可到黄泉。宿草翻残照，秋山泣杜鹃。今宵华表月，莫向陇头圆。

（《小仓山房诗集》卷二）

【注释】

[1] 胜(shēng)衣：儿童稍长，能穿成人的衣服。

[2] 轩鹤：《左传·闵公二年》："卫懿公好鹤，鹤有乘轩者。"本指宠幸之人，这里兼有宠爱和特立不同凡响之意。腾骞：腾飞。

【导读】

乾隆四年(1739)，诗人中进士后返乡完婚，其间因悼念祖母而作此诗。袁枚的祖母柴氏享寿八十八。从"忆昔童孙小"至"道我见无年"是忆往，回忆了儿时祖母疼爱自己的种种言行和生活片段，这些平常又温暖的事例，道出了千家万户祖母爱护幼孙的真实情景。"渺渺言犹在"以下为述今，抒写了子欲养而亲不待的悲哀。全诗朴实无华，真挚感人，"从肺腑流出，诗家讲性灵者无以过之"(《浙西六家诗抄》李西台评语)。

杂诗八首(选一)

入山愁我贫，出山愁我身。我贫犹自可，所愁戚与亲。我身犹自可，所愁吏与民。出处难自择，请以询家人。父母闻作官，劝行语谆谆。妻妾闻作官，膏我新车轮。僮仆闻作官，执鞭追后尘。我意独不然，亦非慕隐沦。朝来见县令，三十须如银。劳苦未得息，大吏犹怒嗔。况我挂其冠，此骨已崚峋。从前后行船，已据要路津。而我复重来，相见殊逡巡。所恨年齿少，众论犹纷纭。妇少难守节，日长难关门。掩耳且捉鼻，痛饮求昏昏。

(《小仓山房诗集》卷七)

【导读】

此诗作于乾隆十七年(1752)。诗人辞官三年后，迫于生计，打算再度出仕陕西。此诗反映了其进退维谷的矛盾心态，把小我与大我的冲突展现得相当充分。

分 校

沉沉棘院华堂开[1],战酣万蚁鳞甲来[2]。主司峨冠南面坐,帘官梯几东西排。一十八人眼如漆,一十八枝笔植铁。朱字迷离照眼红,疑是诸生心上血。披砂捡金金未收,暗中默祷心中求。榜后但闻举子怨,此时谁识帘官愁!百鸟丛中一鹗见,再拜亲标某官荐。朱衣可得点头无[3],偷眼还看主司面。孙山以外虽漫漫,我誓加墨心才安。红勒欲下不轻下,训诲还当子弟看。可惜一卷文超群,《五经》纷纶井大春[4]。主司摇手道额满,怪我推挽何殷勤!明知额满例难破,额内似渠有几个?狱底生将宝剑埋[5],掌中空见明珠过。吁嗟乎!科名有命文无功,君不见李方叔、苏文忠[6]!

(《小仓山房诗集》卷四)

【注释】

[1] 棘院:考试院。因院围墙上插有棘枝,防止考生作弊,故名。

[2] 万蚁鳞甲:比喻试卷上密密麻麻的字迹。

[3] 朱衣:据《侯鲭录》,欧阳修知贡举时,每阅卷觉身后有一朱衣人,朱衣人点头的,文章就合格,回视其人又不见。此指考官。

[4] 井大春:《后汉书·逸民列传》载,井丹,字大春。扶风郡人。通五经,时人为之语曰"五经纷纶井大春"。这里指代袁枚所推荐的人才。

[5] "狱底"句:谓真才被埋没。《晋书·张华传》载,晋惠帝时广武侯张华见斗牛之间有紫气,召精通天象的雷焕问之。雷焕说:"宝剑之精,上彻于天耳","在豫章丰城"。于是张华补焕为丰城令。雷焕到县,"掘狱屋基,入地四丈余,得一石函,光气非常,中有双剑,并刻题,一曰龙泉,一曰太阿"。

[6] 李方叔:李廌,字方叔,华州(今陕西华县)人。少以文为苏轼所知,称其才为"万人敌"。"苏门六君子"之一。

【导读】

此诗作于乾隆九年(1744)。此年袁枚任沭阳知县,秋,被聘为江南乡试同考官。诗写其参加乡试阅卷的所见所感,揭露了科举取士的不公,并表达了对人才不举的感叹。可与小说《儒林外史》及《聊斋志异》中的有关篇章对读。

南楼观雨歌[1]

六月午后风怒号，白日隐匿如遁逃。墨云一角钟山坳，忽然长幔将天包。昏昏之中万手招，雨脚尚在西南郊。我登南楼梧桐梢，放眼看尽青天潮。欲来不来声咆哮，破窗先有阴风敲。白羽大箭天上飘，小枝杂下声刁骚[2]。飞鸢跕跕立不牢[3]，水晶寸寸垂丝绦。龙堂乱把珍珠抛[4]，海神欲上朝丹霄。疑是昆阳战鼓嚣[5]，乱走屋瓦虎豹嗥。又疑武乙帝胆骄，射天天破革囊漂[6]。岂知热极阴阳交，芃芃禾黍需脂膏。我无羽翼同飘摇，风云羡杀蛟龙豪。又无长柄雷公刀，大呼阿香斩群妖[7]。但见小屋如轻舠，濛濛四壁生波涛。家中江湖一望遥，儿童削竹撑野篙。须臾雨止烟雾消，终风之暴不终朝，万物乃有安枝条。野人赤脚凌滔滔，对天狂歌《甘泽谣》[8]。我有南楼鹊有巢，彼此不曾湿毫毛，看雨须立高山高。

（《小仓山房诗集》卷七）

【注释】

[1] 南楼：在随园北侧。

[2] 刁骚：原指头发稀落。此处形容声音断断续续。

[3] 跕(dié)跕：下坠貌。

[4] 龙堂：神话中河神所住的堂屋。屈原《九歌·河伯》："鱼鳞屋兮龙堂，紫贝阙兮朱宫。"

[5] 昆阳：汉置昆阳县（今河南叶县）。光武帝刘秀曾以三千兵打败王莽数十万军于昆阳。

[6] "又疑"二句：《史记·殷本纪》载，武乙尝为革囊，盛血，仰而射之，名射天。

[7] 阿香：推雷车之女。

[8] 《甘泽谣》：袁郊所著。此取其字面义，指代赞雨之歌。

【导读】

此诗作于乾隆十六年(1751)。诗人观察仔细，想象奇特，从风、云、雷、电等角度，描摹了夏日雷雨的全过程。袁枚的诗歌，选材多平凡细琐，但因贴近生活，又富有意趣，故亦能独树一帜。

子才子歌示庄念农[1]

子才子，颀而长，梦束笔万枝，为桴浮大江，从此文思日汪洋。十二举茂才，二十试明光[2]，廿三登乡荐，廿四贡玉堂[3]。尔时意气凌八表，海水未许人窥量。自期必管乐[4]，致主必尧汤。强学佉卢字[5]，误书灵宝章[6]，改官江南学趋跄。一部《循吏传》，甘苦能亲尝。至今野老泪簌簌，颇道我比他人强。投幘大笑，善刀而藏；歌《招隐》，唱"迷阳"[7]。此中有深意，晓人难具详。天为安排看花处，清凉山色连小仓。一住一十有一年，萧然忘故乡。不嗜音，不举觞，不览佛书，不求仙方；不知《青乌经》几卷[8]，不知樗蒱齿几行[9]。此外风花水竹无不好，搜罗鸡碑雀箓盈东箱[10]。牵鄂君衣[11]，聘邯郸倡；长剑陆离，古玉丁当。藏书三万卷，卷卷加丹黄。栽花一千枝，枝枝有色香。《六经》虽读不全信，勘断姬孔追微茫[12]。眼光到处笔舌奋，书中鬼泣鬼舞三千场[13]。北九边，南三湘[14]，向禽五岳游[15]，贾生万言书，平生耿耿罗心肠。一笑不中用，两鬓含轻霜，不如自家娱乐敲宫商。骈文追六朝，散文绝三唐。不甚喜宋人，双眸不盼两庑旁，惟有歌诗偶取将。或吹玉女箫，绵丽声悠扬；或披九霞帔，白云道士装。或提三军行古塞，碧天秋老吹《甘》《凉》；或拔鲸牙敲龙角，齿牙闪烁流电光。发言要教玉皇笑，摇笔能使风雷忙。出世天马来西极，入山麒麟下大荒。生如此人不传后，定知此意非穹苍。就使仲尼来东鲁，大禹出西羌，必不呼子才子为今之狂。既自歌，还自赠，终不知千秋万世后，与李、杜、韩、苏谁颉颃？大书一纸问蒙庄。

（《小仓山房诗集》卷十五）

【注释】

[1] 庄念农：庄经畬（1711—1765），字念农、研农，武进（今属常州）人。乾隆二年（1737）进士，历任建德、盱眙、宁国县知县，泗州、直隶州知州，宁国府知府。

[2] "二十"句：谓二十岁时于京师保和殿才参加博学鸿词试。明光，汉代宫殿名。此借指京师保和殿。袁枚参加博学鸿词试在乾隆元年（1736），时年二十一岁。这里是取整数而言。

[3] 玉堂：汉宫殿名。此借指京师殿试之宫殿。

［4］管乐：管仲，春秋齐国名相。乐毅，战国燕国名将。

［5］佉（qū）卢字：佉卢文。古印度的一种文字，横书左行。此借指满文。乾隆五年（1740），袁枚从刑部尚书史贻直学满文。

［6］“误书”句：谓翻译满文考试不及格。袁枚《武英殿大学士太傅鄂文端公行略》：“壬戌试翰林翻译，枚最下等。”灵宝章，道教典籍。

［7］唱“迷阳”：《庄子·人间世》：“迷阳迷阳，无伤吾行。”这里指世路艰难之意。

［8］《青乌经》：《青乌子》，又名《葬经》。相传青乌子著《相冢书》，后泛称堪舆学著作为《青乌经》。此句谓不信相地风水之术。

［9］樗蒱：古代博戏用的博具骰子。此句谓不好赌博。

［10］鸡碑：《晋书·戴逵传》：“总角时，以鸡卵汁溲白瓦屑作《郑玄碑》，又为文而自镌之，词丽器妙，时人莫不惊叹。”此处指古董。雀篆：指传说中赤雀所衔丹书，也泛指重要史籍文献。东箱：东厢。正房东边的房子。

［11］鄂君：鄂君子晳。越人悦其美，曾作《越人歌》赞美之。后以“鄂君”指美男子。

［12］姬孔：周公旦姬、孔子。此指代记载其言论的《尚书》与《论语》典籍。

［13］“书中”句：其笔记《子不语》中多写鬼怪事。

［14］北九边：指明代所设北方九个军事重镇。三湘：“潇湘”“蒸湘”“沅湘”的简称。

［15］向禽：《后汉书·逸民传》载，东汉向平隐居不仕，与同好北海禽庆俱游五岳名山，竟不知所终。

【导读】

此诗作于乾隆二十四年（1759）。该诗既是袁枚前半生行迹的总结，又是他人生态度的宣言。从开头至“晓人难具详”，述其读书、做官、弃官的经历。从“天为安排看花处”至“平生耿耿罗心肠”写在随园的丰富多彩的生活。而所谓的“平生耿耿罗心肠”，绝不是对朝廷有所眷恋或不舍，也不是杜甫那种“穷年忧黎元，叹息肠内热”的博大情怀，只是为了转到怀才不遇、以文自娱的角度上来。从“一笑不中用”至结尾，写其文以自娱的生活，并展现了其抒写性灵的诗学追求。全诗慷慨淋漓地抒发了其追求个性解放、蔑视传统礼法的精神，以一种世俗的人生价值追求颠覆了儒家的人生理想。

除夕读蒋苕生编修诗，即仿其体奉题三首[1]（选一）

仰天但见有日月，摇笔便知无古今。宣尼果然用《韶》乐[2]，未必敷衍笙镛音。俗儒硁硁界唐宋[3]，未入华胥先作梦[4]。先生有意唤醒之，矫枉张弓力太重。沧溟数子见即嗔[5]，新城一翁头更痛[6]。我道不如掩其朝代名姓只论诗，能合吾意吾取之。优孟果能歌《白雪》，沧浪童子皆吾师[7]。否则《三百篇》中嚼蜡者，圣人虽取吾不知。吁嗟乎！昆仑、太华山自高，终日孤踞殊寂寥，其下潇湘、武夷亦足供游遨！

（《小仓山房诗集》卷二十）

◎ 袁枚书联

【注释】

[1] 蒋苕生：蒋士铨（1725—1785），字心余、苕生，蕖生，号藏园，又号清容居士，晚号定甫。江西铅（yán）山人，祖籍浙江长兴。乾隆二十二年（1757）进士，官翰林院编修。乾隆二十九年（1764）辞官，主持蕺山、崇文、安定三书院讲席。工诗善曲，诗与袁枚、赵翼合称“江右三大家”。著有《忠雅堂诗集》和《红雪楼九种曲》等。

[2] 宣尼：指孔子。汉平帝尝追谥孔子为“褒成宣尼公”。《论语・八佾》：“子谓《韶》尽美矣，又尽善也。”

[3] 硁（kēng）硁：浅薄固执。

[4] 华胥：古代神话中无为而治的理想国家。这里比喻诗歌创作的佳境。

[5] 沧溟数子：指明代复古派李攀龙等人。

[6] 新城一翁：王士禛。

[7] 沧浪童子：见《孟子・离娄章句上》：“有孺子歌曰：‘沧浪之水清兮，可以濯我缨；沧浪之水浊兮，可以濯我足。’”

【导读】

此诗作于乾隆三十一年(1766)。诗歌针对宗唐崇宋的争论,提出了博采众长“能合吾意吾取之”的诗学观点。

咏 钱(选一)

人生薪水寻常事,动辄烦君我亦愁。解用何尝非俊物,不谈未必定清流。空劳姹女千回数[1],屡见铜山一夕休[2]。拟把婆心向天奏,九州添设富民侯。

(《小仓山房诗集》卷十三)

【注释】

[1]“空劳”句:《后汉书·五行志》载,东汉灵帝刘宏母永乐太后好敛财,京城有童谣说:“车班班,入河间,河间姹女工数钱,以钱为室金为堂。”

[2]“屡见”句:《史记·佞幸列传》载,汉文帝宠幸邓通,赐铜山令其自铸钱,一时邓氏铸钱遍天下。汉景帝时邓通获罪,家产籍没,穷饿而死。

【导读】

《咏钱》共六首,此为第三首。此诗作于乾隆二十二年(1757)。传统文人耻于咏钱,诗人对钱的态度却颇为通达,表现为:钱是人生在世必不可少之物,但敛财无益,够用即可;全民富有是最好的一种局面;闭口不谈钱的人未必是真君子。

苔

白日不到处,青春恰自来。苔花如米小,也学牡丹开。

(《小仓山房诗集》卷十八)

【导读】

此诗作于乾隆二十九年(1764)。本诗歌咏被人们所忽略的、普通至极的青苔,正所谓平凡也值得尊敬，这是袁枚特有的逆向思维。

马 嵬（选一）

莫唱当年《长恨歌》，人间亦自有银河。石壕村里夫妻别，泪比长生殿上多。

（《小仓山房诗集》卷八）

【导读】

《马嵬》诗共四首，作于乾隆十七年(1752)诗人赴陕西途中。马嵬是杨妃身死之地，从杜甫、白居易等人开始，就对李、杨二人的爱情及其遭遇表示了深切的同情。就连带着批判眼光创作《梧桐雨》的白朴，也仍然用一折的篇幅，抒写唐皇痛失爱妃的悔恨之情。袁枚这首诗，一反人们对待历史人物的惯性思维，以极精练的笔墨，触及了问题的本质——人间夫妇之生离别才是最值得人们思考和同情的。这是一种思维模式的转变，也是性灵诗的灵光所在。

边 歌

边歌唱罢白云哀，人出阳关眼莫开。岁久髑髅吹作雪，随风还上望乡台。

（《小仓山房诗集》卷八）

【导读】

此诗作于乾隆十七年(1752)。诗歌虽然写成卒思乡的老调，但“岁久”两句，想象奇特，既营造了一种精致的恐怖意境，又把乡愁写得如此真切，令人唏嘘感动！

遣　兴(选二)

但肯寻诗便有诗，灵犀一点是吾师。夕阳芳草寻常物，解用都为绝妙词。

郑孔门前不掉头[1]，程朱席上懒勾留。一帆直渡东沂水[2]，文学班中访子游[3]。

(《小仓山房诗集》卷三十三)

【注释】

[1] 郑孔：郑玄和孔颖达。前者为东汉经学家，后者是唐代经学家。

[2] 沂水：源出山东曲阜东南的尼丘，西流经曲阜。此处指代孔子的故乡曲阜。

[3] 子游：春秋时吴国人，孔子学生，擅长文学。《论语·先进》："文学，子游、子夏。"

【导读】

此组诗共二十四首，作于乾隆五十六年(1791)。这里是其中第七首和第二十二首。这两首诗体现了袁枚"性灵说"的诗学内涵。第一首提出了诗歌的本质抒写性灵，在此前提下一切事物都能入诗。第二首则对性灵的内涵做了进一步明确，袁枚所说的性灵与经学家、理学家所讲的志、理都不一样，他以釜底抽薪的方式，追述文学的源头，为其性灵的内涵张本。

拓展阅读

答沈大宗伯论诗书

袁　枚

先生诮浙诗，谓沿宋习、败唐风者，自樊榭为厉阶。枚浙人也，亦雅憎浙诗。樊榭短于七古，凡集中此体，数典而已，索索然寡真气，先生非之甚当。然其近体清妙，于近今少偶。先生诗论粹然，尚复何说。然鄙意有未尽同者，敢质之左右。

尝谓诗有工拙而无今古。自葛天氏之歌至今日，皆有工有拙，未必古人皆工，今人皆拙。即《三百篇》中，颇有未工不必学者，不徒汉、晋、唐、宋也。今人诗有极工极宜学者，亦不徒汉、晋、唐、宋也。然格律莫备于古，学者宗师，自有渊源。至于性情遭际，人人有我在焉，不可貌古人而袭之，畏古人而拘之也。今之莺花，岂古之莺花乎？然而不得谓今无莺花也。今之丝竹，岂古之丝竹乎？然而不得谓今无丝竹也。天籁一日不断，则人籁一日不绝。孟子曰："今之乐，犹古之乐。"乐即诗也。唐人学汉魏，变汉魏，宋学唐，变唐。其变也，非有心于变也，乃不得不变也。使不变，则不足以为唐，不足以为宋也。子孙之貌，莫不本于祖父，然变而美者有之，变而丑者有之。若必禁其不变，则虽造物有所不能。先生许唐人之变汉魏，而独不许宋人之变唐，惑也。

且先生亦知唐人之自变其诗，与宋人无与乎？初、盛一变，中、晚再变，至皮、陆二家，已浸淫乎宋氏矣。风会所趋，聪明所极，有不期其然而然者。故枚尝谓变尧、舜者，汤、武也；然学尧、舜者，莫善于汤、武，莫不善于燕哙。变唐诗者，宋、元也；然学唐诗者，莫善于宋、元，莫不善于明七子。何也？当变而变，其相传者心也；当变而不变，其拘守者迹也。鹦鹉能言，而不能得其所以言，夫非以迹乎哉？

大抵古之人先读书而后作诗，后之人先立门户而后作诗。唐、宋分界之说，宋、元无有，明初亦无有，成、弘后始有之。其时议礼讲学，皆立门户以为名高。七子狃于此习，遂皮傅盛唐，搤腕自矜，殊为寡识。然而牧斋之排之，则又已甚。何也？七子未尝无佳诗，即公安、竟陵亦然。使掩姓氏，偶举其词，未必牧斋不嘉与。又或使七子湮沉无名，则牧斋必搜访而存之无疑也。惟其有意于摩垒夺帜，乃不暇平心公论。此亦门户之见。先生不喜樊榭诗，而选则存之，所见过牧斋远矣。

至所云"诗贵温柔，不可说尽"，又必"关系人伦日用"，此数语，有褒衣大祒气象。仆口不敢非先生，而心不敢是先生。何也？孔子之言，《戴经》不足据也，惟《论语》为足据。子曰"可以兴""可以群"，此指含蓄者言之，如《柏舟》《中谷》是也；曰"可以观""可以怨"，此指说尽者言之，如"艳妻煽方处""投畀豺虎"之类是也；曰"迩之事父，远之事君"，此诗之有关系者也；曰"多识于鸟兽草木之名"，此诗之无关系者也。仆读诗，常折衷于孔子，故持论不得不小异于先生，计必不以为僭。

（《小仓山房文集》卷十七）

答李少鹤书（节录）

袁 枚

来札忧近今诗教，有以"温柔敦厚"四字训人者，遂致流为卑靡庸琐，属老人起而共挽之。此言误矣。夫“温柔敦厚”，圣人之言也，非持教者之言也。学圣人之言，而至庸琐卑靡，是学者之过，非圣人之过也。足下必欲反此四字以立教，将教之以北鄙杀伐之音乎？毋乃“由之瑟奚为于某之门”矣！严沧浪论诗，笑坡、谷二人，如子路侍夫子，有行行之气。此语殊解人颐。才如坡、谷，尚不免人讥弹，而况于不如坡、谷者乎？夫温柔之与卑靡，刚健之与粗硬，似是而非，差之毫厘，失以千里，不可不察也。然而天下物未有不以柔为贵者，金、银、铜、铁，绸、罗、纱、绢，触目皆然。虽太阿、纯钩，天下之至刚者也，亦以能屈能伸为贵，而况于声诗一道。将含商嚼徵，播之管弦者耶？《易》称君子“独立不惧”，而仍“藉用白茅”，取其柔之至也。刘熙《释名》云：“儒者，柔也。”即此意也。然而人性不同，或嗜羊枣，或嗜昌蒲，诗亦如之。杜少陵不喜陶诗，欧公不喜杜诗；竟陵、公安七子，互相诋娸；王阮亭痛訾元、白，专主中唐；蒋心余、钱玙沙痛诋阮亭，专主初白。仆以为皆是也，皆非也。是者，是其独得之见，不随人为步趋；非者，非其所见之偏，不平心而察理。范尉宗所谓“能识同体之善，而忘异量之美”，庄子所谓“敝于古而不知今”，此学者之大病也。

足下不喜查他山，以为卑靡之习，自他山开之。此言又误矣。夫他山以前，诗之卑靡者，无万万数，不过不传于世，故足下未见耳，非自他山滥觞。他山是白描高手，一片性灵，痛洗阮亭敷衍之病，此境谈何容易！若以流弊而论，则槎枒粗硬之弊，亦何尝不老杜开之？韩昌黎之“蔓涎蜗出壳，角缩头敲铿”，与《笑林》中所云“蛙翻白出阔，蚓死紫之长”又何以异？足下之诗，酷摩韩、杜，故纵笔及之，为思患预防之戒。近今诗教之坏，莫甚于以注疏夸高，以填砌矜博，捃摭琐碎，死气满纸，一句七字，必小注十余行，令人舌缂口呿，而不敢下手。“性情”二字，几乎丧尽天良，此则二千年来所未有之诗教也，足下何不起而共挽之。

再白者。明府又尝疑我议论，似乎三教皆不归依，到底归依何处？此言亦非知我者。我辈坠地后，舍周、孔何归？但古来归周、孔者，荀、孟、程、朱，俱有流弊，有习气，我不以为然。譬之到人家，敬重一长者、丈人而已。其旁弟子、侍从之烦言赘语，我不能随声附和也。至于佛、老二家，何常无可取处？奈其习气更重，流弊更多，故不得不淡漠视之，而有“彼哉彼哉”之叹！

（《小仓山房尺牍》卷八）

再答李少鹤（节录）

袁 枚

《礼记》一书，汉人所述，未必皆圣人之言，即如“温柔敦厚”四字，亦不过诗教之一端，不必篇篇如是。二《雅》中之“上帝板板，下民卒殚”“投畀豺虎”“投畀有北”，未尝不裂眦攘臂而呼，何敦厚之有？故仆以为孔子论《诗》可信者，“兴观群怨”也；不可信者，“温柔敦厚”也。或者夫子有为言之也，夫言岂一端而已，亦各有所当也。

元遗山论诗，有“诗到苏黄尽”之语，以不满此二人。然东坡天才超迈，落笔成趣，不过情韵少，工夫浅耳；山谷诗佳处，老人至今茫然，《世说》云“张茂先我所不解”，此之谓也。宋人诗话说东坡如宦家女，大脚步便出；涪翁诗如小家女，拗项折颈，有许多做作扭捏处。元人《就日录》比之驴夫脚板，铁匠火钳。仆则以为如食刀豆，嚼芋皮，始终无味。然嗜好不同。蒋心余好山谷，而不好杨诚斋；仆好诚斋，而不好山谷。犹之足下不喜他山，所谓人心不同，各如其面。若夫阮亭之不喜少陵、香山，则又有说。阮亭一味修容饰貌，所谓假诗是也。惟其假，故不喜杜、白两家之真，甚至骂杜甫为无耻，以其献《西岳赋表》称杨国忠为司空元弼故也。殊不知考之唐史，杜上表时，司空是郭子仪，并非杨国忠邪！

足下论诗讲“体格”二字，固佳，仆意“神韵”二字尤为要紧。体格是后天空架子，可仿而能；神韵是先天真性情，不可强而至。木马泥龙，皆有体格，其如死矣，无所用何？前明何大复言古人诗皆可歌之宾宴，杜诗只《锦城》一绝可歌，余皆不入律，故宋人称为“村夫子”。此言亦系偏见。《三百篇》变风、变雅，原不入笙歌也，然于“情韵”二字，却有见到处。

来札所讲“诗言志”三字，历举李、杜、放翁之志，是矣。然亦不可太拘。诗人有终身之志，有一日之志，有诗外之志，有事外之志，有偶然兴到、流连光景、即事成诗之志。“志”字不可看杀也！谢傅之游山，韩熙载之纵伎，此岂其本志哉？“多识于鸟兽草木之名”，亦夫子余语及之，而夫子之志岂在是哉？

足下用力于杜、韩二家，以为取法乎上，仅得其中，此外可一切决舍。此是学究常谈，不可奉为定论。当时燕哙取法乎尧、舜，王莽取法乎周公，向栩、扬雄取法乎孔子，亦可谓上之上矣，不图求为下下而不可得者。何也？王安石一生大病，总要上法皋、夔，下斥姚、宋，误国误民，皆为取法乎上所累。且“上”之一字，亦颇难言。杜初学庾、鲍，后取法乎二《雅》；昌黎以文为诗，初学李、杜，后得力于三《颂》。此又取法乎上之上者也。足下饮水思源，登枝求本，又何以姑舍是而不穷追之哉？今夫山，泰岳居五岳之首，一登可以小天下矣。然有人焉，终其身结茅篷于泰山之顶，而其余武夷之幽深，罗浮之奥妙，至死不知。其得谓之善游山者乎？仆道取法者，师之之意也。《尚书》云：“德无常师，主善为师。”孟子曰：“子归而求之，有余师。”圣人师蝼蚁而立战阵，师蜘蛛而制网罟。蝼蚁、蜘蛛，可谓下之下矣，而圣人不曰姑舍是者，何也？以故仆论诗，岂特不敢薄古人哉？即足下有一篇之善，一句之佳，仆必师之，而终身不敢忘也。又岂特如足下之大贤哉？即后生小子、女流末学，有一言之善，一句之佳，仆必师之，而亦终身不敢忘也。到落笔时，却处处有我在。

从古诗家，原无一定体格：《卿云》之歌、《竹弹》之谣，与《三百篇》不相似；《三百篇》中之《雅》《颂》，与《国风》亦俱不相似。此后降而为《离骚》，为《乐府》，皆是仪神夺貌，无沾沾硁守一家者。在古人，清奇浓淡，业已成名而去，我辈独树一帜，则不得不兼览各家，相题行事。如登清庙明堂，当用高文典册；如过竹篱茅舍，便宜味淡声希。如经历山危海险，自当硬语盘空；如偶然宠柳骄花，必须惊才绝艳。或半吞半吐，专收弦外之音；或可泣可歌，痛写悲欢之事。或咏商盘周鼎，自当诘屈聱牙；或闻流管清丝，忍不音情顿挫？或苦思力索，心从天外归来；或水到渠成，竟是《黄庭》初拓。凡此妙境，全在书卷富足，方寸灵明。如大帅将兵，知某敌到，当遣某将立功；如良医诊脉，知何病来，应用何方下药。虽人性不齐，才力不等，原不必求全责备。但须善藏其短，而不訾人之长，则可；若自护其短，而反毁人之长，则不可。自古名家诗，俱可诵读，猎取精华。譬如黄蜂造蜜，聚百卉以成甘；不可节女守贞，抱一夫而不嫁。君专学杜、韩，精进有得，因之高自位置，常自广以狭人，故献此刍荛。惜我二人，相见之晚也。

（《小仓山房尺牍》卷十）

朱庭珍论袁枚

袁（枚）既以淫女狡童之性灵为宗，专法香山、诚斋之病，误以鄙俚浅滑为自然，尖酸佻巧为聪明，谐谑游戏为风趣，粗恶颓放为雄豪，轻薄卑靡为天真，淫秽浪荡为艳情，倡魔道妖言，以溃诗教之防。一盲作俑，万瞽从风，纷纷逐臭之夫，如云继起。因其诗不讲格律，不贵学问，空疏易于效颦。其诗话又强词夺理，小有语趣，无稽臆说，便于借口。眼前琐事，口角戏言，拈来即是诗句。稍有聪慧之人，挟彼一编，奉为导师，旬月之间，便成诗人；钝根人多用两月工夫，亦无不可。于彼教自雄，诚为捷径矣。不比正宗专门，须有根柢学力，又须讲求理法才气，屡年难深造成功，用力之久且勤也。是以谬种蔓延不已，流毒天下，至今为梗。

（《筱园诗话》卷二）

黄景仁 选十四首

黄景仁(1749—1783),字汉镛,一字仲则。江苏武进(今属常州)人。"祖大乐,以岁贡生官高淳县学训导。父之掞,祷于学宫神祠而生君,故小名高生。"(洪亮吉《国子监生武英殿书签官候选县丞黄君行状》,后简称《行状》)四岁而孤,"事母屠孝。性颖悟,工诗歌,能文章,为人傲傥有奇气。试童子,辄冠其曹,年十七,补博士弟子员"(左辅《黄县丞状》)。十八岁时,与洪亮吉相遇江阴,见洪氏所携汉魏乐府"而嗜之,约共效其体,日数篇"(《行状》)。会常熟邵齐焘主讲龙城书院,从游。乾隆三十三年(1768),邵氏卒,慨叹"无有知之者",又因家无负郭,为谋生计,"乃为浪游。由武林而四明,观海;溯钱塘,登黄山;复经豫章,泛湘水,登衡岳,观日出;浮洞庭,由大江以归"(黄景仁《诗集自叙》),历时三年。其间,尝客湖南按察使王太岳幕,并两赴江宁乡试,均不第。乾隆三十六年(1771),客太平知府沈业富幕。秋,乡试未第,乃谒安徽学政朱筠,遂留幕中校文。"从游三年,尽观江上诸山水"(黄景仁《诗集自叙》)。乾隆四十年(1775)夏,应寿州(今属安徽淮南市)知州张佩芳之请,主正阳书院讲席。同年冬,因"自嫌诗少幽燕气"(黄仲则《将之京师杂别》)而北上,十二月抵京师。乾隆四十一年(1776)四月,赴天津应乾隆东巡召试,取二等,赐缎二匹,充武英殿书签官。"都中士大夫如翁学士方纲、纪学士昀、温舍人汝适、潘舍人有为、李主事威、冯庶常敏昌,皆奇仲则"(王昶《黄仲则墓志铭》),咸与定交,又曾受业于王昶。乾隆四十二年(1777),迎母就养京邸,眷属

◎ 黄仲则像

随侍北行。乾隆四十五年(1780),以家室累,移家南还。旋因山东学使程世淳之邀,游山左。冬,复入都。乾隆四十六年(1781)秋,游西安,访陕西巡抚毕沅。冬,还都。乾隆四十七年(1782),在京候铨,为债家所迫,抱病逾太行,出雁门,谋选资再游陕,冬即返都。乾隆四十八年(1783)三月,力疾出都,将复至西安,次解州,病笃,四月二十五日,卒于山西运使沈业富署中。享年三十五岁。“所为诗初刻曰《悔存诗钞》八卷,五百零二首,翁方纲序,嘉庆元年刘大观刻。二刻曰《两当轩诗钞》十四卷附《悔存词钞》二卷,嘉庆四年赵希璜书带草堂刻。三刻十六卷,道光十七年海昌蒋光煦别下斋刻,无词。四刻《诗集》十六卷、《词》四卷、《补遗》二卷、《附录》四卷,孙志述辑《考异》二卷,咸丰八年刊,足本,诗近二千首。”(袁行云《清人诗集叙录》卷四十三)。今有李国章校点《两当轩集》(上海古籍出版社,1983 年)可资参研。

“贫”“病”二字可为黄仲则一生写照。十九岁时,就给老师邵齐焘留下了“家贫孤露,时复抱病”(邵齐焘《劝学一首赠黄生汉镛》)的深刻印象。“微躯总被无田累”(黄仲则《二道口舟次夜起》),“太平之日为饥民”(黄仲则《朝来》)成为他一生中不堪承受之重。为生计和养亲,他奔波于湖湘、安徽、北京、陕西等地,依人作幕,过着沉沦下僚的生活。他也曾汲汲于功名,然八赴乡试而不第(五次于江宁府,三次在顺天府)。“可怜夙负黄童誉,漂泊翻成异地哀”(黄仲则《武昌杂诗四首》其二),“依然著白随行路,渐有儿童冷眼看”(黄仲则《重至新安杂感》),贫病交加和怀才不遇,折磨着他孤傲的灵魂,催生了其悲观无望的心态:“我生万事多屯蹶,眄到将圆便成阙”(黄仲则《中秋夜雨》),“前途纵有桂树攀,多恐天寒已无实”(黄仲则《淮上晓发》)。“才人自来多失职”(黄仲则《太白楼和稚存》),自觉“此身卑贱无一能”(黄仲则《送春三首》其二)的他,将全部生命倾注在诗歌上,“枉抛心力作诗人”(黄仲则《癸巳除夕偶成》其二),“矫吭但欲为新声”(黄仲则《送春三首》其二)。在其短短的三十五年的生命历程中,他竟然删存了二千多首诗歌(今传一千余首),不仅数量可观,而且质量上乘,曾有“乾隆六十年间,论诗者推为第一”(包世臣《齐民四术》)之美誉。人们推崇黄仲则的重要原因,是其少而能诗、善诗。今《两当轩集》所收诗歌起于乾隆二十八年(1763),时诗人十五岁。故有“年未弱冠,所撰小赋新诗,已有烟月扬州之誉”(王昶《胡海诗传小序》)。据《印人传》载,黄仲则九岁即能作诗:“九岁应学使者试,寓江阴小楼,临期犹蒙被卧,同试者趣之起,曰:顷得‘江头一夜雨,楼上五更寒’句,欲足成之,毋相扰也。”就内容而言,一方面,黄氏诗歌多抒发其个人危困处境之哀叹,即所谓“生不逢时,每多清迥之思,凄苦之语,激楚之音”(汪佑南

《山泾草堂诗话》)；另一方面，长期辗转南北，历山涉水，舟车劳顿，又有不少记述沿途景观、寓地名胜或旅途感怀之作，即所谓“自出游后，得山水之助，诗境为之大变，扶舆清淑之气，钟于一人”(汪佑南《山泾草堂诗话》)。就风格而言，前者有如“咽露秋虫，舞风病鹤”(洪亮吉《北江诗话》)，后者则有“清窈之思，激哀于林樾；雄宕之气，鼓怒于海涛”(吴兰雪《石溪舫诗话》)两种不同的风尚。

太白楼和稚存[1]

骑鲸客去今有楼[2]，酒魂诗魂楼上头。栏杆平落一江水，尽可与君消古忧。君将掉头入东海，我亦散发凌沧州。问何以故居不适？才人自来多失职。凡今谁是青莲才，当时诘屈几穷哉。暮投宗族得死所，孤坟三尺埋蒿莱。吁嗟我辈今何为，亦知千古同一坏。酒酣月出风起壑，浩浩吹得长襟开。

(《两当轩集》卷四)

【注释】

[1] 太白楼：在采石矶，始建于唐代元和年间。稚存：洪亮吉(1746—1809)，字稚存，江苏阳湖(今属常州)人。

[2] 骑鲸客：指李白。杜甫《送孔巢父谢病归游江东兼呈李白》诗云：“南寻禹穴见李白，道甫问信今何如?”“南寻”句，一作“若逢李白骑鲸鱼”。

◎ 太白楼

【导读】

乾隆三十六年(1771)冬，黄仲则入安徽学政朱筠幕中，十二月八日好友洪亮吉亦至。十二月二十六日，朱筠携黄仲则、洪亮吉、邵晋涵、张凤翔、章学诚等人游采石矶，登太白楼。此诗即作于是时。李白虽然曾待诏翰林，却只是词臣酒客，并未受重用，是文人眼中怀才不遇的典型。此诗借登太白楼咏李白之遭际，抒发“才人自来多失职”的心曲，如“哀丝豪竹”(张维屏《听松庐文钞》)。次年三月上巳，朱筠率幕宾再集太白楼，“赋诗者数十人，君(黄仲则)年最少，著白袷，立日影中，顷刻数百言，遍视坐客，坐客咸辍笔。时八府士子，以词赋就试当涂，闻学使者高会，毕集楼下，至是咸从奚童乞白袷少年诗竞写，一日纸贵焉。”(洪亮吉《国子监生武英殿书签官候选县丞黄君行状》)仲则所作即《笥河先生偕宴太白楼醉中作歌》一诗。

尹六丈为作云峰阁图歌以为赠[1]

出君胸中随意之丘壑，图我悬崖万仞之高阁。断腰破顶峰状千，缭石穿松云态各。弄君笔头随意之丹青，使我鸠形鹄面生光莹。风尘扫尽出真相，土木块然还旧形。蓬莱玄圃藐姑射，摄入横图不盈尺。云邪峰邪重复重，杳然不知图所终。故令阁势欲飞去，位我读书长啸于其中。咄哉此客太相逼，揽镜依然旧相识。周旋与我成三人，毕竟置身高处得。我曾夜半登祝融，铁笛叫出金钲红[2]。又曾黄山看铺海，石壁云踪至今在[3]。他如匡庐、九子、天台、四明旧游一一归梦境[4]，君画与我通心灵。从今卧游不复梦[5]，但恐披图意飞动。五岳寻真愿总乖[6]，千秋作赋才何用？碧海难骑李白鲸，红尘渐老嵇康凤[7]。客里相逢意转亲，袖君高手画麒麟。若论此日图中客，亦是寻常行路人。

(《两当轩集》卷十一)

【注释】

[1] 尹六丈：尹庆兰，字似村，满洲镶黄旗人。法式善《八旗诗话》云：“大学士尹继善子。有《小有山房诗钞》《绚春园诗钞》。似村阀阅，当得官，乃以秀才终老，天性恬淡乃尔。耽诗嗜静，种竹树二亩，葺瓦屋四五楹，藏异书万卷，终日闭户不接俗客。诗较杨诚斋阔大，范石湖深至，殆能

驱使性灵，而不为性灵所使者。”

[2]“我曾”二句：祝融，山峰名，位于湖南省东部中间的南岳衡山，为衡山七十二峰之最高者。金钲，指太阳。黄仲则曾于乾隆三十五年(1770)春夏间登衡山祝融峰看日出，有《登衡山看日出用韩韵》诗。

[3]“又曾”二句：乾隆三十七年(1772)四月，黄仲则曾游黄山，在文殊院前观云海，作《铺海》诗以纪其事。

[4]“他如”句：黄仲则曾于二十岁左右游天台、四明，于二十二岁时舟中遥望庐山，二十四岁时游九华山。

[5]卧游：以欣赏山水画代替游玩。《南史·宗炳传》：“少文好山水，爱远游，西陟荆巫，南登衡岳，因结庐衡山，欲怀尚平之志。有疾还江陵，叹曰：老疾俱至，名山恐难遍睹，唯澄怀观道，卧以游之。凡所游历，皆图之于室。尝谓抚琴动操，欲令众山皆响。”

[6]“五岳”句：五岳愿乖，东汉向长(子平)隐居不仕，男女婚嫁毕，与北海禽庆游五岳名山，不知所终。

[7]嵇康凤：《世说新语·简傲》：“嵇康与吕安善，每一相思，千里命驾。安后来，值康不在，(嵇)喜出户延之；不入，题门上作‘凤’字而去。喜不觉，犹以为欣故作。‘凤’字，凡鸟也。”

【导读】

此诗作于乾隆四十年(1775)，时诗人正主讲寿州正阳书院。黄仲则有一种“天才超逸似太白”的诗，写得颇为雄宕飞扬，如为人所称道的《观潮行》《后观潮行》《笥河先生偕宴太白楼醉中作歌》等等。这首诗也属于这一类型。前人曾评此诗云：“我们反复讽诵；看他虽然没有李太白那么伟大的气魄，然而可以知道他确得力于太白及岑嘉州、李东川诸人；飘逸奔放。”(淦克超《黄仲则的诗》)

献县汪丞坐中观技[1]

主人怜客困行李，开觞命奏婆猴技[2]。一人锐头颇有髯，唤到筵前屹山峙。頟颐解奏偃师歌[3]，敛气忽喷尸罗水[4]。吞刀吐火无不为，运石转丸惟所使。上客都忘叶作冠[5]，寒天倏有莲生指。坐令棐几湘帘旁[6]，若有万怪来回皇[7]。人心狡诡何不有？尔为此技真堂堂。此时四座群错愕，主人劝醉客将作。忽然阶下趋奚奴，瞥见庭中飞彩索。少焉有女颜如花，款闼循墙来绰约。结束腰躯瘦可怜，翻身便作缘竿乐。初凝微睇搴高緪[8]，高緪，见《邺中记》。欲上不上如未能。失势一落似千丈，翩然复向空中腾。下有一髯挝画鼓，枨枨节应竿头舞[9]。蓦若惊鸢堕水来，轻疑飞燕从风举。腹旋跟挂态出奇[10]，《踏摇》《安息》歌逾苦[11]。吁嗟世路愁险艰，尔更履索何宽然？鼓声一歇倏堕地，疾于投石轻于烟。依然娟好一女子，不闻兰气吁风前。我闻西京盛百戏，此虽杂乐犹古意。石虎休夸马妓书[12]，杜陵雅爱公孙器[13]。螭鹊鱼龙亦偶成[14]，戏耳何须荡心气。狂来径欲作拍张[15]，我无一技争其长。十年挟瑟侯门下[16]，竟日驱车官道旁。笑语主人更觞客，明朝此际孤灯驿。

（《两当轩集》卷十一）

【注释】

[1] 献县：今河北献县。丞：县丞，县令的副职。

[2] 婆猴技：厉荃《事物异名录》卷二十六："《拾遗记》成王即政七年，有扶娄国，其人善能机巧变化，异形改服，神怪歘忽，衒丽于时。乐府皆传此伎，末代犹学焉。俗谓之婆猴伎，则抹娄之音讹替至今。"

[3] 顉（qīn）颐：下巴骨微向前倾。偃师：传说中周穆王时的巧匠。《列子·汤问》载，偃师向周穆王进献"能倡者""顉其颐则歌合律，捧其手则舞应节，千变万化，惟意所适"。后世称木偶艺人为偃师。

[4] 尸罗：《拾遗记》载，沐胥之国，有名尸罗者，精擅道术，"喷水为氛雾，暗数里间。俄而复吹为疾风，氛雾皆止。又吹指上浮屠，渐入云里。又于左耳出青龙，右耳出白虎"。

[5] 叶作冠：《幽明录》："安开者，安成之俗师也，善于幻术，时王凝之为江州，伺王当行，阳为王刷头，簪荷叶以为帽与王着。当时亦不觉帽之有异，到座之后，荷叶乃见，举座惊骇，王不知。"

[6] 棐（fěi）几：用棐木做的几桌。棐，通"榧"。

[7] 来回皇：出没不定。

[8] 搴高緪（gēng）：用手攀着高横的绳索。

[9] 枨（chéng）枨：象声词，有节奏的鼓声。

[10] 腹旋跟挂：踩索表演的两种动作。

[11]《踏摇》：《踏谣娘》。据崔令钦《教坊记》：北齐有姓苏氏者，嗜饮酗酒，每醉辄殴其妻，"妻衔悲，诉于邻里。时人弄之，丈夫着妇人衣，徐步入场，行歌。每一叠，傍人齐声和之，云：'踏谣，和来！踏谣娘苦，和来！'以其且步且歌，故谓之'踏谣'。"《安息》：《安息乐》，从安息国传来的音乐。

[12]"石虎"句：石虎，十六国时后赵的君主。据《邺中记》载，"（石虎）衣伎儿作猕猴之形，走马上，或在胁，或在马头，或在马尾，马走如故，名为猿骑"。

[13]"杜陵"句：杜甫有《观公孙大娘舞剑器行》诗。

［14］螭鹄鱼龙：指幻术表演的内容。

［15］拍张：古代武术杂技的一种。《南齐书·王敬则传》："年二十余，善拍张，补刀戟左右。景和使敬则跳刀，高与白虎幢等，如此五六，接无不中。"

［16］挟瑟侯门：自叹多年在贵人门下作客。

【导读】

乾隆四十年(1775)冬，作者赴京途中路过献县，县丞邀其观看杂技，遂有此作。诗的前半部分描绘了百戏杂耍，以"人心狡诡何不有？尔为此技真堂堂"作一小结，感叹杂技表演的应接不暇。从"此时四座群错愕"开始，以工笔细描的方式，展现一位妙龄少女表演踩绳索的精彩片段。"我闻西京"至结尾，是议论，感慨自己多年来寄人篱下的幕客生涯，奔走劳累，还不如表演杂技之人以一技之长养活自己，令人唏嘘。

乌岩图歌为李秋曹威作[1]

乌尔何来！尔胡不向朱门大第啄粱粟？又胡不向荒郊败冢饱肠肉？胡为只向苍苍之林，幽幽之山，乱石荦确，飞泉潺湲，萧凉幽阒人世不争处，尔乃乌乌哑哑下上于其间？尔亦不畏羽林弹，尔亦不接行人丸，尔亦不坐秦氏桂[2]，尔亦不萃曾参冠[3]。飞飞不出此山里，朝飞向日晡飞还[4]。巢中老乌毕逋尾，一年生有八九子[5]。子出望子归，得食声则喜。嗟尔乌！尔昔初作黄口雏，张口待食为尔心力痛[6]。今乃羽翼成长，群飞叫呼。尔今反哺，尔乐何只且！林之深兮翳不疏，山之娟兮腴不枯。下有一人翛然臞[7]，平生慕乌爱乌而敬乌。效乌反哺乌不孤，听我歌作《乌岩图》。

（《两当轩集》卷十三）

【注释】

［1］李秋曹威：李威，号畏吾，龙溪(今福建漳州)人。乾隆四十三年(1778)进士，时任刑部主事。秋曹，刑部的别称。

［2］坐：站，立。秦氏桂：乐府《陌上桑》中描写秦罗敷装束时"桂枝为笼钩"。

[3] 曾参冠:《庄子·让王》:"曾子居卫,缊袍无表,颜色肿哙,手足胼胝。三日不举火,十年不制衣,正冠而缨绝,提衿而肘见,纳履而踵决。"

[4] 晡:下午三点至五点。

[5] "巢中"二句:司马彪《续汉志·五行志》:"桓帝时,童谣曰:'城上乌,尾毕逋,一年生九雏。'"毕逋尾,乌尾摆动貌。

[6] 痡(pū):过度疲劳。

[7] 翛(xiāo)然:无拘无束貌,超然貌。

【导读】

此诗作于乾隆四十二年(1777)。是年春,黄仲则在京闻知好友洪亮吉母卒,更加牵挂衣食无靠的母亲,观《乌岩图》,想到乌鸦反哺,深感不安,写下此诗。不久后,尽管"长安米贵,居大不易",他还是迎母亲妻儿前来京相聚,并在《移家来京师》诗中再次表达了对乌鸦反哺举动的敬意,即所谓"莫恼啼鸦切,怜伊反哺时"是也。

长期以来,乌鸦因其色黑、声聒而遭人厌恶,黄仲则却逆向而行,《两当轩集》中有多首吟咏乌鸦的诗歌,如《啼乌行》《墙上蒿》《乌栖曲》《寒鸦》等,作者都抱以同情甚或敬重的情感来为它们作诗。其中的原因,一是感动于乌鸦反哺的行为,二则当如汪中《赠黄仲则六首》其四所云:"高才世不容,孤立尚相疑。众中独见亲,谣诼固其宜。"诗人的孤傲促成了他对乌鸦的情有独钟。

圈虎行

都门岁首陈百技,鱼龙怪兽罕不备。何物市上游手儿,役使山君作儿戏。初舁虎圈来广场[1],倾城观者如堵墙。四周立栅牵虎出,毛拳耳戢气不扬。先撩虎须虎犹帖,以棓卓地虎人立[2]。人呼虎吼声如雷,牙爪丛中奋身入。虎口呀开大如斗,人转从容探以手。更脱头颅抵虎口,以头饲虎虎不受,虎舌舐人如舐彀[3]。忽按虎脊叱使行,虎便逡巡绕阑走。翻身踞地蹴冻尘,浑身抖开花锦茵。盘回舞势学胡旋,似张虎威实媚人。少焉仰卧若佯死,投之以肉霍然起。观者一笑争醵钱[4],人既得钱虎摇尾。仍驱入圈负以趋,此间乐亦忘山居。依人虎任人颐使,伴虎人皆虎唾余。我观此状气消沮,嗟尔斑奴亦何苦!不能决蹯尔不智[5],不能破槛尔不武。

此曹一生衣食汝，彼岂有力如中黄[6]，复似梁鸯能喜怒[7]。汝得残餐究奚补？伥鬼羞颜亦更主[8]。旧山同伴倘相逢，笑尔行藏不如鼠。

（《两当轩集》卷十四）

【注释】

[1] 舁(yú)：共同用手抬。

[2] 卓地：击地。

[3] 彀(gòu)：乳养。这里指虎仔。

[4] 醵(jù)钱：凑钱。

[5] 决蹯(fán)：挣断足掌。

[6] 中黄：古代传说中的力士，能搏虎。

[7] 梁鸯：周宣王时牧官，善于驯养鸟兽。

[8] 伥鬼：虎伥。古时相传被虎食之人，鬼魂受虎役使，虎出觅食，伥鬼为之前导。

【导读】

此诗作于乾隆四十五年(1780)春。诗人在京师观看马戏表演，有感于被驯化是老虎一生的最大不幸而写下此诗。全诗四十二句，前四句为开场，写春节期间京城百戏杂陈，引出驯虎表演。“初舁虎圈”四句，是虎戏的序幕。从“先撩虎须”至“人既得钱”十九句，分层描写虎戏的各个场面。既有撩虎须、虎人立、虎雷吼等常规动作，亦有驯兽人手、头入虎口的惊险一幕，还有老虎舞蹈的精彩场面。最后，在老虎卧地装死、见肉跃起的表演中，结束了对虎戏的描写。“仍驱入圈”四句，承上启下，写老虎入圈，又感慨驯虎者与虎的关系，即老虎以为靠人养活故乐不思蜀，没承想驯虎人的生计全仰仗老虎的表演，他们吃喝的都是老虎的唾余。“我观此状”以下十一句为诗人的议论，表面上是批判虎威扫地，媚主为奴，实际上是隐喻那些失身降志、甘心受人摆布者的奴才式的悲哀。全诗纵横捭阖，腾挪变化，张弛有度。结尾的议论，一韵到底，多用否定句和反诘句，语句有力而劲气内敛。孙星衍以为此篇乃仲则“七古绝技”。

杂感

仙佛茫茫两未成，只知独夜不平鸣。风蓬飘尽悲歌气，泥絮沾来薄倖名[1]。十有九人堪白眼，百无一用是书生。莫因诗卷愁成谶，春鸟秋虫自作声。或戒以吟苦非福，谢之而已。

（《两当轩集》卷一）

【注释】

［1］泥絮：赵令畤《侯鲭录》卷三："东坡在徐州，参寥自钱塘访之，坡席上令一妓戏求诗，参寥口占一绝云：'多谢尊前窈窕娘，好将幽梦恼襄王。禅心已作沾泥絮，不逐东风上下狂。'"薄倖名：杜牧《遣怀》："十年一觉扬州梦，赢得青楼薄倖名。"

【导读】

此诗约作于乾隆三十三年（1768），诗人年方十九。是秋，黄仲则首赴江宁乡试，未第，诗约作于此期。对于一个年未弱冠的青少年而言，这首诗所表达的情志太过消极，颇有"为赋新词强说愁"的意味。但就诗人一生的遭际观之，此诗似乎又是其生平的不二写照。"百无一用是书生"更是广大寒士抑塞无聊的高度概括。其中"泥絮"句，似与黄仲则早年的一段恋情有关。此年，诗人娶赵氏为妻，而他的恋人（表妹）也早已结婚生子，对于这段有爱无果的恋情，黄仲则刻骨铭心，不仅在十七岁时写下了《感旧》四首，还在十多年后作《绮怀》十六首以志深情。正像诗句所言，黄氏的情窦已如沾泥之絮，往日的美好成为诗人心中永久的回忆。结尾"春鸟秋虫"云云，则在自抒性情中突出了诗人孤傲的形象。张维屏读其诗说"黄生抑塞多苦语，要是饥凤非寒虫"，吴嵩梁也说"傲骨千寻耸孤柏，冷艳一枝横老梅"（《读黄仲则诗书后》），这的确是知音之言。

绮　怀（选二）

几回花下坐吹箫[1]，银汉红墙入望遥。似此星辰非昨夜，为谁风露立中宵[2]？缠绵思尽抽残茧，宛转心伤剥后蕉。三五年时三五月，可怜杯酒不曾消。

【注释】

［1］吹箫：用萧史、弄玉之典。刘向《列仙传·萧史》载，萧史，善吹箫，能致孔雀、白鹤于庭。

秦穆公"有女字弄玉好之，公遂以女妻焉"。

[2]"为谁"句：源自黄仲则十六七岁时的《秋夕》诗"羡尔牛女逢隔岁，为谁风露立多时？"

露槛星房各悄然，江湖秋枕当游仙[1]。有情皓月怜孤影，无赖闲花照独眠。结束铅华归少作，屏除丝竹入中年[2]。茫茫来日愁如海，寄语羲和快著鞭。

（《两当轩集》卷十一）

【注释】

[1] 秋枕当游仙：《开元天宝遗事》卷上《游仙枕》："龟兹国进奉枕一枚，其色如玛瑙，温温如玉。其制作甚朴素，若枕之，则十洲三岛、四海五湖，尽在梦中所见。帝因立名为'游仙枕'。"

[2] 丝竹入中年：《世说新语·言语》："谢太傅（安）语王右军（王羲之）曰：'中年伤于哀乐，与亲友别，辄作数日恶。'"王曰："年在桑榆，自然至此。正赖丝竹陶写。恒恐儿辈觉，损欣乐之趣。"后世以东山丝竹指中年后以声韵之事自我消遣。

【导读】

《绮怀》共有十六首。这组诗作于乾隆四十年（1775），是诗人为追忆十五岁左右的一段恋情而作。"全部十六首乃是一个有机整体，也是中国古代爱情诗中的特绝之作"，"这组诗的第一至五首，写二人由两小无猜而终于产生私情。第六至第九首写二人分别后他的无穷思念。第十首写对方与别人成婚后生了孩子，他在孩子的汤饼宴上又见了她一面，他为重见而深感欢欣，又为今后的天各一方而无限伤痛。第十一首以下皆写自己的怀念和痛苦。"（章培恒等《中国文学史新著》）这里所选为第十五、十六两首，其中"似此星辰非昨夜，为谁风露立中宵""茫茫来日愁如海，寄语羲和快著鞭"两联广为流传。"在这组诗里，他不仅勇敢地写了自己的一次违反礼教的爱情——私情，而且深刻地写了在这种爱情中体会到的欢乐、痛苦，对爱情的执着，在对方成婚、生子后自己的苦恋，而且大胆地宣告了失去爱情后人生即变得毫无意义，因而只求速死。""这一切都可视为五四新文学中的爱情诗的先驱。所以冰心说，她在早年就'迷上了龚定庵、黄仲则和纳兰成德'；'如龚诗中有"落红不是无情物，化作春泥更护花"，黄诗中有"似此星辰非昨夜，为谁风露立中宵"，皆是极好的句子'。"（章培恒等《中国文学史新著》）

杂感四首(选一)

抑情无计总飞扬,忽忽行迷坐若忘。遁拟凿坯因骨傲[1],吟还带索为愁长[2]。听猿讵止三声泪,绕指真成百炼钢[3]。自傲一呕休示客,恐将冰炭置人肠[4]。

(《两当轩集》卷六)

【注释】

[1] 凿坯:凿墙而遁。《淮南子》卷十一《齐俗训》:"颜阖,鲁君欲相之,而不肯,使人以币先焉,凿培而遁之,为天下显武。"

[2] 带索:以绳索为衣带,形容贫寒清苦。《列子》卷一《天瑞》:"孔子游于太山,见荣启期行乎郕之野,鹿裘带索,鼓琴而歌。"

[3] "绕指"句:刘琨《重赠卢谌》:"何意百炼钢,化为绕指柔。"

[4] "恐将"句:化用韩愈《听颖师弹琴》"颖乎尔诚能,无以冰炭置我肠"句。

【导读】

此诗作于乾隆三十七年(1772)。诗作刻画了一个情感丰富、性格孤傲、身世悲苦的抒情主人公形象。正是这难以抑制的丰富情感,使其诗成为诗人之诗。然而孤傲的个性和凄苦的人生,又令诗人作茧自缚,冰炭自吞,只能在冷雨凄风中煎熬心力,挥洒诗思,消耗生命。

都门秋思(选二)

五剧车声隐若雷[1],北邙惟见冢千堆[2]。夕阳劝客登楼去,山色将秋绕郭来。寒甚更无修竹倚[3],愁多思买白杨栽[4]。全家都在风声里,九月衣裳未剪裁。

【注释】

[1] 五剧:京城繁华的街道。卢照邻《长安古意》:"南陌北堂连北里,五剧三条控三市。"隐:宏

大。这里形容声音很大。

[2] 北邙:北邙山,在河南洛阳东北。汉魏至唐代多有王侯公卿葬于此,遂泛指墓地。

[3] "寒甚"句:化用杜甫《佳人》"天寒翠袖薄,日暮倚修竹"句。

[4] "愁多"句:化用古诗《去者日已疏》"白杨多悲风,萧萧愁杀人"句。

侧身人海叹栖迟,浪说文章擅色丝[1]。倦客马卿谁买赋,诸生何武漫称诗[2]。一梳霜冷慈亲发,半甑尘凝病妇炊。为语绕枝乌鹊道,天寒休傍最高枝!

(《两当轩集》卷十三)

【注释】

[1] 擅色丝:擅长写绝妙好辞。用"黄绢幼妇"之典。

[2] 何武:《汉书·何武王嘉师丹传》载,何武,字君公。汉宣帝时,王褒颂汉德,作《中和》《乐职》《宣布》。何武年十四五,与成都杨覆众等共习歌之,"宣帝循武帝故事,求通达茂异士,召见武等于宣室。上曰:'此盛德之事,吾何足以当之哉?'以褒为待招,武等赐帛罢"。后何武举贤良方正,累迁廷尉等职。汉哀帝崩,王莽用政,何武被迫自杀。

【导读】

此题共四首,作于乾隆四十二年(1777)秋。据洪亮吉记载:"君(黄仲则)自京师贻亮吉书曰:'人言长安居不易,误也。若急为我营画老母及家累来,俾就进奉养,不至累若矣。'亮吉时奉母孺人忧家居,发其书,资无所出,君向有田半顷,屋三椽,因并质之,得金三镒,俾君之戚护君母北行。"(洪亮吉《国子监生武英殿书签官候选县丞黄君行状》)诗人刚把家人接到京师,了了孝亲的心愿,但随之而来的生活开销,就将他逼到了饥寒交迫的境地。"全家如一叶,飘堕朔风前"(黄仲则《移家来京师》),作为江南人的黄仲则不止一次地写过京师的寒冷。他说"燕山九月北风厉"(黄仲则《送赵渭川归罗浮》),"燕山九月飞雪花"(黄仲则《得稚存渊如书却寄》),而此刻,他的诗思更被亲情激发,写下了"全家都在风声里,九月衣裳未剪裁"这一令人读着都感到全身透凉的名句。然而,即使生活极为窘迫,作为孝子的他还是一个人承担了所有的痛苦,"长安居不易,莫遣北堂知"(《移家来京师》),"排遣中年易,支持八口难"(《移家来京师》)。他唯有以诗来排遣内心的苦闷,但现实依然残酷。在"侧身人海"这首里,作者反复哀叹书生无用和无能,并在结尾表达了怀才不遇的激愤之情。据陆继辂《春芹录》载:"秋帆宫保初不识君,见《都门秋思》诗,谓值千金,姑先寄五百金。"

别老母

搴帷拜母河梁去，白发愁看泪眼枯。惨惨柴门风雪夜，此时有子不如无。

（《两当轩集》卷三）

【导读】

此诗作于乾隆三十六年(1771)，诗人赴安徽客太平知府沈业富幕之际。除了这首别母之作，他还写了《别内》《幼女》《老仆》等诗，和家人一一作别。“父母在，不远游”(《论语·里仁》)，然而黄仲则为了养家而外出谋生，离别的情感异常复杂。此诗言短情长，既写出了慈母不忍与儿分别的不舍之情，又写出了自己不能侍奉母亲左右的愧疚之情。为谋生而远赴他乡，更能引发广大读者的怜悯和共情。

癸巳除夕偶成二首

千家笑语漏迟迟，忧患潜从物外知。悄立市桥人不识，一星如月看多时。

年年此夕费吟呻，儿女灯前窃笑频。汝辈何知吾自悔，枉抛心力作诗人[1]。

（《两当轩集》卷九）

【注释】

[1]“枉抛”句：元稹《白衣裳》有“枉抛心力画朝云”，温庭筠《蔡中郎坟》有“莫抛心力作词人”。

【导读】

《两当轩集》中，从乾隆三十五年(1770)至乾隆四十一年(1776)，及乾隆四十四年(1779)、乾隆四十六年(1781)都有岁暮诗(包括除夕、小除、除夕前几日等)。所谓“年年此夕费吟呻”，诗人已经养成了岁暮作诗的习惯。

此二首作于乾隆三十八年(1773),此年诗人二十五岁。这年岁末,黄仲则从安徽归家,与家人团聚。除夕是一年的结束,又意味着新年的开始,但是对于贫病之仲则而言,却是年关难过,感慨尤多。从庚寅年(1770)的《岁暮篇》至辛丑年(1781)的《除夕述怀》,几乎每年的岁暮,作者都会感慨米珠薪桂,逋债难偿,但赡养老亲,哺育儿女,又是自己的责任所在,而这种窘境似乎都源自贫病穷愁。若用世俗的眼光来评价,即无能和无用。后来移家京师,开销更大,以至有"一岁似风吹剑上,百忧如影堕灯前"的哀叹。在作者所作岁暮诗中,只有此二首为绝句,凝练、含蓄,言简意赅,故流传最广。两诗通过千家笑语和诗人忧患的对比,儿女天真之窃笑与自己沦为诗人的无奈的对比,表达了诗人难以言说和不被理解的苦闷。这种苦闷的原因,正是那个扼杀人才的时代所致。因此,诗人只能仰望星空,把自己的悲哀投注于渺无边际、深邃辽远的星空。在诗人看来,那颗如月灿烂的星,仿佛就是此刻茫茫人海中的自己,明亮而少识者。

拓展阅读

诗评七则

黄仲则

杜固诗之祖,而李东川实可谓祖所自出,后人法门,亦遂无所不备。篇幅虽少,而浑然元气,已成大观矣。

愚见欲以岑嘉州与李昌谷、温飞卿三家汇刻,似近无理。然能读之烂熟,试令出笔,定有绝妙过人处,亦惟解人能知之也。

阮亭云:欧阳文忠公七言长句,高处直追昌黎,自王介甫辈皆不及也。愚谓欧、王异派,各有佳处,不能较优劣也。

王诗得辛味居多,其沉雄处,要不减前人。

二晁宗苏参黄,其沉峻刻炼处,又公然有离立之势。补之篇幅尤大,按其胜处,竟直入昌黎之奥矣。人多谓附苏而传,讵知有非苏亦传者耶?

遗山诗学杜兼李,天资才力,为后起之劲。微嫌其成句少多,然不害为盘盘大手笔也。

伯生沉郁顿挫,不肯为一直笔,固是后来之雄。但有过为团刻处,一失之运掉不转耳。

(《两当轩集》卷二十)

桂未谷明经以旧藏山谷诗孙铜印见赠（节录）

黄仲则

我祖诗可祖天下，凡能诗者宜当之。若资华胄便窃据，不患造物嗔吾私。虽然一语敢相质，斯道不绝危累棋。文章千古一元气，支分派别徒费词。几人眼光认针芥，学者蚁附缘条枝。雄深一变为饤饾，精华已竭存糟醨。康庄不由入鼠穴，细寻牛毛披茧丝。强将谱系溷初祖，九原可作夫谁欺？摩围派衍源屡竭，皖公云封人莫窥。我生衰门更才劣，岂有笔力能振支？但将此印印家集，一编世守侪尊彝。

（《两当轩集》卷十四）

徐世昌评黄仲则诗

两当轩天才旷逸，五言古诗初拟汉魏，微嫌著迹，后乃泛滥唐、宋大家，所造益进，以七言歌行为最著。少年名作，雅近谪仙，其善者，豪宕感激，韵概俱胜，如冯虚御风，不可捉摸，而颓放浅滑，时亦不免。入都后作，颇致力昌黎、东坡之间，蹊径一变，实较专摹太白为优，其纵横自如，无意不达，真若泪流鲛客，悉化明珠；米掷麻姑，俱成丹粒。而哀笳激管，乏厚重安徐之致，虽为境迫，亦露促征，人穷诗耶？诗穷人耶？玉芝堂赠诗云："愿子养疴暇，时复御缃素。博闻既可尚，平心亦有助。"真知仲则者也。

（徐世昌《晚晴簃诗汇》卷九十八）

龚自珍 选十五首

龚自珍(1792—1841),字尔玉,又字璱人,号定庵,又名易简,字伯定,更名巩祚,号羽琌山民,仁和(今浙江杭州)人。出身于官宦世家,祖龚敬身官至云南楚雄知府,本生祖龚禔身官至内阁中书军机处行走,父龚丽正官至江南苏松太兵备道。外祖为朴学大师段玉裁。十一岁起,龚自珍侍父于京师。嘉庆十五年(1810),首赴顺天乡试,中副榜。次年充武英殿校录。嘉庆十八年(1813),二赴顺天乡试,不售,会妻段氏卒,遂携柩归杭。嘉庆二十三年(1818),赴浙江乡试,中第四名举人。次年恩科会试,不售,留京师。从武进刘逢禄治公羊学,"遂大明西京微言大义之学"(吴昌绶《定庵先生年谱》)。嘉庆二十五年(1820),会试下第,筮仕得内阁中书。道光元年(1821)夏,考军机章京,未录。道光二年(1822),恩科会试,不第。道光三年(1823),会试未第。七月,母段氏卒,解职奔丧,奉榇还杭。道光六年(1826),五赴会试不售。道光九年(1829),会试中式,殿试举三甲第十九名,授知县,呈请仍归中书原班。道光十四年(1834),擢宗人府主事。道光十七年(1837),改官礼部主事祠祭司行走,四月补主客司主事,仍兼祠祭司。道光十九年(1839),以父老及从父任礼部堂上官为由,辞官。道光二十一年(1841),就丹阳云阳书院讲习。八月十二日,暴疾卒,享年五十岁。

◎ 龚自珍像

龚自珍"髫龀早慧,好读吴梅村(伟业)诗、方百川(舟)遗文、宋左彝(大樽)《学古集》"(吴昌绶《定庵先生年谱》)。且家学深厚,师从硕儒,"八岁得旧《登科录》读之,即有志为科名掌故之学。十二岁,段玉裁授以《说文》部目,即有志为以经说字、以字说经之学。十四岁,考古今官制,即有志为国朝官制损益之学。十六岁,读《四库提要》，即有志为目录之学。十七岁，见石鼓，即有志为金石之学。”（《清史列传》本传）“于经通《公羊春秋》，于史长西北舆地。其文以六书小学为入门，以周秦诸子、吉金乐石为崖郭，以朝掌国故、世情民隐为质干”（魏源《定庵文录序》），晚年尤好佛学之书。其著述自刻为《定庵文集》，后人递相续补，今有王佩诤校《龚自珍全集》（上海古籍出版社，1999 年）可资参研。

龚自珍生当清朝盛极而衰之世，六赴会试方得一第，且自幼随父客居京师，又官中书先后十余年，屡向朝廷建言而不受重视，故其将个人仕途失意、政治抱负无法实现的失落感与朝政得失、官场腐败、社会凋敝等种种由现实问题而激起的忧患意识，熔炼成具有变革旧法的投枪，直刺封建王朝之脏腑。其诗于“清末政治腐败现象几揭露无遗，大声疾呼又令人振而起之”，感情真切强烈，“重传神轻摹拟，贵含讽贱利詈”（袁行云《清人诗集叙录》卷六十四）。然而“纵使文章惊海内，纸上苍生而已”（龚自珍《金缕曲》）的现实，又折磨其“幽光狂慧”之心几至于病，故唯以“怨去吹箫，狂来说剑”（龚自珍《湘月》）之自我放逐姿态，“挟奇心恣缥缈”（龚自珍《女士有客海上者，绣大士像，而自绣己像礼之，又绣平生诗数十篇缀于尾》），创作了一系列戛戛独造、自我表现的奇诗，也成为清代诗坛上极富魅力的“这一个”。

行路易

东山猛虎不吃人，西山猛虎吃人，南山猛虎吃人，北山猛虎不食人。漫漫趋避何所已？玉帝不遣牖下死[1]，一双瞳神射秋水。袖中芳草岂不香？手中玉麈岂不长？中妇岂不姝[2]？座客岂不都[3]？江大水深多江鱼[4]，江边何哓呶[5]？人不足，盱有余，夏父以来目瞿瞿[6]。我欲食江鱼[7]，江水涩咙喉，鱼骨亦不可以餐；冤屈复冤屈，果然龙蛇蟠我喉舌间，使我说天九难、说地九难，踉跄入中门[8]。中门一步一荆棘，大药不疗膏肓顽[9]，鼻涕一尺何其孱[10]！臣请逝矣逝勿还。嘈嘈舟师，三五詈汝：汝以白昼放歌为可惜[11]，而乃脂汝辖[12]；汝以黄金散尽为复来[13]，而乃鞭其脢[14]。红玫瑰，青镜台，美人别汝光徘徊。膈膈膊膊[15]，鸡鸣狗鸣；淅淅索索，风声雨声；浩浩荡荡，仙都玉京。蟠桃之花万丈明，淮南之犬彳亍行；臣岂不如武皇阶下东方生[16]？乱曰：三寸舌，一枝笔，万言书，万人敌，九天九渊少颜色[17]。朝衣东市甘如饴[18]，玉体须为美人惜！

（《龚自珍全集》第九辑）

【注释】

[1] 牖下死：言死后祭奠于宗庙牖下，这里指士大夫身份。牖下，即窗下。《诗·采苹》："于以奠之，宗室牖下。"毛传："宗室，大宗之庙也。大夫士祭于宗庙，奠于牖下。"

[2] 中妇：妻子。

[3] 都：雅。

[4] 江鱼：这里比喻名位权力。

[5] 哓呶（xiāonáo）：喧闹。这里比喻争权夺利。

[6] "人不足"三句：据《春秋公羊传·鲁昭公三十一年》记载，春秋邾娄国君颜被杀，其弟叔术继位，颜妻改嫁叔术。前夫的儿子名夏父，后夫的儿子名盱，夫妻两人都爱盱，有好食物给盱吃。夏父对此不满，喊道："以来！人未足，而盱有余。"以来，拿来。瞿瞿，因求之不得而眼球飞快转动的样子。《礼记》卷二《檀弓》："瞿瞿如有求而弗得。"这里借此比喻统治者内部争权夺利的斗争。

[7] "我欲"句：方干《滁上怀周贺》："侯门昔弹铗，曾共食江鱼。"原指寄食贵族门下，这里指在朝廷谋职。

[8] 中门：王宫中内、外门之间的门。《周礼》卷二："阍人，掌守王宫之中门之禁。"这里泛指官场。

[9] "大药"句：喻官场的痼疾难以救药。大药，道家的金丹。葛洪《抱朴子·地真》："服金丹大药，虽未去世，百邪不近也。"

[10] "鼻涕"句：比喻官场的龌龊。孱，卑劣。

[11] 白昼放歌：语出杜甫《闻官军收河南河北》"白日放歌须纵酒，青春作伴好还乡"。

[12] 脂汝辖：在车轴上涂油，使其润滑。即扬鞭启程之意。

[13] 黄金散尽为复来：语出李白《将进酒》"天生我材必有用，千金散尽还复来"。

[14] 脢（méi）：指背部脊柱两旁的肌肉群。

[15] 膈（bì）膈膊膊：象声词，鸡鸣前的拍翅声。

[16] 东方生：东方朔（前154—前93），长于文辞，言谈诙谐。汉武帝时，任中郎，持戟立于殿阶下，常直言切建议，为武帝所感悟。

[17] "三寸"五句：《史记·平原君虞卿列传》："毛先生以三寸之舌，强于百万之师。"九天九渊，天地之间。

[18] 朝衣东市：晁错曾向汉景帝提议削藩，吴王刘濞等发动七国之乱，景帝听从袁盎之计，腰斩晁错于东市，时晁错穿着朝衣。

【导读】

这首诗作于嘉庆二十四年(1819)。此年春,龚自珍首赴会试,不第。理想和现实的矛盾,成为他这首诗的创作主题。全诗分为六个部分,首五句为第一部分,言四方皆有食人之虎,一味回避,不是办法。“玉帝不遣”至“座客岂不都”为第二部分,写自己眼神明亮、品德高洁、风度脱俗、家庭美好、交友博雅,自身的美好与丑恶的现实形成鲜明对比。“江大水深”至“踉跄入中门”为第三部分,写自己在险恶官场中的艰难处境。“中门一步一荆棘”至“美人别汝光徘徊”为第四部分,写自己进入官场,遭受攻击,决心离去又不忍的矛盾心态。“腷腷膊膊”至“东方生”为第五部分,写自己终于不顾阻挠,毅然离开现实官场去寻找理想中的玉京仙都,充满了对庸碌之辈青云直上而自己却不得志的愤慨和不平之气。“乱曰”以下为结尾,作者要以舌、笔为武器,抨击时政,宣传变革,即使为此牺牲也在所不辞。这首诗以乐府的形式,自创新题,在写法上继承了屈原以来的文学传统,以想象和象征的手法,传达了对官场黑暗现实的强烈不满,和自己以高尚节操与之斗争到底的决心。

又忏心一首

佛言劫火遇皆销[1],何物千年怒若潮[2]?经济文章磨白昼,幽光狂慧复中宵[3]。来何汹涌须挥剑,去尚缠绵可付箫。心药心灵总心病,寓言决欲就灯烧[4]。

(《龚自珍全集》第九辑)

【注释】

[1] 劫火:佛教语,坏劫时所发生的大火灾。

[2] 何物:这里指作者革新政治的愿望。

[3] 幽光:指玄思妙想。狂慧:佛家语,指狂放无定的智慧。

[4] 寓言:指寓意深刻而有所寄托的诗文。

【导读】

此诗作于嘉庆二十五年(1820)。此年诗人第二次参加会试,仍落第,遂捐资内阁中书。诗写作者空有革新政治的理想，但却无法付诸实践的苦闷。诗人的心灵遭受折磨，只有烧却那些凝结着理想和热情的文字，或许才能医治心病。此诗之前，诗人写有《观心》一诗，中有“幽绪不可食，新诗如乱云。鲁阳戈纵挽，万虑亦纷纷”；此诗之后，诗人写了《戒诗五章》，其中第二首有云“今誓空尔心，心灭泪亦灭”，可见诗人心灵所受煎熬的时间之久、程度之深。所谓“众人皆醉我独醒”，铁屋中的呐喊，讲的就是诗人此时的心情。

能令公少年行有序

序曰：龚子自祷祈之所言也。虽弗能遂，酒酣歌之，可以怡魂而泽颜焉。

蹉跎乎公！公今言愁愁无终。公毋哀吟娅姹声沉空[1]，酌我五石云母钟[2]。我能令公颜丹鬓绿而与年少争光风，听我歌此胜丝桐[3]。貂毫署年年甫中[4]，箸书先成不朽功，名惊四海如云龙，攫拿不定光影同[5]。征文考献陈礼容，饮酒结客横才锋。逃禅一意皈宗风，惜哉幽情丽想销难空！拂衣行矣如奔虹[6]，太湖西去青青峰。一楼初上一阁逢，玉箫金琯东山东[7]。美人十五如花秾，湖波如镜能照容，山痕宛宛能助长眉丰；一索钿盒知心同，再索班管知才工；珠明玉暖春朦胧，吴歈楚词兼《国风》，深吟浅吟态不同，千篇背尽灯玲珑。有时言寻缥缈之孤踪[8]，春山不妒春裙红，笛声叫起春波龙，湖波湖雨来空濛[9]，桃花乱打兰舟篷[10]，烟新月旧长相从。十年不见王与公，亦不见九州名流一刺通。其南邻北舍谁与相过从？痀瘘丈人石户农[11]，嵚崎楚客[12]，窈窕吴侬，敲门借书者钓翁，探碑学拓者溪僮。卖剑买琴[13]，斗瓦输铜[14]。银针玉薤芝泥封[15]，秦疏汉密齐梁工[16]；佉经梵刻著录重，千番百轴光熊熊，奇许相借错许攻[17]。应客有玄鹤[18]，惊人无白骢[19]。相思相访溪凹与谷中[20]，采茶采药三三两两逢；高谈俊辩皆沉雄，公等休矣吾方慵[21]。天凉忽报芦花浓，七十二峰峰峰生丹枫[22]，紫蟹熟矣胡麻馕[23]，门前钓榜催词筩[24]。余方左抽豪，右按谱，高吟角与宫，三声两声棹唱终。吹入浩浩芦花风，仰视一白云卷空。归来料理书灯红，茶烟欲散颓鬟浓，秋肌出钏凉珑松[25]，梦不堕少年烦恼丛。东僧西僧一杵钟，披衣起展《华严》筒[26]。噫戏！少年万恨填心胸，消灾解难畴之功[27]？吉祥解脱文殊童，著我五十三参中[28]，莲邦纵使缘未通，他生且生兜率宫[29]。

（《龚自珍全集》第九辑）

【注释】

[1] 娅姹:当作“哑咤”(yǎzhà)。象声词,多以摹状鸟声或人语嘈杂声。

[2] 五石:语出《庄子》卷一《逍遥游》:“魏王贻我大瓠之种,我树之,成,而实五石,以盛水浆。”后以五石为大酒器的容量。云母钟:白玉或玻璃类的酒器。

[3] 丝桐:琴的代称。这里指音乐。

[4] 貂毫:毛笔。

[5] “名惊”二句:此二句以云龙为喻,说“名惊四海”就如云中之龙翻腾奔跃,疾如光影,难以捕捉,以寄托作者功名难就的感慨。

[6] 奔虹:传说中谓虹为神龙,奔走若飞,故云。

[7] 玉箫金琯:箫、笛一类的管乐器。琯,同“管”。这里指代吹奏箫笛的乐伎。语本李白《江上吟》:“木兰之枻沙棠舟,玉箫金琯两头坐。”东山:太湖东洞庭山的简称。

[8] 言:语助词。

[9] “笛声”二句:马融《长笛赋》:“龙鸣水中不见已,截竹吹之声相似。”以笛声比龙鸣。这里翻用其意,谓笛声唤起了春水中的蛟龙,龙招来了风和雨,湖面一片迷蒙。

[10] 桃花:取李贺《将进酒》“桃花乱落如红雨”意。

[11] “痀瘘”句:痀瘘丈人,即痀偻丈人。《庄子》卷七《达生篇》:“仲尼适楚,出于林中,见痀偻者承蜩。”庄子说他是有道之士。石户农,《庄子》卷九《让王篇》中记载石户地方的农民,为帝舜的友人,不肯接受舜的禅让,带领妻子一起逃到海上,终生不返。

[12] 嵚崎楚客:泛指愤世嫉俗、品格高尚的文人。嵚崎,山高峻貌。楚客,本指屈原。

[13] 卖剑买琴:剑,喻仗剑报国的雄心壮志。琴,是古代隐士生活的象征。这里表示自己无意于功名。

[14] 斗瓦输铜:斗瓦,以瓦当决胜负。输铜,搜集古代的铜器。输,《广雅・释诂》:“输,聚也。”

[15] “银针”句:谓自己爱好书法篆刻。银针,指细笔画的篆书。玉薤,指薤叶篆,亦称倒薤书,篆书的一种。芝泥封,古代书函往来,用泥密封,盖上印章,以防私拆。

[16] “秦疏”句:秦代的篆书笔画疏朗,汉代的隶属笔画密致,齐梁的正书笔画工整。

[17] “佉(qū)经”三句:谓自己潜心于佛经的研究。佉经,指佛经。梵刻,用梵文刻成的佛经。著录重,收录的经文很多。番,量词,千番,千页佛经。奇许相借错许攻,谓佛经中有许多奇妙之处,自己可以吸收借用,如有错误之处,也可以批驳。

[18] “应客”句:用宋代林逋的故事表明其隐士身份。

[19] “惊人”句:借用东汉桓典乘骢马的故事说明与己交往者没有令人惊恐的达官贵人。《后汉书・桓荣丁鸿列传》:“(典)常乘骢马,京师畏惮,为之语曰:‘行行且止,避骢马御史。’”

[20] “相思”句:暗用东晋王徽之到剡溪访问戴逵的典故。

[21]“公等”句:意为你们先回去吧,我疲倦了。公等,即上句“高谈俊辩”之士。慵,困倦。此句源自萧统《陶渊明传》:“渊明若先醉,便语客:‘我醉欲眠,卿可去。’”

[22]七十二峰:太湖名胜有七十二峰之说。

[23]胡麻:胡麻饭,为仙家所食。馕:食物装满貌。

[24]钓榜:钓鱼船。榜,船棹。诃筩:筩,同“筒”。《唐语林·文学》记载,白居易任杭州刺史时,与元稹等朋友唱和,用竹筒盛诗往来。

[25]“秋肌”句:秋夜“美人”衣单袖短,露出手臂,肌肤十分凉爽。钏,镯子。珑松,凉爽貌。

[26]《华严》筒:盛《华严经》的经函。

[27]畴:谁。

[28]“吉祥”二句:谓“我”读了《华严经》,就像善财童子一样,听了文殊菩萨的指引,去遍参五十三知识,获得了吉祥的解脱。

[29]“莲邦”二句:纵然今生没有机缘到达极乐世界,但盼来世能生在兜率宫。

【导读】

此诗作于道光元年(1821)。诗人经历了两次会试失败,本年夏又考军机章京,仍未取,于是便幻想出一种超脱现实的理想境界。全诗分为六个部分,首六句为第一部分,交代作诗的原因。“貂毫署年”至“惜哉幽情”为第二部分,写诗人出世与入世思想的矛盾。“拂衣行矣”至“烟新月旧”为第三部分,写诗人与美人共游太湖,并沉醉于美人的美容丰姿和文学修养。“十年不见”至“公等休矣”为第四部分,写诗人的隐居生活,他所交往的是老农、楚客、村姑、钓翁、牧童;所欣赏的是大自然的景色和金石、古玩、篆刻、佛经。“天凉忽报”至“披衣起展”为第五部分,写深秋的景色和生活,表明自己决心出世学佛。“噫嘁”至结尾为第六部分,表达了一种无可奈何的忧郁和逃向空门的思想。“此诗运用浪漫主义的艺术手法,借助丰富奇特的想象,采用瑰丽的词藻和参差灵活的语言形式、回环反复的结构,抒写了作者对真挚的爱情、僻静幽美的湖山胜景,结交嵚崎楚客和出入溪凹谷中的追求和向往,表现了他对所处的封建社会的厌恶和要求改革政治,追求个性解放,憧憬理想生活的反抗精神。”(钱仲联等《清诗精华录》)尤其值得注意的是,在这首诗中,“龚自珍将山林、湖海之隐,与书画金石之隐、茶烟清玩之隐、禅隐、‘红袖添香夜读书’式的‘神仙眷属’之隐,全都融会一气,千百年来一切逃出世俗、远避嚣尘的理想境界的积淀,在定庵笔底整合组构成另一个精神世界。这当然是乌托邦型的憧憬,同时更是心态失重后严重怅惘的变形自救,没有前景的心造幻影。愈是写得适意惬情,愈见苍凉;愈是显出飞扬飘逸之势,愈是幽凄”(严迪昌《清诗史》)。

人草稿

陶师师娲皇，抟土戏为人。或则头帖帖[1]，或者头颓颓[2]。丹黄粉墨之，衣裳百千身。因念造物者，岂无属稿辰[3]？兹大伪未具，娲也知艰辛[4]。磅礴匠心半，斓斑土花春[5]。剧场不见收，我固怜其真。谥曰人草稿，礼之用上宾。

（《龚自珍全集》第九辑）

【注释】

[1] 帖帖：形容帖伏收敛之貌。《释名・释床帐》："床前帷曰帖，言帖帖而垂也"。

[2] 颓(yūn)颓：头大貌，貌似聪慧。

[3] 属(zhǔ)稿辰：打草稿的时间。

[4] "兹大伪"二句：意为人草稿之所以徒具人形没有思想，是因为女娲也知道造人的艰辛，所以她偷懒了。

[5] "磅礴"二句：言人草稿从外表看好像很有气魄，但缺少灵魂，像泥胎那样蠢笨。春，通"蠢"。

【导读】

此诗作于道光三年(1823)。所谓"人草稿"是诗人自创的词汇，以此来讽刺那些徒具人形而无思想、表面光鲜却毫无内涵的草包。这类人的产生，是清王朝长期文化专制政策和科举取士的结果。诗人在《与人笺五》中也描写了这类人："缚草为形，实之腐肉，教之拜起，以充满于朝市，风且起，一旦荒忽飞扬，化而为沙泥。"

咏　史

金粉东南十五州[1]，万重恩怨属名流[2]。牢盆狎客操全算[3]，团扇才人踞上游[4]。避席畏闻文字狱[5]，著书都为稻粱谋。田横五百人安在[6]，难道归来尽列侯？

（《龚自珍全集》第九辑）

【注释】

[1] 金粉：古代女子化妆用的铅粉。这里形容繁荣靡丽的东南地区。十五州：指长江下游苏、浙、皖地区。

[2] "万重"句：谓名流们为了名利，恩怨丛生。

[3] 牢盆：煮盐器。这里指代盐政官。狎客：为陪伴权贵游乐的人。这里则指盐官门下的幕僚食客。

[4] 团扇才人：东晋时，王导的孙子王珉，喜欢手执团扇，二十多岁就当了中书令，但只会清谈玄学，不懂政事。这里借指钻进官场趋炎附势的文人。

[5] 避席：古人席地而坐，离席起立，以示敬意。这里有警惕之意。

[6] "田横"句：《史记·田儋列传》载，田横，秦末狄人。楚汉相争时，从其兄田荣占齐国旧地，自立为齐王。汉灭楚后，横与其从属五百人逃入海岛。刘邦多次招降，并许以："田横来，大者王，小者侯。"田横在赴洛阳途中后悔，不愿称臣于汉，曰："横始与汉王俱南面称孤，今奈何北面事之？"遂自刎。岛中五百人闻田横死，俱自杀。

【导读】

此诗作于道光五年(1825)。虽名《咏史》，但实为鞭挞现实而作。首联写东南财赋地在光鲜外表的遮盖下，涌动着"名流"们钩心斗角、恩怨重重的暗潮。颔联、颈联则将"名流"种种恩怨的根本原因予以揭露，即清朝的弊政。弊政之一是两淮盐政，国家的命脉居然掌握在盐官及其幕僚、帮闲手上；弊政之二是养了很多身居高位却百无一能，虚饰风雅、荒忽政事的"团扇才人"；弊政之三是以文字狱禁锢思想、钳制言论，以考据之学消磨士人变革、反抗的意识。尾联以田横及其五百壮士为喻，告诫那些"名流"，不要受清政府的欺骗。吴昌绶《定庵先生年谱》谓："旧传为南城曾宾谷鹾使作。"曾宾谷，即江西曾燠(1759—1831)，他于道光二年(1822)至道光六年(1826)巡视两淮盐政。

自春徂秋，偶有所触，拉杂书之，漫不诠次，得十五首(选一)

名理孕异梦[1]，秀句镌春心[2]。《庄》《骚》两灵鬼，盘踞肝肠深。古来不可兼，方寸我何任[3]？所以志为道，淡宕生微吟。一箫与一笛，化作太古琴。

(《龚自珍全集》第九辑)

【注释】

[1]“名理”句：指《庄子》一书将哲理寓于奇境之中。

[2]“秀句”句：谓屈原秀丽的诗句中镌刻着其美好的理想。春心，语本屈原《招魂》：“湛湛江水兮，上有枫，目极千里兮，伤春心。”

[3]“古来”二句：意为庄、屈二人不同的价值取向和艺术风格，自古以来不可以合二为一，而今我要如此，方寸之心如何承受得了呢？

【导读】

这组诗写于道光七年(1827)春、秋间。全诗共十五首，内容涉及政治、思想、文化诸多方面。这是第三首，主要写自己的艺术追求。作者的《最录李白集》云：“庄、屈实二，不可以并，并之以为心，自白始。”显然，龚自珍要把融合庄、屈两种不同的思想境界和艺术风格而形成一种新的创作风格作为自己努力的目标。他的作品的确兼有庄子的批判精神与屈原的爱国精神的双重特质，在艺术上则表现为汪洋自恣，想象瑰奇，也糅合了庄、屈的艺术特色。

己亥杂诗(选九)

浩荡离愁白日斜，吟鞭东指即天涯。落红不是无情物，化作春泥更护花。

谁肯栽培木一章[1]？黄泥亭子白茅堂。新蒲新柳三年大，便与儿孙作屋梁。道旁风景如此。

【注释】

[1] 章：成大材的树木。

霜豪掷罢倚天寒，任作淋漓淡墨[1]看。何敢自矜医国手？药方只贩古时丹。己丑殿试，大指祖王荆公上仁宗皇帝书。

【注释】

[1] 淡墨：唐人进士榜，要在夜间书写，又必用淡墨。据说中式名第，必阴注阳受，以淡墨写，好像鬼神的墨迹。

津梁条约遍南东[1]，谁遣藏春深坞逢[2]？不枉人呼莲幕客，碧纱橱护阿芙蓉。阿，读如人痾之痾，出《续本草》。

【注释】

[1] 津梁：原指渡口桥梁，这里指海口。条约：政府禁烟的律令。

[2] 藏春坞：北宋官僚地主刁约晚年在润州（今镇江）建造的别墅。这里借指鸦片烟馆，又暗示吸食者多为朝廷官吏。

少年击剑更吹箫，剑气箫心一例消。谁分苍凉归棹后[1]，万千哀乐集今朝！

【注释】

[1] 谁分：谁料。

河汾房杜有人疑[1]，名位千秋处士卑[2]。一事平生无齮龁[3]，但开风气不为诗。予生平不蓄门弟子。

【注释】

[1] "河汾"句：河汾，指代隋末王通（584—617），他曾退居河汾之间，教徒讲学。据说唐初开国功臣房玄龄、杜如晦等人都出其门下。有人疑，指从宋代司马光开始，对其人其事表示怀疑的看法，如司马光《文中子补传》所云："其所称朋友门人皆隋唐之际将相名臣""考诸旧史，无一人语及通名者。《隋史》唐初为也，亦未尝载其名于儒林隐逸之间，岂诸公皆忘师弃旧之人乎？"

[2]"名位"句:承上句而来,意为自古以来处士的地位就最低(也难怪他的学生做了大官后不去称述自己的老师)。

[3]龂龁(yǐhé):牙齿相咬,引申为诽谤、中伤。

不论盐铁不筹河,独倚东南涕泪多。国赋三升民一斗,屠牛那不胜栽禾?

九州生气恃风雷,万马齐喑究可哀[1]!我劝天公重抖擞,不拘一格降人材。过镇江,见赛玉皇及风神、雷神者,祷祠万数,道士乞撰青词。

【注释】

[1]万马齐喑:语本宋苏轼《三马图赞引》:"振鬣长鸣,万马皆喑。"

陶潜酷似卧龙豪[1],语意本辛弃疾。万古浔阳松菊高。莫信诗人竟平淡,二分《梁甫》一分《骚》[2]。

(《龚自珍全集》第十辑)

【注释】

[1]"陶潜"句:语本辛弃疾《贺新凉·把酒长亭说》:"看渊明风流,酷似卧龙诸葛。"

[2]《梁甫》:《梁甫吟》,古乐府名,原为流传民间的葬歌,后则多感慨世事之作。《三国志·诸葛亮传》:"亮躬耕陇亩,好为《梁父吟》。"

【导读】

道光十九年(1839),龚自珍因"冷署闲曹,俸入本薄,性既豪迈,耆奇好客,境遂大困。又才高动触时忌,至是以闇斋先生年逾七旬,从父文恭公适任礼部堂上官,例当引避,乃乞养归"(吴昌绶《定庵先生年谱》)。他于四月二十三日(6月4日),离开了居住二十余年的京师,先返回家乡又北上迎接家眷,于己亥腊月二十六日(1840年1月30日)将家属安置在海西羽琌山馆。旅途往返中,龚自珍以七言绝句的形式,写了三百一十五首自叙组诗《己亥杂诗》,概括了其家世、生平、交游,以及所受教育、学术著作、政治思想、革新措施等等,内容广泛,思想深刻,形式创新。

第一首是作者离别京师时所创作的。这首诗表达的情感,与屈原"吾将远逝以自疏""忽临睨夫旧乡"(《离骚》)的不忍决绝是相似的。

第二首表达了作者对科举制度及朝廷不思进取的不满。诗歌借道旁泥屋草亭之景，抒发了对科举制度选拔的都是像蒲柳之类生长快速却木质脆弱不堪作栋梁之材的不满之情。而之所以培养不出成章之才，原因还在于朝廷只有“黄泥亭子白茅堂”的规划。

第三首是写十年前会试中式后，参加殿试时根据王安石《上仁宗皇帝言事书》中革新时政的精神，就理政、治河、用才、筹边等问题提出了改革建议，可惜这些建议未受重视，当政者只把那篇文章当作一篇应试之作看待。十年后作者再想起此事，怒而掷笔，倚天伫立，心为之寒。

第四首写鸦片屡禁不止的真正原因在于官府，因为他们既是鸦片走私的包庇者，又是鸦片的主要食客。林则徐说：“盖以衙门中吸食最多，如幕友、官亲、长随、书办、差役，嗜鸦片者十之八九。”（林则徐《钱票无甚关碍宜重禁吃烟以杜弊源片》）此诗所写正是这种情况。

第五首是写壮志落空，面对凄凉晚景，只剩下万千哀乐盘踞心中。箫和剑是龚自珍诗词中经常出现的一对意象，如“一箫一剑平生意”（《漫感》），“气寒西北何人剑？声满东南几处箫？”（《秋心三首》其一），“沉思十五年中事，才也纵横，泪也纵横，双负箫心与剑名”（《丑奴儿令》）。因此，箫和剑实际上是作者赋诗忧国的哀怨幽情和仗剑报国的雄心壮志的艺术化形象，也就是本诗所概括的“剑气箫心”。

第六首借历史上对处士王通有无其人及他是否为房玄龄、杜如晦等人的老师的怀疑，感慨自己名位低微，与王通相仿。激愤之余，又为自己能开创一代新风而自豪。这种新风就是“慷慨论天下事”，“讥切时政、诋排专制”，主张经世致用。

第七首写清政府课税太重，对百姓压榨太狠。因为作者已不在朝廷，所以他无权来议论盐铁之政和治河举措这些国家大事。但是，看到东南赋税之重，特别是明文规定民田每亩课税三升三合五勺，但实际征收远高于此，导致农民不愿意种田，这无疑是杀鸡取卵、撼动国本的愚蠢之举。

第八首是作者途经镇江时，看到民众赛神会的玉皇、风神、雷神，触发了作者的灵感所写下的。他要依靠风雷激荡来变革死气沉沉的社会，呼唤出现一批生气勃勃、勇于革新的人才。这也是龚自珍最为著名的一首诗。

第九首论陶渊明，也是论自己。陶潜被誉为“古今隐逸诗人之宗”（钟嵘《诗品》），但作者认为，陶潜的诗歌除了给人以淡泊、飘逸的印象外，还有豪情和悲愤的一面。这种风格源自他虽隐居独善却心系天下，这不正是此时作者的写照吗？

拓展阅读

书汤海秋诗集后

龚自珍

人以诗名，诗尤以人名。唐大家若李、杜、韩及昌谷、玉溪，及宋、元眉山、涪陵、遗山，当代吴娄东，皆诗与人为一。人外无诗，诗外无人，其面目也完。益阳汤鹏，海秋其字，有诗三千余篇，芟而存之二千余篇。评者无虑数十家，最后属龚巩祚一言，巩祚亦一言而已，曰：完。何以谓之“完”也？海秋心迹尽在是，所欲言者在是，所不欲言而卒不能不言在是，所不欲言而竟不言，于所不言求其言亦在是。要不肯挦撦他人之言以为己言。任举一篇，无论识与不识，曰：此汤益阳之诗。

（《龚自珍全集》第三辑）

王芑孙复龚自珍书

昨承枉示诗文各一册，读之，见地卓绝，扫空凡猥，笔复超迈，信未易才也。然自古异才，皆不求异而自异，非有心立异者也。即如尊文名《伫泣亭文》，愚始不晓“伫泣”所出，及观自记，不过取义于《诗》之“伫立以泣”。此“泣”字碍目，宁不知之。足下年甚少，才甚高，方当在侍具庆之年，行且排金门，上玉堂，和其声以鸣国家之盛，天下之字多矣，又奚取于至不祥者而以名之哉！至于诗中伤时之语，骂坐之言，涉目皆是，此大不可也。足下文中，以今人误指中行为狂狷，又欲自治其性情，以达于文，其说尤矣。循是说也，不宜立异自高。凡立异未能有异，自高未能高于人者，甚至上关朝廷，下及冠盖，口不择言，动与世迕，足下将持是安归乎？足下病一世人乐为乡愿，夫乡愿不可为，怪魁亦不可为也。乡愿犹足以自存，怪魁将何所自处？宋贤有论，儒者一身之外，皆非所重。太史公有戒于言不雅驯。试问雅者何说，驯又何说也？窃谓士亦修身慎言，远罪寡过而已，文之佳恶，何关得失，无足深论，此即足下自治性情之说也。唯愿足下循循为庸言之谨，抑其志于东方尚同之学，则养德养身养福之源，皆在乎此。虽马或蹄啮而千里，士或跅弛而济用，然今足下有父兄在职，家门鼎盛，任重道远，岂宜以跅弛自命者乎？况读书力行，原不在乎高谈。海内高谈之士，如仲瞿、子居，皆颠沛以死。仆素卑近，未至如仲瞿、子居之惊世骇俗，已不为一世所取，坐老荒江老屋中。足下不可不鉴戒，而又纵其心以驾于仲瞿、子居之上乎？仆衰迟弇陋，无可以进足下者，既远蒙下问，不敢不以直道相处，谨此手复，而还其本小云处。书不尽言，诸希亮察不具。芑孙顿首瑟人大兄侍下，丁丑十一月三日。

（《龚自珍全集》第十一辑《定庵先生年谱外纪》）

梁启超论龚自珍

当嘉、道间，举国醉梦于承平，而定庵忧之，儳然若不可终日，其察微之识，举世莫能及也。生网密之世，风议隐约，不能尽言，其文又瑰玮连犿，浅学或往往不得其指之所在。虽然，语近世思想自由之向导，必数定庵。吾见并世诸贤，其能为现今思想界放光明者，彼最初率崇拜定庵。当其始读《定庵集》，其脑识未有不受其激刺者也。夫以十年以来，欧美学澎湃输入，虽乳臭之子，其眇思醰说，皆能轶定庵；顾定庵生百年前而乃有此，未可以少年喜谤前辈也。然定庵憔悴牢落不得志，其道力不足以自胜，故细行多不检，其恶习影响于新学界者，亦有焉。

（梁启超《论中国学术思想变迁之大势》之第八章第三节《最近世》）

主要参考文献

[1] 宋濂著，黄灵庚点校：《宋濂全集》，浙江古籍出版社，2014年。

[2] 刘基著，林家骊点校：《刘伯温集》，浙江古籍出版社，2011年。

[3] 高启著，金檀辑注，徐澄宇、沈北宗校点：《高青丘集》，上海古籍出版社，2013年。

[4] 李东阳著，周寅宾校点：《李东阳集》，岳麓书社，2008年。

[5] 唐寅著，周道振等辑校：《唐寅集》，上海古籍出版社，2013年。

[6] 李梦阳撰著，郝润华校笺：《李梦阳集校笺》，中华书局，2022年。

[7] 何景明著：《大复集》，文渊阁《四库全书》本，上海古籍出版社，1989年。

[8] 谢榛著，李庆立校笺：《谢榛全集校笺》，江苏古籍出版社，2003年。

[9] 李攀龙著，包敬第标校：《沧溟先生集》，上海古籍出版社，2014年。

[10] 徐渭著：《徐渭集》，中华书局，1983年。

[11] 袁宏道著，钱伯城笺校：《袁宏道集笺校》，上海古籍出版社，2008年。

[12] 陈子龙著，施蛰存、马祖熙标校：《陈子龙诗集》，上海古籍出版社，2006年。

[13] 钱谦益著，钱曾笺注，钱仲联标校：《钱牧斋全集》，上海古籍出版社，2003年。

[14] 吴伟业著，李学颖集评标校：《吴梅村全集》，上海古籍出版社，1990年。

[15] 朱彝尊著：《曝书亭集》，世界书局印行，1989年。

[16] 王士禛著，袁世硕主编：《王士禛全集》，齐鲁书社，2007年。

[17] 查慎行著，周劭标点：《敬业堂诗集》，上海古籍出版社，2015年。

[18] 袁枚著，周本淳标校：《小仓山房诗文集》，上海古籍出版社，1988年。

[19] 黄景仁著，李国章校点：《两当轩集》，上海古籍出版社，1983年。

[20] 龚自珍著，王佩诤校：《龚自珍全集》，上海古籍出版社，1999年。

［21］张兵、冉耀斌选注:《李梦阳诗选》,人民文学出版社,2009 年。
［22］饶龙隼选注:《何景明诗选》,人民文学出版社,2009 年。
［23］李伯齐、李斌选注:《李攀龙诗选》,人民文学出版社,2009 年。
［24］李庆立选注:《谢榛诗选》,人民文学出版社,2009 年。
［25］孙之梅选注:《钱谦益诗选》,人民文学出版社,2009 年。
［26］叶君远选注:《吴伟业诗选》,人民文学出版社,2009 年。
［27］赵伯陶选注:《王士禛诗选》,人民文学出版社,2009 年。
［28］王英志选注:《袁枚诗选》,人民文学出版社,2009 年。
［29］李圣华选注:《黄景仁诗选》,人民文学出版社,2009 年。
［30］郭延礼选注:《龚自珍诗选》,人民文学出版社,2009 年。
［31］王镇远选注:《朱彝尊诗词选注》,上海古籍出版社,1988 年。
［32］杜贵晨选注:《明诗选》,人民文学出版社,2003 年。
［33］钱仲联、钱学增选注:《清诗精华录》,齐鲁书社,1987 年。
［34］蔡景康编选:《明代文论选》,人民文学出版社,1993 年。
［35］王镇远、邬国平编选:《清代文论选》,人民文学出版社,1999 年。
［36］陈书录著:《明代诗文的演变》,江苏教育出版社,1996 年。
［37］左东岭等著:《中国诗歌通史・明代卷》,人民文学出版社,2012 年。
［38］严迪昌著:《清诗史》,浙江古籍出版社,2002 年。
［39］王小舒著:《中国诗歌通史・清代卷》,人民文学出版社,2012 年。
［40］王镇远、邬国平著:《清代文学批评史》,上海古籍出版社,1995 年。
［41］袁震宇、刘明今著:《中国文学批评通史・明代卷》,上海古籍出版社,1996 年。